刘

醒

龙

文

集

刘醒龙文集

［长篇小说］

天 行 者

刘醒龙　著

GUANGXI NORMAL UNIVERSITY PRESS
广西师范大学出版社
·桂林·

图书在版编目（CIP）数据

天行者 / 刘醒龙著. --桂林：广西师范大学出版社，2021.8
（刘醒龙文集）
ISBN 978-7-5598-3859-9

Ⅰ. ①天… Ⅱ. ①刘… Ⅲ. ①长篇小说－中国－当代 Ⅳ. ①I247.5

中国版本图书馆 CIP 数据核字（2021）第 100872 号

广西师范大学出版社出版发行

（广西桂林市五里店路 9 号　邮政编码：541004）
网址：http://www.bbtpress.com

出版人：黄轩庄
全国新华书店经销
湛江南华印务有限公司印刷
（广东省湛江市霞山区绿塘路 61 号　邮政编码：524002）
开本：880 mm × 1 230 mm　1/32
印张：12.875　　字数：242 千
2021 年 8 月第 1 版　　2021 年 8 月第 1 次印刷
印数：0 001~6 000 册　　定价：69.00 元

如发现印装质量问题，影响阅读，请与出版社发行部门联系调换。

献给二十世纪后半叶在中国大地上默默苦行的民间英雄！

目 录

第一部

1

九月的太阳，依然不想让人回忆冬日的温情柔和，从出山起，就露出一副急得人浑身冒汗的红彤彤面孔，傲慢地悬在空中，终于等到要落山时，仍要挣扎一番，将天边闹得一片猩红。这样，被烤得蔫蔫的山村才从迷糊中清醒过来。一只黑溜溜的狗从竹林里撵出一群鸡。没完没了的鸡飞狗跳，让暮归的老牛实在看不下去，抬起头来发出长长的叫声。安静了一整天的大张家寨，迫不及待地想发泄郁结。大大小小的烟囱，冒出来的黑烟翻滚得很快，转眼间就飘上了山腰，并在那里徐徐缓缓地变化成一带青云。

天黑下来时，在村边大樟树下坐了一整天的张英才，再次看完让他爱不释手的小说的最后一页。这本小说叫《小城里的年轻人》，是县文化馆的一名干部写的。因为太喜欢，去年夏天高中毕业时，他便下手从学校图书室偷出来，彻底地据为己有。那次行动规模不小，共有六个人参加。本来只有五个人，蓝飞是在图书室里撞上的，好在也是来偷书，彼此志同道合。蓝飞首先将一本宣扬厚黑的书塞进怀里，然后又挑了几本官场权谋的书。其余人专门选择家电修理、机械修理、养殖和种植等方面的书。张英才只挑了这一本，然后就到外面去望风放哨。

听说乡教育站的万站长要来，张英才就捧着这书天天到村边，一边等，一边看，两三天就是一遍。越看越觉得当初班主任用来激励他们的口头禅——死在城市的下水道里，也胜过活在界岭的清泉边，确实很精辟。界岭是这一带山区中最远、最深、最高的那一片，站在家门口抬头往那个方向看上一眼都觉得累。

张英才这样想时，心里还在惦记高中生活。

张英才在高中待了四年。第四年是万站长亲自安排复读的。因为太爱看小说，张英才偏科偏得离奇。刚开始班主任批评他，这种学习效果太对不起他的舅舅，也就是万站长了。因为每次考试数学成绩从未超过三十分，班主任后来痛心疾首地斥责他，一定是上数学课时偷吃了界岭的"红苕"。界岭那一带除了山大，除了盛产别处称为红薯的"红苕"，还有吃东西不会拿筷子的男苕和女苕，更以迄今为止没有出过一名大学生而闻名。张英才读高三时，学校大门还是朝着界岭方向开着的，后来去复读，据说是由某个有能力的复读生家长出资，将学校大门改为背向界岭，高考录取率真的翻了一番。只可惜受益者名单中没有张英才。在高三阶段，被班主任频繁提起的界岭分明是名词，更多时候却被当成形容词使用。譬如这种样子太界岭呀，是不是也要让你的父母很界岭呀，等等。无论是名词，还是形容词，界岭都是激发高三学生为应付高考而发奋的超常动力，同时也是与他们针锋相对极具杀伤力的反义词。

张英才手里攥着一枚硬币，没事时就用它试试自己的运气。舅舅会不会来，舅舅会给自己找个什么工作，舅舅找的工作一个月有多少工资，等等，都在这枚硬币的丢来丢去中，波澜壮阔大喜大悲地演绎过。

近半个月，张英才至少两次看见一个很像舅舅的男人，在去界岭的那条路上远远地走着，每次到前面的岔路口便改变方向，走到邻近的细张家寨去了。第一次看见时，他曾经抄小路追过去，半路上碰上同样没有登上高考红榜的蓝飞。蓝飞正在修整在暴雨中垮塌的父亲的坟头。那块墓碑很重，一个人对付不了。张英才只顾盯着远处看，冷不防碰上一筹莫展的蓝飞，只好上前当帮手。事情完了之后，蓝飞只说谢谢，却没有邀请他去家里喝口水。张英才故意说自己还没有去过他家，蓝飞用同样的话回敬说，他也从来没有去过张英才家。张英才跑了几里路，什么也没看到，便悻悻地回来了。

今天是第三次。太阳下山之前，他又见到那个像是舅舅的人在岔路口上，和他的目光分手了。他恨不得让远处吹过来的风，传话给万站长，外甥住在大张家寨，不是细张家寨。张英才不再丢硬币了，闭上眼睛，往心里叹气。天色一暗，虫子就多起来，有几只野蚊子扑到他的脸上，让他情不自禁地抬起巴掌扇过去，将自己打得生痛。打了一阵后，见野蚊子越来越多，张英才只好爬起来，拿着书往家里走去。

进门时，母亲望着他说："我正准备叫你挑水呢。"

张英才将书一扔说："早上挑的，就用完了？"

母亲说："还不是你讲究多，嫌水塘里脏，不让去洗菜，要在家里用井水洗。"

张英才无话了，只好去挑水。挑了两担水，缸里还有大半是空着的，他就歇着和母亲说话："我看到舅舅去细张家寨了。"

母亲一怔："你莫瞎说。"

张英才说："以前我没作声。我看见他三次了。"

母亲压低声音说："看见也当没看见，不要和别人说，也不要和你爸说。"

张英才说："你慌什么，舅舅的思想这样好，不会做坏事的。"

母亲苦笑一声："可惜你舅妈太不贤德。不然，我就上他家去说，免得让你天天在家里盼星星盼月亮。"

张英才说："她还不是仗着叔叔在外面当大官。"

母亲说："也怪你舅舅不坚决，他若是娶了细张家寨的蓝小梅，也不至于像现在这样在女人面前抬不起头来。过日子，还是不高攀别人为好。"

张英才很敏感:"你是叫我别走舅舅的后门?"

母亲忙说:"你怎么尽乱猜,猜到舅舅头上去了!"

张英才咬咬牙说:"我可不怕攀高站不稳。我把丑话说在先,你不让舅舅帮我找个工作,我连根稻草也不帮家里动一根。"说着便操起扁担,挑着水桶往外走,挡猪羊的门槛有点高,他不小心被绊了一下,幸好没摔倒,但他还是骂了一句丑话。

母亲生气了:"天上雷公,地下母舅,你敢骂谁?"

张英才说:"谁让你生了我这个没出息的儿子,读书不行,骂人的水平比天还高,不信你就等着听。"

果然,挑水回来时张英才又骂了一声。

母亲上来轻轻打了他一耳光,自己却先哭了起来,嘴里说:"等你爸回来了,让他收拾你。"

张英才因此没吃晚饭,父亲回来时他已睡了。他躺在床上听见父亲在问为什么,母亲没有说出真相,还替他打掩护,说是突然有些头疼,躺着休息一会儿。

"是读书读懒了身子。"父亲说着气就来了,"十七八的男人,屁用也没有,去年高考只差三分,复读一年倒蚀了本,今年反而差四分。"

张英才蒙上被子不听,还用手指塞住耳朵。后来母亲进房来,放了一碗鸡蛋在他床前,小声说:"不管怎样,饭还是要吃的,跟别人过不去还可以,跟自己过不去那就太划不来了。"又说，"你也真是的，读了一年也不见长进，哪怕是只差两分，在你爸面前也好交代一些。"

闷了一会儿，张英才出了一身汗。见母亲走了，他连忙撩开被子，下了床，闩上门，趴到桌子上给一位叫姚燕的女同学写信。他写道：我正在看高二上学期你在班上推荐的那本《小城里的年轻人》，其中那篇《第九个售货亭》写得最好，很多情节就像是发生在我们学校里，那个叫玉洁的姑娘最像你，你和她的心灵一样美。

一张纸才写到一半，张英才就觉得无话可说了，想了好久，才继续写道：我舅舅在乡教育站当站长，他帮忙找了一份很适合我个性的工作，过两天就去报到上班，这个单位人才很多。至于是什么单位，现在不告诉你，等上班后再写信给你，管保你见了信封上的地址会大吃一惊。

写完后，他读了一遍，不觉一阵脸发烧，提笔准备将后面这段假话划掉，犹豫半天，还是留下了。回转身他去吃鸡蛋，一边吃一边对自己说："越是漂亮的女孩子越爱听假话。"鸡蛋吃到一半，张英才想起自己就剩下口袋里那枚帮自己做决定和预测未来的硬币了，到邮电所寄信，还得向父母伸手要钱。他勉强吃了两口，便推开饭碗，倒在床上，盯着屋顶上的亮瓦发呆。

张英才醒来时才发现，自己睡了一夜，连蚊帐都没放下，身上到处是红疹子。他坐起来看到昨夜吃剩下的半碗鸡蛋，觉得肚子饿极了，想起学校报栏上的"卫生小知识"说过，隔夜的鸡蛋不能吃，就将已挨着碗边的手缩回来。这时，母亲在外面敲门。他懒得去开门，门闩很松，推几次就能推开。

推几下，房门真的开了。母亲进来低声对他说："舅舅来了，你态度可要放好点，别像待你老子那样。"

母亲扫了几眼那半碗鸡蛋和张英才，叹口气，端起碗三下两下地吃光了。张英才穿好衣服走到堂屋，本想冲着父亲对面的男人客客气气地叫声舅舅，也不知道哪根筋长反了，事到临头却冒出一句："万站长，你好忙呀！"听起来有点故意寒碜的意思。

万站长说："英才，我是专门为你的事来的。"

父亲说："蠢货！还不快谢谢。"

万站长说："我给你弄了一个代课的名额。这学期全乡只有两个空额，想代课的有几十个，所以拖到昨天才落实。你抓紧收拾一下，吃了早饭我送你去界岭小学报到。"

张英才耳朵一竖："界岭小学？"

母亲也不相信："全乡那么多学校，为什么要去那个大山窝里？"

万站长说："正因为大家都不愿去，所以才缺老师，才需要代课的。"

父亲说："不是还有一个名额吗？"

万站长愣了愣："乡中心小学有个空缺，站里研究后，给了细张家寨的蓝飞。"

母亲见父亲脸色变了，忙抢着说："人家蓝小梅守寡养大一个孩子不容易，照顾照顾也是应该的。"

父亲掉过脸冲着母亲说："那你就拿一瓶甲胺磷给我喝了，看谁来同情你？"

万站长不高兴了："是不是有肉吃了就挑肥拣瘦？不干就说个话，我好安排别人，免得影响全乡的教育事业。"

父亲马上软了："当宰相的还想当皇帝呢，是人哪个不想好上加好呢，我们只是说说而已。"

母亲抓住机会说："英才，还不赶快收拾东西去！"

一直没作声的张英才冲着母亲说："收拾个屁！也只有你弟弟想得出来，让你儿子去界岭当民办教师。"

父亲当即去房里拎出一担粪桶，摆在堂屋里，要张英才随粪车到县城去拉粪。张英才瞅着粪桶不作声。

万站长挪了挪椅子，让粪桶离自己远点："你没有城镇户口，刚毕业就能找到代课机会，说好听点是你有运气，说势利点是因为有个当教育站长的亲舅舅。你不吃点苦，我怎么有理由在上面继续帮忙说话呢？"

父亲在一边催促："不愿教书算了，免得老子在家没帮手。"

张英才抬起头来说："爸，你放文明点好吗？舅舅是客人又是领导干部，你敢不敢将粪桶放在村长的座位前面？"

父亲愣了愣，将粪桶提了回去。

母亲去帮张英才收拾行李，堂屋里只剩下舅甥二人。张英才挪了一下椅子，和万站长离得更近些，贴着耳朵说："我晓得，你昨天先去了细张家寨。"停一停，他接着说，"假如我去了那上不巴天、下不接地的地方，你被人撤了职那我怎么办？"

万站长回过神来："大外甥，你不要瞎猜。我都下了几十年象棋，晓得卒子是要往前拱。你先去了再说。我在那儿待了好几年才转为公办教师。那地方是个培养人才的好去处，我一转正就当上了教育站长。还有一件事，那地方群众对老师的感情不一般，别的不说，只要身上沾着粉笔灰的气味，再凶恶的狗，也不会咬你。"

万站长从怀里掏出一副近视眼镜，要张英才戴上。张英才很奇怪，自己又不是近视眼，戴副眼镜不是自找麻烦吗？万站长解释半天，他才明白，舅舅是拿他的所谓高度近视做理由，才让他出来代课的。

万站长说："什么事想办成都得有个理由，没有理由的事，再过硬的关系也难办，理由小不怕，只要能成立就行。"

张英才戴上眼镜后什么也看不清，而且头昏得很，他要取下，万站长不让，说本来准备早几天送来让他戴上适应适应，却耽搁了，所以现在得分秒必争。还说，界岭小学没人戴眼镜，他戴了眼镜去，他们会看重他一些，另外，他戴上眼镜显得老成多了。

张英才站起来走了几步，连叫："不行！不行！"

父母亲不清楚情由，从房里钻出来说："都什么时候了，还在叫不行！"父亲还骂他："你是骆驼托生的，生就个受罪的八字。"

"你除了八字以外什么也不懂。"张英才用手摸摸眼镜，说完便钻进房里，片刻后又夹着那本小说出来，对万站长说："我们走吧！"

2

张英才背着行李出门时，大张家寨的几个年轻人还来劝他别去，说我们这里和界岭比，就像城里和我们这里比。那地方男人都长得像男苕，女人长得像女苕，所以至今出不了一个大学生，连高中生都没几个。又说当民办教师一个月工资才三十五元，塞牙缝都不够。万站长在一旁说，三十五元是教育站发的补助，村里还要发三十五元。还说，自己在界岭当民办教师时，一个月总共才四元钱工资哩！

那些人说的话更难听："别说界岭了，就是我们村里，任何人找村长要钱，比要喝他老婆身上的奶还难。"

张英才不理，他说："人各有志，人各有命嘛！"

父亲听了这句话很高兴，认为儿子长进多了，这一年复读总算没有白读。临到分手时，母亲哭了，父亲不以为然，在一旁数落说："又不是去当兵，哭个什么！"

在路上，张英才一直想这个问题，怎么去当兵的就可以哭，大家不都是抢着去吗？

万站长诚心要请张英才吃点好东西，路上只要见到卖吃食的地方就进去问，卖的都是隔夜的油条。到上山前的最后一家小店仍是这样，万站长将自行车存在店主家，买上十根油条塞进张英才提着的网兜里，又将十只皮蛋塞进了他的挎包里。

山路有二十多里远，路不好走，又戴着很别扭的眼镜，张英才很少顾得上和万站长说话。歇脚时，他问学校的基本情况，万站长要他别急，等会儿一看就清清楚楚。他又问当小学老师要注意些什么。万站长说，听到家长哭穷说交不起学费装作没听见，看见别的老师踢学生一脚时装作没看见就行。张英才见万站长对这类话不感兴趣，就不再问这些，转而问蓝飞的母亲蓝小梅年轻时长得漂不漂亮。万站长笑了笑说，这种事，男人都会遇到。他问张英才手上玩的是不是硬币。张英才摊开掌心后，万站长将那枚磨得锃亮的硬币拿过来，看也不看，就扔进山沟里。张英才不理解，说这是自己压荷包的钱，怎么可以说扔就扔。万站长说，他知道张英才一直在玩硬币，到了界岭小学，就不能再玩这种将自己的脑子当成猪脑子的游戏了。

之后他们没有再休息，一口气爬上界岭。

一排旧房子前面，一面国旗在山风里飘得很厉害，旧房子里传出一阵读书声，外面的黑板报上写着一行大字：为实现界岭村高考零的突破打下坚实基础！

张英才看着标语，心里觉得怪怪的。

一个中年男人从屋里钻出来，很响亮地叫道："万站长来得真早呀！"

"还不是想赶来吃午饭！"万站长笑着就向张英才介绍，"这是余校长。"又向余校长介绍，"这是张英才。"

余校长招呼他们进办公室后，亲自沏了两杯茶端上来。这时，两个年轻一些的男人进来了。经介绍，知道一个是副校长，叫邓有米。另一个是教导主任，叫孙四海。张英才装着擦镜片上的水雾，想将他们观察得清楚些，看了半天，除了觉得他们瘦得很普通外，没有什么特别的印象。

万站长这时喝完茶，抹抹嘴说："也好，全校教师都到齐了，我就先说几句！"

张英才听了吃惊不小，来了半天没见到学生下课休息，他以为教室里还有别的老师呢。万站长说的无非是些新学期要有新起色、新突破之类的套话。万站长一本正经地说得很起劲。张英才听得一点意思也没有。他装作上厕所，走到外面遛了一圈，才发现几间教室里一个老师也没有，他猜不出哪是几年级，三间教室是如何装下六个年级呢？黑板上也辨不出，都是语文课，都是作文、生字和造句等内容。他回去时万站长终于说完了，接下来是余校长说。余校长说了几句，嗓子就沙哑了。

"你嗓子痛就歇着，我来向站长汇报。"

邓有米毫不客气地打开捧在手里的小本子，一五一十地念起来。刚念完入学率和退学率两个数字，万站长就打断了他的话。

"这些报表上都有，说点报表上没有的情况。"

邓有米眼睛一转，就说了几件他如何动员适龄儿童上学的事，还说他垫了几十块钱，给交不起学费的学生买课本，邓有米说了半天，见站长既不往心里记，也不往本子上记，就知趣地打住了。

接下来自然轮到孙四海发言。

等了一阵，孙四海才低低地说了一句："村里已经有九个月没给我们发工资了。"

万站长也不追问，甚至脸上都没有一点异样的变化，平平淡淡地要余校长领他到教室去看看。到了第一间教室，余校长说这是五、六年级，张英才看到大部分学生都没有课本，手里拿的是一本油印小册子。

万站长说："这些油印课本又是你老余的杰作吧？"

余校长说："我这手再也刻不动钢板了，是他们自己刻的。"

张英才看见万站长抓着余校长那双大骨节的手轻轻叹了口气。第二间教室是三、四年级，是孙四海带的，学生们用的却是清一色新课本。一问，学生们都说是孙老师帮他们买的。再一问，孙四海却说这是学生们自己的劳动所得。万站长想追问，余校长连忙将话岔开了，要他们去看看一、二年级。无疑，这个班是邓有米带的，所以，一进教室，他就接上刚才汇报时的话题，指着一个个学生说自己动员他们入学的艰难。

正说着，万站长忽然打断他的话问："今年招了多少新生？"

邓有米说："四十二个。"

万站长说："你数数看，怎么只有二十四个。"

邓有米说："别人都请假了。"

万站长说："连桌子椅子也请假了？老余，马上要搞施行"义务教育法"检查，不要到时弄得你我都过不了关哟！"

邓有米红着脸不说话。余校长一边连连点头。孙四海嘴角挂着一丝冷笑。张英才把这些全看在眼里，回头整理自己的屋子时，趁机问万站长，这三人之间是不是面和心不和。万站长要他少管这些闲事，并记住阶级矛盾和民族矛盾的关系，万站长说，在这儿他和他们算不上是一个民族的，他是外来人，他们会将他看成是一个侵略者。张英才对这话似懂非懂。

房间的壁上挂着一只扁长的木匣子。张英才取下来打开后，看见里面是一张琴，他没见过这种琴，一排按键写着1234567，底下是几根金属弦，他用手指拨了一下，声音有些沙哑，像余校长的嗓门。

张英才问："这是什么琴？"

万站长看也不看，一边挂蚊帐一边说："那上面写着字呢！"

他摘下眼镜细看，果然琴盖上印着"凤凰琴"三个字，还有一排小字：中华人民共和国北京市东风民族乐器厂制造。房间收拾好后，张英才将那本《小城里的年轻人》拿出来，端端正正地摆在床头边。

正好余校长来了，他看了看书说："这个作者我认识，他以前也是民办教师，我和他一起开过会。他幸亏改了行，不然，恐怕和我现在差不多。"

张英才正想问点什么，万站长说："老余，你这不是泼冷水吗？"

余校长忙说："我还敢摆弄冷水？我这身风湿病再弄冷水，恐怕连头发都要生出大骨节来。"

这时，学校放学了。张英才后来才熟悉学校的规矩，因为学生住得太分散，来得晚，走得早，所以一天只有两节课，上午一节，下午一节。一些学生往山坳里跑，一些学生往山顶上跑。张英才不明白，邓有米告诉他，上下都是去采蘑菇，扯野草。

转了一圈就到了吃午饭时间。余校长冲着野地喊了几声，学生们回来后，将野草和蘑菇分别放进余校长家的猪栏和厨房里。张英才看得纳闷，这不是剥削学生欺压少年吗？正想着，余校长起身离座走进厨房。听动静，像是在里面给学生打饭，果然就有许多学生端着饭碗从里面走出来，到另一间屋子里去了，接着余校长双手捧着一盆菜出来。万站长开口叫："老余，你等一等。"他转身叫张英才将那些油条拿来，交给老余，再分给学生。张英才看见学生们小心翼翼地品尝着分到手的一点油条，心里有些不好受。

万站长问余校长，哪个孩子是他自己的。

余校长指了其中一个男孩，张英才马上想到电视里的非洲饥民。

"这就是余志呀，比我上次来时又瘦了许多，你要是不说，我哪里敢认。"万站长尝了尝学生们的菜后，脸色阴冷地说，"老余，你妻子已拖垮了，再拖几年恐怕全家都得垮。"

余校长叹气说："当民办教师的，什么本钱都没有，就是不缺良心和感情。这么多孩子，不读书怎么行呢？拖个十年八载，未必经济情况还不会好起来，到那时再享福吧！"

张英才听了半天终于明白，学校里有二三十个学生离家太远，不能回家吃中午饭，其中还有十几个学生，夜晚也不能回家，全都寄宿在余校长家。家长隔三岔五来一趟，送些鲜菜咸菜来。也有种了油菜的，每年五六月份，用空酒瓶装一瓶菜油送来。再就是柴和米，这是每个学生都少不了要带来的。

吃罢饭，万站长要进房里去看看余校长的妻子。

余校长拦住他，坚决不让进门。拉扯一阵，动静大了，惊动了里面的人。

"领导的好意我领了，请领导别进来。"

万站长只好在门外大声说了些问候的话，却没有一句可以具体落实的。之后，余校长就劝万站长下山，不然赶不上太阳，天黑之后，山路就更难走了。

"是该走，你们都陪着我，都不去上课，学生们都放了鸭子。"万站长停了停又说，"我这外甥初出茅庐，帮他成长的事，我就托给三位了。"

邓有米抢在余校长前面说："已研究过了，高低都不就，就中间，让他跟孙主任两个月，然后接孙主任的班，孙主任再接余校长的班，余校长腾出来抓全盘工作和全村的扫盲工作。"

万站长第一次笑了。

邓有米立即见缝插针地问事："万站长，今年还有没有民办教师转正的名额？"

张英才听得心里一愣。余校长和孙四海的耳朵也竖起来等回音。

万站长想也不想，坚决地回答："没有！"

大家听了很失望，连张英才也有点失望。

万站长走远了。张英才忽然感到孤单。

旁边的邓有米忽然说："快去，你舅舅在招呼你呢！"

一看万站长在招手，他连忙跑过去，到了近处，万站长才小声说："忘了件事，他们要问你这眼镜是多少度，你就说是四百度。"

张英才不以为然地说："还以为你有什么锦囊妙计哩！"

万站长没理，这一次他真的走了。

剩下四个人时，邓有米果然问张英才的近视眼镜有多少度。他不好意思说，但还是按万站长吩咐的说了。孙四海拿过去试了试，然后说，"不错，是四百度。"张英才见遇上了真近视，不由得有些后怕，同时佩服万站长想得真周到，这样的人，犯了错误也不会让别人察觉。

3

下午仍然只有一节课，张英才陪着孙四海站了两个多小时。孙四海怎么样讲课他一点也没印象，他一直在琢磨六个年级分成三个班，这课怎么上。中间孙四海扔下粉笔去上厕所，他趁机跟上去问这事，孙四海说，我们这学校是两年招一次新生。返回时，教室里多了一头猪。张英才去撵，学生们一起叫起来："这是余校长养的猪，它就喜欢吃粉笔灰。"孙四海在门口往里走着说，别理它就是。往下去，张英才更无法专心，他看看猪，看看学生，心里很有些悲凉。

山太大，天也黑得早，看似黄昏，实际上才四点左右。放学后，留在余校长家住宿的十几个学生，在那个叫叶萌的男孩带领下，参差不齐地往旁边的一个山坳走去。眼里没有学生，只有猪，张英才感到很空虚。他取下那只凤凰琴，拧下钢笔帽，左手拿着它拨动琴弦，右手去按那些键，试着弹了一句曲子，不算好听，过得去而已，弹了几下，就没兴趣了。他歇下来后，忽地一愣：怎么音乐还在响？再听，才明白是笛子声。张英才趴到窗口，见孙四海和邓有米一左一右靠在旗杆上，各自横握一支竹笛，正在使劲吹奏。

山下升起了云雾，顺着一道道峡谷，冉冉地舒卷成一个个云团，背阳的山坡上铺满阴森的绿，早熟的稻田透着一层浅黄，一群黑山羊在云团中出没，有红色的书包跳跃其中，极似潇潇春雨中的灿烂桃花。太阳正在无可奈何地下落，黄昏的第一阵山风就掩盖了它的光泽，变得如同一只被玩得有些旧的绣球。远远的大山就是一只狮子，这是竖着看；横着看，则是一条龙的模样。

笛子吹出的曲调有些耳熟，听下去才知道是那首《我们的生活充满阳光》，之所以没有一下子听明白，是因为节奏慢了一半。两支笛子，一个声音高亢，一个声音低回，缓慢地将那首欢快的歌曲吹出许多悲凉。张英才跟着哼一句，那种节奏，需要好久才能将"幸福的花儿"这一句哼完整。

张英才走到旗杆下："这个曲子要欢快些才好听。"

孙四海和邓有米没理他。张英才就在一旁用巴掌打着节拍纠正，可是没用。张英才惆怅起来，禁不住思索一个问题：能望见这杆旗的地方，会不会听见这笛声？他一边想，一边打量眼前这根用两棵松树捆绑着连接而成的旗杆。

忽然间，哨声响起来。余校长叼着一只哨子，走到旗杆下，在余校长家留宿的十几个学生迅速从山坳里跑回来，在旗杆面前站成整齐的一排。余校长望望太阳，喊了声立正稍息，便走过去将领头的叶萌身上的破褂子用手整理一下。那褂子肩上有个大洞，余校长扯了几下也无法将周围的布扯拢来，遮住那露出来的一块黑瘦的肩头。张英才站在这支小小的队伍后面，他看到一溜干瘦的小腿都没有穿鞋。余校长试了几下，见旁边还有几个破裤子的学生在盯着自己看，便作罢了。

这时，太阳已经挨着山了。

余校长一声厉喊："立正——奏——国歌——降——国旗！"在两支笛子吹出的国歌声中，余校长拉动旗杆上的绳子，国旗徐徐落下后，学生们拥着余校长，捧着国旗向余校长的家走去。

这一幕让张英才着实吃了一惊。一转眼想起读中学时升国旗的那种场面，又觉得有点滑稽可笑。

邓有米走过来问他："晚上有地方吃饭没有？"

张英才答："这两天我先在余校长家搭伙。"

邓有米说："你是想回到旧社会吗？走，上我家去吃一餐，要是吃得习惯，以后干脆咱们搭伙算了。"

张英才推辞再三，见推不脱就同意了。

路不远，顺着山坡往下走，一会儿就到了。

邓有米的妻子叫成菊，长得很敦实，左边生了个疤瘌眼。见张英才老是看她，邓有米就说："她本是个丹凤眼，前年冬天我送路队回来晚了，她来接我，半路上被狼舔了一下，就落下残疾。"

张英才暗暗叫声苦，嘴上却说："这地方有狼？"

邓有米说："大家都这样说。也许是野狗吧！"

张英才说："野狗只会咬人腿，不会咬到人头上去呀？"

邓有米想迁就张英才："那就当它是狼吧！"

张英才说："小时候听说，狼会从后面用一只爪子拍人的肩膀。一般的人都会下意识地回头看一看，狼正好一口咬住人的脖子。"

邓有米说："山太大了，什么怪事都有可能发生。"

张英才说："这么苦的事，我舅舅他们了解吗？"

邓有米说："都是余校长嘴严言辞短，什么苦都兜着不说出去，从不跟上面汇报，还说万站长在这儿待了十年，他还不晓得这儿的底细？不说人家心里会记着，说多了人家反而会讨厌。"

张英才说："我舅舅是常挂惦着你们，所以才特地放我来这儿锻炼的。"

邓有米说："你锻炼·阵就可以走，我是土生土长的，哪怕是转了正，也离不开这儿。"说着，他忽然一转话题，"万站长一定和你交了底，什么时候有转正的指标下来？"

张英才说："他什么也没说，他是个老左，正经得很。"

成菊插嘴说："疼外甥，疼脚跟，舅甥中间总隔着一层东西。"

邓有米瞪了一眼："你懂个屁，快把饭菜做好端上来。"又说，"我的年龄、教龄和表现都达到转正要求的好几倍，就等你舅舅开恩了。"

这时，成菊将一碗上面平摊着两块腊肉的挂面端到张英才面前。

邓有米说："不是让你上酒吗？"

成菊说："太晚了，来不及，反正又不是来了就走，长着呢，只要张老师不嫌，改日我再弄一桌酒。"

邓有米说："也罢，看在张老师的面上，不整你了。"

张英才听出这是一台戏，在家时，来了客，父亲和母亲也常这样演出。中午在余校长家没有吃好，张英才饿极了，一会儿就将碗里东西全吃光了。山上的夏天，同山下一样，有点活动就会热得满头大汗；不一样的是，只要停下来，用不着擦拭，再多的汗也会马上被凉风吹干。张英才稍不注意就打了几个喷嚏，他怕惹上感冒，就起身告辞，要回去赶紧洗个热水澡。

路上，拿上手电筒送他的邓有米，忽然介绍起孙四海的情况。他说孙四海打着勤工俭学的幌子，让学生每天上学放学在路边采些草药，譬如金银花什么的，交到一个叫王小兰的女人家里，积成堆后再拿去卖。孙四海不肯结婚，就是因为刚来界岭小学，就和王小兰成了情人。那王小兰的丈夫结婚不久就瘫在床上，什么事也做不了，一切全靠孙四海。邓有米最后说，若是哪天夜里听到笛子响了起来，那准是王小兰在他那里睡过觉，刚走。

要是没有后面这句话，张英才一定会讨厌孙四海。有后面这句话，张英才觉得孙四海活像他那本小说里的年轻人，浪漫得像个诗人。有一句话，他掂量了一番后才说："邓校长，我舅舅最不喜欢别人打小报告，这是降低了他的人格。"邓有米听了他编造的这句话，就不再说孙四海了，回头说自己有哪些缺点。这时他们已走到了学校的操场边，张英才就叫邓有米回去。

张英才回到屋里点上灯，拿起小说看了几行，那些字都不往脑子里去。只好放下书，拿起凤凰琴，将《我们的生活充满阳光》弹了一遍，有几个音记不准，试了几次。到弹第五遍时，才弹出点味道。山空夜寂，仿佛世外，自己弹，自己听，挺能抒情。上山来半天了，随着心情的放松，他发现琴盒上写着一行字：赠别明爱芬同事并存念。

这时，余校长在外面敲门。

张英才打开门问："有事吗？"

余校长欲言又止地支吾一句："山上凉，多穿件衣服。"

张英才说："我正想过去问你，琴盒上写着的明爱芬是谁？"

余校长等一会儿才回答："就是我妻子。"

张英才说："没问过就用她的琴，她会生气吗？"

余校长冷冷地说："你就用着吧，这东西对她是多余的。她若是能生气就好了。她不生气，她只想寻死，早死早托生。"

张英才被这话吓了一跳。

余校长不明不白地离开后，张英才想再给姚燕写封信，然而，思来想去，总也拿不定主意，如何将自己的地址告诉姚燕。

半夜里，低沉而悠长的笛子忽然吹响了。张英才从床上爬起来，站到门口。孙四海的窗户上没有亮儿，只有两颗黑闪闪的东西。他把这当成孙四海的眼睛。笛子吹的还是《我们的生活充满阳光》，吹得如泣如诉，凄婉极了，很和谐地同拂过山坡的夜风一起，飘飘荡荡地走得很远。

夜里没有做梦，睡得正香时，忽然听到笛声，吹的又是国歌。

张英才睁开眼，见天色已亮，赶忙起床，披上衣服走到门外。操场上正在举行升旗仪式，余校长站在最前面，一把一把地扯着从旗杆上垂下来的绳子。余校长身后是用笛子吹奏国歌的邓有米和孙四海，再往后是昨晚住在余校长家的那些学生。九月的山里，晨风又大又凉，这支小小队伍中，多数孩子只穿着背心短裤，黑瘦的小腿在风里簌簌抖动。大约是冷的缘故，孩子们唱国歌时格外用力。最用力的是余校长的儿子余志。国旗和太阳一道，从余校长的手臂上冉冉升起来后，孩子们才就地解散。

张英才走过去，问余校长："怎么昨天没人提醒我？"

余校长说："这事是大家自愿的。"

张英才又问："孩子们也愿意起这么早？"

余校长说："开始不愿意，教了一阵就愿意了。"

余校长忽然伤感起来，他指着正在操场上跑来跑去的孩子："又少了一个爱读书的学生。昨天他还在这儿。夜里有人捎来口信，他父亲在外面挖煤，出事故死了。家里就剩下他一个男人，他不回去顶大梁，日子就没法过了。他才十二岁呀！听到父亲的死讯，只红了红眼圈，硬是犟着没有哭出来，收拾书包时一点方寸也没乱，就连借别人的橡皮擦都晓得还。我怕他难过，谁知分手时反而是他来劝我，说自己会抽空读书，将来若是出息，一定要回学校给老师们磕头谢恩。还说，他家那儿望得见这面红旗，每天早晨他会在家里一边想着老师和同学，一边唱国歌。只要能唱歌，他就什么也不怕。"

余校长用大骨节的手揉着眼窝。

孙四海在一旁说："就是领头的那个大孩子，叫叶萌，是五年级最聪明的一个。"

张英才明白这是说给自己听的。他很感动地说："余校长，这些事你应该通过万站长向上面反映，让县里或者省城出面关心一下这些孩子。"

"这山大得很咧，许多人连饭都吃不饱，哪能顾到教育上来哟。"余校长说，"听说国家在搞科技扶贫，这样就好，搞科技就要先抓教育，孩子们就有希望了。"

邓有米插嘴说："还希望我们几个都能早点转正。"

张英才的情绪被这句话破坏了。

4

张英才拿上洗漱用品，走到学校旁边的一条小溪，掬了一捧水润润嘴，将牙刷搁到牙床上带劲地来回扯动。忽然感觉身边有人，一看是孙四海。孙四海提着一只小木桶来汲水，舀满后并不急着走。

孙四海说："你不该动那凤凰琴。"

张英才没听清："你说什么？"

孙四海又说了一遍："我们是从不碰凤凰琴的。"

张英才想再问，忙用水漱去嘴里的白沫。孙四海却走了。

早饭仍然在余校长家吃。说是早饭，也就是将昨夜的剩饭加上青菜一起煮，再放点盐和辣椒压味。没有菜，有的学生自己伸手到腌菜缸里捞起一根白菜，拿在手里嚼着。另外一个学生再伸手时，捞了几下也没捞着，缸太大，他人小够不着缸底，就生气，说先前的学生多吃多占，他要告诉余校长。张英才站在他们中间勉强吃了几口，就走了出来，回到房间摸出两个皮蛋，揣在口袋里，又到溪边去。他倒掉碗里那些猪食一样的东西，刷干净后，坐在水边的青石上剥起皮蛋来，一边剥一边哼着一首歌，刚唱到"路边的野花你不要采"，一只影子落在他的脸上。

张英才吃了一惊，冲着走到近处的孙四海大声说："你这个人是怎么了，阴阳怪气的，像个没骨头的阴魂。"

见到滚落到溪水中的是只皮蛋，孙四海也不客气地道："我也太自作多情了，见你吃不惯余校长家的伙食，就留了几个红薯给你，没料到你自己备有山珍海味。"

孙四海把手中的红薯往地上一扔，拔腿就走。

张英才捡起红薯，来到孙四海的门口，大口大口地吃给他看。孙四海见了不说话，只顾埋头劈柴。红薯吃光了，张英才只好去开教室的门。

孙四海在背后叫："张老师，今天的课由你讲。"

张英才毫不谦虚："我讲就我讲。"连头也没有回。

山里的孩子老实，很少提问。孙四海从头到尾都没来打照面。张英才也一点不觉得慌张。上了讲台，先教生字生词，再朗读课文三五遍，然后划分段落，理解段落大意，课文中心思想，最后是用词造句或模拟课文做一篇作文。上学时，老师教他们的那一套，他记得。余校长在窗外转过几回，邓有米装作来借粉笔，进了一趟教室，离开时还小声说："张老师真是得了万站长真传。"

放学后，张英才看到孙四海一身泥土，从后山上下来，钻到犀里烧火做饭。他也尾随着进了屋。

见孙四海还是不理不睬，他讪讪地说："孙主任，我来你这儿搭伙，行吗？"

孙四海冷冷地说："我不想拍谁的马屁，也不愿别人说我在拍谁的马屁。你也没必要和人搭伙，在自己屋里搭座灶就成。"

张英才说："我不会搭灶。"

孙四海说："想搭灶？我和五年级的叶碧秋说一下，她父亲是个砌匠，可以随叫随到。"

张英才说："这不合适吧？"

孙四海说："要是你自己动手做，那才真不合适，家长晓得了会认为你瞧不起他。"

说着话旁边来了一个女孩。女孩长得眉清目秀，挺招人喜爱，身上衣服虽然也补过，看起来却像天然的。女孩笑一笑，径直到灶后帮忙烧火。

张英才问："这是谁的女儿？"

孙四海答："她叫李子，她妈妈就是王小兰。"

由于听邓有米说过孙四海与王小兰的事，见孙四海这么直爽，张英才反倒不好意思起来。他转过话题说："灶没搭起来，我就在你这儿吃，你撵不走我的。"

孙四海怪自己主意出坏了，说："让你抓住把柄了。先说定，灶一做好就分开。"

张英才连忙点点头，孙四海正在切菜，吩咐李子给锅里添一把米。

吃饭时，孙四海和李子坐在一边，张英才越看越觉得两人长得极像。他记起五年级的学习栏里，有篇被当成范文的作文好像是李子写的，便端着饭碗走过去，一看果然没错，作文题目叫《我的好妈妈》。

李子写道：妈妈每天都要将同学们交到我家的草药洗净晒干，再分类放好。凑成一担，妈妈就挑到山下收购部去卖。这是孙老师与妈妈商量好的，用同学们交的草药，换每年要用的新书。山路很不好走，妈妈回家时身上经常是这儿一块血迹，那儿一道伤痕。今年天气不好，草药霉烂了不少，收购部的人不是扣秤，就是压价，新学期要到了，仍没凑够给班上同学买书的钱，妈妈后来将给爸爸备的一副棺材卖了，才凑齐钱，交给孙老师去给同学们买书。妈妈的心很苦，她总怕我大了以后会恨她，我多次向她保证，可她总是摇头，不相信我的话。所以，我每天都在下决心，为了不让妈妈将来还受苦，我一定要好好读书，为报答妈妈打下良好基础。

张英才看完后，没有回到孙四海的屋里，孙四海喊他送碗去洗，他才从自己屋里出来，碗里盛着剩下的八只皮蛋。他要李子放学后将皮蛋带回去交给妈妈，并转告说有个新来的张老师问她好！李子不肯接。孙四海在一旁开口，让她拿着。李子说自己代妈妈谢谢张老师时，张英才忍不住用手在她的额上抚摸了几下。

下午是数学课。张英才先不上数学，他将李子的作文抄在黑板上，自己大声朗诵一遍，又叫学生们齐声朗读十遍，意思是让低年级同学看到高年级同学的学习精神。学校教室破旧了，窟窿多，不隔音。上午上语文，下午上数学，这是全校统一安排的，目的是避免读语文时的吵闹声，干扰上数学课所需要的安静。三年级的大声读书声，搅得别的年级不得安宁。邓有米跑过来，想说话，看到黑板上抄的作文，就一声不吭地回去了。余校长没进教室，就在外面转了两趟，也没说什么。

放学后，笛声又响了起来。老曲子，《我们的生活充满阳光》。张英才站在一旁用脚打着拍子，还是压不住那节奏，那旋律慢得别扭，他不明白，两位私下较劲的老师，只要是吹笛子，就会配合得天衣无缝！后来，他干脆就着这旋律朗诵起李子的作文来。他的普通话很好，在这样的傍晚里又特别来情绪，让孙四海的眼睛完全潮湿了。

举行完降旗仪式，张英才拦住邓有米问："邓校长，李子的这篇作文你认为写得怎么样？"

邓有米眨着眼睛回答："首先是朗诵得好。作文嘛，孙老师是教导主任，你说呢？"

孙四海一点不回避："一个字，好！"

邓有米逼问一句："好在哪里？"

孙四海答："有真情实感。"

余校长这时走过来打圆场："孙主任，你窖荠苓的那块山地的排水沟还是不行，雨大一点就有危险，会将香木冲出来。"

孙四海说："山地底下太硬了，挖不动，我打算叫几个学生家长来帮帮忙。"

余校长说："也好，我那块地的红薯长得不好，干脆提前挖了，让学生们尝个新鲜。家长们来后，叫他们顺便把这事做了。邓校长，你家有什么事没有？免得再叫家长来第二次。"

邓有米说："我说过，我们又不是旧社会教私塾的先生……"

孙四海不等他说完，扭头就走，还将笛子里面的口水狠狠地甩得老高。

李子回家去了。她家离学校不远，没有在余校长家住宿。张英才蹲在灶后烧火，几次想和孙四海说话，但见他满脸的沉重就忍住了。直到吃饭时，两人都没开口。一顿饭快吃完了，油灯火舌跳了几下，余校长的儿子余志钻进门来。

"孙主任、张老师，我妈头痛得要死，我爸问你们有止痛药没有，想借几粒。"

孙四海说："我没有。"

张英才忙说："余志，我有，我给你拿去。"

回到屋里，他将以防万一的一小瓶止痛药，全给了余志。

夜里，张英才无事可干，又摆弄起凤凰琴。偶然地，他觉得有些异样，琴盒上写的"赠别明爱芬同志并存念"，与"一九八一年八月"这两排字之间，有几个什么字被别人刮去了，一点墨迹也没剩，只留下一片刀痕。

外面的月亮很好，他把凤凰琴搬到月亮地里，试着弹了几下。月光昏昏的，看不见琴键上的音阶，弹出来的声音有些乱七八糟。他索性就用钢笔帽猛地拨动琴弦，发出一阵阵刺耳的和声。

忽然间，有女人在余校长屋里发出一声尖叫。

那些在余校长家寄宿的学生惊慌失措地闹起来。

张英才快步过去，见大门闩得死死的，敲不开，他就叫："余校长！余校长！有事吗？要人帮忙吗？"

余校长在屋里答："没事，你去睡吧！"

张英才趴在门缝上，听到余校长的妻子在低声抽泣着，那情形倒是安静下来了。他绕到屋后，隔着窗户对屋里的学生们说："别害怕，我是张老师，在替你们把守窗户呢！"刚说完，山坡上就亮起了两对绿色的小灯笼。他咬紧牙关忍着没有惊叫，脚下一点不敢迟疑，飞快地跑回自己屋里。

进屋了，他才记起，慌乱之中将凤凰琴忘在外面。

张英才不敢开门出去。好在一看就明白凤凰琴不是高级乐器，露一夜也不要紧。

之后张英才就开始捉蚊子，准备睡觉。山上的蚊子多，虽然先前用蒲扇将蚊帐里的蚊子往外扇过，还是有不少漏网的。张英才端着煤油灯，用灯罩上方的热气去灼烤躲在蚊帐四角的蚊子。被灼烤到的蚊子，穿过灯头上的火舌，掉在灯罩与灯头的接合处，等到张英才再也找不到蚊子时，那一带已被蚊子的残骸堆满了。张英才将煤油灯灯捻往回拧到最小的位置，然后放回到桌面。一阵风从窗口吹进来，手臂凉丝丝的。他想父母这时一定还在乘凉，大山窝里就只有这点好处，再热的天也热不着。

也许是不习惯没有电灯，张英才虽然困，却睡不稳。迷糊中，听到窗口有动静，睁开眼睛，正好看到一只枯瘦的白手，正在窗前的桌子上摇晃，像是小时候听大人讲的故事里鬼怪要抓人魂魄的样子。

张英才身上的汗毛一下子竖起几寸高，枕边什么东西也没有，只有那本平时连折一只角都舍不得的小说，他抓起来就朝那只手砸去。有蚊帐挡着，根本砸不到那只枯白的手，只是将它吓得哆嗦了一下。

"张老师别怕，我是老余呀。见你灯没熄，想帮你吹熄。睡着了点灯，浪费油，又怕引起火灾。学生们交点学杂费不容易呀！"

一听是余校长，张英才就没好气了："这么大年纪了，还鬼鬼祟祟的，叫我一声不就行了！"

余校长理屈地回应道："我怕耽误了你的瞌睡。"

余校长走后，张英才刚寻到旧梦，没想到他又在窗前闹起来，叫得有些急："张老师，赶快起来帮我一把。"

张英才烦躁地说："你家水井起火了还是怎么的？"

余校长说："不是的，余志他妈不行了，我一个人动不了手。"

张英才一听，赶忙爬起来，跟着余校长进了他妻子的房。前脚还没往里迈，后脚就想往后撤。明爱芬光着半个上身，直挺挺地躺在床上。

余校长说："张老师，实在无法，就委屈你一回！"

张英才看看无可奈何了，只有进去。

明爱芬的鼻子里只有出气没有进气，脸色憋得像只紫茄子。余校长断定有东西憋在喉咙里，说她以前就吞过瓦片、石子和小砖头等东西。

张英才表情愣愣的，心里在想：这女人真命贱，想寻死都想到这种份儿上了。转过来又想：这女人真命大，换了别人，早就将自己弄死了。

余校长和他商量了一下，决定一个人扶着明爱芬，另一个人用手拍她的背，看看能不能让她吐出什么东西来。明爱芬大小便失禁，平时擦洗得还算干净，经过如此闹腾，早已脏得出奇。余校长习惯了，就上去扶，露出后背，让张英才拍。张英才不敢用力，拍了几下没效果。余校长就叫他在床沿上练练。张英才连连拍几下，余校长都不满意，要他再加一倍以上的力气，同时在心里将明爱芬当成杀父的仇人或者夺妻的情敌。张英才没有这两种体会，但他想起了蓝飞，若不是横里冒出蓝飞，自己如何会到这种鬼地方哩！他一横心，要朝抢了好去处的蓝飞下黑手，一掌击下去，整张床都晃动了。

余校长说："对了，非要这样才能拍出来。"

张英才扬起手臂，看准明爱芬的后背，闭上眼睛，猛地拍下去。只见明爱芬的脖子一下子梗得老长，哇地吐出一只小瓶子。张英才认出来，正是天黑时，余志去借药，自己拿给他的那一只。

明爱芬本来就奄奄一息，经过如此长时间的折腾，稍稍喘了两口气便睡过去了。她喉咙一咕哝，还说了句梦话："哪怕我死了，也要到阎王那里去转正。"

出了明爱芬的屋子，余校长进到男生睡觉的屋子，将余志拉到堂屋，打了几巴掌，骂他死不开窍，又将不该给的东西给了明爱芬。余校长的样子很凶，下手却不重。余志认了错，余校长就将他送回去，并对几个被吵醒的学生说："没事，明老师又闹病了，大家安心睡吧，明天还要起早升国旗呢！"

一场虚惊之后，他俩站在月亮下说了一会儿话。

余校长向张英才解释，他家过去发生这类事，从不请别人帮忙，这两年身体越来越虚，从前一只手就能做的事，现在用两只手还不一定管用，不得已才上门请他帮忙。张英才很奇怪，怎么过去不叫孙四海帮一帮。余校长说，只要孙四海的门是关着的，自己就不去打扰，怕碰见不方便的事。说完这话，余校长又赶紧声明，孙四海是少有的好人。张英才请他放心，孙四海的事自己任谁也不告诉。张英才又追问邓有米为人怎么样，余校长表态说，邓有米和孙四海只是性格不同，其实都是一个顶一个的好人。

张英才说："你果真是和事佬一个。"

余校长有些紧张："是不是万站长告诉你的？"

张英才供出邓有米。余校长听了反而高兴起来。

"我怕他会对我有更大的意见哩！"

张英才趁机问："那只凤凰琴是谁送给明老师的？"

余校长叹了一声："我也想查出来，可明老师她死也不肯说。"

张英才不信："你俩一直以学校为家，怎么也不清楚呢？"

余校长说："我比她来得晚，最早是她和万站长两个。之前，我在部队当兵。"

张英才有些相信。分手后，他到操场上将凤凰琴拿回屋里，才发现，几根琴弦都被人剪断了。张英才觉得太不可思议了，好好一只琴，又没有妨碍谁，为何要将它弄成废物？

5

天刚亮，就有人来敲门。

张英才以为是余校长叫他起来升国旗，开开门，门口站着满脸羞红的叶碧秋。

叶碧秋说："张老师，我爸来了。"

他这才看见旁边站着一个模样很沧桑的男人。

叶碧秋的父亲恭敬地说："张老师，我来打扰了。"

张英才忙说："剥削你的劳动力，真不好意思。"

叶碧秋的父亲说："要是叶碧秋的外公还活着就好了，连灶都不用搭，直接给学校派个炊事员。"

张英才奇怪叶碧秋的外公怎么这样厉害，问了几句才明白，原来叶碧秋的外公是界岭的老村长，这所学校就是他力排众议建成的。

叶碧秋的父亲说："老岳父生前最爱对我说，烂泥巴搭个灶，最多能用十年八载。老师教学生认识的每一个字，都能受用世世代代。"

张英才不解："能用一辈子就不错了，哪能世世代代？"

叶碧秋的父亲说："譬如叶碧秋，过几年，给她找个婆家，结婚生孩子后，就可以传到下一代。国家的政策再好，期限一过，就没用了。认识的字，是不会过期的。叶碧秋的外公生前最爱说这句话。所以，就连叶碧秋的妈，也被他逼着认字。说来让人心酸，若是不对你说这些，哪天见到她拿着书的样子，还以为她真的是在读书。其实，她是个女苕，以为父亲还活着，害怕不让她吃饭，拿着书做样子。"

张英才听了心里一动："叶碧秋聪明，婚姻的事别处理早了，让她多发展几年。"

叶碧秋的父亲说："当然，上面有号召，都要计划生育。"

叶碧秋的父亲放下工具，也不歇，在地上画了一个圈，就开始搭起灶来。他本来在别处帮人家盖房子，叶碧秋回家一说，就将人家的事延后半天，先赶到这儿来。叶碧秋父亲的泥水活做得很好，当孙四海和邓有米又在用笛子吹奏国歌时，灶已搭到齐腰高。

张英才忽然想起自己还没有准备锅，他刚刚着急地啊了一声，叶碧秋的父亲说，若是没有铁锅，他正好带了一口来。张英才很佩服，这位砌匠能将分内分外的事情考虑得如此仔细。叶碧秋的父亲如实说，干这一行，本不用管主人家的事。是叶碧秋说，张老师只知道搭灶，不知道买锅。他就顺便买了一口锅，带到学校里来。说着话时，叶碧秋已从升旗队伍中跑出来，将放在门口的铁锅拎进来。

叶碧秋进门时，正好听到父亲在同张英才说："我这个女儿，虽然爱读书，却没有读书的命。她像她小姨，将来做媳妇，一定很会体贴丈夫。"

张英才若是没有笑，也许还没事。张英才轻轻地笑了一声，让叶碧秋羞得差点将手里的大铁锅扔在地上。幸亏张英才站的位置好，手接得也快，铁锅没有摔坏，只是将张英才的手臂划出一道血痕。

叶碧秋的父亲想用墙上的陈年尘土给张英才止血。

叶碧秋红着脸拦着他说："张老师不用这些，张老师用创可贴。"

叶碧秋的父亲像是明白了什么，等叶碧秋去了教室，才盯着张英才用创可贴贴过的手臂，没头没脑地说："十三四岁的女孩子就晓得长心思了！"

上第二节课时，叶碧秋的父亲就将灶搭好了。他试了几把火，才放心离去。

试烧的柴火还没熄灭，张英才的父亲就出现了。

父亲给他带来了一封信和一瓶猪油，还有一瓶腌菜。

他对父亲说："正愁没有油炒菜，你就送来了及时雨。"

父亲说："我以为学校有食堂，没想到还得自己做饭吃。"

张英才听父亲说，是替他搭灶的叶砌匠托人捎信让他来一趟，心里不免有些吃惊。他知道这一定又是叶碧秋做的。他有些不敢相信，叶碧秋会替自己将这些事情都安排妥当。

张英才不去想这些，他问："妈的身体好吗？"

父亲说："她呀，再过四十年，也没有生命危险。"

张英才见父亲说了一句很文气的话，就说："爸，没想到你的文化水平也提高了。"

父亲说："儿子能为人师表，老子可不能往你脸上抹粪。"

张英才嫌父亲后一句话说得太没水平了，就去拆信看。

那封信果然是姚燕写来的。三页信纸读了半天才读完。前面都是些废话，如同窗三载，手足情长，等等，关键是后面一句话，姚燕说，毕业以后，除了他以外，她没有给任何男同学回过信。虽然这话的后面就是此致敬礼，张英才仍读出许多情怀来。姚燕会画画，去年高考时，与张英才分在同一考场。张英才落选后不得不参加复读，姚燕却被外地一所艺术专科学校录取了。张英才将老远跑来看他的父亲丢在一旁，趴到桌子上赶紧写回信，说自己现在是第二次给女同学写信，但第一次给女同学写信也是写给她的，将来第三、第四、第五、第六、第七、第八等等，所有写给女同学的信，收信人都会是姚燕。

因为是第一次来学校，余校长非要张英才的父亲上他家吃饭。

吃了饭出来，父亲直叹息余校长人好，自己的家庭负担这么重，还养着十几个学生，他说："你舅舅的站长要是让我当，我就将余校长转成公办教师。"

张英才说："你莫瞎表态，舅舅那小官能屙出三尺高的尿？就算真有这个权力，只怕你会先考虑我这个当儿子的。"

说话时，有人喊余校长，要他到下面村里去领工资。

余校长拉上张英才做伴。到了村里才搞清楚，教育站的黄会计碰上了抢劫的。黄会计因为家里有事，将发工资的时间拖后了几天。界岭小学是他的最后一站，黄会计从望天小学那边翻越两道大山直接过来，想不到偶尔为之，也会碰到抢劫的。为了逃命，黄会计将力气都用光了，明明学校就在眼前，一步也走不动。黄会计不知是解嘲，还是真的这样做了。他说，最危险的时候，他急中生智，一边跑，一边告诉追杀他的人，其他学校老师的工资都发出去了，他身上的钱，只剩下一百多元。这不是假话，因为界岭小学全是民办教师，每个人只有三十五元补助金。黄会计这样一喊，抢劫的人就泄气了。黄会计这才捡回一条性命。

张英才是生平第一次领工资，为了加强记忆，余校长就让他将大家的补助金一起代领了。

拿了钱后，张英才随口问："补助金分不分级别？"

余校长说："公鸡啄白米，一口一粒，不问大小。"

张英才心里一默算，就发现有问题，想细问，又怕不便。回校后就给万站长写了一封信，要他查一查为什么这里只有四个民办教师，却能领五个人的补助金。

两封信都交给了父亲。张英才再三嘱咐，要父亲将姚燕的信用挂号寄。他怕父亲弄错，特地说邮费涨了价，挂号要五角钱。父亲要他给钱。

他有点气，说："父子之间，你把账算得这么清楚干什么，将来有我给你钱用的时候。"

父亲品出这话的味道："这才叫水往下流呢！"

父亲走时，张英才正在上课。听见父亲在外面叫一声："我走了！"他走到教室门口挥挥手就转回来。

下课后，孙四海过来对张英才说："你爸让我转告，他将那瓶油送给余校长了，他怕你生气，不敢直接和你说。他说中午在余校长家吃饭，一大盆青菜里，挽起胳膊找半天，才能找到几个油星子。"

这天特别热闹，放学后，降旗仪式刚结束，呼呼啦啦地来了一大群家长。也不喝茶，十几个人分成两拨，一拨人帮孙四海挖茯苓地四周的排水沟，一拨人帮余校长挖红薯。

张英才到窖茯苓的地里转了转。大家都在议论，说孙四海的茯苓丰收了，地上裂了好些半寸宽的缝，一定是底下的茯苓太大，涨开的。孙四海笑眯眯地说，头三年自己种的茯苓都跑了香，这一次就当是对上一次的补偿吧。张英才不明白什么是跑了香。孙四海告诉他，茯苓这东西怪得很，三年前在这儿下的香木菌种，三年后挖开一看，香木倒是烂得很好，一个茯苓也找不到，而离得很远的地方，会无缘无故地长出一窖茯苓来，这是因为香跑到那儿去了。有时候，香会翻过山头，跑到山背后去的。张英才不信，认为这是迷信。大家立即对他不满，埋头挖沟不再说话。

张英才觉得没趣，便走到余校长的红薯地里。几个大人在前面挥锄猛挖，十几个小学生跟在身后，见到锄头翻出红薯来，就围上去抢，然后送到地边的箩筐里。红薯的确没种好，又挖早了，最大的也大不过拳头。余校长说，反正长不大了，早点挖还可以多种一季白菜。张英才看见小学生翘着屁股趴在那里折腾，开始心里直发笑，后来见到他们脸上黏着鼻涕和泥土，头发上尽是枯死的红薯叶，想到余校长将要像洗红薯一样把他们一个个洗干净，就喊道："同学们别闹，要注意卫生，注意安全。"

余校长不依他，反而说："让他们闹去，难得这么快活，泥巴人儿更可爱。"

余校长用手将红薯一拧，上面沾的大部分泥土就掉了，送到嘴边一口咬掉半截，直说鲜甜嫩腻，还叫张英才也来一个。张英才拿了一个要去溪边洗，余校长说："不用洗，洗了不鲜，有白水气味。"他装作没听见，依然去了溪边。将红薯洗干净后，他不好再回去，只有回屋烧火做饭。

走到操场中间，听见有学生叫张老师，一看是叶碧秋。

"你怎么没回家？"

"我小姨就住在下面村里，我爸让我上她家去，为张老师要点青菜炒着吃。"

叶碧秋说着，就将半篮子青菜递到他面前。

张英才生气了："我是一个人吃全家人不饿，不像余校长，要管二十个人的伙食，怎么会要你去帮我讨吃的呢？"

叶碧秋嘟哝着说了句什么，脸上很不高兴。

张英才换个口气说："这次就算了，以后就别再自作聪明了。"叶碧秋忙放下菜篮，转身欲走。张英才拉着她的手说："你帮我一个忙，问问余志，他晓不晓得是谁弄断了凤凰琴的琴弦。"

见叶碧秋点了头，张英才就送她回小姨家。

进村后才弄清楚，叶碧秋的小姨就住在邓有米的隔壁。

邓有米见到后，又要留张英才吃晚饭，张英才只好谎称已吃过饭。往回走时，张英才记起叶碧秋刚才走路时款款的样子，很像那个给他写信的女同学姚燕。他不由得有些担心，父亲会不会将给姚燕的信弄丢。随后又想，可惜叶碧秋比姚燕小许多。如此想来想去，他仿佛记起来，刚才拉住叶碧秋，要她找余志探听是谁弄断了凤凰琴的琴弦时，那只暖暖的小手，在自己的掌心里柔柔地抖了几下。

天气一天比一天凉。

一个星期下来，学校里的日常事务就熟悉了。每日几件旧事，做起来寂寞得很。凤凰琴断弦一事，便成了真正的大事件。等了几个星期，叶碧秋不仅没来汇报情况，反而老躲着他，一放学就往家里跑。这天下午，张英才让邓有米一上课就宣布，放学之后，让叶碧秋到办公室见他。

放学时，叶碧秋果然不敢抢着跑了。

张英才问："你问过余志没有？"

叶碧秋说："问过，他说是他干的，还要我来告诉你。"

张英才说："那你怎么迟迟不说？"

叶碧秋说："他晓得我是你派来的汉奸特务。我要是说了，就真的成了汉奸特务。"

张英才说："那你为什么还要说？"

叶碧秋说："是你要我说，不是我要说的——二者完全不一样！"

张英才被叶碧秋后面的话说愣了。这是他来界岭小学后，所听到的最有文明含量的一句话。当然，他所感受的文明，多半来自每天都要翻开来看一看的《小城里的年轻人》。他很想问叶碧秋看过这本小说没有，或者问她想不想看这本小说。

张英才回过神来："我不相信是余志干的。"

叶碧秋说："我也不相信，余志尽冒充英雄。"

张英才说："那你再去问问他。"

叶碧秋说："我不敢再问了。三年级时，他说他吃了蚯蚓，我刚说不信，他就当面捉了一条蚯蚓吃下去。"

眼看谈不妥，张英才只好让叶碧秋走开。

6

周末下午的降旗仪式举行得早一些，因为全体老师都要出动，送那些在余校长家寄宿的学生回家。举行降旗仪式时，全校的学生都参加了，由于太阳还很高，天空还很灿烂，邓有米和孙四海的笛子，吹不出黄昏时的那种深情，气氛也就没有往日的肃穆。仪式结束后，邓有米、孙四海和余校长各带一个路队，往不同方向走。学生一走，学校里就变得特别冷清，就像一座没有香客的大庙，寂寞得瘆人。

余校长总说张英才路不熟，留他看校。这一次，张英才存心耍了个心眼，悄悄地跟上孙四海这一路。直到走出两三里远，才追上去打招呼。孙四海见了他有点意外，嘴上什么也没说，依然牵着李子的手，一步步稳稳地走着，还不断提些课堂上的问题，让李子回答。李子若是到路边采山楂时，孙四海必定在旁边紧紧守护着。这一路队有六个学生，到第一个学生的家时，已走了近十里路。

张英才走热了，脱下上衣只穿一件背心："这十里路，可以抵山下的二十里。"

孙四海说："难走的还在后头呢！"

山路的确越来越难走。草丛中的蛇蜕也越来越多。孙四海从裤兜里掏出一个塑料袋，将捡到的蛇蜕小心地装进去。张英才看到一条蛇蜕，鼓起勇气把手伸了出去，一触到那粗糙的乳白色东西时，心里一阵阵起疙瘩。

李子在旁边说："张老师怕蛇了！"

孙四海马上要李子用一个成语来形容一下。

李子想了想说："杯弓蛇影。"

孙四海轻轻抚了一下那片微微发黄的头发。张英才不由得尴尬起来。蛇蜕有许多了，塑料袋装得满满的。孙四海不让学生们再捡，要他们赶紧走路。站在山梁上，张英才以为离天黑还有会儿，一下到山沟，就很难看清脚下的路了。

学生们陆续到家，只剩下一个李子。

最后李子也到了家。王小兰站在家门口，一副等了很久的样子。孙四海将塑料袋递过去，王小兰也将一只装得满满的袋子递过来。

到这一步，孙四海才说："李子这几天有些咳嗽。"他又介绍，"这是新来的张老师。"

张英才不知道怎么称呼好，只有点点头。

王小兰也在点头，点得很深，像是在鞠躬，然后问："不进屋坐会儿？"

孙四海忧郁地说："不坐了。"

张英才看清了，王小兰是个哀戚戚的冷美人。

听到王小兰身后的屋里传出一个男人的呼唤："李子回来了？"孙四海立刻说："我们走了。"

走了一阵，张英才再往回看，王小兰果然还在家门口站着。又走了一阵，前面山上有一处灯火很像界岭小学。张英才一问，果真如此。

张英才很奇怪："李子回家不是多绕了十里路吗？"

孙四海说："路是绕了点，但能多采些草药。她不绕路，别的学生就要绕路。"

张英才壮壮胆说："李子她妈不该嫁给那个男人。"

孙四海愣了愣说："谁叫她娘家穷呢，那个李志武，当时是大队干部，又实心实意地喜欢她。父母之言，她抗拒不了。谁知搞责任制后，李志武上山采药挣钱，摔断了腰。"

张英才更大胆地追问："当初你怎么不娶她？"

孙四海叹口气："我是从外地流落到界岭的孤儿，后来当了民办教师，就连最关心我的老村长都反对，怕弄出事来，影响转正。现在想来，真的是早知今日，何必当初！"

正待再问，前面有人在呻吟："孙主任！张老师！"

听声音分明是余校长。他俩赶紧走拢去，见余校长拄着一根树枝靠在路边石头上。

余校长苦笑着说，他将最后一名学生送到家，天就黑了，返回时，路过一处田垄，明明看见一个人在前面走着，还叼着一只烟头，火花一闪一闪的，他快走几步，想撵上去找个做伴的。到了近处，他一拍那人的肩头，觉得特别冰凉，像块石头。他仔细一打量，果然是块石头，不仅是块石头，还是块墓碑。他心里一慌，脚下乱了，一连跌了几跤，将膝盖摔得稀烂。

余校长说："我想等个熟人做伴，回去看个究竟。"

孙四海说："也太巧了。我们去看看，你丢下什么没有。"

张英才知道这风俗，人走夜路受到惊吓，一定要赶紧回去找一找，以免有精气或魂魄失散了，人会大病一场。张英才小时候胆子特别小，家里人一直认为是他受过惊吓而没有回去找魂，他自己则是从来不相信。

回去一找，果然是座墓碑，而且还是老村长的。界岭小学就是当年老村长拍板，让全村人，那时叫大队，勒紧裤带修建的。过去余校长常叹息说，若是老村长在世，学校也不至于像现在这种破样子。叹息归叹息，大家也都体谅老村长的为难之处，他自己的大女儿生下就是女苕。老村长却不承认，非说是读书少了。这也是老村长坚持要在界岭修建小学的重要原因。老村长在位时勉强张罗将女儿嫁了人，生了叶碧秋，叶碧秋过了启蒙年纪，九岁才报名上学。当然，这些都是老村长去世之后的事情。

这时，孙四海开口说："老村长，你爱教育爱学校我们都晓得，可你这样做就是爱过头了，你要是将余校长吓出毛病来，事情就会非常糟糕。你老的外甥女叶碧秋早就上学了，书也读得很好，我们都有信心，觉得她一定能够考上大学。你要想爱得正确，就请保佑我们这些民办老师早点转正吧！"

余校长在一旁说："孙主任，你可别像邓校长，为了转正，不论是神是鬼，见到了就烧香磕头。"

孙四海苦笑一声："余校长放心，我这是开玩笑。"

余校长说："人家死了多年，你还敢与他开玩笑，这也怪老村长当初太宠你。老村长将你从别的村弄过来当老师时，大家都以为他是招上门女婿，两个女儿由你选哩！"

孙四海说："人的事太难预料。老村长如果真的开口，说不定我会答应他，那样的话，我也算有个家了，不至于到现在还是一个人睡觉，全家人做梦。"

余校长说："这话又说过头了，小心有人听了心里难过。"

于是大家又说墓碑的事。老村长的坟墓早就在这条路上，这一带的人没有不熟悉的，当年下葬时，余校长还站在新坟前亲自念过祭文。怪就怪在连余校长都会在视觉上出错。孙四海和张英才一致认为，是余校长看花了眼，再有另一种可能是遇上了磷火，加上心里太紧张，出现了幻觉。

末了，余校长说，这种事山里常发生，不用大惊小怪。

大家刚刚平静下来，墓地里忽然传出一种像是女鬼的笑声，说哭不是哭，说笑不是笑，听起来很近，找起来很远，最恐怖的是，每一声响到最后，都会在一种狰狞的感觉中变得虚无缥缈。

从来只将鬼神当成笑谈的张英才，下意识地一把搂住孙四海的腰。

孙四海也没有沉住气，同样一把搂住余校长的腰。就像学生们在玩老鹰捉小鸡的游戏。余校长站在最前面，冲着黑乎乎的墓地吼了一声："我们都是知识分子，你就不要用这一套来吓唬人了！"

黑暗中真的走出一个人来。在暗处发出怪笑的女人，竟然是叶碧秋的母亲，也就是刚才余校长说的老村长的大女儿。

余校长和孙四海知道她是个女苕，也不好生气，只问她这么晚躲在这里干什么。

叶碧秋的母亲嘿嘿一笑，说自己想爸了，顺便将最近学会的一篇课文，背诵给他听。说话时，她很得意地亮了亮手里拿着的小学一年级课本。

　　哭笑不得的余校长，让开路，由她先走。经过孙四海身边时，叶碧秋的母亲拍了一下他的肩膀，还说："我认识你，你是孙四海，我爸最喜欢你！"等她走远了，余校长才笑话孙四海说，别以为女苕什么都不懂，她也善解风情。

　　孙四海伤感起来，若不是老村长非要他来当民办教师，真想不出自己现在流浪在何方。到这一步，张英才才弄清楚，原来孙四海是另一个村的孤儿，偶尔遇上老村长，老村长见他有文化，就将他弄到界岭来当民办教师。

　　说着话，就到了邓有米的家。余校长在门外喊了一声。成菊出来答应，邓有米还没有回来。邓有米送学生的路最远，有个学生离学校足有十里，来回一趟整整二十里，三个人进屋去说了一会儿话，邓有米就在外面叫门。开门进屋，四人一凑情况，不由得吓了一跳。

　　倒不是因余校长遇上怪事，而是邓有米撞着一群狼。

　　真是蹊跷事不凑成一堆，就算不上蹊跷。邓有米将最后一名学生送回家后，转过身来，刚绕过一座山嘴，狼群就迎面冲过来，他吓得不知所措，站在路中间一动也不动。那些狼也怪，像赶什么急事，一只接一只擦身而去，连闻也不闻他一下。其中一只小狼，被两边的大狼夹着没路可走，竟然直接从邓有米胯下钻了过去。邓有米让大家闻一下。几个同事站在那里没有动，倒是成菊，弯下腰，真的往他裆里嗅了一阵。站直了时，见孙四海在笑，她也忍不住说笑，邓有米跑了二十里山路，出了许多臭汗，分不清是狼臊，还是人臊。

邓有米先前对张英才说，成菊的丹凤眼被狼舔成疤瘌眼，因为张英才的疑问改口说不一定真的是狼，也可能是野狗。这一次，他又说成是遇到了狼，张英才马上认真地说，以界岭这片大山所存在的食物链，不太可能繁衍出一群狼。邓有米遇上的野兽，顶多是从小就没有人驯养的野狗。邓有米再次认同了张英才的话，他说，山里的人，说起山里的事，总是有些夸张。

孙四海一听就说起风凉话，界岭小学的教学计划应该修订一下，增加对指狗为狼或者指狼为狗这一新典故与新成语的专题教育。

说到这儿，大家都在笑。

成菊揉着泪汪汪的眼睛说："真是应了老古话儿，穷光蛋也有个穷福分。"

余校长添一句："穷人命人，但八字小。"

老村长的小女儿出嫁后住在邓有米隔壁。

大家一齐过去，与她说了刚才的事。老村长的小女儿，也就是叶碧秋的小姨，说今天是她父亲的忌日，姐姐一定是去上坟。姐姐总是这样，一天当中总有一会儿是清醒的，过了这一阵，就变成了另一个人。

7

第二天一早，张英才刚睁开眼睛就起床往家里赶。从山上往山下走，几乎是一溜小跑。二十里山路走完，山下的人才开始吃早饭。

路上碰见了蓝飞，他也是回家看看。两人内心的复杂明摆在那里，见面时只是相互点点头，没有说一个字，好在一到岔路口就自然分手了。

一进家门张英才就问："妈，我爸呢？"

母亲说："你爸一早就到镇上拉粪去了。"

他正想问父亲有没有寄一封挂号信，一扫眼发现灶头上搁着一封信，信封上用很娟秀的字写着"张英才亲启"，并且也是挂号。拆开一看，只有一句没头没脑的话：时时刻刻等你来敲门！张英才先是一怔，很快明白其中意思。他一高兴，也不管母亲在不在旁边，就将心里的话说了出来："到底是学艺术的，一句话都这么浪漫有诗意！"

因为儿子回来了，又因为有女同学寄来一封信，让儿子高兴得一跳三尺高，母亲欣喜地进厨房做了一碗腊肉面。

张英才吃得正香，忽然听到外面有停放自行车的声音，跟着就有人进了大门。张英才将一口美食吞咽下去再抬头时，万站长已经站到他的面前了。

万站长开门见山地说："听说你回了，就连忙赶来，有个通知，正愁送不及时，你赶紧带回学校去。"

张英才说："刚到家，就要返回？"

万站长说："这是大事，贯彻'义务教育法'的精神，下下个星期到你们那儿搞贯彻'义务教育法'工作的检查验收，要争分夺秒，一天都不能耽误。"

张英才接过通知，吃完剩下的面条，就上路了。

上山的路走得并不慢，歇气时，他忍不住拿出姚燕的信来读，信纸上有股女孩特有的香味，他贴在鼻子上一闻就是好久。这样就耽误了时间，还在山腰上，就看见路旁独户人家开始吃午饭。张英才不着急，从包里抠出两只熟鸡蛋，剥了壳咽下去，依旧走走停停。走到邓有米家的后山上，他想到，反正一会儿还要来通知邓有米到学校开会，不如现在就去说一声。

张英才于是弃了正路，从砍柴人走的小路插下去。

一到邓有米家门口，就看到几个人正在忙碌着，将他家粪凼里的土粪，一担担地往一块地里挑，地头上已出现一座黑油油的粪堆。张英才认出其中两个人，上次帮孙四海挖排水沟时也来过。

邓有米挽着裤腿在一旁走动，脚背以上却一点黑土也没沾。

见到张英才，邓有米有些不好意思："马上要秋播了，家长们担心我到时忙不过来，就自动来帮我一把。其实，这土粪再沤一阵更肥些。"

张英才说："现在你和余校长、孙四海摆平了。"

邓有米说："其实，那天我那话没说清楚。"

张英才抢白道："那天你是想说民办教师本来就是教私塾的先生，是不是？"

邓有米说："你可不要对我有什么看法！"

张英才说："用不着怕我。你洗洗手吧，然后到学校去开会！"

邓有米非常敏感，马上眉毛一扬："是不是有转正的名额下来了？"

张英才说："可不能先透露，等大家当面了再说不迟。"

邓有米走在前面，乐得屁颠颠的，这个样子让张英才觉得很好笑。余校长不在家，领着余志他们上菜地浇水去了，只有孙四海坐在门口，用笛子吹奏黄梅戏《夫妻双双把家还》，又是将快乐吹成了忧伤。

邓有米冲着他喊："孙主任，到张老师屋里来开会。"

孙四海放下笛子："星期天还开会？会开得越多，女苕和男苕就越多。"

邓有米说："来吧来吧，亏不了你。"

等余校长时，张英才将熟鸡蛋分给他俩一人一个，他自己也吃一个。一边吃一边将姚燕信中写的话当作上联，作为无意中想到的机智问题说出来，要大家对上下联。

时时刻刻等你来敲门，这句大实话，初时让邓有米和孙四海认为没有什么了不起，以为随便就能对出下联。真的开始思考，才发现并非易事。这时余校长来了。邓有米说开会，张英才不急，要余校长帮忙对下联。余校长听后表示，这个上联很难对，主要是那个"你"字有些作怪。邓有米也跟着分析，能对上"你"的字太少了，只有"我"和"他"。余校长比邓有米想得更全面一些，他认为邓有米说的只是原因之一，原因之二还在于，"你"用在这里表示两人在互相盼望，下联只能用一个"我"，就是用"我"来对也很勉强，所以，下联想要对得非常工整几乎不可能。

张英才心中有苦不便说出来，就岔开话说："万站长让我捎回一个紧急通知，要你们按通知上的要求，尽快执行，做好准备工作。"

余校长接过通知看了看，顺手递给将脖子伸得老长的邓有米，让他读一遍。

邓有米接过去，咳一下，清清嗓子响亮地读道："西河乡教育站文件，西文字第 31 号，关于迎接全县贯彻'义务教育法'工作检查验收的紧急通知——"刚读完标题，邓有米脸就变色了，最后几个字几乎能听出一些哭腔。

余校长问："邓校长，你怎么啦？"

邓有米实在忍不住沮丧："还以为是通知民办教师转正。前几次的文件，总是这个季节发下来。"

邓有米不愿再读。孙四海不用人叫，自己拿过去，读起来，读得余校长一脸的严肃。

孙四海一合上文件，余校长就说："满打满算也只有十天时间，没空讨论研究了，今天我就独裁一回，从星期一起，咱们四个人做这样的分工，张老师正式带五年级的课，孙主任将一、三年级的课一担挑了，我和邓有米抽出来，专门突击一下相应的工作。"

张英才打断余校长的话："我不懂，十天时间怎么能扫除文盲呢？"

余校长头一回用不客气的语气说："不懂的事多得很，以后可以慢慢学，现在没空解释，这事关系到学校的前途，一点也放松不得。"

余校长还宣布了几条纪律：一切为了界岭的教育事业，一切为了界岭的孩子，一切为了界岭小学的前途。张英才听不懂这叫什么纪律，他想说这倒像是誓词。余校长一认真，就显示出领导者的风范，让张英才心生畏惧，不敢乱插嘴。

余校长话不多，说完后就叫大家补充。邓有米提出，要村里派主要干部参加准备工作。

孙四海说："来个人又不能帮忙做作业、改作业，不如乘机叫村里将拖欠的工资补给我们。"

邓有米连声叫好。

余校长苦笑一下："也只好出此下策了。不过各位也得出点血，借此机会请村长余实和老会计来学校吃餐饭。每人十块钱，怎么样？"

邓有米说："可以是可以，在谁家做呢？"

余校长看了大家一眼，才说："就在我家吧，明老师做不了饭，另外请个会做饭的女人来帮帮。"

孙四海低声说："我没意见，还可以让村干部感受一下学校里艰难的情形。"

至于请人，商量半天只有王小兰合适，她做的饭菜又省料又清爽。

这一切都定下来后，天就黑了。

吃过饭后，张英才就趴在煤油灯下冥思苦想，如何才能使姚燕的那句话锦上添花。他将那本小说从头到尾翻了一遍，其中每一句有关爱情的话，都细细品过，既没有可供参考的现成内容，也没有找到任何灵感。枯坐到半夜，余校长又在窗外察看，见他没睡，就打个招呼走回去。张英才灵机一动，冒出一句话来：敲门太费时，我要直接翻进你的窗户。写了这句话后，张英才他很激动，也不怕外面的黑暗，跑去敲孙四海的门。刚敲　下，孙四海还没醒，他就觉得没意思，这样的话怎么和孙四海说呢，说了也不会有共同语言的。他悄悄地退回去。

屋内孙四海醒了，问："谁呀？"

张英才学了一声猫叫："喵——"

村长余实和老会计是星期二来学校的，加上王小兰与学校本身的四个人，刚好一桌。王小兰做的菜作料放得很重，大家都称赞说有口劲，吃得过瘾。吃饭之前，村长余实先说了一个好消息：尽管经济困难，村里还是决定将拖欠教师的工资发一部分。当然，他也希望全体老师能在这次扫盲工作中，为界岭村的领导和群众增光添彩。大家都为这话鼓掌，余校长的妻子明爱芬，也在里屋鼓了掌。

酒至半酣就开始逗闹。老会计死死拉着王小兰的手，非要王小兰和他干一杯。学校的人都替她说情，说她真的不会喝酒。老会计不答应，不能喝的酒，自己可以代她喝，但是每喝一杯她必须亲他一下。也不等王小兰分辩，老会计抓过王小兰的酒杯，一口喝干，并将老脸往王小兰嘴上凑。

孙四海的脸色顿时涨得像一大块猪肝。

邓有米见势不妙，起身解手去了。

余校长怕出事，一边不停地用手扯孙四海的衣角，一边用眼色示意张英才。张英才本与此事无关，又有万站长做后台，村干部们一直对他很客气。见老会计闹得有些过分，张英才本来就想出面干涉，加上余校长的暗示，他便挺身而出，插到两人中间，一手分开王小兰，一手将酒瓶倒过来，斟满桌上的空酒杯："我代小兰姐和你连干三杯。"也不管老会计同意不同意，一口气将酒杯喝干了三次。老会计是五十几岁的人了，一见张英才血气方刚的样子，只有甘拜下风。

孙四海的脸色也开始平和了。

张英才岂肯白喝三杯，拉扯之间老会计叫起了头晕，说："我服了你，但酒是不敢喝的，我从桌子底下爬过去行吗？"

老会计以为，在界岭的地盘上，自己说出这话就算给了对方老大的面子，没人敢让他真的那样做，没想到张英才要他当场兑现。

村长余实见了道:"行了行了,就这样,意思到了就行。"

张英才心里早就对村干部有意见,自己来这儿教书都好长时间了,谁也不来看望。听到村长余实打官腔,他就来了气。张英才也不说话,绕到老会计的背后,双手抵住老会计的屁股直往桌子底下推。对面坐着的孙四海,将自己和凳子一起往后移了移,露出空当,好让张英才将会计推过来。

恼羞成怒的老会计,爬起来时手里攥着一根肉骨头,要砸张英才。

村长余实连忙口称:"醉了!醉了!别再喝了,撤席吧,别让孩子们看笑话!"

送走了村长余实和老会计,张英才看见王小兰大大方方地进了孙四海的屋子。他装作走动的样子,来到窗外,听见里面女人的哭声嗡嗡的,像是电影镜头里两个人搂在一起时的那种哭声。

这天夜里,孙四海的笛声响了很久,搞不清楚是什么时候歇下来的。

第二天早上见面时,孙四海明显消瘦了许多,眼圈挨着的地方都是坑坑洼洼。

升完国旗,余校长吩咐,三年级和五年级,各抽十个成绩靠后的学生,交给他和邓有米安排。按学习成绩排顺序,叶碧秋应该是前三名。张英才不明白,要成绩差的学生做何用处。问过之后,又得不到回答,因而多了个心眼,将叶碧秋派了去。

隔天，张英才问叶碧秋："余校长安排的事你都做了吗？"

他吸取上次的教训，说话时绕了一个弯。

叶碧秋果然很坦白地回答："余校长安排我替余小毛做作业，我很认真地做了，余校长还表扬了我。"

张英才问："你认识余小毛吗？"

叶碧秋说："认识。我们一起启蒙的，但他一直断断续续，有时候来上课，有时候不来上课。今年开学时，余校长又动员他来了。他只报个名，连教室都没有进，就回去了。他家里太困难，读不起书！"

张英才说："我们班的同学，总共要代多少个报名不上学的学生做作业？"

叶碧秋说："余校长说，一个同学负责两个人。做完了，每个学生奖一支铅笔，两本作业本。"

张英才说："明天放学时，你将代余小毛做的作业本拿来，我替你改一改。"

叶碧秋一点也没怀疑，点头答应了。

第二天，叶碧秋果然将作业本带来了。张英才一看，和五年级已经做过的作业一模一样。

张英才想不明白，这样做是什么目的。

转眼十天过去，万站长带着检查团来了。

检查团来时，余校长又要孙四海将三、四年级的课，也交给张英才，理由是孙四海也要负担部分接待工作。张英才忙得团团转，连和万站长打招呼的时间都没有。他发现，学校里的学生，似乎比平时多出许多，却难得有空想想其中的缘故。

检查团在学校待了一天，下午总结时，张英才给两个班的学生布置了同一个作文题《国旗升起的时候》，三年级要求写三百字，五年级要求写五百字，腾出时间自己跑去听检查团的总结报告。县教育局的一位主任主讲，他认为，在办学条件如此恶劣的情况下，界岭小学能达到百分之九十六点多的入学率，真是一个奇迹！他还拍了拍放在桌子上的几大堆作业本。张英才听完报告才明白，这次检查，扫盲工作只是虚晃一枪，重点是适龄儿童是否入学。

万站长也是检查团成员，他发言说："老万我不怕大家说搞本位主义，如果界岭小学这次评不上先进，我就不当这个教育站长了。"

余校长带头鼓掌，检查团的成员也都鼓了掌。

山上没地方住，检查团看着余校长指挥学生降下国旗后，就踏黑下山了。

临走时，张英才对万站长说："我有情况要反映。"

万站长边走边说："你的情况，等回家过年时，再好好反映吧！"

万站长走出很远，张英才记起应该把写给姚燕的信，交给万站长带到山下邮局寄出去。他喊了两声，撒腿追上去。跑了百来米，看到万站长在那儿拼命摆手，他停下脚步，怔怔地望着那一行人，在黑沉沉的山脉中隐去。

检查团走后，张英才越想越觉得不对头，平时各处弄虚作假的事他见得不少，那些事与他无关，看见了也装作没看见。这回不同，不仅他是当事人，万站长也是。学校里的人明摆着是在串通一气，害怕泄露玄机，事事处处都防范他，把他和万站长都耍了。这一想就有气往上涌，他忍不住，拿起笔给万站长和县教育局负责人写了两封内容大致相同的信，详细地述说了界岭小学和界岭村在这次检查中偷梁换柱、张冠李戴等等见不得阳光的丑恶伎俩。

信写好后，他有空就到学校旁边的路口，等那个三天来一趟的邮递员。等了四天不见邮递员来，也不知是错过了，还是邮递员这次走的不是这条路线。他不愿再等下去。拦住一个要下山去的学生家长，将两封信托他带下山寄出去。不过姚燕的信还在手里捏着，他只会将它托付给像父亲和万站长这样万分可靠的人。

8

这几天，学校里气氛很好，村干部来过几趟了，大家一起将每间屋子细细察看，哪儿要修，哪儿要补。村长余实表态，发下来的奖金，村里一分钱不留，全部给学校做修理费，让老师和学生过一个温暖舒适的冬天。余校长将这话在各班上一宣布，学生们都朝着屋顶上的窟窿和墙壁上的裂缝欢呼起来。余校长还许诺，若是修理费能省下一点，还可以免去部分学生的学费。余校长说"部分学生"时，目光在那些家庭特别困难的学生身上不停打转。

大约过了十来天，下午，张英才没有课，就到溪边洗头洗衣服，边洗边吹着口哨，也是吹那首《我们的生活充满阳光》。他边吹边想，这一段，孙四海和邓有米的笛子里，总算有欢乐的调子飘出来。忽然听到身后有人喊，回头一看，很高的石岸上站着万站长。

张英才甩了甩手上的泡沫，正待上去，万站长已经跳了下来，铁青着脸，不问三七二十一，劈头盖脸就是两个耳光，打得张英才险些滚进溪水中。

张英才捂着脸委屈地说："你凭什么一见面就打人？"

万站长说："打你还是轻的，你若是我的儿子，就一爪子掐死你！"

"我又没有违法乱纪。"

见张英才还不服气，万站长更生气了。

"若是那样，倒不用我管。你为什么要写信告状？天下就你正派？天下就你眼睛看得清？我们都是伪君子、睁眼瞎？"

"我也没写别的，就是说明了事实真相。"

"你以为我就不晓得这穷鬼都不肯来的地方，实际入学率只有百分之六十几？你晓得我在这儿教书时，费尽九牛二虎之力，入学率才达到多少吗？臭小子，才百分之十六呀！我告诉你，别以为你比他们能干，如果这儿实际入学率能达到百分之九十几，让余校长他们当全国模范都算委屈，要当教育部部长才合适。"

万站长要他洗完衣服后回屋里待着，学校里无论发生了什么事，都不要出来。

张英才被几巴掌打怕了，老老实实地待在自己屋里。

天黑前的降旗仪式上，余校长第一次喊"奏国歌"，笛子没有响。余校长喊了两遍，还是不行。他不得不用异样的声音第三次喊"奏国歌！"笛声才沉重地响起来。

之后，孙四海开始拼命地劈柴。

孙四海用斧头将柴连劈带砸，弄成粉碎，嘴里一声声咒骂着："狗杂种！狗杂种！"直到余校长叫他去商量一件事。

万站长很晚才到张英才房中，灯光下脸色有些缓和了，他在张英才的床上斜躺了好久，才长叹一声。

"你只花一张邮票钱，就弄掉了学校的先进和八百元奖金，余校长早就指望用这笔钱来维修教室。其实，这儿的情况县里完全清楚，想提高这里的入学率，比别处抓高考升学率还难，都同意界岭小学当先进，你捅了一下后就不行了，窗纸捅破了漏风！"

张英才想分辩几句，万站长不让他说。

"我让余校长写了一个大山区适龄儿童入学难的情况汇报，做个补救，避免受到通报批评。我和他们谈了，让他们有空将每个学生入学时的艰难过程和你说说，你也要好好听听，多受点教育。"

话音刚落，万站长就睡着了。

万站长的鼾声很大，吵得张英才入梦迟了。早上醒来一看，床那头已经没有人了。

早饭后，张英才拿着课本往教室那边走，半路上碰见孙四海，对他说："你休息吧，今天的课我来上！"

张英才说："不是说好，这个星期的课由我上吗？"

孙四海不冷不热地说："让你休息还不好吗！"

"休息就休息，累死人了，我还正想请假呢！"

张英才很不高兴，昂头说完后，转身就走。

第二天，几乎是在头天的同一个地方又碰上孙四海。

"你不是请假了，怎么还往教室跑？"

张英才说不出话来，心里却是真生气了。

万站长走后，张英才明显感到大家对他很反感。孙四海见他时，只要一开口，话里总有几根不软不硬的刺。邓有米更干脆，远远地看见他，就往旁边躲。余校长也很气人，张英才向他汇报，说孙四海剥夺了他的教学权利，他竟然装聋，东扯西拉的，还煞有介事地解释，自己的耳朵一到秋冬季节就出问题。开头几天，张英才还以为只是孙四海发了牛脾气，闹几天别扭也就过去了。过了两个星期仍没让他上课。余校长和邓有米也不出面干涉，他就想，这一定是他们的合谋，目的是撵他走。

晚上，张英才看见一只手电筒灯光在往余校长屋里挪。到了门口亮处，认出是邓有米。随后，孙四海也去了。张英才猜想，一定是开黑会，不然为何单单落下他一人！

张英才越想越来气，忍不住推门闯进会场，进屋就叫："学校开会，怎么就不让我一人参加？"

孙四海说："你算老几？这是学校负责人会议。"

张英才一下子愣住了，退不得，进不得。

最后还是余校长表态："就让张老师参加旁听吧！"

张英才不客气地坐了下来。听了一阵，才弄清楚他们是在研究冬天即将来临，如何弄钱修理校舍等问题。

大家都闷坐着不说话，听得见旁边屋里，学生们为争被子细声细语地争吵。

闷到最后，孙四海憋不住说："只有一个办法。"大家精神一振，眼巴巴地望着孙四海。孙四海犹豫一番，终于开口说："只有将我那窖茯苓提前挖出来卖了，变出钱来借给学校，待学校有了收入时再还我。"

余校长说："这不行，还不到挖茯苓的季节，这么多茯苓，你会亏好大一笔钱的。"

孙四海说："总比往年跑了香强多了。"

余校长说："既然这样，那我就代表全校师生愧领了。"

"要是评上了先进，不就少了这道难关！"

一直低头不语的邓有米抬起头小声嘟哝。说了之后，又露出一副后悔的样子，恨不能收回这些话。

余校长问："还有事没有，没有事就散会。"

张英才说："我有件事。我要求上课。"

余校长说："过几天再研究，这是小事，来得及。"

张英才说："不行，人都在，你们今天就得给我回个话。"

孙四海突然提高声调说："张英才，你别仗势欺人。什么时候研究是领导考虑的事，就是现在研究，你也得先出去，等研究好了，再将结果通知你。"

张英才无话，只好先行退出，他又没胆子候在门外的操场上，回到自己的屋里，用耳朵和眼睛同时注意着外面的动静。

不一会儿，孙四海过来，隔着窗子说了一句更气人的话："我们研究过了，大家一致决定，下一次再研究这事。"

张英才气得直擂床板，用牙齿将枕巾咬成团，塞在嘴里狠命嚼，才没有跳到操场上破口大骂。

学校一如既往，不安排张英才的课。哪怕是请了学生家长来帮忙挖茯苓，孙四海不时要跑去张罗，也不让张英才替一下。茯苓挖到第二天中午，山上一片喧哗。张英才以为出事了，心里有些幸灾乐祸。

没过多久，孙四海兴冲冲地从山上下来，手里捧着一个灰不溜秋的东西，嘴里叫着："稀奇，真稀奇，茯苓长成人形了！"

张英才忍不住也凑拢去看，果然，一只大茯苓，长得有头有脑，有手有脚，极像一个小娃娃。余校长从孙四海手里接过茯苓人。细看一遍后，遗憾地说："可惜挖早了点，还没有长成大人，要是长得分清男女，就值大价钱了，说不定还能成为国宝。"

孙四海愣了一阵，才回过神来，双手一用力，将茯苓人的头、手、脚一一掰下来，扔到张英才的脚下。张英才见孙四海的眼里冒着火，不敢吱声，扭头回屋，将自己反锁起来。

张英才想了好久，觉得老这么斗也不是事，回避一阵也许能使事情有所转化。他向余校长交了一张请假条。余校长立即签了字，还说一个星期若不够，延期一两个星期都行。张英才拎上一只包，装上牙刷毛巾和给姚燕的信，外加那本小说，就下山了。

下山后，他没有回家，直接去乡里见万站长。

舅妈李芳站在门口说，万站长到外地参观去了。

李芳的样子明显是不想让他进屋。张英才只好在心里骂：你这个母夜叉，难怪丈夫会在外面偷情！嘴里依然道了谢。

出了教育站，看见从县城开来的末班车停在公路边上。车上人不多，有不少空位，他摸摸口袋里的钱，打定主意，干脆上一趟县城，他想到县文化馆看看，如果运气好，碰上那位写了如此好的小说的干部，就将心里的话全部说给他听听。张英才一上车，车就开了，走了两个小时，在县城边，他叫了停车。张英才记得姚燕家在城郊，父母是种菜的。上高二时，学校开运动会，张英才参加万米长跑，曾经从姚燕家门前路过。张英才记得具体方位，一路找过去，还真让他找到了。大门上着锁，听邻居说，姚燕的父母上省城看姑娘去了。张英才本没有见姚燕家人的意思，只想认路朝拜一下。转身再到县文化馆，一打听，这才真正失望：那位写小说的干部，已经作为人才，调到省文化厅去了。

张英才的第三个愿望是看电影。他发现电影院居然不清场，看了上一场，只要不出去，就能接着看下一场，虽然是同一部电影，张英才还是一口气看了三遍，直到电影院关门为止。

从电影院出来，张英才就去那家农友旅社。过去父亲来学校看他总住那儿。同学们还用此事笑话他。他和父亲说了几次，父亲不肯改，仍住农友旅社。张英才不去想为什么自己也只能住农友旅社，找到地方，交了两元钱，登记了一个床铺，也不去看看，拿了号码牌，出门买了一碗清汤面，三下两下吃完，回到旅社，蒙头就睡。

后半夜，那些要赶早去集贸市场上抢占位置的人，早早地就将张英才闹醒了。他跟着那些人起来，去车站搭车，到了候车室，才发现自己也起得太早了点。候车室里只有几个要饭的躺在那儿，他在那里坐下也不是，站着也不对。

幸好候车室的报栏上还夹着一张旧报纸，张英才站过去，从头开始看，连最小的标点符号也要看清楚是顿号还是逗号。看到第二版，突然发现一篇通讯员文章，是说这次贯彻'义务教育法'工作大检查的，从头到尾全是好话，居然还点名表扬了万站长，说自他任教育站长以来，西河乡义务教育工作有了翻天覆地的变化。张英才将这张报纸看完之后，又集中注意力来研究这篇文章，连着看了好几遍，脑子里的思索次数就更多了。

随着有人将要饭的人撵出候车室，车站里慢慢热闹起来了。

好不容易回到西河乡，没想到刚下车就遇上蓝飞。

张英才夜里没睡好，有些恍惚，想躲开已经来不及。

更想不到蓝飞会主动迎上来，问他何时回去上课。

张英才一时大意，脱口说了句："上个鬼的课！"

再听蓝飞说出来的话，张英才忽然明白，自己的事已被大风从山上刮到山下来了。

蓝飞说："鬼才不上课！你是教育站用红头文件批准的教师，不说为万站长争口气，也要为自己留点尊严！"

蓝飞胸有成竹地为张英才出主意，要他回去后，装出一副准备进行转正考试的样子。蓝飞断言，不出三天，那几个民办教师就会想尽办法来巴结他。到了那一步，他就是界岭小学的阿弥陀佛了。

蓝飞说完自己的想法后，不清楚是叹息别人，还是叹息自己，或者只是发泄心中郁闷，他将嘴张得大大的，对着太阳长长地吁了一下。一直侧面对着别处的张英才，情不自禁地随着他的表情看过去，刚刚还是万里无云的天空，仿佛也被触动了伤心事，变得阴阴的。他俩都没有将心里想到的话说出口，似他们这类只是民办教师初级阶段的人尚且如此，

界岭小学的那帮民办教师，少的干了十几年，多的干了二十
几年，日日夜夜对转正的渴望，早已化为一种心情之癌，成
了永远的不治之症。

张英才在心里接受了蓝飞的主意后，回家吃了顿中饭，
又让母亲准备几样可以存放的菜，便赶回学校。路过细张家
寨时，张英才看到万站长的自行车，放在一户人家的门口。
不用猜他也明白，那一定是蓝小梅的家。过了细张家寨，便
全是上坡路。脚步一慢，就有时间想事情了，特别是遇上一
阵大风，吹得身上凉透了，他才恍然大悟：蓝飞也是高中刚
毕业，凭他的心智，就算将那些从学校图书室偷出来的厚黑
与权谋方面的书背得滚瓜烂熟，也难以在这么短时间里，将
民办教师心理摸得如此透彻，所以，一定有高人在背后指点。

张英才冲着滚滚袭来的林涛大吼一声，心里却在暗暗叫
苦：若是在万站长心里，亲外甥连老情人的儿子都不如，这
符合天理吗？这时候，他已经认定，蓝飞的突然出现，一定
是奉了万站长之旨意。他忍不住骂万站长是老狐狸，又将蓝
飞的母亲蓝小梅骂成是老狐狸精。

9

回到界岭小学时，余校长他们正在落日之下发呆。张英
才有意从三人中间穿过，竟然被视作无物，更别说让他上课

的事了。

张英才也就顾不上再生蓝飞的气了。他将初中和高中的课本以及学习笔记，全部铺开，陈列在桌面上，窗户也用报纸封死，不露一点缝隙。一连两天，除了上厕所和必要的室外活动，譬如升降国旗等，其余时间决不出屋，即使要出屋也要随手锁门。第三天早上，他去上厕所，回来后，发觉窗户上的报纸被人抠出一个小洞。他什么也没说，找了一块纸，将那个小洞补上。

中午，张英才正闩着门在屋里做饭，听见叶碧秋叫他。

叶碧秋站在门外说："张老师，你怎么不给我们上课了？"

张英才说："都是学校安排的。要不你去问余校长。"

叶碧秋说："同学们都在想念你，想听你讲的课。"

张英才打开门说："当学生的可不能挑选老师。"

叶碧秋红着脸说："不，不是我挑选老师，是邓校长要我这样说的。"

叶碧秋虽然还在读小学，因为启蒙晚，身体发育情况是全校学生中最明显的。张英才不经意里看到那微微挺起的胸脯，也有些脸红，便赶紧说："邓校长随口说的话不能当真。"

张英才转身将桌子上的复习资料整理了一遍，这也是故意做给叶碧秋看。他明白邓有米指使叶碧秋来，是有目的的，也说明自己的故弄玄虚已经初见成效了。待叶碧秋将屋子里的情形看清楚了，他又故意说："如果没有特别重要的事，不要再来敲门，我要专心复习。"

叶碧秋走后，张英才忍不住一阵窃笑。

下午放学后，张英才听到外面笛声有些三心二意，就有意走出去。邓有米立即放下笛子，冲着他极不自然地笑一笑。张英才装出一副视而不见的样子，继续喃喃地背着数学公式。一向很会说话的邓有米，犹豫再三才凑上来，却说了一句不大得体的话。

"这几天你没到课堂上去，叶碧秋表现有些奇怪，总是下意识地在纸上不停地写张英才、张老师和张英才老师。"

张英才心里一惊，想好的几句呛人的话，都没法说出来。

天一黑，张英才正要关门，孙四海来了。

"明天我要下山一趟，配副眼镜，班上的课由你去上。"

"我请了一星期假还未满呢！"

"我这是私人请你帮忙。"

"如果是公对公，那可没门儿！"

孙四海走到桌边，拿起那副近视眼镜："你这眼镜是多少度的？"

张英才说："四百度。我告诉过你。"

"我记性差，忘了。"孙四海一边说，一边将每一本书狠狠盯了一下。

孙四海果然是下山去了，直到临近天亮时才回来，还背着一大摞书。

张英才装着好奇地问李子："孙老师是不是背了好多小

说回来？"

李子说："连小说的毛都没有，全是中学数理化课本。"

自从有了那些书，孙四海就不再在半夜里吹笛子了。张英才每次从梦中醒来，都能听到孙四海的读书声。有一次，张英才迎着夜风轻轻地推开门，看到一个读书人的身影，映在窗纸上，正好有一颗很大的流星划破天空，落在后山那边，他心里不由得一阵颤抖。

邓有米也请假下山去了一趟，回来后神情忧郁，背后和余校长嘀咕："可能是这次转正的面很窄，名额很少，所以上面保密，一点口风不透。"

邓有米说过那话的当天，余校长就亲自找张英才，问他最近以来，对民办教师的工作安心不安心。张英才矢口否认，还装出委屈的样子说，自己已经适应了，不再有别的想法，希望余校长别搅动一池春水了。余校长只好单刀直入，指着桌上的书本问这是干什么。张英才就用当老师更要打好基础作为解释，还说万站长每次见面都要叮嘱他，想要当好小学教师，必须全面掌握高中水平的文化知识。见问不出什么，余校长走出去，和守在外面的邓有米一起仰天长叹。

"别的行当越有经验越是宝贝，偏偏只有民办教师越老越不值钱！"后来几次，张英才听到余校长恍惚地自语，"邓有米相信可以花钱买通人情后门，孙四海可以凭真才实学霸王硬上弓，张英才既有本事又有后门，我老余这把瘦骨头能靠点什么呢？"

由蓝飞说出来的这一招数，让张英才一夜之间成了界岭小学镇校之宝。张英才有时候会独自发呆，一遍遍地想，民办教师转正到底是鲤鱼跳龙门，还是阎王爷设下的鬼门关？张英才本来就不是真的在看书，那天他在纸上胡写乱画了好久，回过头来再看，一张白纸上，几乎全写着：尊严！

在他对着这两个字发愣的那段时间里，先是余校长，然后是邓有米，最后是孙四海，就像值班巡逻那样，轮番找借口到他屋里来转转。最特别是孙四海，别人早已放下了架子，唯独他，人虽然跨过了门槛，灵魂却不肯跟进来，所以，每说一句话，嘴唇都要紧张地哆嗦好一阵。让张英才想不到的是，孙四海刚走，王小兰就像风一样溜进来，二话不说，将床上的被子抱起来就往外面跑。等到张英才明白过来，她人已经走远了。太阳落山后，王小兰将洗得干干净净，并用米汤浆过的被了送了回来，还暧昧地笑着说，他在被子上撒播的那些种子全洗掉了。王小兰走后，张英才摊开被子细看，以往在家里，连母亲都没有洗掉的那些青春斑痕，真的找不见了。虽然屋子里只有他自己，张英才的脸还是红得快要涨破了。不仅为自己害臊，也为王小兰害羞，以孙四海一向的清高，如果知道王小兰也开始用那种半荤半素的话语挑逗别的男人，万一失态了，出手痛打她一顿也不足为奇。

夜深人静之际，张英才睡在芬芳的被窝里，脑子里总在想着自己后来在纸上补写的一句话：没有转正的民办教师连在别人面前笑一笑的权利都没有。

往后的一个月中，邓有米往山下跑了七八趟。每次都是失望而归，可见了张英才仍要做出笑脸，声称又见到了万站长，万站长真是个好领导，等等。

余校长哪里也没有去，唯一的变化是一到天黑就在空无一人的小操场上，绕着旗杆踱步。这天晚上，余校长终于踱进了张英才的屋子。

寒暄一阵，余校长就把目光转向凤凰琴："最近一段怎么没听见你弹琴，是不是弦断了？"

张英才说："弦断了不要紧，主要是没工夫。"

余校长从口袋里掏出一卷琴弦："我这里有四根旧琴弦，不知合适不，你上上去试试看。"

张英才也不推辞，伸手接过来，并说："只怕过不了两天又会弄断的。"

余校长说："不会的，再也不会的，以前主要是明老师听不得凤凰琴响，听了就犯病。现在我将门窗堵严实了。"支吾几句再转过话题，"张老师，这次转正，是不是对一些特别的人，譬如像——像我这样的人，有什么优惠政策？"

张英才说："没听说呀，真的一点消息也没听说。"

余校长忧伤地转过脸："没听说就算了！你先忙，我到孙主任那里去转转。"走了几步他又回头说，"我考虑了很久，决定向上报你当教导处副主任。"

张英才心里想笑，嘴上说："多谢校长栽培。"

余校长敲不开孙四海的门。孙四海声明过，这一段放学后，他谁也不见。余校长本也无事，隔着门说几句就打了回转。

正在这时，黑洞洞的操场上传来成菊的哭声："余校长，余校长喂！你快救救邓有米吧！"

成菊跌跌撞撞地扑过来，一把抓住余校长。

余校长有些急："你放开我，有话慢说，这么黑的天，叫别人看见了如何说得清！"

成菊仍不放手："我不管这些，邓有米让派出所的人抓去了，你要想法救他出来。"

张英才这时从屋里钻出来："派出所的人怎么会抓他呢？"

成菊回答："还不是为了转正的事，别的人不是有学问就是有靠山，邓有米他什么也没有，好不容易找了一个关系可以走走后门，家里没什么好东西，没办法，邓有米就到山上砍了一棵红豆杉，没想到被林业派出所的人逮住了。余校长，你可不能见死不救哇！"

余校长一听急了："这不是丢学校的脸吗！上次先进没评上，这次又来个副校长偷树，真是斯文扫地哟！"

张英才在一旁劝："事已至此，想办法救邓老师才是上策。"

余校长像只热锅上的蚂蚁急得团团转。成菊坐在地上哭号，声音又长又尖。

张英才不耐烦地说："你哭得难听死了，像死了人一样，搞乱了别人的心，怎么想主意呢！"

张英才这样一说，成菊的哭声低了下来。

余校长终于沉重地说："只能这样了，就说学校要修理校舍，又拿不出钱，只好代学生忍辱负重，做此下策之事。"

张英才说："行倒行，就怕孙四海不同意。"

余校长说："你去喊他过来。我刚才去过，他不肯开门。你一去，他就会开门的。"

张英才过去一叫，那扇门真的开了。说了经过，孙四海露出一脸鄙夷相："没本事就认命罢了，干吗一人做鬼，还要拖着大家一起去阴间呢？"

余校长说："行还是不行，你表个态。"

孙四海说："我没态可表，就当我不晓得这事。"

余校长说："这也算个态度。将一切推给我得了。"

成菊叫起来："姓孙的，别以为自己就那么清白，想坐在黄鹤楼上看帆船，是人总有栽跟头的时候！"

孙四海将门掩到一半才说："我同意，就算是学校决定的吧！"

余校长连夜独自下山，第二天下午才和邓有米一道回来，邓有米脸上有几道疤痕，开始还以为是让派出所的人打的，说过后才知道，是被倒下来的红豆杉枝条划伤的。邓有米彻底灰心了，一连几天，见人就说自己愿意当一生的民办教师，再也不想转正，吃那公办教师的天鹅肉了。

乡教育站的黄会计又送工资来，还透露说，上次被抢一案有线索了。

黄会计走后第三天，成菊娘家的一位亲戚就被逮捕了。说起来，还是因为邓有米盗砍红豆杉而发现线索的。界岭一带总共有十几棵大的红豆杉树，小红豆杉树就说不清了。自从发现这种树特别抗癌之后，大红豆杉树没人敢动，小红豆杉树难免受到盗伐。断断续续的盗伐事件中，大多数没有被发现，成菊娘家那位亲戚也盗伐过红豆杉，林业派出所的人下去调查，本是为这件事，对方心里慌张，就连抢劫黄会计一事也自动坦白了。这两件事一发生，邓有米的背驼了许多，还向余校长递交了辞去副校长之职的申请书。不过，余校长没有接受。

只有孙四海无动于衷，继续在那里夜以继日地复习。

周末下午放学，照例是老师送寄宿的学生回家。

余校长见邓有米情绪不好，害怕出事，就叫张英才陪着邓有米。一路上很顺利，返回时，碰上了王小兰。王小兰慌慌张张地往学校里去找李子。张英才记得很清楚，学生们站好路队后，孙四海是牵着李子的手，带着那支路队出发的。王小兰仍不放心，她感觉要出事了，非要到学校看看。

到了学校，孙四海的窗口亮着，有人影一动不动地透出来。

叫开门，王小兰气喘喘地问："女儿呢？"

孙四海说："她不是回你那儿去了？"

王小兰说："你们是在哪里分手的？"

孙四海说:"半路上,我想赶早回来复习,就没有送到家。"

闻讯赶过来的余校长当下急了,大声指责孙四海:"你这是聪明一世,糊涂一时呀!"

早已眼泪汪汪的王小兰,终于哭出声来,顾不上擦眼泪,扭头就往门外跑。

在场的人也意识到问题的严重性,立即分成两路:一路是孙四海和张英才,顺着路队走的路寻找。一路是余校长和邓有米,沿着近路寻找。孙四海跑得飞快,一会儿就超过了王小兰。张英才跌了几跤,还是跟不上。幸亏孙四海要到沿途路边人家打听,才时断时续地没有跟丢。到了张英才上次跟着路队走过的那道山岭上,月亮正好出来了。

跑得飞快的孙四海站在山梁上不动,等张英才跟上来后,才说:"李子在那边树上,被一群狼围着了。"孙四海不像邓有米,依然坚定地将那些东西称之为狼。

黑黝黝的红豆杉上,果然有李子嘶哑的哭声,树下还有十几对绿莹莹的眼睛。

孙四海吩咐张英才,看准山路后,一起大叫着往红豆杉下猛冲,越快越好,千万不能停顿,然后迅速爬上树去,等余校长和邓有米来。说完,也不管张英才同意或不同意,便大叫起来:"李子——别怕——我来了!"张英才有些怕,不知叫什么好,只得哇哇乱吼,那群被孙四海坚持称为狼的动物,被吓得退到一边。孙四海动作快,张英才的动作也不算慢，等到狼群重新围上来时，他俩已在红豆杉上坐稳当了。

孙四海一把将李子搂在怀里。

李子歇下来不哭了，孙四海却泪流满面。

半小时后，余校长和邓有米果然带来一大群人，将树下的狼群撵跑了。

回到学校，已是后半夜。孙四海不肯去睡，谁劝也没有用，一个人坐在旗杆下吹着笛子，音符一个一个地流得非常慢，非常缓，沉沉地，苍凉得很，一如追忆与送别。

张英才早上起来，看见操场上到处是焦黑的纸灰，他捡起一张没烧完的纸片一看，是中学课本。孙四海仍在旗杆下吹笛子，从笛孔里流出一点鲜艳的东西，滴在地上，变成一小块殷红。余校长坐在自己屋门口抽着烟。不远的山坡上，邓有米双手掩面，躺在枯草丛中。三个人都是一夜未眠。

晨风恶恶，初霜铺在山野上，被风霜雨雪褪去鲜艳的国旗，没有出现在晨空里，光秃秃的旗杆上有一种别样风姿。

"直到今天，我才第一次看懂了国旗。"

在明明没有升起国旗的周末，张英才对余校长他们说。

张英才的话含有多层意思，其中一种，是对自己搞的这场恶作剧很悔恨。他不敢说明白了，只想找机会报答一下，做一点补救。他将自己上山后的所见所闻，如升国旗、降国旗、李子的作文、余校长家的十几个孩子，以及孙四海的仅仅一次疏忽，就使学生险些成为野兽的美餐等，写成了一篇叫作《大山・小学・国旗》的文章。他没有告诉余校长，悄悄地下山，将寄给省报的投稿信，亲手塞到乡邮电所门前的邮筒里。

摸黑返回学校的路上，张英才又遇上蓝飞。

隔得不远，他听到蓝飞在和一个女人说话。蓝飞要那个女人去教育站，问问万站长，是否真有民办教师转成公办教师的机会。还声称，她若不去，自己就再也不进家门。张英才由此判断，对方是蓝飞的母亲蓝小梅。蓝飞不仅说狠话，还用力拉扯，可惜无济于事。蓝小梅不仅不去，还说，早知蓝飞如此不懂事，还不如当初他父亲去世时，将一家人全都装进棺材里。

蓝小梅转身往细张家寨走去。

有些释然的张英才等了约十分钟，才开始走向呆呆地站在路边的蓝飞。他装着什么也没听到，故意问蓝飞，如此失魂落魄，是不是失恋了。蓝飞回答时有些掩饰，但也有真话。他说，还不是因为界岭小学几个老资格的民办教师闹的，让远远近近的民办教师都以为上面真的有了转正的政策。因为一天到晚有人议论，自己都疑神疑鬼了，也想找人探听虚实。张英才站在黑地里，将界岭小学这些时发生的事，对蓝飞一一说了。蓝飞大吃一惊，他没料到这事会被弄到你死我活的程度，远远超出了预估。因此他俩再次约定，无论此事往后如何发展，再也不推波助澜了。

10

投稿信寄出后的第三天，邮递员送来一封信。

张英才以为是省报的回复。当他看出是姚燕的笔迹时，竟然有些失望。姚燕一改前一封信只写一句的风格，情意绵绵地写满三页纸。张英才只读了一遍就塞进口袋里，更没有急着回信，他觉得，如果这时候还有心思谈情说爱，就太不道德了。

大约过了一个星期，教育站的黄会计领来一个陌生人，说是省教育厅派来进行高考落榜生抽样调查的，要和张英才好好谈谈。黄会计将这人扔下，自己回去了。

那人自称姓王，张英才见他年纪较大，就喊他王主任。

王主任和张英才谈得很少，却老爱往教室和学生中间钻，还逐个同余校长、邓有米和孙四海谈了话。张英才好奇地问他们，都说只是拉了拉家常。有一次，王主任竟然跑进明爱芬的房里，举起照相机，咔嚓咔嚓地拍了十几张照片。幸亏余校长发现得快，硬将他拉出来。第二天中午吃饭时，张英才到处找不着王主任，还以为他不辞而别了，想不到天黑后，王主任又重新露面，并解释说，自己跑到附近山村里看风土人情去了。

王主任最喜欢看学校升国旗、降国旗，每到这个时候，就拿着照相机拍个不停，一点也不心疼胶卷。那天黄昏，当学生们跟着笛声唱完国歌，一个衣服穿得太少、老在队列中哆嗦的孩子，从余校长手里接过降下来的国旗，披在身上欢快地跑进低矮的屋子时，王主任不知是要擦眼镜，还是擦眼泪，背转身去，好一阵才回过头来。

隔了一天，又逢周末，王主任跟着孙四海送学生回家，沿着山路绕了一大圈，返回时，一不小心绊着什么，摔进一道山沟里。所幸山沟不深，沟里的杂草又很厚，王主任打了几个滚后，还能自己爬起来，并且解嘲地说，山沟深处的那一群狼，正用无数绿莹莹的眼睛盯着自己。

孙四海说："王主任是被摔得眼花缭乱了吧！"

王主任装出生气的样子："难道就只有你们能看到狼，我就看不到？"

孙四海说："你怎么晓得我们看见狼了？"

王主任说："不是狼，也是与狼差不多的野狗！"

路过一处山村，王主任敲开一家小杂货店的门，买了一瓶酒。王主任还要买些下酒菜，杂货店里只有几袋太阳牌锅巴，一看上面的字，早过了保质期。正在犹豫时，夜空里飘来一阵卤菜的香味。王主任吸了几下鼻子，问是谁家在卤牛肉。店主小声说，还有谁，村长呗！王主任让孙四海到村边站着等一会儿，自己循着卤菜的香味进了村长余实的家。时间不长，王主任便提着一包热乎乎的卤牛肉出来。孙四海有些惊讶，王主任居然能够虎口夺食。问起来，王主任说，回学校后，再将秘诀告诉他。

回到学校，孙四海按照王主任的意思，将余校长和邓有米，还有张英才叫到一起。王主任二话不说，上来就敬大家三杯酒。只有孙四海顶着不肯喝，故意说，王主任不明不白地将村长余实家的卤牛肉打劫来了，眼下吃得痛快，只怕日后小鞋要磨破脚后跟。王主任要大家放心，他是凭着这个证件掏钱买的。王主任一边说，一边从口袋里掏出记者证，啪的一声拍在桌面上。

到这一步，王主任才和盘托出，前面对他的介绍，只是微服私访的幌子，实际上，他是省报的高级记者。张英才所写的稿件寄到报社后，读过的人没有不感动的。为了确保此事的真实性，报社专门派他下来核实。

王主任说，只有亲眼看见这一切，才敢相信那篇文章每一字都是真实的。

王主任又说，这是一篇自己从事新闻工作以来见过的最好的文章，一个星期以内就能见报，发头版头条，还要配编者按和照片。

为了赶时间，喝完酒王主任就摸黑下山去了。

刚好一个星期，王主任走后的又一个周末，大家正聚在学校里等邮递员，想尽快看到王主任的承诺能否兑现。远远地看到有人朝学校走过来，还以为是邮递员到了。走近了些，才发现是村长余实。邓有米马上想到，村长余实来一定没有好事，过完年村委会就要改选，除非将这两年拖欠的民办教师工资一一兑现，否则，界岭小学的三张票，就不会是他的铁票。

一会儿，村长余实就站到了旗杆下面，余校长正想上前打招呼，冷不防听到一声吼："老子总算打听清楚了，原来那个闯到我家敲诈勒索的假记者，是你们这帮酸秀才引来的。"

大家这才明白，村长余实是为那晚被王主任弄走的卤牛肉而来。余校长话到嘴边又停下来。邓有米和孙四海站在那里像木头一样毫无反应。张英才当然清楚，与村长余实对话，必须是自己这样的外来者。

张英才问："你怎么敢断定人家是假记者？"

村长余实说："在界岭教书的都是水货民办教师。记者是无冕之王，就是刮十二级大风也吹不来，不请自来的全是清一色假货。那天晚上我若在家，不将那家伙的假记者证扔进灶里烧了才怪。"

张英才说："你不也是从界岭小学毕业的吗？老师是水货，教出来的村长一定也是水货！"

村长余实说："不是我不给你们面子！说实话，如果不是因为老师是水货，时至今日，老子也许连县长省长都当上了。"

张英才也急了，面红耳赤地说："教师职业的神圣是因为他只教学生做人，不教学生做官，只教学生知识，不教学生无知。"

张英才说完后，下意识地扭头看着余校长和孙四海，因为这话是从他俩某次聊天时听来的。

村长余实一定是故意找碴儿，他从怀里掏出一本练习册扔给余校长："说得好听，课文上说，当总理的周恩来还要穿有补丁的衣服，分明是宣传艰苦朴素的精神，你们给孩子布置写读后感，非要结合本地实际情况，这是不是含沙射影？"

张英才在心里笑了一下，这篇作文是他布置的，而且确实是针对上个星期六这一带山里，唯有村长余实家做卤牛肉之事有感而发的。

余校长将练习册细细看了一遍才说："借名人来教学生如何做人，这也是很正常的教书之道。"

张英才及时补一句："只想做官的人，才会将任何事情都与做官扯到一起。"

村长余实明白张英才今天是不会给他面子了，便自找台阶下："其实我也是好心，怕你们总想着转正，不小心上了假记者的当。"

村长余实刚在这边路上消失，那边的小路上，又出现了一大群人。

万站长在头里趾高气扬地走着，明明已经很近了，还要放开嗓门高声叫着："余校长，来贵客了！"

万站长所说的贵客，是县委宣传部一位副部长、县教育局一位副局长，其他陪同人员也都是从来没有到过界岭小学的相关干部。他们亲自上山，送来刚刚出版的报纸。大家都说，张英才和界岭小学为全县教育事业争了光，省报用如此显要的位置，大篇幅地报道县里的教育情况，是从未有过的。

张英才接过报纸，刚看一眼便小声嘟哝："王主任说话不算话！"

张英才发现，自己写的文章，虽然发在头版，但没有安排在头条位置上。王主任早先拍着胸脯保证过，他还信誓旦旦地说，如果这样好的事迹都不能用在头版头条位置上，那就不是新闻而是丑闻了。

县里来的领导却不在乎，还说，对界岭小学来说，这已经是"东方红，太阳升，中国出了个毛泽东"一样的大喜事了。

省报头版头条位置上，是一篇关于大力发展养猪事业的文章。

《大山·小学·国旗》排在这篇文章后面，编者按和照片倒是都有。

匆忙之中自然觉得照片最打眼，也是因为照片印得非常好：余校长抓着旗绳的大骨节的手，横吹笛子的邓有米和孙四海，打着赤脚、披着余校长的破褂子、站在满地霜花中的余志，趴在几块土砖搭起的木板上做作业的李子，以及围在桌边吃饭的一群小学生，这些全都看得一清二楚。

看了照片，余校长直惋惜："早晓得这些都要上报纸，一定要帮他们好好整理一下。"

县里来的人在山上待了两天，下山之前，他们客气地问学校里还有什么要求。余校长、邓有米和孙四海的眼睛，顿时变得像是天空中出现六只月亮。三个人你望望我，我望望你，好不容易由余校长带头开口，竟然是说，能不能帮忙添置一些课桌课椅。余校长话一出口，不仅属于自己的月亮消失了，就连属于邓有米和孙四海的月亮也躲进乌云里。

好在万站长又将话题找回来，使着眼色说："领导来了，虽然是贵客，但还是很愿意为基层排忧解难，余校长带头说了，你们几位老师再补充几句。"

张英才担心邓有米和孙四海，将心里最惦记的事说走了样，马上抢在前面开口说："请领导发点善心，给几个转正指标，解决这些老民办教师的后顾之忧。"

此话一出，先前的六只小月亮又升起来了。

11

那些人一走，界岭小学又回到从前的样子。虽然有人当着他们的面表了态，要想办法解决学校里一位公办教师都没有的不正常状况，大家却并没有像往常那样，白天盼太阳、夜里盼月亮地盼，而是各人做各人的事，谁也不再提起这事。

那一天，邮递员给学校送来一只麻袋，打开一看，里面全是信。是从各地寄来的，除了表示慰问、敬佩和要求介绍经验外，还有二十多封信是说要和界岭小学一道开展手拉手活动。张英才不明白什么叫手拉手活动，余校长就解释，这是共青团中央一个基金会搞的，由富裕地区的学校帮助贫困地区的学校的活动。这么多的学校都愿意来帮助界岭小学，大家自然很高兴。当即决定分头写信，一人分了一大堆。

忽然，邓有米叫道："这么多信，若是全部回复，光邮票钱就不得了！"

经此提醒，大家动手清点，总共三百一十七封来信，算起来需邮费六十三元四角整，这还没有包括信纸和信封。四个人在屋子里愣了半天，余校长才说："先将重要的挑五封出来回信，其余的以后再说。"

这样一来才发现，有几封信是专门写给张英才的。

张英才一一拆开看，都是差不多的意思，称他有文才，将民办教师写活了，也有说他敢于为民请命，有良心和同情心的。只有一封信很特别，上面只写一句话："速来我处，勿告他人。"开始张英才还以为是姚燕写的，再看落款，方知是万站长。

万站长既是亲舅舅，又是工作上的领导，他说有事，肯定就是有事。张英才写了个请假条，趁天没亮，塞进余校长家的门缝里。

上午九点，张英才就到了万站长家。李芳正蹲在门口刷牙，一只又肥又大的屁股将门堵得死死的，见人来也不挪道缝。张英才只好耐着性子等。李芳刷完牙，嗲声嗲气地冲着屋里说，这么好的牙齿，怎么牙刷一碰就出血，该不是白血病吧！万站长在屋里如何回答，张英才没有听清楚。进门时，见地上的白泡沫中真的有些血色，张英才很想骂一声活该。

万站长正在屋里洗李芳的内衣，见了张英才，他用满是肥皂的手一指厨房："没吃早饭吧，还有两个馒头。"张英才也不谦让，自己进了厨房，一只大碗盛着两个肉包子和两个馒头。他懂得万站长话里的意思，肉包子肯定是留给李芳的，就移开上面的肉包子，拿出下面的馒头，一手一个，捏着站到万站长身边，望着他吃。

张英才咽了一口才问："什么事，这急的！"

万站长望了一下房门小声说："等忙完了再说。"

李芳从房里整整齐齐地出来，用纸包上肉包子，拿着就出门去了。

张英才问："她这是去哪儿？"

万站长说："上班去呗！"

接下来就入了正题。张英才的那篇文章受到上面的重视，除了拨给界岭小学一百套桌椅板凳外，还破例给了一个转正的名额。万站长反复强调，这仅有的名额是戴帽下达的，必须是张英才，这不仅是他的文章写得好，还因为各方面的条件比较合适，其余几个相差太远了，既超龄，学历又不够。

万站长说："你把这表填了，快点的话，下个月就可以批下来。"

张英才简直不相信这是事实，看了半天才说："没搞错吧？"

万站长将登记表摊在他面前："白纸黑字，还错得了？！"

张英才终于拿起笔，正要填写，又止住了："这表我不能填，应该给余校长他们，事情都是他们做的，我只不过写了篇文章。"

"你别像个男苕！李芳为了她表弟转正的事，都和我闹了几次离婚。这样的机会一生不会有第二次。"万站长迟疑了一下，又说，"还有蓝飞，那也是我的一块心病。暂时也顾不上了。"

"如果在一个月以前，我是不会谦让的。"张英才十分坚决地说，"现在我的想法不同了，这样的机会应该优先给他们。我比他们年轻二十多岁，就算像你一样十年遇到一次，也还有两次机会呢！"

万站长沉默一阵才说："其实，我也想将他们转正，只是没有这个权力。"

张英才说："你可以找领导做做工作。"

万站长想了想，态度又坚决起来："不行，姐姐把你交给我，我要替你的一生负责。你想想，转正后得马上到省教育学院进修一到两年，那时就快二十一岁了，然后干上三五年，手里有了点积蓄正好可以结婚成家。"

"你这样做，我是不会同意的。"

"你这样说，哪像亲外甥！早知这样，还不如当初让蓝飞去界岭，把这个机会给他！"

"这是你自己说的，我可是没向舅妈漏一点风声！"

万站长气得往门外走："你倒要挟起我来了！好好，你的事我不管了，自己看着办去！"过了几分钟，他又从门外转回来："外甥风格高，舅舅当然不能拉后腿。不过你得回去问你父母同意不同意，免得到时弄得我是猪八戒照镜子，里外不是人。"

张英才坐在万站长的自行车后面，半个钟头不到，就进了家门。

万站长先说，张英才补充。

张英才刚说完，父亲就表态："英才我儿，这一年复读，的确没白读，你思想也提高了。做人就得这样，该让的就要舍得让！"

母亲还没开口，眼泪先流出来："这样做，对是对，只是你自己不知要多吃多少苦。"

万站长叹口气："你们都这样想，倒是我先前不对了。"

张英才一边给母亲擦眼泪，一边对万站长说："我也是为你做牺牲。你想想，堂堂的万站长，不将转正名额给自己那个能写一手好文章的外甥，反而给了条件差很多的别人，说出去就等于给你脸上添光彩，说不定还有机会将你提拔到县里当局长呢！"

一家人全都笑了起来。

在去界岭小学的路上，万站长几次说，到学校后，名额肯定不好分，只能搞无记名投票。他搞过许多次这类投票，一百人参加，如果只一个名额，就会是一百个人，人人都能得到一票，因为参加投票的都是自己投自己的票。所以，这一次，张英才的票千万不能投给别人，投给谁，谁就是两票，就是多数。万站长要他给自己也留一点机会，同时也可以检查一下别人的风格如何。

一百套桌椅板凳加一个转正名额，让界岭小学的民办教师们欣喜若狂。

投票时，万站长坐在张英才身边，眼睁睁看着张英才在纸上写下余校长的名字，气得恨不能当场给他一个耳光。万站长以为这个名额非余校长莫属了。不料唱票的结果，仍是一人一票。

张英才马上明白，余校长的票投给了他。

万站长也明白是怎么回事，情不自禁地说："看来我还没能力将每个人都看透。"

按照规定，投票无效时，就进行公开评议。

大家坐在一起，半天无话。

张英才忍不住先说："我看这次的名额，大家就让给余校长吧！"过了好久仍没响应，他又说："不谈别的理由，余校长是学校元老，吃的苦最多。"

过了好久，孙四海低声说："给余校长我没意见。"

邓有米只好也表态："我也无话可说。"

一直奄着眼皮的余校长，抬起头来，张英才以为他会说几句感激话，没料到余校长还有别的要求。

余校长说："万站长，我有几句话，想单独和你谈一谈。"

听到这话，邓有米、孙四海和张英才起身要往外走。万站长忙说："你们人多，还是我和老余到外面去说话。"

余校长也说："我们到外面去说话方便一些。"

他俩起身出去，站在操场边上，面对面说了一会儿。余校长像是在揉眼睛。万站长嘴唇动也没动，只是在最后时刻点了点头。

万站长招手叫张英才他们出来。大家站成了一圈。

万站长沉重地说："余校长有件事想和大家商量一下。老余，你说吧！你说了，我再说。"

余校长不安地扫了大家一眼："刚才大家投票时忘了一个人，就是明爱芬——我妻子，她也是我校的民办教师。那年腊月，她刚生下余志，就去县里参加民办教师转正考试，为了赶车，她从没有桥的冷水河中蹚了过去，还没进考场，人就病倒了。抬回来后，整个人就成了现在这种样子。拖了多年，她的心还不死，夜里做梦都念着转正。正是还没转为公办教师这口气憋在心里没有散开，她到死亡线上去了好几次，又依依不舍地返回来。我想，若是真给她转正，过不了几天，她就会死的。现在这个样子，她难受，我也难受，连带着国家、集体和大家都不好办。我想和大家商量一下，让她将这几步路走快点，走舒服点，让她这一生多少有点高兴的事。大家刚才的好意我心领了，转正的名额我不要，能不能把它给——给——明爱芬呢？"

余校长话没说完，就低下了头，不敢看大家的神色。

万站长把每个人都看了一遍才说："明爱芬本来是不够条件的，给她挂个民办教师的虚衔，主要是照顾余校长的工作。所以，虽然只有四个人上课，教育站仍给你们学校五个人的补助金。我也不是没有一点人性的人，只要大家同意给明爱芬转正，并且保守秘密不向外说她是个废人，哪怕是犯错误，我也要帮老余这一回。"

孙四海什么也没说，缓缓地将手举起来。

邓有米的手举得更慢，最后却举得很高。

张英才见了，将自己的两只手都举起来。

万站长说："老余，你抬头看看表决结果。"

余校长抬不起头，泪水哗哗地直往外流，喃喃地说："我晓得，界岭小学的民办教师是天下最好的好人。"

太阳挂在头顶上，地上的影子很清晰。

大家跟着余校长进了明爱芬的房。

张英才第二次进这间屋，觉得气味比以前更难闻。上次是夜晚，加上慌张，没看清。这次不同，能够清楚地分辨出，明爱芬的模样，完全是一张白纸覆盖在一副骨架上。

余校长捧着表格，走到床前说："爱芬，你终于转正了。"

明爱芬眼珠一动："你总是对我这么说，没有哪一回是真的。"

余校长说："万站长刚刚主持开了会，大家都同意让你转为公办教师。"

万站长说："这一次，县里特别批给界岭小学一个名额。"

邓有米说："这还得感谢张老师那篇文章将舆论造得好。"

孙四海说:"明老师,你是界岭小学真正的元老!还记得老村长送我到学校来,你正在教室里上课,那样子真美,连老村长都不敢打扰。说实话,一开始我还想宁可四处流浪,也不当民办教师。就因为见到你的样子,我才下定决心当民办教师的。还有,之所以我对王小兰那么痴心,也因为她有好多地方像你。"

明爱芬很灿烂地一笑。她接过表格,从头看到尾,看得脸上逐渐起了一层红晕:"老余,快拿水来,我要洗洗手,不能弄脏了表格。"

张英才连忙到外面去端水,趁机猛吸几口新鲜空气。明爱芬用肥皂细心地洗净了手,擦干,又朝余校长要过一支笔,颤颤悠悠地填上:明爱芬,女,已婚,汉族,共青团员,贫农,一九四九年十月出生。

突然间,那支笔不动了。

邓有米说:"明老师,快写呀!"

明爱芬那里没有一点动静。

在身后扶着她的余校长眼眶一湿,哽咽地说:"我晓得你会这样走的,爱芬,你也是好人,这样走了最好,我们大家都不为难,你也高兴。"

明爱芬死了。

满屋子的人都没有作声。

只有余校长在和她轻轻话别。

张英才忍了一会儿,终于叫出来:"明老师,我去为你下半旗志哀!"

张英才走在前面,孙四海跟在后面。邓有米把在教室做作文的学生全部集合到操场上,说:"余校长的爱人,明爱芬老师去世了!"再无下文。

张英才拉动旗绳。孙四海吹响笛子,依然是那首《我们的生活充满阳光》。

很旧的国旗徐徐下落,李子和叶碧秋先哭,大家便都哭了。

余校长给明爱芬换上早已准备好的寿衣,点上长明灯,再赶到操场,见国旗真的降了下来,慌张地说:"这半旗可不是随便降的,你们可别犯政治错误。"他伸手去升旗,使劲一拉,旗绳断了。

张英才说:"这是天意。"

余校长急了,对邓有米说:"这是政治问题,不能当儿戏。快找个会爬树的人,上去将绳子系好。"

"老余,你去张罗明老师的后事吧,这些事你就别操心了。"万站长停一停,又说,"明老师这一走,名额的问题还得重新研究一下。"

余校长说:"万站长放心,这事我已考虑好了,保证不误你下山。"

万站长在山上一直待到明爱芬入葬。

教育站的黄会计来送安葬费时,带来了李芳的口信,要他马上回家,有十万火急的事情。

万站长对张英才说:"屁事,一定是闻到风声了,又想打这个转正名额的主意。"

张英才说:"你就硬气一回,看她能把你生吃了!"

万站长回答说:"我也是这样想的。"

葬礼来了千把人,都是界岭小学的新老学生和他们的亲属,操场上站了黑压压一片。

张英才到村长余实家报信,并询问,到时候谁给明爱芬老师致悼词比较合适。学校的几个人商量好了,这事最好由村长余实来做,实在不行就由万站长顶上去。张英才去问时,村长余实大咧咧地打几个哼哼,没有明确表示。追悼会开始前几分钟,村长余实才来。村长余实没想到,来参加明老师追悼会的人,比前几天村里开换届选举预备会还到得齐,便从张英才手里要走已经写好的悼词。村长余实念悼词时,还脱稿添了一句:"明爱芬同志是我的启蒙老师,那一年,她才十六岁,她的教育业绩,将垂范千秋。"

张英才对村长余实加的第一句话很反感,在心里说,拉选票都拉到追悼会上了。当他见到村长余实说话时噙着泪花,还是将所有的不快扔在一边,倒了一杯水递过去让他润润嗓子。

来的人都送了礼,有布料、大米,也有送鱼肉和豆腐鲜菜的。孙四海摆个桌子想要登记,送礼的人却都不去那儿,说这么多的人情,余校长若是一一还礼,如何负担得起?孙四海坐在那儿没事干,就去厨房帮忙,王小兰在,她被请来负责筹办葬礼后的酒席。孙四海还没和王小兰说上话，邓有米就来喊他，余校长要他俩去商量一件事。

张英才和万站长看着他们平静地进了余校长的家，又看着他们平静地从余校长家里出来。见多识广的万站长都没料到，这是在开校务会，专门研究那仅有的一个转正名额问题。

万站长随后进去看了看，见余校长正在那儿填表，就没有打扰，出来对张英才说："余校长转正后，这两年的进修课他怎么上？儿子余志由谁抚养呢？十几个在他家寄宿的学生又该怎么办呢？"

张英才也没有答案，就说："车到山前必有路，谁能把后路看得一清二楚！"

酒席在操场上摆了几十桌，桌子和碗筷都是从附近村里借的，酒菜全是别人送礼送的。大家都说，就是上次老村长死，也没有明老师死得隆重。

酒席散后，就到了黄昏。张英才送还最后一张桌子从山下的村里返回来，见万站长和余校长正在家门口争论着什么。两人都很激动。张英才想走过去又有些犹豫。站了一会儿，孙四海和邓有米也来了。

万站长见了，就喊："你们都过来！"

张英才走过去。万站长递过一张表："你看余校长是怎么填的。"

张英才一看，上面赫然写着"张英才"三个字。

张英才结结巴巴起来："余校长，你怎么能把转正名额让给我呢？"

万站长说："我劝不转他，就看你的了！"

余校长说："谁来劝也没有用，这是校务会决定的。"

张英才不相信："真的？"

孙四海说："是真的，从上次李子出事后，我就一直在想，假如自己一走，李子和王小兰怎么办？我的一切都在这儿，转不转正，已经无所谓了。"

邓有米接着说："明老师这一死，我也彻底想通了，不能把转正的事看得太重。人活着能做事就是千般好，别的都是空的。张老师，你不一样，年轻，有才气，没负担，正是该出去闯一闯的时候。"

张英才仍说："我不信，这不是你们的真实想法。"

余校长正色道："张老师，你这样说太伤人心了。邓校长和孙主任的确是自愿放弃的。只有一点，大家希望你将来有出息了，要像万站长一样，不管到哪里，都莫忘记还有一个叫界岭的地方，那里孩子上学还很困难。"

张英才听不下去，大叫一声："我不转正。"转身钻进自己屋里。

万站长随后进来，打开凤凰琴拨了几个音。

张英才说："你不要乱弹琴。"

万站长不听他的，又拨了几下："当初上山时，你问过这琴的主人是谁——就是我。"

张英才一惊："那你干吗要送给明爱芬？"

万站长只顾说自己的："转正的事我不强迫你，我讲个故事，你再决定。十几年前，界岭小学只有两个民办教师：一个男老师和一个女老师。那年，学校也是分到一个名额。论转正条件，女老师比男老师明显要强。男老师就想别的门路，迅速和另一个女人结了婚。那女人已离了两次婚，但她有一个在部队当将军的叔叔做靠山。女老师当然明白这一点，她为了证明比男老师强，明知转正无望，又刚生孩子，还是硬撑着要去参加考试，想在考分上压倒男老师。"

张英才说："我明白，男老师就是你，女老师是明爱芬！"

万站长面色苍白地说："其结果就是前几天余校长所说的，明爱芬将自己弄废了。我一转正就调到乡教育站。走之前，我不敢见明爱芬，就想将凤凰琴作为礼物送给她，让她躺在床上有个做伴的。写好字后，又怕自己的名字会刺激她，就用小刀把它刮掉。我将自己的东西全拿走了，只留下凤凰琴。"

张英才听完了说："这叫有所得必有所失！"

万站长说："你真聪明，我就是要你明白这个道理。"

张英才坐在桌子前不说话。

"我累了，先睡，你想好了就喊醒我。明天回去，还不晓得李芳怎么跟我吵。还有蓝小梅和蓝飞，不知他们会如何想呀！"万站长躺下后又补充说，"这次转正的两步棋得反着走。明天你就随我下山，先到省教育学院报到，回头补办别的手续。别人都是九月份入的学，晚了赶不上考试，拿不到学分就麻烦了。"

万站长一觉醒来，天已亮了，屋里不见张英才。

他开门一看，张英才正独自靠在旗杆上出神。

天上开始纷纷扬扬地落雪了。第一片雪花落在脸上时，张英才情不自禁地抖动了一下，他想不到这是落雪，以为是自己的泪珠。待到他明白真的是落雪了，抬头往高处看过一阵，还是不愿认可，这些从茫茫天际不请自来的清凉与纯粹的东西，不是泪花而是雪花。

界岭小学依然举行升旗仪式。余校长让张英才亲手升一回国旗，张英才在笛声中一把一把地拉动绳子，身后忽然响起凤凰琴声。张英才回头一看，万站长和余校长正在合作，弹奏着国歌。仰望国旗的张英才觉得自己满脸冰凉，这时候，他又希望那是因为天上落了太多的雪。雪花还在飘落，然而，张英才脸上堆积着的主要是泪花。

张英才离开界岭小学时，大部分学生还未到校。这种天气，余校长、邓有米和孙四海都要到半路上去接学生，大家都为不能为张英才送行而感到惭愧。

张英才将那副四百度的近视眼镜送给了孙四海。

余校长将凤凰琴送给了张英才。

然后，大家握手道别。各走各的路。

张英才和万站长下到半山腰时，遇见了邮递员。邮递员又给界岭小学送来一麻袋信，还给了张英才一张汇票，是报社寄来的一百九十三元稿费。

万站长感叹地说："城里的待遇就是高，一篇文章的收入，比我一月工资还多。"

这时候，张英才听到身后有人喊，回头一看，是叶碧秋的父亲，他要到乡里的铁匠铺，将自己的砌刀修理一下。叶碧秋的父亲说，余校长在为明爱芬举行葬礼时，还抽空同那些不让孩子上学的家长谈话，大部分家长都表态说，不管家里如何苦，过了年，一定会让孩子到学校里来。张英才和万站长走累了，想歇歇，就让叶碧秋的父亲先走了。

叶碧秋的父亲有些不舍地说，早上同女儿一道去学校，听说张英才要离开界岭小学，叶碧秋为了忍着不哭，将自己的嘴唇咬破了。叶碧秋的父亲在前面越走越远。

雪越落越大，几阵风劲劲地吹过，天空就乱舞起来。转眼之间，地上没白的地方就白了，先前白了的地方变成了雕塑。

张英才望着雪景，不免说了句："瑞雪兆丰年。"

万站长说："别浪漫了，快走吧，大雪就要封山了。"

没走几步，万站长自己却停了下来，怔怔地往回看。

张英才难得叫声舅舅，问他是不是有东西丢在界岭小学。

万站长说："我好像听到凤凰琴在响。"

张英才说："怎么会哩，凤凰琴在我背上背着哩！"

万站长说："有些声音你现在听不见，将来也许会听见。"

张英才故意说："谢谢领导提醒！"

万站长不与他说笑："想说界岭小学是一座会显灵的大

庙，又不太合适，可它总是让人放心不下，隔一阵就想着要去朝拜一番。你要小心，那地方，那几个人，是会让你中毒和上瘾的！你这样子只怕是已经沾上了。就像我，这辈子都会被缠得死死的，日日夜夜脱不了身。"

说话时，万站长的神情格外忧郁。

张英才想起一件事，下山之前，别人都送了礼物，只有万站长没送。万站长就问张英才想要什么。张英才指着山沟，要万站长想一想，当初送自己上山时，将什么东西扔到山下去了。见万站长终于想起那枚硬币，张英才就说，自己想要他将那枚硬币还回来。万站长往路边走了几步，然后弯下腰做了一个捡东西的动作，回来后，手心里真的出现一枚硬币。张英才拿过硬币，看了很长时间。

第二部

12

　　落雪的时候，鸟都不飞，云也不飘，只有界岭小学的笛声还能与雪花一道轻舞飞扬。那些住在界岭深处的人家，从未听过这样的笛声。那一天，他们正在火塘边昏昏欲睡，忽然听到一种声音，正以为是火星溅响，冬天到来时贴上的窗纸，像笛膜一样抖了几下，将一串悠长的颤音送到被白雪映照的老屋里。这些人家的孩子，全都高兴地提醒父母，是孙老师或者邓老师吹出来的笛声。大人们往往只是嘟哝一句，一根细细的笛子，还能响得这么远！笛声飘得如此遥远，的确难得一见。同样，明爱芬去世时的那场大雪，也是界岭一带山区近年来所罕有。

　　雪多得要用三天三夜才能全部落下来。融雪总比落雪慢，从雪停后到学生们能够在山路上平安行走，又用了七天七夜。

放在往年，落雪成灾，只要一天一夜，就会有房顶垮了，压死人或猪牛羊等。村长余实后来在竞选连任时说，这场大雪是其政绩的最好证明，房屋没有压垮一间，家畜没有少一只，这说明家家户户的房屋比以前结实了，更说明家家户户收入增加了，温饱没问题了。

那场大雪中，只死了一只野兔。

那只野兔，被几只狗从厚厚的积雪中撵出来，蹿上一处石崖，或许是被白雪晃了眼，野兔再次纵身一跃，居然跳上村长余实家的屋脊。

界岭之事，哪怕是刚发生的，隔几天就会变成传说。比如那次余校长送学生回家，将老村长的墓碑当成了人的事，在这一带山里流传一阵，再回到余校长耳朵里，那块墓碑已经变成了老村长本人，还朝着余校长三鞠躬。

有了雪，天地间就会安静许多。平时十分响亮的狗吠，到大雪天就变得如同老猫在叫。加上村长余实家进出的人多，那几只无计可施的狗叫得再凶，也不会引起旁人的注意。若不是村长余实的儿子在作文里，饶有兴趣地描写野兔蹿上自己家的房顶，外人也无法得知这件蹊跷事。

村长余实的儿子将这事写得很细致。刚开始家里人还不知道是野兔在头顶上跑来跑去踩得积雪吱吱响，以为是房梁被大雪压得直喘气。村长余实很有自信，既然邻居家那种破房子都没事，就不必庸人自扰了。野兔在村长余实家的房顶上与几只狗对峙了一天一夜，才被发现。村长余实的儿子想到外面去玩雪，主动要求到菜地里拔几颗白菜回来煮吊锅。他在菜地里扒雪时，望见自家瓦脊上蹲着一只兔子，连忙回去报信。村长余实气不打一处来，操起一根竹竿，爬到屋后的山崖上，冲着瓦脊胡乱挥舞。俗话说，竹竿再长也够不着瓦脊。可是野兔没见过世面，慌乱之中，居然对着瓦脊上的烟囱，一头钻了进去。野兔从高高的烟囱里摔进灶膛，因为贪恋一时的温暖而失去从灶屋后门逃走的机会，被村长余实轻易地逮住，用干辣椒加酱油红烧吃了。村长余实的儿子最后写道：爸爸一边吃着兔子肉，一边对我说，这是我家最特殊的一次特殊化。

事情之有趣，吸引了第一个读到这篇作文的孙四海，他用红笔将一些不通顺的句子改正后，让村长余实的儿子在班上站起来朗读。还没下课，邓有米就将孙四海叫出来，提醒他这样做不妥。兔子尾巴长不了——兔子跑到村长余实的房顶上，可不是什么好事。孙四海不高兴地表示，野兔上他家房顶难道是民办教师的责任？为此事，余校长认真地查找过词典，他发现，兔子虽然长相可爱，但与之相关的词汇都是负面的，如兔死狗烹、兔死狐悲、兔起鹘落、兔角龟毛、守株待兔、狡兔三窟、东门逐兔等等。于是，余校长也要孙四海慎行。从明爱芬去世，张英才被他们推荐转为公办教师后，孙四海变得更加深沉，他没有做任何分辩，就将这篇作文埋进语文作业堆中。

不过，这件事还是通过班上的学生传开了。等到他们听到传说时，已变成野兔站起来，将两只前爪抱在一起，冲着村长余实作了三次揖。第一次作揖是要村长余实注意野兔可能有特殊才能，否则很难上到他家房顶。第二次作揖是要村长余实深思全村人都没吃野兔肉，他却独享美食会不会脱离群众。第三次作揖是要村长余实考虑就野兔的生与死开一次村委会，哪怕是假模假式，让别人举手表决一下，也能体现界岭地区政治生活的进步。野兔作揖可以再三，不能再四，最终还是被剥皮抽筋，下了油锅。

传说传到学校，孙四海在余校长面前说："界岭的土皇帝要换人做了。"

邓有米也说："一只小兔子，还是野的，传来传去变成这个样子，肯定是有别的原因。"

余校长摇了摇头说："在界岭没有人斗得过余实。你们还是安心教书吧，不要想别的。"

融雪之后，界岭一带有选举权的人全都集中到学校的操场上，乡政府的几个干部坐在临时摆成一排的课桌后面，用很大的嗓门说一些大家并不喜欢听的话，只有坐在前排的村长余实与他的竞争对手叶泰安，一个字也不敢漏听，还经常带头鼓掌。

村长余实和他的竞争对手叶泰安也要上台发表竞选演说。抽到二号签的叶泰安，上台没说几句，就让村长余实满脸通红，一边擦汗，一边用目光重重地盯着余校长他们。

余校长心知肚明，叶泰安的演说稿，是由孙四海推敲过的。为了不让村长余实发现，他俩每次见面都是在老村长的墓地里。万一被人碰见，也能用怀念老村长来做掩饰。他俩这样做，也是为了老村长。老村长生前有过培养接班人的计划，在他之后由叶泰安当村长，叶泰安之后则是孙四海当村长。这件事在界岭从没公开谈论过，私下传说一天都没断过。只是老村长死得太突然，没来得及安排叶泰安接班，被余实一杠子插进来，打乱了布局。

孙四海帮忙推敲的是一些与大家贴心的话语，同村长余实的高调相比，这样的实在，肯定能让底下坐着的人，有比较强烈的反应。

余校长了解这件事，是因为孙四海曾经自鸣得意地对他说出"村阀"这个词。孙四海这样说时，有种掩盖不住的兴奋。正是这种兴奋让余校长有所警觉，追问之下，孙四海说了实话，"村阀"是他和叶泰安想出来，专门针对村长余实的撒手锏。孙四海以为，只要将这种极具乡村政治概念的东西拿出来，肯定能够引起多数人的共鸣。没想到还没公开喊出来，就遭到余校长的反对。余校长反对的理由是，既然有"村阀"，就会有"乡阀"、"县阀"和"省阀"，如此联想，肯定会生出歧义。所以，叶泰安最后发表的演讲，是听从了余校长规劝的结果。

每次选举都是由余校长带着几个老师唱票计票，这一次也不例外。余校长表面上心如止水，其实直到计票完毕，乡里来的干部认可了这场选举，当场宣布了新的村委会组成人员名单，他才长出一口气。余校长也有让村长余实落选的想法，通过这样的选举给那些只想当村长，却不愿发展教育事业的人一个深刻教训。

因为比对手少三票，村长余实落败了。

余校长觉得，村长余实少三张票，是自己和邓有米、孙四海将票投给叶泰安所致。余校长坚持说，他不相信村长余实就此兵败如山倒。别的地方，新村长上台，村里的人会大肆放鞭炮庆贺。界岭这里，新村长上台发表施政演说，下面坐着的人，非要等到余实拍巴掌之后，才跟着拍巴掌。

有一天，落败后改任副村长的余实路过学校时，给随身带着的茶杯加水，主动提起那个传说，十分委屈地说，野兔从烟囱掉进灶里摔断了耳朵，竖不起来，之后的事，简直是云里的雾，雾里的云，连影子都算不上。余校长他们听了，都不接话。余实指着外面的国旗说，界岭是中国的一部分，大家的认识也有左中右之分，小学生可以不讲政治，你们每天往黑板前一站，虽然是民办教师，还是要讲点政治才行。余实越说越明显，叶泰安的那点水平他很了解，当年有老村长力挺，都接不了班，这次能够大爆冷门以三票之差击败自己，根本原因是有人代写了演讲稿。

余实："在界岭，只有你们几个当民办教师的，或许将来有机会取我而代之。"

余校长说："这个玩笑开得不好。"

余实说："我不开玩笑，这就像四个人打麻将，三个高手在那里相互算计时，赢钱的肯定是另一个不通牌理的生手。"

余实离开学校的当天下午，界岭的政治生活就出现重大变化，半年前被大家一票一票选成村长的叶泰安，突然留下一封辞职信，到广东打工去了。叶泰安辞职的原因也很简单，村委会其他人全部抱成团，叶泰安无论说什么，或者想在会上通过什么决定，都是不可能的。这样，先前落选的余实顺理成章地成为代理村长。平时，大家都爱说，一只翅膀的野鸡，三条腿的野兔——狗都追不上。说归说，真有这种受伤动物亡命而逃的事情发生，也不会影响山里的平静。在界岭，一只野兔有太多的天敌，无论它死去的原因是什么，都是正常的。既然村长余实已经像野兔那样死过一回，但他有起死回生的本领，那些将票投给别人的人也会逆来顺受。

村长余实东山再起，邓有米说了一句酸酸的话：对付乡村政治老手，只能寄希望于对乡村政治一窍不通的民办教师。

不过，最让余校长他们心酸的却是公办教师的到来。

张英才离开界岭时，万站长就说过，要加强界岭小学的教学力量。张英才来之前，万站长也打过这样的招呼。余校长他们也明白，方圆数百里之内，像界岭小学这样全部由民办教师苦苦支撑的学校已经是少之又少，并且会越来越少，直到完全消失。很久以来上面一再强调的，要逐步取消民办教师。至于如何取消，传到界岭的消息，像夏季暴雨降临时山谷里滚来滚去的风，一时四变，来无踪，去无影，前面的来历没弄清楚，后面的压力又出现了。就像一年四季总有各种各样的风，关于民办教师的各种传闻，从来没停止过，余校长他们早就不着急了。用邓有米的话说，只要看看界岭小学，就会明白，这种一厢情愿的话，只有永远不来界岭走一走的人，才敢如此厚颜地说出来。

因为万站长有话在先，余校长每次跟他见面都会客气地要他兑现承诺。

有一次，万站长被问烦了，突然反问："别以为我不晓得，你们这些民办教师，最不愿见到自己身边有公办教师！"

一向好脾气的余校长也不知怎么地跟着烦躁："你也不要以为，披上教育站长的皮就真的很了不起，其实，里面的骨肉还是民办教师的！"

这句话很有效，一下子就将万站长的嘴巴堵住了。

后来余校长才听说，那几天，万站长的心情格外不好，是因为办公室被一个女人占领了。那个女人从十五岁开始当民办教师，是万站长管辖范围里民办教龄最长的，年满五十时却被辞退了。女人闹一天，哭一天，再闷一天，临走时说，她知道万站长是民办教师出身，不到万不得已，是不会为难民办教师的。万站长无法为这个女人解决她所要求的任何一个问题。女人无可奈何地离去，是因为在省城工作的女儿闻讯赶回来，将母亲接去身边。女儿在省城过得并不顺利，母亲去后，睡在哪里，都不知道，但她还是坚定地劝母亲，就是做梦也不要回到这鬼地方来。女儿的话让母亲哭得更厉害，反反复复地诉说，没有几十年民办教师的经历，这一辈子算是白活了。

再与万站长见面，余校长就说："有我们几个在，界岭的义务教育不成问题。"

万站长冷冷一笑："难怪有人说，就是让界岭的某个男苕或者女苕当几年校长，也会变成老狐狸。"

不待余校长有所回应，万站长就转移了话题："老余，你怎么越变越年轻，脸上的沟沟坎坎都快抹平了。"

暑假期间，全乡教师到乡政府礼堂集中学习，余校长和邓有米、孙四海一道在礼堂前面的路口遇上望天小学的胡校长。

胡校长说："转正加薪死老婆——余校长有福哇，有幸享受到民办教师的三大喜事中的一喜，果然是神清气爽，一下子年轻十岁，可以再娶一个黄花女子了。"

余校长苦笑几声，顺着对方的话说："明爱芬倒在床上几年，真的有些折磨人。"

胡校长突然一改机锋："依我看，你还没有被折磨够，否则就不会让代课没几天的小年轻先下山。"

余校长明白胡校长的弦外之音，他故意说："万站长答应了，下个学期会再派人到我们学校的。"

说是集中学习，也就一天时间。前些年，类似的学习最少要安排两天。来开会的老师，大多要带上被子，晚上休息时，将礼堂的长椅并到一起就是床，男女各占一边凑合一晚。现在改为一天，早上赶来开会，晚上还要赶着回家，并不全是因为经费短缺，不能明说的关键原因，是这些好不容易聚到一起的民办教师，总爱用几杯酒将自己灌成醉生梦死的样子，然后发酒疯假戏真做，不亚于公开闹事。

全乡十几所学校近百名教师聚到一起，最忙的人当然是万站长。开会的事，总是虚的多，实的少，将做报告的领导和发言的代表安排好，就基本到位了。真正让他忙得不亦乐乎的是一大群民办教师。这些人来开会，丁点好处得不到，除了在总结报告中，用一百字左右的篇幅提一下他们，大会发言是不敢安排他们的。这也是有过经验教训的。

万站长因为是民办教师出身，加上内心深处对明爱芬有愧疚，当站长的第一年，就让余校长代表民办教师上台发言。余校长那时刚从部队复员回来，对民办教师这一行的体会主要来自明爱芬，他在台上说，自己如果再在部队多待一年，就有可能提干，实在是因为妻子当民办教师太苦了，让一个女人在家独自承担，做丈夫的就太没良心了。不当民办教师，就不懂得民办教师难在哪里。当了民办教师后，反而不明白为什么民办教师比在城里当乞丐的人还要苦！余校长在台上发言，台下的民办教师没有不流泪的。因为大家太伤心，才没有闹出什么事。自那以后，万站长再也不敢让民办教师上台发言了。作为不成文的规定，县教育局私下也有相同要求。那次发言，余校长将部队里培养出来的锐气发挥到了顶点，随着明爱芬病情加重，身上的棱角很快就被磨圆了。

万站长眼下最担心的是望天小学的胡校长。瘦得只剩下一根刺的胡校长，资历与余校长差不多，脾气却大多了。此次集中学习，胡校长故意在人多的时候提起张英才代课不到半年就破格转正的事，若不是余校长他们将来龙去脉对大家说清楚了，很有可能在民办教师中酿成风暴。胡校长显然不肯善罢甘休，仍然在串联，想拉上大多数民办教师一起到县里去上访。

胡校长在前面点火，万站长必须马上泼水，忙得连中午饭都顾不上吃，好不容易拿到几个冷馒头，一边啃，一边拨开乱哄哄的人群直奔余校长而来，连个称呼都没有，张口就说："开学时，有百分之九十的可能，会派一名支教生去界岭小学。"

余校长和邓有米、孙四海还在面面相觑，万站长已转身冲着又瘦又高的胡校长走过去，嘴里还说："余校长主动找我要支教生，胡校长是我们乡的名师，要不要也派个支教生，跟着你见习一下？"

万站长这样说话，只是找借口接近那些被什么话题弄得面红耳赤的民办教师。

13

支教生夏雪来界岭小学报到，是开学后的第二个星期一。

余校长正在上课，忽然发现靠窗边的学生一齐扭头看着

窗外，他也跟着往外看。穿着一袭白色连衣裙，像云一样从
山路上飘来的夏雪，让他一时间疑为天人。界岭一带也有穿
白裙子的，却不如眼前的夏雪，洁白得如此灿烂。万站长在
前，夏雪居中，后面的男人是帮她挑行李的。余校长到外面
迎接时，邓有米和孙四海也先后从各自的教室里出来了。不
等进屋，万站长站在操场上向大家做了介绍。

听说夏雪是本科生，邓有米情不自禁地说："界岭太小，
会浪费人才。"

想不到夏雪说："我不想被珍惜，浪费几年青春，也是一
件好事。"

见大家被这话说蒙了，孙四海便说："是呀，痛苦也分低
级和高级，担心浪费青春是物质层面的，譬如饥饿，只要有
吃的，问题就解决了。害怕被珍惜才属于精神层面，就像厌
食，所以更加痛苦。"

夏雪不在意孙四海话中带刺："难怪有人说，深山里的老
黄牛都是哲学家。就凭孙老师这句话，来界岭小学的意义就
很大了。"

夏雪对界岭小学的生活条件之差确实不大在意，余校长
养的那头猪不声不响地用大嘴巴拱她的连衣裙，她不仅笑起
来，还说那头猪："原来你也是咸猪手呀。"

夏雪在张英才住过的屋子里放下行李后，见桌面上摆
着玻璃板，便迫不及待地取出一页诗抄，压在下面。万站长
见了，以为她是诗人。夏雪笑着解释，自己只是喜欢读别人

的诗。

万站长说了些客气话就告辞了，余校长跟在后面送他。

山路起伏，到了隐蔽处，余校长才不无担心地说，这么漂亮的女老师，为何不留在乡中心小学，放到界岭，只怕会带来意想不到的大麻烦。

"你以为我就不会怜香惜玉？是人家执意要来。"

"也许她读了你外甥张英才老师写的文章。"

"老余，你真是冥顽不灵，外甥、张老师和张英才，有一个称谓就行，每一次你总要说全了。以后再这样，我就装聋。还是说夏雪吧，她的事就像界岭的传说让人难以置信。昨天她来报到，原本已经安排她教初中，她却坚决要求改派到你这儿。最奇怪的是她从县里搭班车来乡里，班车后面一直跟着一辆宝马轿车。那种车，用咱们乡全年教育经费也买不起两只轮胎。夏雪在教育站休息，宝马轿车停在门口，开车的人夜里就睡在车上。我问夏雪，她说与她无关。我不放心，就让乡派出所的人去问一下。开车的人递上三张名片，一张是省公安厅厅长的，一张是地区公安处处长的，一张是县公安局局长的，要他什么也别问。派出所的人将车牌号报上去，上面回话让我们放心，人家是风流儒商，不会做坏事。早上我陪夏雪来你这儿，宝马轿车还跟了一阵，一直开到那条没有桥的小河边，然后才响着喇叭，退回到教育站门前。"

"万站长你不要吓唬界岭人。"

"我哪有心劲说着玩。看样子宝马轿车与夏雪较上劲了，要赌个什么胜负。"

黄昏时，余校长见夏雪站在门口欣赏远山落日，就走过去。也是无话找话，他对夏雪讲了之前在这屋子里住过的张英才。夏雪对张英才刚转正就有去省教育学院学习两年的机遇无动于衷，还说，教育学院不算正规大学，就像老山界上的大庙，看上去香火很好，那些敲钟诵经、披和尚衫的人都是半路出家。老山界是界岭一带最高的一座山，大庙里的大和尚的确是半路出家的。明爱芬生前曾说他是假和尚，后来一病不起，躺在床上千思万想，觉得自己是祸从口出，临死的前一天，还在唠叨要亲自上山到大庙里去烧香请罪。

夏雪像本地人一样熟知这些，让余校长不胜惊奇。他变着法问了几次，夏雪就是不肯露半点口风，甚至说自己前世曾投生在界岭，一上山就将上辈子的事全记起来了。

夜里，余校长不敢早睡，担心夏雪夜里做噩梦自己吓自己。熬到三更，也没听到任何动静，余校长又生出另一种担心。太阳出山后，该升国旗了，夏雪的身影终于出现在窗口。余校长这才心定了些。如此过了几天，临到周末，余校长以为夏雪要下山，起码到乡里去转一转，想不到夏雪哪里也不去，一个人跑到后山上挖了一些野菊花，栽在用过的方便面碗里，像盆景一样摆在窗前。

夏雪心如止水，根本不关心宝马轿车离开没有。

又过了一个星期，夏雪终于有话要说了。

夏雪看不惯余校长天天一大早就将学生们从被窝里撵出

来升旗，她说："全中国也就天安门广场是如此，界岭小学更应该做点实事，没必要弄得像是国旗班。"

听说城里只是周一早上举行升旗仪式，余校长张大嘴半天才说："上面不是有明文规定，要天天升旗吗？"

这一次倒是邓有米反应快，他说："界岭小学就这么一点凝聚力，若不是天天都升旗，外人还以为这里是座破庙。"

夏雪还主张沿用城市学校里行之有效的方法，利用中午休息时间或者周末进行培优，一方面提高学生的学习水平，另一方面还可以适当收取一定费用，提高老师的福利待遇。对后一点，余校长更觉得不可理解，这种在课程之外，巧立名目增加学生负担的做法，可是违反"义务教育法"的。

很明显，夏雪是想带给界岭小学新的变化。夏雪没有说这些时，余校长叫她夏老师，邓有米叫她小夏老师，孙四海叫她夏雪老师，大家的态度都很真诚。她说出这些建议后，再也没有人以老师相称，而是直截了当地叫她夏雪。

头一个月，夏雪除了认真地上课之外，有空就带着几个在余校长家寄宿的学生，到附近风光不错的地方去唱歌、做游戏，甚至还教学生们朗诵爱情诗。

夏雪从不自己做饭，每天早上用土灶烧一次水，装进几只开水瓶，用来洗脸、洗澡和泡方便面吃。夏雪上山时，带来整整九十盒方便面。余校长以为她吃完这些，就该动手用界岭的生活方式烧火做饭了。哪知道到发工资时，黄会计专门请了一个人，又给夏雪送来九十盒方便面。同夏雪一起出现的那辆宝马轿车还在教育站门外停着，方便面是开宝马轿车的人买好交给黄会计的。夏雪看也不看，就叫来余志和李子，让他们将这九十盒方便面分给全校学生。然后她又请人下山，按照她的吩咐，重新买回九十盒各种口味的方便面。

下一次发工资之前，余校长忍不住好奇，抽空往山下走了一趟。老远就看到教育站门前停着一辆锃亮的宝马轿车，一根临时电话线从乡邮电所一直拉到车窗里。开车的中年男人正抱着一只电话机，坐在车内打电话，大约是通话效果不好，他不得不提高声调，隔着车窗也能听出所说的都是生意上的事情。余校长去黄会计那里代领本校几位老师应发的钱，顺便问起宝马轿车的情况。黄会计也只知道开车的人饿了就去餐馆里点菜吃饭，困了就回车上睡觉，再就是抱着电话机往外打电话。

余校长因此认定，不管夏雪说得如何好听，最终还是要离开界岭小学。

界岭的天气由凉转冷，变化很快。夏雪脱下白色连衣裙不久，就从箱子里翻出一件鹅黄色的羽绒大衣披在身上。天气越来越冷，在余校长带头烧炭取暖后，邓有米和孙四海也一手拿着教学资料，一手提着烘篮到教室上课。夏雪拒绝烤火，她有两双手套，上课时，戴着无指手套拿着粉笔在黑板上写字，需要用冷水洗衣服时，就戴上那双薄薄的橡胶手套。至于夜里睡觉，更是冻不着，她随身带着鸭绒睡袋。夏雪预备得再好也还有疏漏的时候。界岭的女人，冬季只会在有太阳的中午洗头。大概是城里有夜生活的缘故，夏雪习惯天黑之后洗头。那天晚上，夏雪洗完头，久等之下不见干，早上醒来，垂在枕头旁边的那些头发冻成了一团。

夏雪悄然流泪时，身边并没有别人。

余校长还是有所察觉，升旗仪式结束后，他对夏雪说："好冷的天啊！"

夏雪装作若无其事："冬天时我去过九寨沟，那里更冷。"

余校长说："我们这儿路不好走，只要一落雪，山上的人就下不去，山下的人也上不来。"

夏雪说："当老师的有教室就行，生意人才会担心物流不畅。"

第二天中午，余校长正在操场边劈柴，夏雪走过来问："界岭这儿又没有什么污染，怎么天色这样黄？"

余校长用力劈开一块松柴，也不抬头就说："人黄有病，天黄有雪呀！"

放学时，余校长提醒各个路队的学生，夜里如果落雪，明早上学时，走路要小心，男同学不要在雪地里玩坐飞机，女同学最好在鞋上绑一根草绳。

操场上很快空了，只有寄宿在余校长家的十几个学生还在那里玩。

夏雪像是无意地问每一个从她身边经过的学生，余校长预报的天气准不准，真的要落雪吗？余志将瘦瘦的胸脯挺得高高的，对她说，这种天气，用不着余校长预报，连猪都知道往窝里拖草，当然是要落雪了。

后半夜，余校长被北风惊醒后，隐约听到细小的人声。他爬起来，见学生们睡得正香，便轻轻拉开门，夏雪的窗口还亮着灯，随寒风扑面而来的还有深情的朗诵声，细细听来，是六年级语文中的一篇。

夜里没有落雪。雪落下来时，已经天亮了。

从来起床后都赶不上升旗的夏雪，出现在一排学生身后，郁郁寡欢地望着随风而起的国旗。

升旗仪式结束后，夏雪过来同余校长商量，将自己下午的两节课全部调整到上午。余校长没问缘由就同意了。整个上午夏雪都在教室里忙碌，余校长抽空到窗外看过几次，夏雪讲课的声音比平时温柔许多，还经常走到学生中间，轻轻地摸一下他们的头。

最后一堂课的下课铃响过后，学生们往教室外面跑时，夏雪将李子叫住，要她一会儿去一下自己的宿舍。李子去时，夏雪已吃过方便面，孤零零地站在窗前。

夏雪用一种奇怪的目光看着李子，要她到孙四海那里递个信，就说自己特别想听他吹笛子。李子去了。孙四海正在吃饭，听说夏雪想听笛声，马上将碗筷放下。李子人还没回，笛声就响了起来。

孙四海好像明白夏雪的心事，将一首首曲子吹得如泣如诉。

笛声一响，夏雪就情不自禁地朗诵起一首诗。

虽然只有一墙之隔，那笛声却像是从天外飘来，轻轻的，柔柔的，正如连界岭这种地方都剩下不多的老纺车，人心被纺成丝丝线线，再打成千万情结。笛声飘来，再飘走时，连心也一起带走，甚至还能看到它飞出窗口，在漫天飞舞的雪花中追逐笛声的样子。

夏雪一边随着笛声轻声朗诵诗，一边用手指轻轻梳理李子的头发。因为营养不良，李子的头上早早生出一些白发。李子说，这叫少年白。夏雪告诉李子，自己在城里长大，从没见过有谁十三四岁就长白头发。

夏雪说："长这么大你觉得最好吃的是什么？"

李子想了想说："最好吃的是妈妈炒的油盐饭。"

夏雪又问："往后若是有条件了，你最想吃什么？"

李子突然害羞起来，小声说："我一日三餐都要吃妈妈炒的油盐饭。"

夏雪说："哪天我去你家尝尝这么好吃的油盐饭，行吗？"

李子迟疑地说："不过，要趁爸爸睡着了，才能带你去。"

夏雪说："你家里的人不喜欢来客人吗？"

李子说："家里炒菜的油少，我妈只敢趁爸爸睡着时，才敢炒油盐饭给我吃。"

夏雪突然伸出手将李子紧紧搂在怀里。

李子一紧张，竟然开口问："叶碧秋对我说，夏老师好像失恋了，是真的吗？"

夏雪一摇头时，眼泪流了出来。

见到眼泪，李子反而放松了。

"界岭这儿太冷，先前张老师就说过，冬天容易让人抑郁。"李子看了一眼压在玻璃板下的诗抄，又说自己听张英才同孙四海说过，"心情不好时，千万不要读陆游和唐婉的诗，也不要读普希金的诗。"

夏雪于是问，他们是否说过，这种时候读谁的诗最好。李子告诉她，张英才说，失恋时最好大声朗诵李清照的"生当作人杰，死亦为鬼雄，至今思项羽，不肯过江东"。孙四海不同意张英才的说法，认为心情不好时，要读一读"错错错"和"莫莫莫"，像洪水要来，赶紧疏通河道，就不会堰塞成灾了。

"我觉得孙老师说得更有理。"夏雪说，"冬天再冷也还等得来春天，若是心里冷了下来，一生也温暖不了。李子，其实我好羡慕你。就像吃甘蔗，我是从最甜的蔸子往不甜的秒子吃，你是从不甜的秒子往蔸子上吃。我是越吃越苦，相反，你越吃越甜。"

停了停，夏雪又说："如果将来你有机会去城里，千万不要相信那些有了钱就急忙去买宝马车的男人，更不要相信那些将宝马车停在身边与你搭讪的男人。"

"我早就想好了，除了家里人，我只相信余校长、邓老师、孙老师和张老师。"李子说完，又补充一句，"还有夏老师。"

夏雪说："你一定要记住，不要急着去城里。如果心里还没有爱的人，更不要不顾一切地往城里跑。晚点去城里，身心会更坚强一些。"

孙四海的笛声在余音袅袅中消失了。

紧接着，下午第一节课的预备铃响了。

夏雪将一封信塞到李子的荷包里，要她放学之后再看。

雪花还在不紧不慢地飘落，地上已经有些积雪了。

余校长看到李子从夏雪的宿舍里出来后，才敲响上课铃。余校长走进教室后刚要大家打开课本的第三十一页，就猛烈地咳嗽起来。他用手帕捂着嘴也没用，先是站着咳嗽，然后弯腰咳嗽，最后竟然蹲在地上咳嗽。学生们耐心地听了一阵，大约是听李子说了一句什么，忽然哄堂大笑。余校长的咳嗽声也戛然而止。他站好后，本想再次让大家打开课本的三十一页，不知为何说成了一十三页。学生们又笑成一团。

余校长用教鞭敲着桌子说："我给你们讲过，咳嗽是给呼吸道做清洁的生理反应，有什么好笑的？"

学生们仍旧在笑，并且眼睛都看着李子。

见余校长也在盯着自己看，李子只好站起来说："是我说错了，不该说余校长像周星驰。"

"周星驰是谁？"余校长故意问，"也是民办教师吗？"

李子说："是夏雪老师说的。周星驰演的电影非常好笑，有一次，他咳嗽时咳出一坨东西，用手接着一看，原来是自己的肺！"

余校长也忍不住跟着学生们笑。直到大风吹开教室的门，卷进许多雪花，教室里才安静。

余校长开始讲课后，李子按照课堂纪律，一只手放在桌面上，另一只手却在荷包里不停地摸索。哪怕发现余校长看到了，李子也只是暂时停一停。若在平时，做这样的小动作不仅会受到批评，还要她当场将荷包里的东西掏出来。通常情况下，被掏出来的都是一些不起眼的东西，如一只熟鸡蛋、一枚硬币等。因为李子是女孩子，又有孙四海这种关系，余校长一边讲课一边想，万一她荷包里装的是月经用品，硬要她掏出来，岂不是太让她丢面子了。孙四海曾在教务会上多次提醒他和邓有米，孙四海也是听王小兰说的，现在的女孩子上小学五六年级时就来月经是很常见的。

因为犹豫不决，余校长一直没有作声。

快下第一节课时，李子突然惊天动地地叫起来："余校长，别让夏老师走！"

余校长似乎早有准备，下了讲台，走到李子面前。

李子将夏雪要她放学后再看的那封信递到余校长手里。

李子：

请代我告诉同学们，非常抱歉，夏老师中午离开界岭小学，不再回来了。余校长这两天一直在催我，怕我被大雪阻隔在山上，因为他早就晓得我要离开这里。你们不了解，我也是昨天晚上才了解自己的。上山时带来的行李都在宿舍里，那是我的青春和爱情，是我的美丽与纯真，我带不走她们了，请你替我继续使用。那件白色的婚纱，是我十八岁生日那天，用从小积攒起来的压岁钱为自己买的。从很小的时候我就盼着当新娘子，现在我最恨的就是当别人的太太。若是不觉得这婚纱难看，等到你和所爱的人举行婚礼时，就当它是我送的贺礼吧！另外，你再帮我一个忙，告诉余校长，我将你们的语文作业本带走了，因为它能证明我还有一点人格，还可以继续生活下去。

夏雪

读完信，余校长一扔教鞭，跑出教室："界岭的人没福分，这么好的老师却留不住！"

孙四海明白过来，他说："幸亏吹了笛子，也算是我们几个为她送别吧！"

余校长执意要送一送夏雪。他将学校的事交给邓有米和孙四海，独自冒着大雪往山下赶。

余校长一路小跑，还是没赶上与夏雪话别。

有雪的时候，天要黑了，地面还很亮。

相差只有二十分钟，教育站门前就只剩下两道车辙。

余校长从万站长那里了解到，夏雪从山上下来后，什么话也没说，冲着下车迎接她的那个男人就是一耳光。那男人一点不生气，还笑容可掬地搂着她的腰，将她送进车里，之后，连专门安装的电话机也不要了，关上车门扬长而去。被扔下的还有前两天才从省城运来，供宝马轿车使用的大半桶九十七号汽油。

事实上，宝马车驶到第一个拐弯处后，又停了下来。夏雪从车里探出头来，冒着大雪哇哇地呕吐了一阵，似乎仍不能解决问题，只好从车里钻出来，蹲在雪地里又呕吐了好久。夏雪回到宝马车之前，还捂着嘴大哭了一通。万站长的妻子李芳从计划生育管理站下班回家，正好看到这一幕。她一口咬定，夏雪是怀孕了。李芳异常兴奋地钻进教育站说这些时，余校长还没离开。见她掐着手指反复计算，夏雪在山上待的时间，是否符合妊娠反应周期，余校长很想对她说，你又没有生过孩子，瞎扯什么！

从山下回来，余校长到夏雪住过的屋子里看了看。夏雪来时压在玻璃板下的那页诗抄还在。跟在他身后的李子说，夏雪临走时朗诵的正是这首诗。余校长将这首诗默默地朗诵了一遍，心里也挺感动。

14

放寒假之前，余校长拉着邓有米到村委会去过两次，都没碰上代理村长的余实。村委会门前的路是最好走的，因为快过年了，每走一次，反而觉得心里更凉一些。第三次倒是碰上了。村长余实正在烤火，明知他们是来讨要民办教师工资，却故意指责他们小心眼，为了不让别人明白民办教师素质多么差，而将上面派来的大学生老师排挤走了。老会计也在一旁附和，界岭小学如果全用公办教师，少了这些额外开支，村里的负担就会减轻不少。当会计的人一百个当中有九十九个是这样，牙齿缝里冒出丑话了，马上伸出舌头替自己打圆场。老会计解释，他的意思是，希望界岭小学的所有老师，明天就能由民办教师转为公办教师。村长余实与老会计不一样，说出口的话，连标点符号都不让别人改一下。

村长余实还说："你们不是总在吹嘘什么三足鼎立，怎么只来两个，是不是留下一个当秘密武器？"

邓有米说："村长是核武器。有了核武器，秘密武器就没有了。"

村长余实说："真的是核武器，我就将界岭的大山全部炸成平原，让北大、清华的教授直接来教我们的孩子，免得别人总是说界岭人苕，永远出不了大学生。"

老会计这时又说话了："余校长，你若敢说句硬邦邦的话，保证村长的儿子将来考上大学，不仅将欠你们的工资全部发了，还将未来几年的工资提前发给你们。"

村长余实也说："当会计的人开不得玩笑，说的话都是钱呀！"

从门缝里钻进来的冷风将火盆里那些冒黑烟的木炭吹出了火苗，邓有米装作伸手烤火，顺势将头低得让人看不到表情："只要读书就有希望，不过，最有希望的还是余壮远——

村长的爱子。"

没想到余校长不同意,当即摇了摇头说:"现在的这些学生,要论爱读书并且会读书,最有可能考上大学的是叶碧秋。"

村长余实阴阳怪气地说:"你找叶碧秋的老子要工资吧!"

邓有米连忙说:"村长的爱子还在读四年级,叶碧秋已经是六年级了,余校长的意思只是自然顺序。"

也是太巧了,说话时,叶碧秋的父亲正好路过村委会,村长余实叫住他,将余校长的话重复了一遍。叶碧秋的父亲长叹一声,说只怕叶碧秋有这个天分,没有这个福分,家里早就商量好了,这个学期读完,就该小学毕业了,乡里的初中就让别人去读,叶碧秋要外出找点事做,挣点钱,为自己将来出嫁准备嫁妆。村长余实告诉他,余校长看好叶碧秋将会成为界岭第一位大学生。叶碧秋的父亲倒是乖巧,顺着话说,上大学既要考得上,又要读得起,就凭这两条,界岭的第一位大学生非村长的公子余壮远莫属。

村长余实说:"过了年你去界岭小学当校长吧,别做砌匠了。"

叶碧秋的父亲这才发现村长余实话里有圈套,赶紧抽身走开:"界岭村村长非你余村长莫属,学校校长也是非他余校长莫属。"

僵持了半天,工资的事还是没有着落。

邓有米很少当面指责余校长，这一次他实在忍不住了，从村委会出来，他就说："余校长，你怎么也学会孙四海那一套？连顺口溜都不会说了。"

余校长想了想才回答："不光是孙四海，还有张英才和夏雪，我也觉得自己受到他们的影响。"

他俩灰溜溜地回到学校里，独自在操场上吹笛子的孙四海不仅不同情，还说："我早就说了，这样做是自取其辱。"

邓有米生气地回答说："清高能当饭吃吗？"

"是你们不敢让我去。"孙四海说，"总有一天我要当面对他们说，学校又不是我们三个人的，谁有种谁来关了这学校。"

邓有米说："孙主任如此有种，干脆叫余实将村长的位子让给你。"

余校长不让他俩再说下去："能忍胯下之辱，不吃嗟来之食，各人有各人的活法。"

孙四海硬要补上一句："上次选举，余实所差的三票，肯定被他记在我们头上了。所以，再怎么做也是枉费心机。依我的脾气，下次选举时，干脆明码标价，谁支持我们，我们就支持谁，还可以让学生回去做家长的工作。"

邓有米当然也要说话："何苦这样拐弯抹角，孙主任干脆挺枪出马，与村长一较高下！"

此话一出，三个人都笑了起来。

很难说是不是巧合，第二天上午课间休息时，有人在六年级教室黑板上用粉笔写了两行字：我们想念夏雪老师！我们还想念张英才老师！话虽简单，但在余校长他们看来，却是另有深意的，至于是不是针对几个民办教师，他们也不好说。弄清楚是叶碧秋写的以后，余校长表面上松了口气——自己因为抬爱叶碧秋而得罪了村长余实，叶碧秋心里想念的却是别人，这让他内心压力更大。

期末考试一完，万站长来界岭小学进行例行检查。

夏雪教过的六年级，平均分数比往年低了将近十分。

万站长觉得很奇怪。按照县教育局统一布置，义务教育考试要体现义务教育的目的。相关人员心领神会，由他们统一出题的试卷，明显降低了难度。学生成绩应该超过往年才对。界岭小学三个班，只有三个老师，所以每逢考试测验，约定俗成，余校长班上的试卷由邓有米改，邓有米班上的试卷由孙四海改，孙四海班上的试卷则由余校长改，虽然孙四海与邓有米之间时有口角发生，却一直严守规矩。万站长知道内情，他将余志、李子和叶碧秋的试卷打开看过，这才发现，余校长他们今次阅卷已经不是严格，而是苛刻了，连上面有涂改痕迹，都要扣去零点五分。

万站长于是去问余校长，最近是不是遇到难以解决的问题。

余校长也不隐瞒，将村长余实前次所说的话如实告诉他。

万站长心里有数，若论教书，余校长他们虽然当了近二十年民办教师，像夏雪这样刚出校门的大学生仍比他们稍胜一筹。余校长他们这样做，无非是想表明大学生夏雪的教学能力不如自己，以保持民办教师们那点可怜的自尊。

天气虽然不算好，三五天内却不会有雪。

午饭后，万站长在火盆旁闭目养神，迷迷糊糊地看到一个衣着简朴腰肢很细的女人在面前走来走去，缝补浆洗忙个不停，万站长很想看看是不是明爱芬，伸手扯她的头发，她也不肯掉头。他正在想余校长为何有如此艳福时，女人突然回眸一笑，竟是蓝飞的妈妈蓝小梅。万站长心里一惊，人也清醒过来，发现自己竟然做梦了。

因为这个梦，原本想早点下山的万站长，反而改变主意，决定在界岭小学住一两天，一定要见一见村长余实。

期末考试结束，就等于放假。学生们一走，余校长家就空了。万站长在他家吃晚饭，虽然有邓有米和孙四海作陪，还是觉得冷清。说起来，才觉得不是少了学生的喧哗，而是缺一个女人。

万站长说："老余，还是再结一次婚吧！"

余校长说："当民办教师的，结一次婚都不容易。"

邓有米说："余校长的意思是，不转为公办教师就不结婚。"

万站长说："'文革'时倒是经常有人宣誓，不入党就不结婚。"

大家都笑，只有孙四海不作声。

见无法回避，万站长索性挑明了。他说："孙主任，你与王小兰的事，也不能总这样拖着，哪怕让她离婚，再回去照顾瘫在床上的前夫都行。说不定还能将你们树立为道德模范。"

孙四海眼睛里有东西闪了一下。

邓有米替他说："界岭没有这样的道德，更没有这样的模范。"

孙四海一扬脸说："我和王小兰说过一次，却让她哭了无数次！"

万站长越来越像领导，将自己的话说完了，便马上转移话题，问大家想不想再要一位支教生来加强学校的师资力量。

万站长说："本来我想让张英才回来继续与大家共事，没想到省教育学院给了他一个机会，只要再读一年，就可以拿到正式的大学本科文凭和学位，而不是一般的进修证书。张英才自己有这个意愿，县教育局也同意，就让他再读一年书。"

见万站长主动提起张英才，邓有米接着他的话说："张老师年轻，往后做奉献的机会很多，不在乎这一年。"

孙四海接着邓有米的话说："万站长是在客气，你就当真了。张老师当民办教师时是界岭小学的人，成了公办教师就是国家的人，能不能回西河乡都很难说。"

余校长这才恍然大悟，万站长表面上是来界岭小学检查工作，心里是想向他们解释张英才的事。他明白此事只能点到为止，不能再让邓有米说下去了。邓有米的话很容易让孙四海找到发起攻击的漏洞，如果弄得像说相声的，一个捧，一个逗，万站长就难堪了。

这样一来，余校长势必要提起落荒而逃的夏雪。

说起夏雪和宝马轿车，万站长果然兴趣大增。

据万站长的推测，夏雪除了读书时就与那个开宝马轿车的男人发生非比寻常的关系外，其他方面并不特别。他当教育站长以来，见过各种各样稀奇古怪的事。譬如有个叫闻文的大学生，在教育站挂名三年，每月将工资汇到他的银行卡上，是男是女都不清楚。前不久，教育局的人拿来一份表扬闻文如何扎根乡村的材料，还有连续三年被评为模范教师的证书，让教育站盖上公章，随后就将他的档案调走了。

万站长若是想了解夏雪的情况也不是没办法，往夏雪所在的大学寄一封公函就行。万站长没有这样做，也有他的考虑：夏雪作为支教生，按规定必须工作两个学年，虽然只有几个月，夏雪的表现还是很难得，万一她与母校沟通不畅，冒昧去一份公函，反而会将事情闹大。

这天夜里，万站长睡在张英才和夏雪曾经住过的房间里，老是回想自己当年在这间屋子里工作和生活时的情景。好不容易睡着了，万站长又开始做梦，自己居然很奇怪地坐在学生中间，听明爱芬弹凤凰琴。突然间，琴弦断了，反弹过来，缠在自己的脖子上。万站长惊醒了，坐在床上苦笑几声。重新睡着后，先前那个梦居然又来了：明爱芬弹奏凤凰琴的声音，就像香港武打电影中表现的那样，变成无数箭矢朝他飞来。

几经反复，天就亮了。万站长悄悄起床，去下面村里，敲开一家代销店的门，买了一大沓往生钱，拿到后山上明爱芬的坟前烧了。做完这些，他写了一张纸条放在桌子上，将自己的去向告诉余校长。

走了半小时，身体刚刚开始发热，就到了村长余实家。余实的妻子正在门口喂鸡，见到万站长，连忙转身朝屋里喊："乡里的领导来了。"村长余实慌忙穿好衣服出来，见是万站长，立即表现出不小的失望。

坐下后，村长余实主动开口："余校长面子真大，让你帮忙讨债。"

万站长笑了笑："我大小也是全乡教育界最高领导，那点小事用不着我来管，村长手指缝漏一下就解决了。我今天来是想同你商量界岭小学还要不要办。"

村长余实说："办又如何，不办又如何？"

万站长说："不办当然好说，将学校并到邻村去。"

村长余实说："好哇，割去耳朵，头就会轻松一半。"

万站长说："难怪大家都说界岭的人老实，说得不好听就是苦。天底下哪家哪户没有孩子？放着学校不办，让大家将孩子送到别处读书。不说这届村干部的政绩如何，光是一人一张的选票，也会让你这个当村长的在下次选举时吃大亏。"

村长余实想说什么，被万站长挡住了。

万站长无中生有地编了一个故事："这个星期我已经跑

了两个村，人家可是精明过人，别处都说再穷不能穷教育，再苦不能苦孩子，他们开口便说再穷不能穷教育，再苦不能苦老师。还说，不支持办学的人，就是他们的政敌。人家还挺有心得地告诉我，曾经用还办不办学校的问题来试探别人，结果证明，凡是不支持办学的人，都是别有用心的。"

村长余实说："村里没有办学能力，也不能打肿脸充胖子。"

万站长说："界岭地方虽小，各方面的道理都是一样的。就说你我都晓得的那些大领导，其实做的工作都差不多。为什么有人口碑好，有人口碑差，原因就在于是不是善待文化人。所以，于公于私我都要劝你记住一条真理，对吃官场饭的人来说，文化人虽然成全不了你的好事，却能坏你的好事。这就叫成事不足，败事有余。"

村长余实说："我不怕这个，我只讲实事求是。"

万站长看了看贴在墙上的十几张奖状："说到实事求是，我倒要提醒你。前面说的都是大道理，你爱听不听都行，我再说几句体己话，别看你儿子从学校拿回这么多奖状，如果没有界岭小学，让他到别的学校去读书，你就是天天请人家喝酒，也赶不上余校长他们对你儿子的照顾，这叫外面吃得千般好，不如回家一碗粥。"

万站长从提包里拿出一本作业本交给村长余实。村长余实信手翻了几页，上面被红笔批改得密密麻麻，十道题目中，总有四五道被老师打着叉叉，再细看，竟然是儿子的。村长余实不相信，因为儿子拿回家的作业本从来都是很整洁，很少有做错的。万站长如实告诉他，这就是界岭小学办在界岭的好处，余校长他们从来都是不厌其烦地将他儿子的作业优先改了，再让他重新抄在另一本本子上，不只是为了面子好看，避免回家后挨打挨骂，重要的是让其加深正确解题方法的印象。

村长余实瞪着眼看了半天才说："要是图方便，还不如请人来家里教书。"

万站长说："难怪界岭小学得不到重视，原来是你太不了解身边的人有多好。我当过民办教师，再转正成为公办教师，然后又当了教育方面的领导，所以我要对你说句肺腑之言，一般的老师，只可能将学生当学生，民办教师不一样，他们是土生土长的，总是将学生当成自己的孩子，成绩再差也是自己的亲骨肉！"

万站长站起来走到外面，才想起说了一早晨的话，竟然连水都没喝一口，便转回去，将那杯茶全部倒进喉咙里。

村长余实对此毫无反应，坐在那里发愣。

村长余实的妻子后来在一棵大樟树下追上万站长。

村长余实的妻子将万站长的话全听进去了。她要万站长放心，学校的问题，过年之前一定都会解决的。她要万站长转告余校长，往后自己会经常去学校，为他们充当村委会的联络员。当然，她也要求万站长，过两年儿子升初中后，请他多多关照。万站长故作严厉地表示，全县拖欠民办教师工资的问题，界岭小学最严重。他就在学校里等着，直到问题解决了再下山。村长余实的妻子连忙说，如果钱筹得及时，今天下午就让老会计送来。

回到学校时，余校长和邓有米、孙四海正站在阳光下说话。

万站长对他们说："今年过年我不会挨你们的骂了。"

中午的太阳刚刚往西偏了一点，老会计便气喘吁吁地赶到学校，一边将既往所欠的工资一五一十地数给大家，一边惊叹余校长竟然有办法改天换地，让村长余实舍得将村里仅有的一点钱花个精光。

老会计走后，万站长也要走。

余校长留他多住一晚，趁大家手里有钱，好好请他喝一顿酒。

万站长没有答应，他怕夜里又会梦到明爱芬。

余校长将信将疑，作为丈夫，从没梦见过自己的妻子。

万站长取笑说："只怪你一心想着某个娇滴滴的新娘子。"

余校长笑得很开心："有机会，请万站长再派个娇滴滴的姑娘来界岭小学教书吧，这对于提高界岭小学的教学质量大有好处。像夏雪一样，从外面来的时尚姑娘，往课堂上一站，那些不想读书的孩子就会千方百计想办法回到学校。"

送走万站长，大家在余校长家里继续坐了一会儿。

邮递员正好来了。他在邮包里掏了半天，最终递上来的只是三张贺年卡。一张是张英才寄来的，他在贺卡的背面写道：祝界岭小学的全体同事，新年的工资没人欠，新年的教室不漏雨，新年的山路没野兽。另一张没有署名，只写了一句：界岭的雪是世界上最纯洁的，很庆幸我没有污染她！不用细想就明白这是夏雪写来的。第三张是张英才来后才从五年级退学的叶萌寄来的。今年正月十六，叶萌出外打工，绕了几里路，专门到学校看了看。他在贺卡上写了一句大实话：等我在外面赚了钱，一定回来，将母校改造成世界上最美的学校！

议论起来，尽管叶萌和夏雪差别太大，大家心中的遗憾是相同的。

围绕贺年卡，大家说得最多的还是张英才。

按照正常情况，明年六七月份，张英才就应该从省教育学院结业，他们都觉得，如果让张英才重回界岭小学，肯定比夏雪那样的支教生强很多。问题是张英才愿意吗，他一走就是一年多，不用说放假时上山来看看，前后只寄了两张贺年卡，连一封问候信都没写过。孙四海的想法与众不同，他认为，越是这样越能说明张英才内心在挣扎，如果三天一封信，鬼才相信他会回来。

15

这一年，从冬到春，界岭的雪真多。村委会统计的是九场雪。县气象站的人从未到过界岭，也不清楚他们如何测量的，在通报中点名说，界岭一带总的降雪量为九百八十八毫米。如果没有融化，就等于在界岭小学操场上积了差不多一米厚的雪。事后才听说，是老会计出主意，让村长余实如此汇报上去的，目的是希望县里能给一些救灾款。界岭雪多，各地的雪也不少。最快也要晚一个星期才能送到的《人民日报》说，大雪有利于北方过冬作物的墒情。

界岭小学的民办教师们却不认同，大雪将茶树冻伤后，能卖出好价钱的春茶就没指望了。没有春茶可卖，村委会收不到相关的费用，村长余实的妻子按时发放民办教师工资的许诺也就成问题了。

被村委会适当夸大的雪灾没有受到县里的重视，有关部门回复说，从去年开始，县里财政情况空前困难，要他们自己想办法渡过难关。界岭地势高，若说受了旱灾，山下的人就会怀疑，为何从界岭流下来的河水一点没有减少？若说受了水灾，山下的人更要怀疑，从界岭流下来的河水从未见涨，真的有暴雨，难道又转头流回天上了？所以在界岭当干部，想玩点假的，向上面要钱，唯有雪灾一说才有希望。既然雪灾都没人理睬，别的花样就更不行了。从二月份开学起，三月等，四月等，五月、六月还是等，民办教师的工资仍旧不知在哪里。

村长余实的妻子借口查看儿子的学习情况，亲自到学校来，要余校长他们再等一阵。还说，实在不行，村长余实还可以默许他们悄悄地砍一棵小一点的红豆杉。不过得他们自己想办法运出界岭，自己想办法与收购红豆杉的人联系。不管这话是不是村长余实说的，都让余校长他们格外难受。当然，最难受的还是邓有米，无论如何，这样的话都让他觉得是在指桑骂槐。邓有米盗砍过红豆杉，这是他心里不许任何人碰的伤痛。邓有米想了一大堆脏话，要骂村长余实的妻子。余校长抢在他之前，坚定地对那女人说，古人尚且不吃嗟来之食，就算饿死，界岭小学的老师，也不会做任何让人不齿的事。既然如此说了，大家只好像从前一样，靠着教育站发给的三十五元钱维持生活。

七月份小考结束后，教育站张榜公布各个学校的情况，很难说是不是支教生夏雪教了几个月的原因，这届毕业生的平均成绩，比往届提高了整整十分。万站长亲自送来一条横幅，上面写着一行大字：祝贺界岭小学小考总成绩并列全乡第三名！可是只有万站长心里明白，并列第三名的一共有六所学校！

整个暑期，横幅一直在界岭小学的屋檐下挂着。

支教生骆雨来报到时，几乎看不见横幅原来的红色了。

骆雨一进屋就注意到仍然压在玻璃板下面的那首诗。

听说是前面一位女支教生写下的，骆雨就没有动它。

与夏雪不同，骆雨读过张英才写的那篇关于界岭小学的文章，所以除了行李之外，他还特意带来一面崭新的国旗。界岭小学的升旗仪式，总是由余校长亲手拉动绳索将国旗升到旗杆顶上，除非余校长不在场，才由副校长邓有米替代，万一连邓有米都不在场，孙四海才有资格顶上来。

骆雨第一次参加升旗仪式，就自告奋勇地要当升旗手。还让余校长用他带来的照相机，将他的动作拍下来。一个星期后，骆雨不当升旗手了，拿着一只口琴挤到邓有米和孙四海中间，跟随他们的笛声，一同吹奏国歌。再往后，骆雨也不吹口琴了，就像夏雪临走时那样，站在学生队伍后面，向冉冉升起的国旗行注目礼。所有这些，骆雨都让别人给他拍照留念。

那一天，升旗仪式结束后，骆雨注意到操场旁边的荒草上有一层薄薄霜花。

骆雨将有霜花的草掐了一根拿在手上，对着太阳看了看，问身边的邓有米："界岭这儿落雪时间是不是很早？"

邓有米如实回答："一般年份要比别处早一个月左右。"

骆雨又问："落雪时是不是还有学生打赤脚来上课？"

邓有米说："偶尔还有。"

骆雨说："真有这么穷吗？"

邓有米说："这两年好些了，再困难的人家，冬天也能穿上鞋。只是有些孩子舍不得鞋，在雪地里走路时先脱下，进了教室再穿上。再说，刚落下来的雪，还不太冷。"

骆雨说："天下哪有不冷的雪？又不是冷血动物！"

邓有米说："要是你直到十五岁才穿第一双鞋，你就晓得什么样的雪冷，什么样的雪不冷。"

骆雨将信将疑地低头盯着邓有米的双脚。

邓有米继续说："你去问问余校长，他穿的第一双鞋，是当兵后部队发的。还有孙主任，也是十几岁时在外面流浪，遇上老村长，才穿上生平第一双鞋。"

骆雨不声不响地回到自己的屋里。

上课的预备铃响起后，他竟然光着脚走出来。

邓有米装着没看见，二人擦身而过时，他还指着太阳说，要赶紧晒衣服，明后天可能有雨。骆雨一边说有雪才好，一边进了教室。因为太冷，他在黑板上写字时，忍不住跺了跺脚。

听到五年级学生在大呼小叫，余校长到窗口看了一眼。村长余实的儿子马上举起手来。自从余志、李子和叶碧秋小学毕业，到乡初中去读书后，村长余实的儿子突然显得十分出众。骆雨问他有什么事。村长余实的儿子站起来，告诉窗外的余校长，骆雨老师没有鞋穿。

余校长不清楚发生什么事了，心神不定地等到下课，将骆雨叫过来一问，才明白骆雨是想证明，自己虽然是穿皮鞋长大的，同样不怕界岭的霜雪。

不几天，骆雨在教室里打赤脚给学生上课的事，就变成了冬闲时节界岭一带最让人振奋的传说。有人来学校告诉余校长，骆雨为了适应界岭一带的艰苦生活，进大学的第一天就开始向年轻时的毛主席学习，寒冬腊月坚持洗冷水澡，夏天趁着狂风暴雨不戴任何雨具绕着操场长跑。余校长等人只能洗耳恭听。

孙四海听得不耐烦了，挖苦传话的人，要他也让自己的孩子，跳进结了冰的水塘学习游泳。传话的人一点不在意，说，如果不论思想水平，只论吃苦耐劳的意志，界岭的人，个个都是毛主席。

来学校看热闹的主要是女人。女人来得太多，男人自然就不来，还反过来骂她们其实是花心，今生今世无缘嫁给城里男人，就想让眼睛里长出钓鱼钩，将那些细皮嫩肉的男人钓在心里。看过骆雨赤脚模样的女人很遗憾，一致认为骆雨经不起界岭的天寒地冻。

天气看起来很不错，早上的霜花少了许多，中午的太阳也越来越温暖。这是寒潮即将来临的前兆，说不定什么时候，从北边的山后刮起一股风，气温就会骤然下降，少则降六七摄氏度，多则降十几摄氏度。

虽然暖和，骆雨的脚还是出现轻微冻伤。

这是王小兰来学校给孙四海洗被子时发现的。

十一月初，乡初中又放了三天假。第一次放假是国庆节，李子和余志回来说，叶碧秋差点被淹死。细问之下才弄清楚，开学第一天，叶碧秋就掉进了水塘，恰好被正准备返回省城上学的张英才看见了，将她从两人深的水塘里救了起来。因为这场意外，乡初中再放假时，有孩子在初中读书的母亲，都来界岭小学的操场上等孩子。王小兰故意拉上其中几位，顺便帮余校长、孙四海，还有骆雨洗洗晒晒，准备过冬。孩子们露面后，母亲们顾不上说话，纷纷跑到余校长或者孙四海屋里，取出温在锅里的塑料饭盒，用从家里带来的清一色的油盐饭给孩子填填肚子。

李子他们捧着油盐饭狼吞虎咽时，王小兰正用双手拍打晒在外面的棉絮，本想看看孙四海在哪里，眼睛一扫，却发现骆雨手里拿着照相机，一边注视着远处的山野，一边将左右两只脚后跟相互擦来擦去。

王小兰就问："骆老师是不是觉得后脚跟发痒？"

骆雨回答说："是的。像是被一百只蚊子同时咬了。"

王小兰便断定："一定是冻伤了！"

骆雨从未有过冻伤经历："不会的，我在家用冷水洗脚，也没出问题。"

别的人也觉得不会。有几个女人还笑话王小兰，对学校的老师总是那么体贴关心。

换了别人，别说手脚冻伤，就是脸上长冻疮，也没有人当回事，顶多提醒一下，晚上用热水泡脚后，在火盆里烧一只白萝卜，切开后敷在冻伤处。因为这事发生在骆雨身上，余校长和邓有米议论了几次，觉得还是劝骆雨穿鞋上课。二人分别与骆雨说过，骆雨仍不穿鞋。

李子和余志返校不久，属于界岭的寒潮就来了，夜里风声一起，早上没出被窝就能感觉到气温下降了许多。

余校长以为骆雨会知难而退，上课铃响过后，骆雨却还是光着脚走进教室。余校长有些着急，担心万一出毛病，像有些小说里描写的那样，冻掉脚趾，事情就麻烦了。余校长不再与邓有米商量了，而是去找一直未对此事表态的孙四海。

孙四海听说后，一声不吭地脱下自己的鞋。

上完第三节课，孙四海光着脚从教室走出来。

骆雨见了就说："孙老师怎么也成赤脚大仙了？"

孙四海回答："昨天的太阳不行，洗的鞋晒不干，晚上放在火盆边烘烤，不小心烧成了灰，只好请李子她妈赶着给我做新鞋哩！"

孙四海又说："骆雨老师，将你的照相机拿来吧，给这四只大脚留个影，有机会弄到报纸上发表一下，也好让别人了解我们献身山区教育事业的坚强意志。"

骆雨果然听话，转眼之间就将照相机拿来交给余校长。

余校长蹲在地上取景时，骆雨一直在说："可惜，如果有雪，这张照片的意义更加不一般了。"余校长一连按了三次快门，骆雨才叫停。

余校长将照相机还给骆雨时说："回头将胶卷洗出来了，给这张照片取个名字：《支教生与民办教师》，可以寄给省报的王主任。"

骆雨似乎早就想好了："依我看，这张照片应该叫作《向民办教师学习的支教生》。"

骆雨走开后，孙四海说："该了结了。"

下午上课时，骆雨果然不再打赤脚。

隔窗望着骆雨脚上的旅游鞋，余校长问孙四海这是什么道理。孙四海没好气地分析，从骆雨带着国旗来界岭小学，他就知道这小青年心里有目的。后来打赤脚上课，之所以打了这么久，是因为他实在不好意思主动请别人帮忙拍照，更不好叫别人光着脚陪衬自己。

孙四海后来问骆雨："还是穿鞋舒服吧？"

骆雨说："当然。打过赤脚后，再穿鞋更觉得舒服。"

骆雨穿上鞋后，他的模样比打赤脚时更让人喜欢。

按照骆雨与母校签订的协议，他在界岭小学支教两年后，便直接保送成为母校的硕士生。寒冬来临，骆雨也不怎么作秀了。界岭小学这儿值得秀的，除了艰难困苦，也很难找到别的了。

心境安定下来后，骆雨更受学生们的欢迎。

不管是男生，还是女生，都说，骆雨老师到底是大学生，比土生土长的民办教师洋气多了。

在经历了张英才和夏雪等人之后，界岭小学的民办教师们已经习惯，学生们像欢迎送救济款的干部那样欢迎新老师的到来，并且默认了自身能力的不足。自尊心最强的孙四海也曾说，如果再有两个大学生上山来教书，他和余校长、邓有米，情愿从此退出界岭小学的历史舞台。叶碧秋她们夏天毕业后，界岭小学秋季开学，暂时没有六年级，要等到村长余实的儿子他们将五年级读完，才又有六年级。余校长同万站长说过，如果骆雨能坚持两年，下次小考时，他就有信心实打实地进入全乡前三名。

与夏雪在界岭时不同，不到万不得已，余校长绝对不提落雪的事。哪怕发现阴阴的小雨突然停下来，北风吹过头顶时不那么潮湿了，凭经验，知道十有八九要落雪了，余校长亲自到教室里，吩咐骆雨提前放学，也只是说要变天了。

骆雨不明白地问，天气本来就不好，还能往哪儿变呢。

余校长坚持不说落雪，只说山上的坏天气经常出人意料。

界岭的雪，像至今没出过大学生一样闻名，余校长担心，骆雨会像夏雪那样，嘴里说不怕，真的大雪临头时，还是被吓跑了。去年这个时候，操场上早已铺满了白雪。今年却奇怪了，明明是落雪的天气，县气象站接连三次预报界岭一带有小到中雪，到头来连一朵雪花都没飘下来。最盼落雪的人是村长余实和老会计，去冬今春，上面没有发一分钱救灾款，年底之前若有一场大雪，县里就很难用自救之说来搪塞了。有了救灾款，就可以解一些燃眉之急，包括拖欠近一年的民办教师工资等。

界岭小学的民办教师想不到这么远，他们说，这是老天爷在挽留骆雨，不想用大雪来吓唬他。

乡初中放假那天，天气又不太好，界岭的人都觉得要落雪了。

王小兰也是这样想的。她到学校里等李子时，温情脉脉地对孙四海说，不知等到什么时候，自己才能在落雪时给他假脚。孙四海一时激动，将她抱起来放到床上。王小兰过去一直不敢在白天里将自己的一切交给孙四海，这一次，想着落雪的她，终于例外了。王小兰在孙四海屋里缠绵到不得不离开的最后一刻，直到连整理蓬乱头发的时间都没有了，才匆匆离去。

王小兰从余校长家里接走李子时，孙四海站在操场上吹笛子送她。按时间估计，王小兰和李子早已到家了，孙四海还在原地站着，对着山野，一遍遍地吹奏那首早已让人耳熟能详的曲子。

余校长叫孙四海回屋，北风太大，时间长了会冻伤筋骨。孙四海放下笛子，要余校长放心，自己还没有柔弱到骆雨那种程度。余校长离开后，孙四海继续忘情地吹着笛子。也不知过了多久，身后又有了动静。

孙四海以为又是余校长，便说："连王小兰都看出来，骆雨在界岭待不长。"

没想到身后站着的是骆雨："是不是觉得我听不懂界岭的笛声？"

孙四海怔了怔："风吹笛响，没什么了不起，就怕你经不起界岭的雪。"

骆雨也怔了怔："是呀，我也想试试界岭的雪有多厉害！"

　　事后，孙四海非常后悔，自己早就不年轻了，应该压得下内心深处对王小兰的依恋，完全没有必要像情窦初开的少年那样，将一点点忧郁，夸张得比整座老山界还要大。如果自己早些收起笛子，骆雨就不会在寒风中陪着他悄悄地站半个小时了。

　　那天夜里，孙四海被一阵剧烈的咳嗽惊醒。

　　他以为是余校长。明爱芬在世时，余校长三天两头就会用咳嗽声惊动整个界岭小学。孙四海和邓有米早就习惯了，张英才刚来时不习惯，说过不能因为余校长是校长，就在学校里为所欲为地咳嗽之类的话。当然这也是一种笑话。明爱芬死后，余校长的咳嗽声渐渐地消失了。孙四海睁开眼睛看了一眼窗外，也没多想，便又睡着了。

　　第二天早上，孙四海想起夜里的咳嗽声，就开玩笑，问余校长还记不记得张英才说过的话。见余校长想不起来，孙四海就将张英才的话说了一遍。余校长不胜惊奇，连连说自己昨夜绝对没有咳嗽，还说夜里做一百个梦，醒来后都有可能记不得，哪怕只咳嗽一声，也能记得清楚。

　　余志在一旁插嘴："我也听到了，不是余校长，是骆雨老师！"

　　余校长他们连忙去敲骆雨的门。

　　敲了三下，骆雨就答应了。

　　开门后，刚说了几句话，骆雨就发出一阵惊天动地的咳嗽声。大家这才觉得余志的判断是最正确的。咳嗽完了，骆雨说，没事了。刚转过身去，却又咳嗽起来。等到他洗漱完毕，正式走出屋子时，大家才发现他的脸色有些不正常。骆雨不承认，还与身体最好的孙四海比。

骆雨说："当民办教师的人若是比我的脸色还好，那就不是民办教师了。"

邓有米说："民办教师本来就只能看别人的脸色嘛！"

孙四海难得当面夸奖邓有米，说这是邓有米近年来说得最深刻的一句话。

骆雨并没有因为年轻，将喉咙上的黏液咳出来就没事了。一般人咳嗽，到了下午总会好一些。骆雨却不一样，从午饭之前到晚饭之后，咳嗽声就没有停过。一阵比一阵猛烈的咳嗽声中，还夹带着一种尖锐的呼啦声。骆雨将常备药中的复方甘草片，数了四颗吞下去后，想了想觉得常用剂量可能压不住这样的咳嗽，便又吞了四颗。

余校长咳嗽多年，从未将其当成大不了的病，后来果然不知不觉地痊愈了。

骆雨的咳嗽声，才响了一天一夜，余校长就觉得情况不对，趁着天色还没有完全黑，赶紧叫余志去下面村里找人借药。

余志很小的时候，便到处给明爱芬借药，做这种事，早已是轻车熟路。问了几家，都说叶碧秋的小姨最近总在咳嗽，可能有没吃完的药。早有学生抢在前面报过信，余志找上门时，叶碧秋已经拿着半瓶止咳糖浆站在那里等着。

余志问："你怎么不请假，提前几天回来了？"

叶碧秋说："小姨病了，我回来帮忙带孩子。"

叶碧秋拿着药不肯松手，一定要余志说说骆雨老师现在的情况，因为他们班的班主任，前些时差一点因咳嗽死了。班主任后来用半节课的时间讲了这事，还让大家做了详细笔记。余志拿着止咳糖浆和叶碧秋的笔记回到学校，也像叶碧秋那样，执意要余校长将叶碧秋的笔记仔细看一遍。

叶碧秋在界岭小学读书时就喜欢做笔记，上初中后，笔记更加工整。余校长一看就明白。他按照笔记上的提示，再对照骆雨的情况，觉得还好，没什么大问题。就与孙四海商量，弄了一些鱼腥草和枇杷叶，煎成汤药，放些冰糖。

骆雨分三次喝下去后，似乎好了些。

星期天午饭后，李子一到学校，就同余志一起去邀叶碧秋。没想到，叶碧秋非常坚决地表示，再也不回乡初中读书了。

余志和李子无奈地走后，骆雨的咳嗽声又响彻校园。

余校长到他屋去看过几次，越看越觉得有问题。

天快黑时，余校长再去看他，略一观察后，自己身上汗毛全都竖了起来。叶碧秋的笔记上说：严重的咳嗽会导致哮喘或者呼吸道痉挛，所以，要密切观察患者的体征，如果鼻翼出现扩张，如果前胸锁骨附近出现肌肉塌陷，如果脉搏跳动突然加快，就必须马上送医院急救，因为这是人体严重缺氧，可能导致窒息的前兆。骆雨的样子，几乎就是这样。

余校长怕自己判断不准，就想去叫孙四海，都快喊出声来了，忽然想起来，王小兰还在他屋里。他不好直接去敲门，站在操场边上，冲着一个过路人大声叫，要他带信给邓有米，骆雨老师病重，快来学校帮忙。

孙四海开门出来时，骆雨已经开始叫胸口闷。

等邓有米赶到学校，骆雨的脸色已经变得发青。

三个人慌慌张张地将一只竹床倒过来，绑上两根竹竿，做了一副担架，再铺上棉被，让骆雨躺上去后，抬起来就往山下跑。半路上，骆雨叫得厉害了，他们就停下来，由身体最强壮的孙四海，口对口地做人工呼吸。

出发时，余校长还想，只要遇上走夜路的人，一定要将其拉上，帮忙抬一下骆雨，毕竟他们当民办教师多年了，有些体力不支。翻过最后一座山岭，开始下山了，他见到前面有星星点点的光亮，便大声问："前面是谁呀？"声音在山谷里回荡一阵后，那些光亮却不知消失到哪里去了，余校长以为是自己看花了眼。没过多久，光亮又出现了。这一次，他可是看清楚了，眼前绿莹莹的光亮，是那些曾经企图将李子当食物的狼群发出来的。在前面抬担架的孙四海也发现了，就故意刺激邓有米，嫌他走得慢，在后面拖后腿。

孙四海说："难怪当初上山偷树，一下子就会被人抓住。"

邓有米看不到前面的险情，下意识地回击说："偷树的人当然跑不过偷情的人。"

孙四海说："按照夏雪的理论，偷树是物质行为，偷情可是精神行为。"

邓有米说："大白天将王小兰关在屋里，弄得眼圈黑了才开门，这算什么精神？"

躺在担架上的骆雨插嘴说："这叫爱的精神！"

躺在担架上的骆雨又猛烈地咳嗽起来。

于是，孙四海又说起骆雨："我们都没有看过周星驰的电影，你自己说说，这样咳嗽，是不是真的会将肺咳出来，还能用手接住？"

骆雨说了一句话，大家都没听清楚。

在前面探路的余校长并不搭理这些，他将山里走夜路必须带着的柴刀紧紧地攥在手里，直到那些绿莹莹的光亮渐渐远去，他才放下心来，一边接过担架，将邓有米换下来歇一歇，一边将刚才的险情说给他听。

邓有米骂了一声："到底是畜生，越有急事，越来捣乱。"

大白天一般都要走四个小时的山路，他们凭着一只电力不足的手电筒，竟然只花三个小时。

乡卫生所的值班医生一看，二话没说就给骆雨用了氧气袋，紧接着就往静脉里输液。大约是不敢独自确诊，值班医生又将在家睡觉的所长喊来。所长来后，连连说骆雨幸运，前些时有人得了相同的病，临时从县医院调了一些药，没有用完，因为天气冷，用不着放冰箱保管，就暂时留着没有退回去，否则，就只能送骆雨去县医院急救了。

问起来，先前那位病人果然是叶碧秋的班主任。

卫生所所长听余校长说了过程，感叹道，没文化的人久病才能成良医，有文化的人病一次就会成为良医。

天亮时，三个人正趴在病床上打瞌睡，万站长披着一身雪花赶来了。问清情况后，他才将余校长叫醒，让余校长赶紧带邓有米和孙四海回学校去，这里的事由他来安排。听万站长说外面开始落雪了，余校长走到窗口一看，果然，平地上还没积雪，草地上已经花白了。万站长批评他们，那么大的学校，一个老师都不留，学生们到校后，岂不成了没人招呼的鸭子，天气如此恶劣，出了事故谁负责？

余校长赶紧叫醒孙四海和邓有米，又告诉骆雨，他是公办教师待遇，有事找教育站就行，卫生所也不会因为没交钱，有药也不发给他吃。

骆雨用过一种叫氨茶碱的药后，脸色好转，咳嗽也舒缓了。

骆雨说，最多一个星期，他就能回界岭小学上课。

不知是不是咳嗽伤神的缘故，骆雨说话时，和先前打赤脚上课的那个骆雨已经判若两人了。

16

万站长陪着余校长他们从卫生所出来，在路边的一家小吃店将炸好的十几个面窝全买下来，让他们三个分了吃。吃不完的就带回去，给在余校长家寄宿的学生们解解馋。余校长和邓有米谦让了几下，万站长就说，若不是三位齐心协力及时送骆雨下山抢救，万一一口气接不上来，活活憋死在山上，虽然是天灾人祸，他这个当教育站长的也会抬不起头来。孙四海说，万站长如此诚心诚意，那就再买十个面窝，专门送给余志，幸亏小家伙像余校长一样做事认真，不然，我们很难相信咳嗽会要人的命。万站长当真了，让开小吃店的人赶紧在油锅里现炸了十个面窝。

这时，小街上出现一个慢跑的人。

万站长认出那人正是叶碧秋的班主任，就将他叫过来，表扬他在班上讲的哮喘知识马上应用了，而且行之有效。

叶碧秋的班主任认识余校长，见面后也不说客套话，开口就问，叶碧秋逃学回家到底是什么原因，还回来上课吗？余校长答应帮忙打听，然后回过头来问，叶碧秋在学校里发生什么事了。

班主任也听说过，叶碧秋来乡初中报到的当天，就很奇怪地掉到公路旁边的水塘里，差点淹死了，幸好在界岭小学教过她的张英才老师就在附近，跳进塘里将她捞了起来。这回，班主任实在弄不清楚叶碧秋为何突然不辞而别，他只了解到，星期五上体育课时，叶碧秋来了初潮，被几个女同学拥着急忙回了寝室。上初中的女孩子，遭遇初潮窘事，年年都有几个，唯有叶碧秋与众不同，竟然独自跑回界岭。

听了他们的话，万站长也关心起来。万站长在界岭小学当民办教师时，叶碧秋的小姨从一年级到六年级一直是他的学生。后来，叶碧秋迟迟不能上学启蒙，万站长还找到她的小姨，由小姨代交了学费，她才进了校门。因为迟了两年，上初中后，叶碧秋仍然是班上个子最高的，而且脸上还出其不意地长出一只圆圆的小酒窝。万站长有事没事都喜欢去初中看看，遇上叶碧秋时都不敢认了。万站长不仅关心叶碧秋，还顺带提醒孙四海，李子虽然比叶碧秋小两岁，这方面的知识一定要早些教给她。

万站长说这些话的目的，全是瞄准未来的中考与高考。他也希望由叶碧秋、李子和余志等学生来实现界岭小学高考上榜零的突破。

山下落雪花，山上就会变成雪片。余校长他们才走到半山腰，路面就被积雪完全掩蔽了。两边山上的雪更大，这时候人们通常不再出门了，外面的人也都像余校长他们一样，能走多快就走多快，以求及早回家。又走了一程，迎面来了几个扛着土铳的男人，其中一个曾经是民办教师，现在是邻村的副村长。他说，昨天夜里，这一带出现一群狼，咬死了一头母牛，另有一头猪和一头小牛不见了。邓有米想起张英才的话，就对他们说，这一带不大可能有狼，要是有狼，就应该有相应的食物链。山上的物产一丰富，老百姓的日子就会富足。如此，政府的赋税收入多了，民办教师的日子就会大为改观。当过民办教师的副村长觉得邓有米太迂腐，快成东郭先生了，狼就是狼，用不着替它找理由，更不要用那些让人越来越糊涂的伪学问蒙自己。孙四海说，昨天夜里他们遇上那群狼了。副村长一听，便向孙四海了解情况，一心想趁着大雪封山之前，将小牛找回来，哪怕找回一只牛腿，也能吃两餐嫩牛肉。

两拨人各有各的事，各走各的路。

雪落得越大，余校长他们越是着急。

好不容易爬上最高的山岭，走在前面的孙四海伸手指着山下叫了一声："快看，国旗！"

余校长和邓有米紧走几步，就看到，茫茫雪野之中，骆雨带来的那面国旗，很鲜艳地在界岭小学上空飘荡着。

操场上有许多学生在打雪仗，余校长看了看手表，应该是上午最后一节课的课前休息。正当余校长以为学生们整个上午都在玩雪时，从学校方向传来上课铃声。转眼之间，操场上的人影全不见了。

余校长觉得奇怪，想不出来是谁在替他们招呼学生上课。

临近学校时，他们放轻了脚步，从窗口里，先是看到一年级的学生在那里互相监督背诵课文；接着看到三年级的黑板上写着"以落雪时听见孙老师和邓老师的笛声为素材，写一篇三百字的作文"；在往五年级教室走去时，余校长听到一个熟悉的声音在说："夏雪老师说过，这道题，城里三年级的学生就会做，你们都是五年级学生了，要是再做不出来，就不要埋怨别人说你们是男苕和女苕了，也不要为界岭这么多年出不了一个大学生找借口！"与这声音同时响起的，还有教鞭击打黑板发出的叭叭声。

余校长从半掩着的后门探头一看，黑板上的那道数学题是：将 123456789 等数字，不重复地填在 □□□□ × □ = □□□□。

一只在雪里觅食的斑鸠落在另一座窗台上。有学生扭头看时，发现了余校长，便脱口叫出声来。余校长只好直起腰来，叫上孙四海和邓有米，一起走进教室。这才发现，站在讲台上的是叶碧秋。

大家都愣住了。还是孙四海反应快，先开口说："叶碧秋出的这道题很有意思，大家就按她讲的去做。"他们退出教室，叶碧秋也跟着出来，害羞地站在那里。

叶碧秋想说什么，余校长拦住不让说，要她回去将这堂课讲完。

回到办公室，没有谁提示，三个人都试着做叶碧秋写在黑板上的那道题。一会儿，孙四海就用排除法认定，中间的乘数只能是"4"。孙四海正要说理由，叶碧秋进来了。

叶碧秋怯生生地说："早上我到学校来，想看看骆雨老师咳嗽怎么样了，发现你们都不在，余壮远正带着全校学生打雪仗，我就和他商量，将同学们关在教室里，免得玩疯了出事故。"

余校长说："国旗也是你们升的？"

叶碧秋点点头："余壮远吹笛子时，吹错了几次，三年级的同学们笑了，有点不严肃。我就让他们以吹笛子为题写一篇作文。"

余校长说:"碧秋,你做得非常好,将来大学毕业后,再回到界岭来,我一定将校长的位置让给你。"

五年级教室里突然发出欢呼声。余校长要叶碧秋回去看看。一会儿,叶碧秋回来说,黑板上的那道题,被余壮远算出来了。一直埋头计算的孙四海抬起头来说,他也算出来了。孙四海将写在纸上的计算结果递给叶碧秋,果然与余壮远的答案相同。叶碧秋看了看时间,刚好十分钟。夏雪出这道题时说过,若是超过十分钟,算出来和没算出来,智商都差不多。

余校长更高兴,余壮远为学生争了光,孙四海为老师争了光。如果学生算出来,而老师没算出来,或者是老师和学生都没有算出来,传出去,界岭小学的名声可就坏了。更重要的是,余壮远在学习上的进步,有可能使村长余实对界岭小学的民办教师另眼相看。

上午剩下的时间不多,余校长将全校的学生集中到五年级教室,简单说过骆雨老师的病情后,着重讲了他敢于吃苦的精神,如果不来界岭小学支教,待在省城无论哪间办公室里都会有暖气,即使像南极一样气温降到零下四十摄氏度也冻不着。但是光有精神意志不行,还得讲科学。从科学的角度讲,骆雨老师的身体还不能适应生活环境的变化,所以医生将他的病诊断为过敏性哮喘急性发作。余校长本来想宣布,等这一场雪化了骆雨老师就会回来上课,话到嘴边,却说不出来。

中午放学后，余校长将叶碧秋叫到家里，问她怎么不去上学。叶碧秋低下头来就往外走，还说回去晚了小姨会生气。余校长跟在后面追问她，是不是真的下决心不读书了。

叶碧秋走到门口后，才回头说："谁说我不读书了？"

余校长说："那就得赶快回去上课呀！"

叶碧秋冒出一句："我只是不想上初中。"

叶碧秋走远了，余校长才发现，几个月前学校举行毕业典礼，代表毕业生上台发言的叶碧秋，还是干巴巴的女孩子，转眼之间，就长成了一个灵秀可人的姑娘。

余校长端着饭碗，一边吃，一边去找孙四海。他要孙四海同王小兰说说，让她去问问叶碧秋的小姨，到底是因为什么事叶碧秋不想上初中了。孙四海要余校长写张纸条，派学生送去即可。余校长想想也是，就提笔写了几行字，还简单地说了叶碧秋的事。余校长将纸条交给余壮远，让他马上送给王小兰。等余壮远走了，余校长对孙四海说，他其实是替王小兰写请假条。

没多久，王小兰就来了。她心领神会地先去孙四海那里。余校长有些惆怅，总觉得这对有情人如此争分夺秒，将来不定知要闹出什么大事来。

因为下午还要上课，孙四海关门的时间不长，预备铃一响，门便开了。

上第二节课时，穿着红花棉袄的王小兰再次出现在雪地里，虽然算不上风情万种，刚刚受过爱情滋润的身子也够迷人。王小兰就是这样，在学校之外的任何地方碰见，都会觉得她从头到脚没有一处不是疲惫不堪。唯独与孙四海一起时，才能看出她原来是块美人坯子。三年前，民办教师工资调整到由教育站和村里各发三十五元时，孙四海专门去县城给她买回这件红花棉袄。三个冬春下来，不仅没有感觉到破旧，反而越穿越合身。卷着雪花的风从背后吹来，那腰肢微微一动，像是不用回头看，也知道是被自己心中所爱的男人轻轻搂住了。余校长情不自禁地想起当年的明爱芬，也是这样一笑生百媚。

触景生情的余校长，竟然脱口说了一句："你今天好美呀！"

王小兰脸红了。她低着头对孙四海说："你和余校长说吧，我先走了。"

王小兰依依不舍的样子，让余校长觉得自己一不小心冲散他们的欢聚。好在孙四海习惯了这样的分别，只是这种时候，不能吹笛子送她，只能用目光看着她在风雪中渐行渐远。

王小兰留下话，叶碧秋不肯上学有两个原因。

第一个原因是，那天上午，班上有位女生在课堂上拿着课本发呆，被数学老师教训了一顿。本来骂得再凶也不关叶碧秋的事，可是数学老师不知道他正在形容的那个界岭女苕就是叶碧秋的母亲。他还用极为难看的表情、极为难听的语调，挖苦那位女生，是不是梦见自己有幸成了连睡觉都要拿着小学一年级课本的界岭女茗的女儿。

余校长刚听到第二个原因时，忍不住笑了一声。

孙四海说，王小兰装作顺路去看看叶碧秋的小姨病好了没有。她俩既不是亲戚，也不是同学，生活经历也大不一样，一个婚后受宠，一个婚后受罪，可就是谈得来。每次见面，总有说不完的话。王小兰等了半天才找到机会，问叶碧秋为何不去初中上课。听叶碧秋的小姨说，是因为没有钱买月经纸，王小兰差点也笑了。但是，叶碧秋的小姨说的那些经过一点也不好笑。

叶碧秋能够继续读初中，是小姨替她做主的。下山时，小姨专门给她讲了女孩子发育后必须注意的一些事情。小姨从小就心疼她，知道她家里困难，还额外给了五元钱，要她专门留作初潮来了后，买些女人用的东西。除了学费，叶碧秋的父亲另外只给了她两元钱。连同小姨给的，一共七元零花钱，开学不久就因要买天天要用的学习用品花光了。

初潮突然来临时，叶碧秋一点办法也没有，只好将旧报纸剪成一叠，用一只废塑料袋托底，再用布条绑在下身。这样子坐着不动都要出问题，那天上体育课，叶碧秋刚跑几步就在男同学面前出丑了。

回宿舍换衣服时，那位挨数学老师骂的女生，发现自己备用的卫生巾少了一只，便怀疑是叶碧秋拿去用了。同宿舍的女生们，为了撇清自己，也都认为是叶碧秋拿的。叶碧秋越是不承认，女生越是逼得紧，还说妈妈教过她，女人之间借一包卫生巾急用，就像男人相互递支香烟抽一样，说是借，根本用不着还，只要承认了就行。叶碧秋被逼急了，咬着牙，将绑在下身的那些东西扔到女生面前。同宿舍的女生们见她用的非但不是卫生巾，连卫生纸都不是，一个个笑弯了腰。

叶碧秋的小姨对王小兰说了之后，王小兰不笑了。

王小兰对孙四海说了之后，孙四海不笑了。

孙四海对余校长说了之后，余校长也不笑了。

他们都明白，对于叶碧秋来说，这是很大的事情。界岭是个小地方，从来就没有什么大事发生，大家都将外面小得不能再小的事情，当成了不得的大事，就像余校长他们，虽然将好不容易到手的转正名额让给了张英才，内心深处至今仍把由民办教师转为公办教师作为一生的理想。

小姨劝不动叶碧秋，只好顺着叶碧秋的意思宽慰地想，要是能将初中读完，日后一般的生活都能应对了。实在不行的话，叶碧秋小学的书读得扎实，大概也不会差很多吧。叶碧秋决定先给小姨带两年孩子，再去外面打工。当然，她还是要读书的，只是不想再去那种无聊的教室里读书。

界岭小学的三位民办教师在一起议论时，邓有米觉得这太可惜了，按叶碧秋在小学读书的情况，她同李子和余志一起，可以成为实现界岭高考零突破的三保险。叶碧秋不读书，就只有双保险了。邓有米还觉得，叶碧秋的小姨本来就想将外甥女留在身边带孩子，所以才没有尽力开导她。余校长和孙四海都不同意他的看法，读书时成绩越好的学生，往往心理素质越脆弱，逼着她去学校，搞不好会出心理毛病，到头来不仅上大学没指望，连当个普通人的机会都没了。至于叶碧秋的小姨想留外甥女在身边带孩子，更是没有理由的推测。老村长的小女儿，最懂老村长的愿望，如果叶碧秋真能考上大学，她小姨真有可能将老村长从地下挖起来，当面向他报告巨大的喜讯。

从落雪到化雪的这段时间，三位民办教师在一起说话时，只要提起叶碧秋，大家就免不了叹气。

大约过了两个星期，山上的路终于通了。

邮递员送来的几封信，还是当初张英才发在省报上那篇文章的余音，与余校长心里惦记的骆雨无关。

邮递员刚走，乡卫生所定期派往各村巡诊的医生就到了。听巡诊的医生说，在乡卫生所住着不走的只有一个计划生育手术后遗症病人，其他病人早就出院了。余校长觉得太奇怪了，心里不踏实，就决定下山去看看。

化雪时的山路是最难走的。余校长花了整整一个上午才赶到乡里。他怕人家说自己是蹭饭吃，路过教育站，也没有进门，先去卫生所。

情况果然如巡诊医生所说，一间病房住着一个气色不错的女人，另一间病房是骆雨住过的，里面空无一人。那女人闲来无事，主动上来搭腔。据她说，骆雨在这间屋子里只住了三天，就被他父母接走了。

骆雨的父母在路途上就吵过架，进门后，见骆雨情况还好，又吵了起来。骆雨的母亲说儿子是她生的，只有她知道心疼，这一回决不听任何人的话，一定要带他回省城。接着又痛骂骆雨的爸爸是骗子，结婚之前一直瞒着骆雨的爷爷年纪不大就患哮喘病死去的事，直到骆雨得病，她反复追问，才知道骆家的遗传基因有问题。骆雨的父亲讨厌这话，反过来说骆雨的母亲身上也没有什么好基因，一年三百六十五天，除了大年三十到正月初四，其余三百六十天，天天吃的药比吃的饭还要多。骆雨的母亲理直气壮地说，自己患的都是妇科病，不会遗传给儿子。骆雨的立场与父亲一致，又不好让母亲伤心，父子俩趁着上厕所的机会商量，暂时先回省城，等开年后天气暖和了，再来继续支教。

从医生那里听来的情况也大致如此。

余校长心里踏实了些。转过身来，他还是决定到教育站去看看。一进门，就听到李芳在骂万站长是狼心狗肺，连畜生都不如，畜生还懂得找到骨头往家里拖。早知一辈子也脱不了民办教师的俗，当初就不让万站长转正。余校长见情况不妙，赶在李芳发现之前沿原路退回来。

不知何处飘来一股蒸包子的香味。余校长觉得饿了，他不好意思在街上吃自己随身带的食物，沿大路走了一阵，再拐到通向界岭的小路上，才从怀里掏出几只红薯，三下五除二地吞下去。虽然出太阳了，天气依然很冷，早上蒸的红薯早已凉透了，没有一点热汤热水，强行吃下去，胃里马上就难受起来。走了快一个小时，几块红薯还在胃里翻跟头。

路过细张家寨，余校长发现万站长的自行车停放在一户人家门外。他有些高兴，如果万站长在屋里，自己进去要杯茶喝就更方便了。余校长从半掩着的大门往里打量，堂屋里坐着的人真的是万站长。余校长也没多想，站在门口喊了一声。万站长见是余校长，同样没有多想，就叫他进屋坐坐，还说自己正好有事与他商量。

余校长进了屋后，先将自己在教育站听到的骂声复述一通。万站长无奈地表示，每隔一阵家里就会来这么一场好戏。

万站长将端茶上来的蓝小梅做了介绍，然后开玩笑："她就是你们私下传说的我的秘密情人，其实是我的初恋情人。"

蓝小梅坦然地说："小心你家的黄脸婆听见了！"

万站长说："当初求婚时若不是你金口难开，这黄脸婆就该你当了。"

蓝小梅说："幸亏我没答应，不然你就成了陈世美。"

万站长说："也不一定，真娶了你，也许我就像余校长这样，安心当民办教师了。"

蓝小梅说："你又在乱说了，人家这不叫安心，而是死心。"

蓝小梅不想说了，转身走进厨房。

余校长没有去想，他俩这样是真的开玩笑，还是在掩饰。

万站长伸手在口袋里摸索一番，终于拿出一封信，是曾经到界岭小学暗访的省报王主任写给万站长并转余校长的。

与前妻离婚快二十年的王主任，从界岭小学回去后，终于找到合适的伴侣而再婚。王主任认为，是界岭的自然纯粹才使自己重获婚姻美感，如今妻子已有七个月的身孕。因为对界岭的特别感情，他要两位帮忙找一个初中文化程度、十几岁的当地女孩子，到他家去带小孩子。衣食住行全包之外，第一年每月纯工资一百二十元，第二年每月工资一百五十元，如此逐年增加。当然，前提是必须做到孩子上幼儿园后才能辞工。说起来是请他们帮忙，其实非办不可。王主任在信中都计划好了，人找好后，过完年就去，经过一个月的相互熟悉，到他妻子分娩时，正好顶用而不会一问三不知。

余校长一边读信，一边想着叶碧秋。

读完之后，余校长什么也没有说。

万站长也不直说，挠着头猜测王主任有没有五十岁。

余校长记得很清楚，王主任亲口说过，他的名字叫王解放，所以，只能是一九四九年出生的。

万站长立即发出一声感叹："与我同岁呀！这种年纪添个宝贝，是要当作金枝玉叶来养。"

余校长笑起来："万站长赶紧加把劲，不要太落后哟！"

蓝小梅端着一碗荷包蛋走出来，似笑非笑地冲着万站长说："有的人，凡事都怕吃亏，想占便宜，只怕到头来便宜是占到了，亏也吃得老大。"

蓝小梅将荷包蛋放到余校长面前，还解释说，冬天的鸡不肯下蛋，就剩下两只了。

万站长在一旁说："虽然我来得早，吃的是油盐饭，可那是宠孩子。一碗装两只荷包蛋才是给当家人吃的。"

蓝小梅脸上微微泛红:"你乱嚼什么呀,哪里像当过老师的人,这根舌头,越来越像领导干部了。"

若是蓝小梅不开口,余校长也许将万站长的话当成一般的饶舌。细张家寨与界岭的生活习俗一样,长辈给孩子炒一碗油盐饭是在表示天大的爱,成年人吃油盐饭会被嘲讽为还没长大。荷包蛋的做法更讲究,一般招待客人,做一只太少,两只会被当成是骂人,三只是单数,四只不吉利,真要做荷包蛋,每次最少得六只,那也太多了。所以,一般女人轻易不会做荷包蛋。也有例外,丈夫白天在外面劳作,夜里又要与妻子恩爱,特别是农忙时节,妻子怕丈夫吃不消,偶尔在上床之前,做两个荷包蛋,夫妻之间有这样的暧昧,反而会增加一些情趣,瞒着孩子让丈夫吃了,之后的快乐让两人觉得大下幸福莫过如此。从明爱芬病倒至今,余校长手上的这碗荷包蛋,是这么多年来的第一次。

如此想来,余校长突然脸红起来。

万站长趁机说:"王主任托的事,你就帮忙办了吧!"

余校长再次想到了叶碧秋,嘴里却说:"只怕没有合适的人。"

万站长不高兴了:"老余,未必你还要我说出人名来!"

余校长明白万站长也想到叶碧秋了。他说:"这种事你我都做不了主,一要孩子有意愿,二要人家父母舍得放小鸟儿出笼。"

万站长说："界岭的孩子都是你教出来的，你就别谦虚了。我这就给王主任回信，让他放心。"

余校长说："这么丰厚的报酬，光是现钱就比当民办教师强一倍，我都想去当小阿姨。"

万站长说："当民办教师的人不以收入论英雄，这话是你说的吧！"

余校长只好改口说别的："你再给我们派个支教生吧！"

万站长说："骆雨的事你听说了？当支教生也不容易，出大学校门，就要脱下皮鞋，打起赤脚。当年知识青年下乡，人下来了，心却下不来，支教生可是心先下来，人再下来。这样的人太难得了，所以，我们也不能太亏待人家。我已答应骆雨的父亲，天气暖和后，骆雨若是真的还能下来，就让他在乡中心小学上课。这样一来，我就能从中心小学调一位老师去你那儿。"

余校长说："你可不要派一个犯过错误的人来。"

万站长说："你以为我就如此没有威信，除了受过处分的人，别的人就指挥不动？小心我将乡长的小姨子安排到你身边，让你受用不起。"

余校长说："好哇，真的这样，我倒要看看是村长厉害，还是乡长厉害！"

说笑一阵，余校长便起身告辞。

万站长突然想起一件事，他从挂在堂屋墙壁上的黑皮包找出一封信，说是骆雨临走时，托他转给余校长的。

万站长将余校长送到门口后，还想转身回屋。

蓝小梅将那只黑皮包拎出来，塞到他的怀里，要他早点回教育站办公。

余校长的听力很好，隔着十几步还能听清楚。

万站长很委屈地小声说："我是真的不想再见到那只母老虎了。"

蓝小梅的声音更小："老万，你不能脚踩两条船，吃着碗里，盯着锅里。是你对我说的，余校长对拖累他的妻子如何好，还说女人将一切交给男人，男人就该对女人的一切负起责任，不能只喜欢好的，不喜欢不好的。"

余校长不用转身也能看到万站长万般无奈的模样。听蓝小梅这么一说，他也记起来，明爱芬病倒在床，生不如死时，曾主动要求离婚，自己的确对她说过这样的话。

两只热乎乎的荷包蛋，一杯香喷喷的茶，加上这些让人心痒痒的话，余校长感觉到特别心满意足。

路上，他边走边将骆雨的信拆开来看。

骆雨在信中说了一些感谢的话，也说了一些对界岭一带乡村政治生活不满的重话。主要还是说，希望几位老师在教学生的同时，也要提高自己。骆雨举了一个例子。孙四海为了激励学生，有一次在课堂上用"灰尘"与"挥尘"做对比，说是读音差不多，也都与"尘"有关，前者是丑陋让人讨厌，后者高雅受人追捧。所以鹿类动物尾巴做成的"挥尘"就像鸡毛掸子，专门用来拂去"灰尘"。和许多人一样，孙四海是错将"挥麈"中的"麈"字，误认为是从繁体的"塵"字并相应变成简化的"尘"字。若是"挥尘"，就成不了古时候名流手中的雅器。骆雨信中还举了其他几个例子，都是有理有据的。其中一个是说余校长的。余校长有一次用成语"久假不归"批评一个学生好几天不来上课，犯了望文生义之错。"久假"的"假"，是借的意思，"久假不归"的意思应当是借人东西长久不还。

余校长先是脸红，慢慢地心里就有一种对骆雨的由衷佩服。不用说后面指出自己所犯的错误，前面说孙四海的"灰尘"与"挥尘"之谬误，也曾被他和邓有米认作是孙四海的教学水平高于自己的具体体现。

像是有股额外的动力，余校长一口气不歇就走回界岭小学。

因为等他的消息，放学后，邓有米和孙四海还在办公室没走。

余校长将今天遇到的事都说了。

邓有米和孙四海看过骆雨的信，都像余校长那样，脸红一阵，各自说了些表示惭愧要努力提高自己的话。

至于蓝小梅最后对万站长说过的话，大家的想法与余校长的想法相同，若是光听先前的传说，还以为蓝小梅真的是水性杨花。

之后，大家的思想都集中到如何开口叫叶碧秋去王主任家带孩子的问题上。

孙四海突然说："余校长，我觉得你与蓝小梅是有姻缘的。"

邓有米抢在余校长之前说："你不要将别人当成自己，见到女人就想结婚。"

孙四海说："你有老婆，不用再结婚了。余校长可不一样！真的，万站长的初恋情人一定差不了。"

邓有米说："那可不一定。你见过万站长的妻子吗？"

孙四海说："耍弄权谋和利益交换，与爱情是敌对关系。"

邓有米说："可他还是一样要与那个女人接吻做爱。"

余校长好不容易插进来说："我个人的事暂时不用两位关心。孙主任你还是多想想王小兰那里怎么办吧！"

孙四海说："我早就想好了，三年之内，一定彻底解决。"

邓有米开玩笑说："可别用鱼死网破的极端手段吓唬我们。"

孙四海笑着回应："只要邓老师与我同舟共济分享艰难，我就敢下狠手！"

余校长阻止了他们："越说越没谱，还怎么为人师表！"

余校长将话题引回到王主任所托的事情上。

大家都觉得叶碧秋是合适人选。如果张英才还在界岭小学，让他去说服叶碧秋的家人是天经地义的。凡事因人而起，也应该因人而落。张英才走了，再说这些也没有用了。

三个人议论了一个星期也没找到一个好办法。

将刚刚十几岁的女孩子从家里拖出来，扔到人生地不熟的陌生人家，这种剜别人心头肉的事，只有人贩子才做得出来。商量到最后，大家总算达成一致：王主任来过界岭，大家对他的印象很好，他在委托信中所写的那些报酬也很好，对一个只有十几岁，口袋里最多只装过七元钱的女孩子来说，一年之后，每月纯收入就能达到界岭小学的民办教师全部收入的一倍多，这种好事可不是满地寻找就能找到的。所以，他们完全有底气，上门去直截了当地讲清楚。

说着话，余校长便当机立断，让大家一起去叶碧秋小姨家。

进门之后他们发现，叶碧秋的父母亲正好都在。

叶碧秋以为又是来劝她去初中上课，冲着父亲说了一句："就算你答应，我也不会去的，我已经会自习了。"父亲让沏茶，她也不理。叶碧秋的小姨披着一件军大衣从里屋走出来，小声吩咐："要懂事！"叶碧秋马上改变态度，将拿着茶壶发呆的母亲推到一旁，自己来做。

余校长趁机就将王主任的信掏出来交给叶碧秋的小姨。

叶碧秋的小姨看过后，直接将叶碧秋和她父母叫到里屋。

堂屋里没有别人，余校长他们在小声议论。因为是来妹妹家走亲戚，叶碧秋的母亲穿得整整齐齐，手里拿着一本书，坐在那里像模像样地看，根本认不出她是个女苕。邓有米说，男苕几乎全是实心的，只会吃，不会喝。女苕多数是空心的，还能懂点事，可以顾自己。

忽然间，叶碧秋的母亲惊天动地哭起来，一声声地号叫：

"女儿，你要走那么远，娘想你时，哭也哭不成哩！"叶碧秋的父亲劝道："让女儿出去见见世面是好事，碧秋回来过年，还能买新衣服给你。"叶碧秋的母亲还是哭个不停。叶碧秋的小姨大声说道："姐，是爸说的，爸要他的外孙女到外面去见见世面。见世面也是一种读书的方法。"叶碧秋的母亲立刻不哭了，还大声回应："读书好！不读书就不许吃饭！"

余校长他们互相交换了一下眼色，并轻轻笑了一下。

果然，叶碧秋的父亲领着叶碧秋走出来，客气地说："多谢几位老师，不仅教书时对我女儿好，离开学校了，有好事仍然记着我女儿。我们商量好了，也没有什么好收拾的，过完年，将几件衣服一包，你们定好时间了，碧秋就跟着出发。"

叶碧秋的父亲还有更简单实惠的想法，女孩子还没长成人时，给省城的大记者带几年孩子，从早到晚都在学习知识分子养孩子的方法，将来自己结婚生孩子和养孩子就有经验了，自己这一生可能不行了，对下一代总会是好处多多。

不费吹灰之力，就将一件重要的事情办妥了。余校长他们只顾高兴，也没仔细去想叶碧秋父亲的话。

睡到半夜里，余校长突然醒来，一缕笛声在反反复复地敲打着窗口。余校长有些心烦，免不了在心里埋怨孙四海，真有心事，不如起早去菩萨面前敬上一支香烛，何苦期期艾艾地用笛子吹来吹去。片刻后，余校长又原谅了他。孙四海吹笛子的年头，同李子的年龄差不多。明爱芬在世时，日子过得不能再艰难了，自己都没烦过他的笛声，看来问题还是出在自己身上。这样一想，他就记起那天孙四海与邓有米说对口词时，自己最后才说的话，一定刺痛了孙四海心里本来就有的伤口。其实，谁心里没有伤口哩！孙四海所说的姻缘，蓝小梅煎的那碗荷包蛋，这些都是别人体会不到的痛。

人都是这样，越是睡不着，越爱乱想。

余校长后来生自己的气了，他从床上坐起来，冲着黑洞洞的屋子自言自语："十场大雪，才见到一场，离开春还早，五十岁的男人未必还能动什么春心！"

再躺下去时，余校长霍地记起叶碧秋的父亲的话：让叶碧秋跟着出发。那意思是在要求，派人送他女儿去省城。

17

临近过年，又落了一场雪。

之前只是阴了两天，连小雨都没见到。地表温度没有下降，雪就无法积蓄起来。有人来往的路上，很快就畅通无阻了。

界岭小学的操场上，天天都能见到外出打工的人，不管是男是女，千里迢迢赶回来后，第一件事就是来学校看孩子。有顺路的人，连家门都没进，背着行李站在教室外面，等下课了，一把搂过自己的孩子。那种亲热，连余校长都感动得两眼湿湿的。要是有孩子正好不舒服，依偎在父母怀里，用小手将父母的大手牵到自己身上有痛感的地方抚摸几下，做母亲的往往会泪眼双流。界岭的孩子，相互间没有不认识的，这时候，他们都会围在一旁，拍着巴掌，用学校里教的普通话一声声地叫着：某某的爸爸回了！在外面打工再不顺利的人，都会从包里掏出一些糖果，一五一十地散发出去，不管是低年级学生，还是高年级学生，人人都有一两颗。

所以，界岭人过年，从打工的人返乡就开始了。

村委会的人差不多每天都要来学校转一转，看看有哪些外出的人回来了，根据这些人与孩子见面时，拿出来的礼物判断其收入情况。他们的目的是为了及时催要当年或者往年应交的各种税费款项。但不管判断的结果如何，他们都不会马上去别人家里讨债，长年亲情割裂，骨肉分离，总算盼来团聚，突然冒出一个讨债的，肯定是要被人当成灾星，遭人憎恨。

每天傍晚降下国旗后，余校长和邓有米都会将某些本不需要立即扔掉的东西，扔到学校倒垃圾的地方。他们这样做，是想看看，被学生们扔掉的糖果纸有多少。这种习惯在孙四海身上以一种抒情的形式出现，他会横吹笛子，沿着操场的边缘，边走边吹，在王小兰可能出现的路口或长或短地站一阵，再走回来。如此先后两次经过那些花花绿绿的糖果纸，这些没有任何用处的垃圾，会直接影响到笛声的高亢与低回，悠扬与沉郁。

根据这些相互关联的表现，余校长他们每年都能准确预估村委会拖欠的工资是毫无指望，还是有部分指望，从而决定他们去村委会讨要工资的时机与力度。虽然大部分打工的人要到放寒假之后才能回来，先到家的这些人就像抽样调查对象，但最终结果不会出现大的逆转。

与往年相比，今年的情况似乎更加不妙。

闭学典礼的早上，余校长正带着十几个寄宿生举行升旗仪式，就有两位家长出现在操场上。他们结伴从广东东莞回来，昨天下午在县城下了长途汽车，再也舍不得花钱住宿和买车票了，从太阳落走到太阳升，靠着两条腿走回界岭。两位家长的儿子都在升旗队伍里，他们从怀里掏了半天，才掏出几张皱巴巴的钞票，将儿子欠的学费交了。之后各自掏出一些糖果，凑在一起分给与儿子一起寄宿的十几个孩子。

闭学典礼的时间要比上课晚一个小时。如往常一样按时到校的学生都在操场上嬉闹。余壮远占着唯一一座水泥做的乒乓球台，就连上厕所都要用球拍占着球台，不许别人碰一下。与他对打的人，不管输赢只准打三个球，打完了就下去，换别人上来。

余校长还在与邓有米说早上的事，那两个在外面辛辛苦苦做了一整年的家长，如此狼狈地面对自己的孩子，让他心痛不已。邓有米比他的心肠硬一些，他觉得年底就剩下那么几天了，欠了一整年的工资，若是没有指望，我们自己会更心痛。

他俩正在顾影自怜，孙四海挂着一脸冷笑走过来。

余校长觉得奇怪，问过了才明白，孙四海要好好教训一下村长余实的儿子。他暗暗地指挥一批学生上去排队，又要一放寒假就赶回家，正在那里洗衣服的余志先停一停。余志拿着球拍走过去，先前排队的孩子，都将自己的机会让给余志。余壮远原先是与一个接一个的学生对打，现在是与余志对打。余壮远根本不是余志的对手，在余志一次次的重力扣杀下，只得满脸通红地四处捡球。余志扣杀一次，四周的学生就会夸张地冲着转身捡球的余壮远高唱：找呀找呀找呀找，找到一颗牙齿！余壮远气急败坏，他不再捡球了，抱起操场边的一块石头，要砸向乒乓球台。

远远盯着看的孙四海，连忙大声喝止。

余校长觉得没趣，让邓有米提前召开闭学典礼。

按事先的布置，邓有米主持典礼，余校长做总结讲话，孙四海发三好学生奖状。轮到余壮远领奖状时，他竟然拒绝上台，而且还指着孙四海说，他不想获得一个爱搞阴谋诡计的老师的鼓励。气得孙四海几乎要脱口骂道，他那当村长的老子才是搞阴谋的专家、耍诡计的大师。孙四海冷眼看了看余壮远，然后轻蔑地说："小屁孩！你不想要，我还不想给哩！"再接着为别的学生发奖状。

闭学典礼结束后，余壮远背着书包扬长而去。

这一次，余校长一点也不担心，反而觉得村长余实的妻子会来学校说几句好话。毕竟她儿子马上要升初中了，虽然成绩好坏都行，然而，小学的表现关系到能不能进重点班，只有进重点班才有可能考上高中，只有考上高中，才有资格看看大学校门在哪里。

第二天上午，余校长扛着锄头上了后山，明爱芬的墓地还没稳固下来，前两次融雪将墓碑弄歪了。按习俗，这类事情必须先做了，才能安心过年。余校长忙了近两个小时才让自己看着满意了。说是满意，心里却不舒服。他盯着刚刚擦拭干净的墓碑，忍不住叹息，明爱芬一辈子争强好胜，民办教师的命，却长了一颗公办教师的心，好多时候都是自己折磨自己，好在最后总算明白过来，干脆一走了之，不去想那出头之日在哪里。

余校长转身回来，刚绕过墙角，就见孙四海迎上来皮笑肉不笑地说："你家出了个田螺姑娘！"

余校长不知是好话还是坏话，连忙往家里走，还没进门就见到村长余实的妻子正在那里帮忙洗被子。不等余校长开口，余志抢先表示，是她自己非要帮忙洗的。

村长余实的妻子将外套都脱了，露出将红色毛衣绷得老高而格外撩人的胸脯。她一刻不停地搓着被子，见到余校长也不停一下，边搓边说没娘的孩子就是可怜，她儿子在家里从来都是横草不拾，竖草不沾，余志却要撑起半个家。村长余实的妻子还数落余校长，就算看在孩子的份儿上，也该为他找个后妈。她说这话就像当真了，一口气列举四个女人，都是她的熟人，只要余校长点个头，今天下午就能找一个来见见面。余校长赶紧摇头，说自己现在这种样子，不想再将别的女人拖进来受累。

听到这话，村长余实的妻子捋去右手的肥皂沫，从裤袋里掏出三只纸袋，让余校长即刻将邓有米和孙四海叫来。

余校长没想到，村长余实的妻子将民办教师全年应发的各项补助，一分不少地带来了。更加意外的是，这么多年，村委会头一次给三位民办教师每人发了二十元奖金。等他们在工资表上签过字，村长余实的妻子才说，希望校方对她儿子多些关照，让他评上全乡三好学生。

余校长无法开口，只能冲着她点点头。

村长余实的妻子将洗净的被子晾好，伸手在余校长的额头上轻轻点一下，并用一种特别有女人味的口吻说，余校长将心血全都倾注在界岭的孩子们身上，等到哪天真的有人考上大学后，第一件要做的事，就是给余校长修一座功德碑。

村长余实的妻子走了，余校长还是好久说不出话来。还是孙四海打破沉默，说村长余实最好将这种本事发扬光大，一路走后门，让儿子从初中升到高中，再升到大学。实现界岭村高考零的突破，当然要从村长的家里做起。邓有米装着没听懂，随话就话地说，连家长都来关心孩子的进步，这是好事情，鼓励一下也是应该的。

余校长终于开口说话，他想的与孙四海和邓有米不一样，却让他俩心悦诚服。余校长说，界岭小学是界岭人自己的学校，村长的儿子书读得好，人们会觉得很正常。若是村长的儿子读不好书，不用说村长自己，别人也会对界岭小学失去信心。

孙四海没有表示反对的另一个原因是，既然工资全部补发了，干脆痛痛快快地过年去。他已经想好了，趁着天气好，没有雨雪，赶紧下山去，给李子和王小兰买些新衣回来。余校长也是这样想的，明爱芬死后，自己还没给余志买过一件新衣服，弄得他即便是打乒乓球累得满头大汗，也不敢将外套脱下来，因为里面穿的衣服全是明爱芬的。

邓有米懒得下山，理由是自己没有孩子，也没有相好的女人。孙四海说他贼心不死，舍不得花钱，目的是想找机会打点相关领导，将他转为公办教师。邓有米不和孙四海斗嘴，他一边往家里走，一边将纸袋里的钱重新点算一遍。余校长羡慕地说，有了好事，马上向老婆报喜，这也是人生一大乐事呀！

第二天早上，余志还没醒，余校长就同孙四海一道下山去了。

前半程二人一直在说王小兰的事。话题是孙四海自己开头的，对孙四海来说，王小兰所差的也就是名分，其他一切都如夫妻，大事小事都要相互商量。

孙四海被"向老婆报喜是人生乐事"一说打动，他一反常态昨天天黑之后也跑去向王小兰报喜。在王小兰家附近，他发现李子靠着一棵大树低声哭泣。问了好几遍，李子才说，妈妈难得心情比较好，傍晚收衣服时，小声唱了几句"我们的生活充满阳光"。父亲就认为妈妈又在怀念旧情人，从枕头底下摸出一把剪刀，要杀妈妈。妈妈一气之下，说是不在家里过了。李子好不容易将父亲手里的剪刀夺下来后，发现妈妈真的不见了。孙四海安慰李子，妈妈不会丢下她不管的。这时，王小兰从旁边放柴草的小屋里走出来。天很黑，王小兰将左手放在孙四海的手心里，右手紧紧搂着李子，很久之后才分开。

余校长除了听，也不知说什么好。

快到山下时，孙四海突然要顺路去看看蓝小梅。

余校长以为是在说笑，随口应了一声。

到了细张家寨，孙四海真的去敲蓝小梅的门。余校长脑子猛地一热，恨不得上前去一掌推开他。幸亏出现在门口的是蓝飞。蓝飞虽然觉得意外，还是很热情地问他俩有什么事。

余校长急中生智，指着孙四海说："孙老师有个问题请教你。"

蓝飞当真了，要他们进屋细说。

余校长又说："我们还有事，就不坐了。孙老师你快说吧！都是同行，相互请教嘛！"

孙四海这时也有主意了："是这样的，班上有个学生，是村长的儿子，不晓得从哪里弄到一道怪题反过来考老师。"

孙四海将夏雪用来考叶碧秋，叶碧秋后来又写在五年级教室黑板上的那道题说给蓝飞听。蓝飞笑着表示，难怪城里人爱说，别将村长不当干部，村长余实的儿子到省里去当然不行，省长的儿子到村里也一样不行。蓝飞对孙四海说的这道难题毫不在意，他请孙四海先去办事，反正回来时还要经过他家，那时候再将答案告诉他们。

余校长一听这话，马上转身，孙四海还在同蓝飞握手，他已逃也似的走出老远。从细张家寨出来，余校长免不了责怪孙四海。

孙四海很开心，说想不到快五十岁的男人，还如此害羞。他看过一本书，上面说，会害羞的男人是值得信任的，不会害羞的男人，如果不是脑子坏了，就是心里装着污垢与祸水。

二人边说边笑，没注意在路边的小河里洗被子的女人是蓝小梅。听到他们不断提及蓝飞，蓝小梅便抬起头来打招呼。刚刚平静下来的余校长脸红得比刚才更厉害，孙四海也不敢乱说了，老老实实地应答几句。蓝小梅要他们干脆到家里吃午饭，顺便与蓝飞好好交流一下。孙四海正要答应，余校长赶紧在身后捅他一下，孙四海只好推辞。

蓝小梅说，因为要洗被子，家里的午饭肯定要晚一些，他们到乡里办完事，转回来正好吃饭。见他们快走远了，还补上一句："快去快回，我煮了你们的米！"

余校长后来怎么也想不明白，自己会随口答应："放心吧！"

孙四海看出余校长下意识地流露了心迹，就说他是偶尔露峥嵘，下一步，一定会告诉蓝小梅，自己想吃荷包蛋了。余校长没办法，只得由他说去。

到了乡里，余校长看了几家店，就将余志的衣服买好了。

孙四海给王小兰和李子买衣服就复杂了，余校长跟着来回跑了两遍，见他老是拿不定主意，一边劝他别急，来回再跑二十遍也没事，一边又说，自己若是有个红颜知己，乡里买不到就去县里，县里买不到就去省里，一定要穿在身上就能倾国倾城的衣服才可以掏钱包。孙四海装出被他说烦了的样子，挑了几件衣服，说只要穿上后分得清是男是女就行。

孙四海心里高兴，嘴都合不拢了。他想早些回家，见余校长还在东张西望，就问他还想买什么。

余校长反问他："你真的打算去细张家寨吃午饭？"

"是你答应蓝小梅的，怎么是我呢？"

"到人家屋里做客，空着手太不礼貌。"

"反正我是跟着沾光，要带礼物也是你的事。"

余校长就去肉店买了两斤肉，孙四海也买了两斤冰糖。你看看我，我看看你，越看越像是走亲戚的。

两人说说笑笑地走到大张家寨，余校长忽然将手里东西塞给孙四海，让他在路边等一下，自己到张英才家看看，希望他年后去省教育学院上课时，顺便将叶碧秋带去交给王主任。

余校长在张英才家门口喊了一声："张老师在家吗？"

张英才的母亲闻声出来。余校长自我介绍后，张英才的母亲连忙将他请到屋里，然后又到门口，让邻居的孩子帮忙喊张英才的父亲回来。余校长拦不住她，说自己找张英才有点小事，张英才若不在家，就不麻烦了。张英才的母亲不好意思地说，张英才前天从省城回来，昨天就去县里了。余校长一听，茶也不让沏，起身就走。

张英才的母亲送他出门时，一再说，张英才回来后，一定会像往年那样，正月初二就去界岭小学，给几位有恩于他的老师拜年。

余校长愣了一下，他怕听错了，就说："张老师的心意我们领了，用不着大年初二就往山上跑。"

张英才的母亲说："那可不行。这是家里给他立的规矩，只要爬得动，年年初二都要去界岭拜年。"

余校长顺着她的话往下说："难怪张老师这么知书达理，原来是二老的家教好。"

张英才的母亲说："不瞒余校长，英才开始还不想去，说是不好意思见老师们的面，他爸说，儿子不肯去，就只有让老子替代，他才照办的。"

余校长走到稻场中央，还听到张英才的母亲在那里说，余校长从没来过家里，她一个女人在家，又不好强留，贵客上门连茶都没有喝一口，太对不住人了。

见到孙四海后，余校长只说张英才不在家，其余的事情都放在心里。他想了几遍，认定张英才离开界岭小学就不再回头，一定是有些事情让他觉得不好面对。

想清楚这些后，余校长才将刚才的事告诉孙四海。

孙四海同意余校长的看法，懂得愧疚的男人和知道害羞的男人是一样的，只要愧疚之心还在，张英才离开界岭小学的时间越长，感情上的距离就会越近。

有这件事搁在心里，孙四海也无心开玩笑了。

余校长再去蓝小梅家，也坦然多了，他还走进厨房告诉蓝小梅，界岭的人口味重，可以多放点盐。蓝小梅不听他的，说盐吃多了会得高血压。大家坐下来开始吃饭时，余校长还在解释，从前的盐很金贵，界岭人吃不起，口味清淡不说，家家户户都有大脑发育不良的男苕或者女苕，后来政府拨来一批专用盐，不要钱，按人头发到各家各户，几年下来，男苕女苕的确减少了，大家的口味却变重了。蓝小梅笑着说，用不了多久，政府就会在细张家寨设卡，禁止别人去界岭卖盐，不然的话，治好了界岭的男苕女苕，却又流行中风之后的脑瘫和植物人。

大家越说越没有拘束。蓝飞拿出酒来，余校长也喝了几杯。

从桌上摆的几样菜来看，蓝家的日子过得还不错。慢慢地聊到福利待遇，余校长才知道，蓝飞虽然只是在中心小学代课，不算工资，光是奖金就超过余校长的全部收入。余校长和孙四海连羡慕的话都不好说出口。沾村长余实的儿子余壮远的光，老村长死后这么多年，头一回将全年收入兑现了，刚刚有了点有钱人的感觉，一见到蓝飞又变成了穷人。至于同公办教师相比，同城里的名校名师相比的念头，更是想都不敢想。

告辞时，蓝小梅不肯收他俩的礼物，拉扯了好一阵，她才收下那包冰糖。

拎着两斤仿佛失而复得的猪肉，余校长提议，明天中午，趁王小兰和李子来学校时，好好吃一顿。孙四海给王小兰和李子买的衣服，也不能直接送到她家。正好让王小兰借口带李子下山买衣服，到学校里待一天。

孙四海很高兴余校长的安排。

第二天早饭后，王小兰果然带着李子到学校来了。

李子早就默认了王小兰与孙四海的关系。她跟在母亲后面，孙四海拿出新衣服时，李子浅浅一笑，就同母亲一起走进里屋，将衣服穿好，走出来让孙四海看了，又回屋脱下新衣服，留待大年初一再穿，然后就去找余志玩。

剩下两个人时，孙四海伸出双手将穿着新衣服的王小兰紧紧搂在怀里。王小兰轻轻地挪动了一下自己的脸颊，将泪花涂在了孙四海的脖子上。

随后，王小兰也换上先前的旧衣服，到余校长家将两斤猪肉全做了。饭菜都做好了，余校长想起，应该叫上邓有米和成菊。余校长亲自去请他们，他们推辞不掉，只好将已经做好的一碗豆腐带来。

余校长端起酒杯说："这是界岭小学全体教职员工及其家属，十几年来头一次团聚呀！"

王小兰红着脸站起来与大家一起碰杯时，不敢看李子。

李子似乎没听到这些话，大人们干杯时，她用筷子夹了一块猪肉给王小兰，又夹了一块猪肉放进孙四海的碗里。成菊看了，夸李子懂事。邓有米说，李子上初中才半年，人长得比大学生还漂亮。

余志假装吃醋："恭维女孩子也得有个限度，等她真的上大学了，难道你们要说她比博士还漂亮吗？"

余校长说："李子上大学了，我们就不夸她了，还要她好好夸奖一下我们。"

孙四海说："要是张英才、夏雪和骆雨都在，那才叫团圆咧！"

李子接着孙四海的话说："还有叶碧秋，她也当过一天老师！"

余校长觉得李子说得对，可惜叶碧秋来不了。早饭后，成菊就看到叶碧秋背着孩子，跟在小姨的后面，去老山界大庙拜佛，一来一去，太阳偏西才见得到家门。

慢慢吃，慢慢聊，大家的心情一直很好。

临散去时，邓有米还是忍不住说："其实民办教师的个人理想就这么丁点小：工资不论多少，只要能按时发；转正不问早晚，只要还有希望。"

余校长赶紧说："难得心情舒畅，好好过年吧，其他的事以后再考虑。"

成菊拖在后面，趁着余校长在同邓有米说话，小声对孙四海他们说："不晓得老邓是如何想的，刚结婚时说，没转正就不要孩子，弄得现在想生孩子也生不出来了。后来又说，没转正不盖新房不买新衣服，这两年，连过年吃肉都不准超过三斤。前几天请人将家里养的猪杀了。我提前半年就同他说，要留下猪肠、猪肚和猪首。事到临头，他还是不答应，气得我说了些不吉利的话，只怕等到想住新房，想穿新衣服，想吃鱼肉，自己却不行了。他才同意留下猪肠、猪肉，再配几斤豆腐，做了一些灌肠粑。"

孙四海劝道："邓校长做事细致，比我们想得远！"

成菊说："既然想得远，过年时更要求个吉利，老邓却连鞭炮都舍不得放，吃年饭时放五百响，换岁时放五百响，初一开门也只打算放五百响。连叶碧秋家都不如，叶碧秋的苕妈还晓得，过年的鞭炮，至少要放五千响。"

这一天，公历已到二月四号了，农历才腊月十六。

孙四海只能将王小兰送到学校旁边的路口。

分手时，孙四海将一只压岁的红包塞到李子手里。李子不肯要。孙四海就对她说："别人给的你可以不要。我给的，你一定得要。"没有外人时，李子伸手接过红包的模样很温顺。王小兰则怜爱地责怪孙四海，不要太宠孩子了。她将手伸给孙四海，孙四海紧紧地握了一下，然后一点点地让自己的手，从王小兰的手腕慢慢地滑到手心，到最后还要用中指指尖长长地贴在一起。

王小兰走了几步，又转回来小声说："李子长得越来越像你了！"

孙四海喉咙一紧，王小兰走远了，他才让泪水流出来。

接下来，余校长张罗着将家里养的那头大猪杀了。杀出来后净重一百二十斤猪肉，留下八十斤，全部做成腊肉挂起来。一半用作在家寄宿的孩子们改善伙食，另一半则是余志明年一年的营养。他是考虑到余志要到青春期了，加上邓有米妻子数落丈夫的那番话，还在他心里记着。卖掉的三分之一也没出校门，全到孙四海手里了，除了考虑的对象是李子，孙四海的想法和做法同余校长完全一样。

日子过得很快，孙四海将自己的那块茯苓地整理到一半，就到了大年三十。孙四海自己下厨做年饭菜给自己吃，自己放鞭炮给自己听，然后关上门，守着一堆灿烂的炭火，闷闷不乐地听收音机里播送的联欢晚会，整整四个小时，口渴了也懒得去倒杯水给自己喝。熬到零点，才打开门放了一串鞭炮。

孙四海从三十夜里，一口气睡到初一下午。要不是余志在外面叫"孙老师，给你拜年啰！"，孙四海也许还会睡下去。余志这样叫，也是多年的习惯。他们怕孙四海独自一人睡出毛病，每年的大年初一，都会在中午前后将他叫起来。

起床后，孙四海百无聊赖。孙四海是邻村的孤儿，后来老村长将他要到界岭小学教书，更是举目无亲，连拜年的对象都没有。他索性扛上锄头，上山去整理那块茯苓地。

第二天，还是这样。孙四海正在茯苓地里忙碌，余志跑来，说余校长要孙四海马上回去吹笛子。孙四海觉得奇怪，便放下锄头回到学校。

余校长说："孙老师，吹一下笛子吧！"

孙四海拿出笛子吹了一通，才问为什么。

余校长指着附近的一处山坡，说是有人在那里蹲了好久。

孙四海扭头看过去，那棵大松树后面真的藏着一个男人。

不久前下山，张英才母亲说的那番话，余校长始终记着。张英才每年正月初二都要来界岭小学拜年，可他们从来没见过。余校长猜想，那个在山坡上躲躲闪闪的男人，就是心有愧疚不敢露面的张英才。他希望孙四海的笛声能够感动张英才，使他主动从山上下来，与大家见上一面。

孙四海的笛声比先前更抒情了，大松树下的男人终于露出半个身子。

突然间，笛声断了。孙四海像是变了一个人，手里拿着笛子，大步流星地往大松树走去。树后的男人不敢迟疑，抢先蹿过山坡，往界岭深处跑去。余校长看清了，被自己当成张英才的那个男人，竟然是王小兰的小叔子。王小兰的小叔子在外面打工，娶了一个四川姑娘后，过年都难得回来一次。

虽然生气，孙四海也不想真的去追赶。年前王小兰跟他说过，初二要去老山界大庙为丈夫的病拜拜菩萨，只要他能站起来，离婚的事也好开口说了。孙四海知道，王小兰的丈夫一直怀疑他们之间是藕断丝连，好不容易盼到弟弟回家，就派来守株待兔，没想到王小兰去老山界大庙为他拜佛了。

因为与王小兰早有约定，过了正月十五，出外打工的人陆续离乡之后两人再见面，孙四海索性天天去整理那块茯苓地。上次种的茯苓因为提前一年起窖，勉强出货，只够垫付学校教室的维修费。随后下的香，已有两年了。这一次，无论如何也要等到三年才起窖，到时候卖个好价，买一台带有卫星接收天线的电视机，多余的钱留作李子上高中的学费。

将事情想远一些，孙四海心里就平静了。

18

正月十四这天，村长余实从山下请来两大一小三只狮子，从自己家开始，将大大小小的二十几座山村走遍，最后在界岭小学结束。村长余实还发表讲话，将自己表扬了一通。余校长他们听明白了，年底发给民办教师的工资，是用村长余实妻子开代销店赚的钱垫付的。收锣之前，舞狮子的人从狮子皮底下钻出来，向大家作揖。

余校长认出来，舞小狮子的人是望大小学的胡校长。胡校长复又披上狮子皮，钻进余校长家里，先跳到凳子上，胡校长说了句："好有本钱的凳子！"再从凳子跳到桌子上，胡校长又说一句："靠老祖宗吃饭最稳当！"这两句话其实是戏谑余校长家的桌子凳子太破旧了。村长余实家的家具又新又好，小狮子跳上去时，胡校长说的是另外的话："新龙椅换新人！""三房四妾坐不得，山珍海味快送来！"如果是专门玩狮子的人，一定会从桌子上翻着跟头下来，胡校长做不到这一点，只能配合着一齐跳下来。余校长赶紧按照规矩，用红纸包了两元钱，作为彩头塞到小狮子的嘴里。

襄在狮子皮里的胡校长叹息说，想不到余校长家里如此寒碜，要不了多久，只怕会穷得进教室上课，却不敢在黑板上写字，因为裤子破了，不好意思让学生看到自己的屁股。余校长也叹息，他觉得胡校长最好不要参加这样的民间活动，毕竟是当校长的人，如此走乡串户，弄几个小钱，影响形象。胡校长哪里肯听，他说，都是被逼无奈山穷水尽了，要是还有一点办法，谁不想舒舒服服地待在家里过年哩！

临走时，胡校长神秘地告诉余校长，年底时，他到县里上访，一位权威人士向他透露，下半年可能要出台民办教师转为公办教师的政策。胡校长再三劝告余校长，暑假集训时，不能再温良恭俭让了，基层群众不烧火，高层领导就只会点自己家的灯。大家一定要齐心协力，为民办教师讨个说法。

第二天是正月十五，乡初中要上课了。吃过午饭，李子到学校与余志会合，是一个人来的。一向要送女儿上学的王小兰，突然提出让小叔子替自己。李子对余志说，她最讨厌这个当叔叔的，连他给的压岁钱都没有收，所以就自己背着行李离开家。

余校长在一旁听着，觉得李子真的懂事了。她说叔叔要在家里待到正月底才走。那意思像是要余校长传话，告诉还在茯苓地里忙个不停的孙四海。余校长说，李子将来上高中也好，上大学也好，如果有困难，最能帮她的人，一定是像喜欢女儿一样喜欢她的孙老师。李子从背包里掏出一只塑料饭盒，说是妈妈炒的油盐饭，她不想往初中带。李子要余校长将妈妈炒的油盐饭转交给孙四海。这让余校长觉得，李子不仅懂事，还懂得妈妈的心。

孙四海在山上听到动静，连忙赶回来，将王小兰炒的油盐饭从饭盒里倒出来，换上早就蒸好的腊肉，交给李子。李子看了他一眼，也不说谢谢，就同余志一起离开了。这时候，孙四海才将那碗油盐饭捧在手上，顾不上放进锅里热一下，就大口大口地吞了下去。

这天下午，余校长在开学前的教务会上，将关于民办教师转正的传闻告诉大家。

邓有米第一个表示不相信，年年暑假集训，胡校长都要摆出一副首席民办教师的样子，其实内心一点也不大气，每逢有转正名额下达，哪怕自己只有百分之一的机会，也要与别人纠缠到底。

孙四海也不相信。这么多年，凡是在民办教师中流传很广的转正消息，事后证明都是假的。真有转正名额分配下来，反而没有任何传说。就算找上门去打听，对方也会一问三不知。而且，这类真真假假的消息中，有些根本就是上面故意放出的风声，就像二桃杀三士，让民办教师们相互猜忌，没办法形成一股力量。

见他俩想到一处了，余校长也就不再提这事。转而说起如何送叶碧秋到省城王主任家。叶碧秋差不多天天都来问什么时候走，余校长一直不知说什么好，只说等万站长来了才能确定。大家都觉得余校长说得挺好，这事本来就是万站长交代下来的，当然要他定夺。

开学后，依然是一个老师带一个班，不管忙与不忙，大家都在想念骆雨，总觉得这事还未了，毕竟骆雨行李还在，起码得来人取走吧！

才上几天课，就到了三八妇女节，按农历才正月十九。两种纪年方法，相差这么远，也很少见。下午，余校长正在教室里上课，万站长突然来了。余校长连忙放下粉笔迎上去。

万站长说："三八妇女节下午不是不上课吗？"

余校长说："我们这里没有女老师，不好意思放假。"

与万站长一起来的还有蓝飞。

余校长一看蓝飞的表情，就明白是怎么回事。

果然，余校长将邓有米和孙四海叫到办公室后，万站长就说，从今天起，蓝飞就是大家的同事了。为了便于开展工作，乡教育站同时决定，让蓝飞担任界岭小学校长助理。接下来万站长又将蓝飞主动要求到艰苦的地方锻炼成长的愿望说了一通。见万站长的架势，与送两位支教生来学校时大不相同，其认真程度甚至超过当初送张英才来报到，余校长就随着万站长说了一通好听的话。在万站长面前一向说话取巧的邓有米，有些反常地说，界岭小学只有两种人，一种是学生，一种是老师。轮到孙四海时，他轻描淡写地将过年前，跑到蓝飞家吃饭的经过复述一遍，别的什么也没说。这之后大家便将目光盯着蓝飞。万站长像是鼓励一样，也要蓝飞表个态。

"只要拿着课本，到哪里都是教书。"

过了一会儿，蓝飞又不无哀怨地冒出一句话。

"我没有万站长说的那样高尚，但也不是来界岭投机的。"

见大家都表态了，万站长就将话题转到事务性问题上，特别是高年级学生入学率。乡中心小学都有接近十分之一的学生没有返校，大部分是同大人一起到外地打工去了。听孙四海说他们班上的学生全部到齐了，万站长特地到教室里看了看，回来后便感慨地说，各村办小学，凡是教师待遇好一些，学生的返校率就要高一些。蓝飞居然敢顶万站长，他用很冲的语气说，教师待遇好，脸上的笑容多，学生自然爱看。否则，谁愿意花钱天天到学校给老师当出气筒。

余校长将蓝飞领到骆雨先前住过的屋子里，帮他放下行李后，才发现压在玻璃板下面的那首诗抄，已不是先前那一张。细看之下，余校长认出来，替换上去的诗抄笔迹是李子的。先前那张诗抄肯定被李子收藏起来了。余校长很高兴，界岭小学终于有了一位喜欢诗歌的学生，他听说，但凡喜欢诗歌的学生，都会有出息。

蓝飞不知道，他还以为这诗抄是骆雨留下的。

万站长果真按先前计划的，将骆雨留在乡中心小学。

让蓝飞来界岭小学，本不在万站长的计划里，是蓝小梅让他这样安排的。蓝小梅见过余校长两次后，就认定要趁儿子还年轻，让他跟着余校长好好学习做人。

余校长心里还有话,见万站长要留在界岭小学过夜,就没有急着再问。

吃晚饭时,他将邓有米和孙四海留下来,陪万站长和蓝飞多喝了几杯酒。蓝飞一下子就喝醉了,放下酒杯就要回家。邓有米和孙四海费了老大的劲,才将他弄到床上。蓝飞半醒不醒地躺在那里,一口气喊了十几声:"妈,别让我去界岭,打死我也不去!"然后才彻底地睡过去。

万站长也喝得差不多了,拉着余校长的手,不停地责骂自己,当年放着牡丹不采,硬要抓把牛屎抹在头上,如今想后悔却没有人给他一颗后悔药。余校长明白这话指的是蓝小梅,就随着他的话说,也不一定,你对她儿子那么好,她会感谢你的。万站长横了一眼,数落他不懂女人,一旦伤了她们的心,你无意中摸一下她的手,她都会用烧碱褪去那层皮。余校长本想问问他,蓝小梅有没有用烧碱洗过手,但又觉得这样问有些无耻,况且他还有更重要的事要问。

那边屋里,邓有米和孙四海将蓝飞安顿好后,又想回到余校长这里。余校长悄悄地做了个手势,让他俩站在门外别出声。随后,他问万站长,张英才过年回家没有。

万站长似乎很烦这个名字,他一拍桌子说:"疼外甥,疼脚跟!这话是真理中的真理。这几年,当舅舅的都难得见他一面。初一那天被他娘老子逼着上门拜年,枯坐半个小时,用磨盘也压不出一个屁来。"

余校长问:"怎么初一就上你那儿,不是初二才拜娘舅吗？"

万站长说："娘老子要他初二来给你们拜年。他没来吗？"

余校长连忙说："对，是来界岭小学了，可惜那天我们都出门了。"

万站长说："你们是不是烧香拜佛去了？要是被学生看到你们在泥菩萨面前磕头的样子，你就是说一字是一横，二字是两横，他们都不信了。"

余校长："因为万站长从不进寺庙，所以你说四字是四横，我们都相信。"

万站长说："当干部的才是这样，要让别人相信百字是一百横，千字是一千横才有权威。"

见万站长越说越顺口，余校长便说了他最想说的话："蓝飞老师就像是你的半个儿子。换了我也会着重栽培他，才让他到艰苦地方镀点金。"

万站长突然提高声调："镀金不值钱，要不怕火的真金才行。"

余校长说："镀金总比锈铁强。像张英才那样，一有转正指标，填张表就成了。"

万站长叹息起来："蓝飞也是这样问我，好像我走到哪里都带着转正指标。说实在话，我现在最怕上面拨三两个转正指标下来，杯水车薪，那是将我往火坑里推。"

余校长说："你手里到底有没有转正指标呢？"

万站长又横了他一眼："我手里只有不转正的指标，要多少，有多少。"

门外传来一阵脚步声，邓有米和孙四海失望地走了。

夜里，余校长再也没有可以多想的问题，同喝醉酒的万站长一样，睡得格外踏实。

一觉醒来，余校长突然想，既然蓝飞是校长助理，校长是否应该回避一阵？如此，今后说起来，蓝飞的成绩就会更明显。顺着这条思路，余校长越想越觉得自己应该离开界岭小学，让蓝飞主持全校教务工作。

天亮时，余校长已经想好了。

升旗仪式时，余校长将升旗绳交给蓝飞。

唱完国歌，余校长问万站长，叶碧秋的事如何才好。

万站长数落他，这么小的事情都不肯拍板，有人送和没人送都行，叶碧秋又不是金枝玉叶，到哪儿都得安排仪仗队。余校长笑呵呵地说，穷人家的姑娘反而更娇气，还是派人送一送为好。万站长没想到这是个圈套，随口说，谁送都行，就是别打他的主意。

吃早饭时，余校长才将自己的想法和盘托出：叶碧秋太小，连县城都没去过，王主任又不是一般的人，随便找人带去省城，会让王主任觉得受到轻视，自己做了好事，有可能得不到王主任一句好话。想来想去，还是由他亲自送去最合适。同时，他还有一个很久以来就有的念头，既然去了省城，就抓住机会向同行学习取经。所以，到时候，他要请王主任帮忙，在省城里找所小学让他听课。余校长说后面这些话时，心里一直在想骆雨所留的那封信的内容。

万站长愣了好久才说："如果蓝飞能顶得上去，老余离开一阵也未尝不是好事。"

蓝飞毫不谦虚："在中心小学锻炼了几年，日常教务不会有问题。"

万站长说："界岭小学可不一样，这里有许多让人看不懂的东西。"

蓝飞说："不就是天天早上对着荒山野岭吹笛子升国旗吗？"

万站长说："你太轻狂了，难怪你妈总是担心。"

见蓝飞不作声，余校长反而替他辩解："年轻人不狂不傲，就会未老先衰。"

接下来的事情就谈得很细了，按万站长的要求，余校长这一走，界岭小学的教务工作，应该由邓有米主导，蓝飞只是邓有米的助理。余校长也提了一个要求，前两次来支教的老师，有毕业班时就带毕业班，没有毕业班就带五年级。今年没有毕业班，就让蓝飞教五年级，而将孙四海调整到自己教的一年级。三个人谈妥之后，又将此事扩大到邓有米和孙四海那里。

他俩什么也没说，只用怪怪的目光看着余校长。

余校长觉得，他俩心里也会想到骆雨的那封信了。

等万站长走了，余校长才对他俩说，昨天夜里突然想起毛主席的话：世界是你们的，也是我们的，但归根结底是你们的。于是就反复对自己说，蓝飞年轻，千万不要成为他的绊脚石。这次送叶碧秋，自己想在省城撑一个学期，明的暗的，学些东西回来，也当是对自己的充电和培优。余志刚上初一，还可以离得开，等到余志上初三了，就是将绳子套在脖子上，自己也不会离开界岭半步。

邓有米忽然问："如果这期间有转正指标下来呢？"

余校长说："老邓，你不要整天都想着这事。过年只有几天，不吃肉也能过来，平常日子有三百六十天，光靠勒紧裤带可不行，今天都过不好，老想着明天又有什么用！"

三个人正在说话，已经走到山坡那边的万站长突然转回来了。

万站长将余校长盯了足足两分钟才说："我想起来了，昨天夜里你问过我，有没有转正指标。"

余校长说："这是民办教师的心病，见人就要问。"

万站长说："我也是民办教师出身，看得见你心里正在想，蓝飞来界岭小学，一定有不可告人的目的。所以，老余呀，你是只老狐狸，一夜之间就将自己打扮成外出学习取经的模样，其实是想回避那个凭空想出来的难题。我，姓万的，界岭小学三位民办教师的铁杆朋友，在此对天发誓，派蓝飞来这里教书，只是答应他妈妈的要求，此外再无任何私念，更不是要给他镀金。如有半句假话，就让明爱芬的墓碑飞起来砸碎万某人的狗头。"

这一次，万站长真的走了。

学校内部的事比较容易，因为刚开学，学杂费还没用完，财务上还有点钱，余校长需要对邓有米和蓝飞他们说明一下。若是已没有钱了，甩手就走也不会影响教务工作。余校长重点要做的是，放学后，趁着天还没黑，赶到村长余实家，将蓝飞介绍给村长余实，也将自己的动向交代一下。

与村委会打交道的事情，在原有的三位老师之间，一向配合得很好。想不到蓝飞一来就拒绝与余校长一同前往。余校长劝他，到一个新地方，头三天都是客人，主动与主人见见面，往后也好说话。蓝飞坚决不肯去，还说，凡事最开始的做法是关键，否则，形成惯例，想改也改不过来。余校长没办法，只好独自前往。

好在村长余实被王小兰的小叔子约去玩麻将，不在家。村长余实的妻子有些惊讶，万站长走后这么多年，乡里第一次派人来领导界岭小学，她觉得这是大事情，会在第一时间告诉村长余实，让他马上去学校看望蓝校长。余校长本想纠正说，蓝飞只是校长助理，又想如果这样特别强调，就太无趣了。

余校长随后特意绕到王小兰家。还没进去，就听到王小兰的小叔子在屋里叫喊："嫂子，你沏的茶香一些，再给我们来一壶茶吧！"紧接着，王小兰的丈夫说："小兰，客人要你过去沏茶哩！"随着大门一响，王小兰闪了出来，她没有看到站在暗处的余校长，只顾涮茶壶。这时，村长余实在屋里说，王小兰的样子，像是好久不用的景泰蓝茶壶，擦一擦就能放亮。王小兰听见后，小声骂道："猪狗不如的东西，还当村长！"

听到这话，余校长便放弃了进屋的念头。

本来已与叶碧秋的家人说好第二天出发，余校长又将行程往后推了几天。村办小学校长外出这么长时间，不与村长余实当面请假，于情于理都说不过去。可是村长余实第二天没来，第三天也没来。

余校长趁空去课堂上听了蓝飞的几节课，私下里与邓有米和孙四海议论，蓝飞讲课一点不比两位支教生差。当着蓝飞的面，余校长还是找些问题提醒他，譬如说，不要动不动就将教鞭甩得叭叭响，更不要轻易让回答问题错了的学生罚站。还有一个问题，余校长忍着没有说。蓝飞到界岭小学才三天，正式上课才两天，就骂男生："果然是界岭的男苕！除非当教授的也是男苕，否则，下辈子也休想考进大学。"余校长听到的就有十几次。一开始蓝飞还忍着不骂女生，到了第四天，他终于开口，指着一个他还叫不出名字的女生说，难道你也是界岭的名牌货——女苕吗？余校长不是不敢说，他想通过这事，给蓝飞一个深刻教训，才暂时没作声。

那天上午，村长余实终于来了。

村长余实一来就在学校的黑板报上用粉笔写了一行字：同学好，今天早上是谁用弹弓将余壮远家的猪射伤了？请你们明白，壮远一生气，后果很严重！最后的落款不是村委会，而是校委会。

蓝飞见了，也不说话，上去就用黑板擦擦去几字，再用粉笔改成：村民好，今天早上是谁用粗话将教育事业的神圣伤了？请你们明白，师生一生气，后果很严重。落款也由校委会改为村委会。

村长余实盯着蓝飞看，蓝飞也盯着看他。

余校长连忙上前向蓝飞介绍："这位就是我们村长！"

蓝飞似笑非笑地说："又不是皇上，怎么连姓都没有？"

村长余实也皮笑肉不笑地说："我姓余，余校长的余，单名实，不是不打不相识的识，而是老实的实！这些年，在界岭我一直是孤独求败，希望蓝助理能在此地多待些时间。"

村长余实说完扭头就走。

余校长追上去，抢着将自己要去省城的情况告诉他。余校长还有意夸张一些，说是万站长安排自己去省城名校上挂学习。

村长余实只顾走路，哼都没有哼一声。

见此情况，余校长决定午饭之前就下山。

他将孙四海和邓有米叫到自己家里，要他们私下与村长余实保持必要的沟通。在余校长家寄宿的孩子，由孙四海负责管理。余校长再三叮嘱，周末下午放学，路程远的孩子回家时，必须是孙四海和邓有米亲自送，千万不能指望蓝飞。在乡初中读书的余志，他也托给了孙四海。无非是请他代领自己的工资后，将其中一部分，按需要交给余志。余校长还写了一张纸条给王小兰，请她在照顾李子的同时，顺便关心一下余志。放假回来时，将家里的腊肉割一块，放假在家吃不完的，用罐头瓶装上，让他带到学校去拌饭吃。余校长这样写的目的，也是为了让王小兰能够光明正大地来学校。

平常总觉得事情太多，一天下来没有不累得够呛的。眼看要离开学校了，余校长却想不起还有什么事情需要交代。差不多要想破头了，才记起来，还有家里养的猪和菜地的事忘了说。他一开口，孙四海就说笑话，听说省城到处都是吃不完的剩饭菜，干脆将猪牵到省城去，养肥了再牵回来。

孙四海这样说话，让大家觉得一定是蓝飞来了。

事实果然如此。余校长便宣布开一个正式会议。

所谓开会，也就是几个人看着余校长将学校大印交给蓝飞。

这件事余校长事先没有同任何人商量。事情来得突然。蓝飞毫不客气地将大印接过去锁进自己的抽屉，邓有米的脸上才出现一些不快的表情。余校长这样做也是有考虑的，邓有米主持工作，印章由蓝飞保管，可以预防大权独揽。

这时候，叶碧秋的父亲和小姨送叶碧秋来学校了。

眼看就要上路了，邓有米还将余校长拖到一旁，提醒他：学校大印旁落，万一蓝飞胆大妄为，将大印乱盖一通，出了问题谁负责？余校长知道邓有米其实是担心万一有转正指标下来，蓝飞会不会私下做一些有利于自己的小动作。余校长没有将这层纸捅破，只说留得界岭在，处处有柴烧。

19

从界岭到县城，一路很紧张。出发时，余校长就想，会不会遇上蓝小梅呢？路过细张家寨时，真的在小路上面对面遇上了。蓝小梅大惊失色地问，是不是蓝飞将他挤走的，或者是他不想帮帮蓝飞。余校长讲了半天，才将这事解释清楚。蓝小梅这才告诉他，那个同蓝飞做交换的支教生骆雨，哮喘病又发作了。他自己也灰心不已，只好放弃支教任务，回省城去了。余校长心里难过，嘴上却说，中心小学可是吃亏大了，白白丢了一个老师。

余校长刚走几步，蓝小梅又追上来提醒他，到省城后，先找个地方让叶碧秋洗脸梳头，再去王主任家。女孩子出门，漂漂亮亮的样子，是最好的见面礼。

离开蓝小梅后，剩下的时间，刚好赶上回县城的最后一辆班车，不要说去乡初中同余志话别，就连与站在路边的万站长打声招呼，都没时间了。班车到了县车站就听去省城的夜行班车的售票员大声嚷嚷："这是最后一班了！再不走就只有住饭店了！"余校长便拖着叶碧秋和一大包行李挤上去，还没坐稳，客车就开动了。

余校长对只顾想心事的叶碧秋说："这些客车简直是接你的专车。"

夜行班车上全是到省城进货的小商小贩。那些人在街上叫喊惯了，声音非常尖锐，而且闲不住，眼睛盯着谁了，就想与谁说话。因为是最后上的车，车上的人又不愿意对号入座，余校长与叶碧秋只能分散坐下。

车上的人越吵，叶碧秋越不说话，眼睛一直盯着窗外。

靠窗边的女人就说："你这样子像是从界岭来的。"

想不到叶碧秋硬邦邦地迸出几个字："我就是界岭的。"

女人来劲了："你这样子很机灵，哪像是界岭的女苕。"

叶碧秋说："我妈就是女苕，长得和你一模一样。"

坐在后排的余校长怕叶碧秋惹事，连忙打圆场。那女人觉得没趣，便主动调换座位，让余校长和叶碧秋坐到一起。

一出县界，夜行客车上就安静下来。

余校长困了，他要一直盯着车窗看的叶碧秋也睡。也不知过了多久，余校长忽然听见，明爱芬在耳边不停地唠叨。他有些不爱听，又不能不听。明爱芬在说张英才和被张英才拿走的转正指标。她说，张英才一去就是九里雾，十里烟，连人毛都不让你看见一根，早知这样，还不如将转正指标让给孙四海。余校长突然醒过来，哪里是明爱芬，是叶碧秋将头靠在他的肩膀上。

似睡非睡的叶碧秋在问："到了省城，能见到张老师吗？"

余校长说："你还记得想张老师？"

叶碧秋说："那次我掉到水塘里，是张老师救了我。"

余校长说："好好的路不走，你怎么要往水塘里跳？"

叶碧秋说:"我看到张老师与一个漂亮女孩牵着手的样子,心里就发慌,想从旁边绕过,不小心滑进去的。"

此时的叶碧秋像被催眠了一样,迷迷糊糊的,问什么答什么。余校长问她见过张英才几次。叶碧秋半闭着眼睛说,张英才走后,学校放了三个寒假,两个暑假。估计张英才也放假了,她就悄悄下山,去找张英才借书看。五次当中,只碰上一次。但是,那天张英才的母亲正在骂他不知道报恩,邓有米那样周密计划,孙四海那样恃才傲物,余校长那样忘我工作,这三个人能一致同意将转正指标让给他,简直是奇迹中的奇迹,否则,他一辈子也进不了大学。她听到张英才像是哭了,哀求母亲不要再说了,本来心里就一直难受,还要天天听她的指责,在家里都没有个人尊严了。叶碧秋不敢进屋,在他家附近的树下坐着等,不一会儿就看到张英才背着背包冲出来,骑上自行车,不知去哪儿了。

下半夜,车上的人都睡着了,叶碧秋的话像梦呓。

余校长明白,叶碧秋暗恋上张英才了。

余校长由此想到,再过几年,余志也大了。到县里读高中,自己还能支撑。如果高考落榜,回到界岭,谈恋爱到结婚成家,负担也不算大。真的考上大学了,不说每年的几千元学费,单单每个月要吃要喝的生活费,就算将自己少得可怜的工资全给他,也还相差甚远,这个压力要比界岭小学的担子重许多倍。这么多年,余校长养成了习惯,想不通的事就不去想。可夜行班车像只不倒翁,晃几下,又把他的思绪晃回到原来的位置上。他睡不着，越想越觉得迷茫，还情不自禁地嘟哝，责怪明爱芬，手一摊，脚一伸，一口长气出尽之后，随随便便就将夫妻俩的责任全推给了他一个人。

早上七点，夜行班车到了省城。十年前，余校长曾带着明爱芬的病历，来省城求医问药。他以为自己记得路，下车之后才发现当初的记忆毫无用处。余校长不敢大意，按照王主任信上留的电话号码，用公用电话打了过去。王主任一听余校长亲自送人来，并且还是张英才在文章中写到的叶碧秋，非常高兴，要他们在原地不动，他亲自来接。等了大约五十分钟，王主任自己开车，和他那穿着孕妇衫的妻子一起来了。他俩不带他们直接回家，而是去了一家美容院。

两个女人进去后，王主任和余校长就在旁边的小吃店里吃早饭。王主任问余校长，又不是请他来当小阿姨，怎么也背着一只大包。余校长本来就想尽早与王主任谈心，见他主动问，就将自己的想法如实说了。

王主任的脸上立刻露出灿烂的微笑："这是新生事物，理当帮忙。如果操作得好，这一次真的能让界岭小学上省报的头版头条，甚至还有可能上《人民日报》。"

余校长没料到王主任会如此重视，一连说了七八次感谢。

才两个小时，跟在王主任的妻子身后从美容院里出来的叶碧秋，已经变得让余校长认不出来了。原来王主任的妻子带她到美容院，与蓝小梅先前叮嘱的意思一样，是要将叶碧秋身上的寒碜模样去掉。王主任两口子还与叶碧秋约定，回头不管问她是哪儿人，就说是王主任妻子的小表妹。除了抬高叶碧秋的出身，也能避免使用童工之嫌。

余校长说叶碧秋："你这是从粥锅跳进肉锅里。"

没想到叶碧秋说："我只做四年，就回界岭！"

叶碧秋怕王主任和妻子以为自己不安心，停了停又补充说："我也要当民办教师！"

王主任的妻子对余校长说："想不到下一代也崇拜你！难怪老王逢会就讲，民办教师是当代最伟大的民族英雄！"

见余校长不好意思起来，王主任就说："我说这话可不是夸张，这几十年来，大半个中国的孩子，全靠你们这些清瘦的民办教师进行精神抚育啊！"

安顿好叶碧秋，王主任两口子就开始张罗余校长的事。

好像没费多大劲，第二天下午，王主任先与省实验小学的汪校长见过面，晚上又带上余校长，在一处茶吧，三人一起面谈。坐下来后，余校长发现他俩像是在发暗号，互相眨了几次眼睛。说来说去，就是不提余校长到学校听课或者实习的事。余校长急得满头大汗，好不容易才听见汪校长无奈地说，让余校长到实验小学当一个学期的门卫，食宿之外，每月工资三百元。余校长觉得很意外，一时没了主意，见王主任不断朝他点头，便答应下来。

回来的路上王主任也不解释，只说能进实验小学就算成功了，教书的事也是一通百通，只要有心，站在走廊上听几句就能偷师学艺。

虽然当门卫让余校长心里很不好受，他还是老老实实地按学校的要求去做了。刚好一个月，就有人来通知他去领工资，还告诉他，往后每个月的这天，去财会室就可以了，不要等别人来叫。余校长实实在在地拿到工资时，心里有些激动。他一算账，四个月下来，就有一千二百元收入，这在界岭小学是无法想象的。因为没有上讲台，余校长不好意思写信回去。邓有米请王主任转交过一封信，也没多少事，主要是说蓝飞在课堂上将村长余实的儿子罚站三次，还免去其少先队大队长职务，与村长余实彻底闹僵了。村长余实说，这学期结束后，就将儿子转到乡中心小学去读。信的结尾，邓有米问：我们这里没有任何关于民办教师转正的消息，你那里有没有相关消息？余志的信多些，一共来过三封，也是王主任转交的。信中所写多是当时的学习情况，三封信说了三次测验，余志和李子的年级排名都在前十名以内。

余校长只给万站长写过信，让他一并转告大家，自己在省城一切都好。他担心万一别人有事到省城拿着信封找来，发现自己是当门卫的，所以信封上的地址，还是写着界岭小学。

期中考试时，王主任的妻子分娩了。

一个学期过去一半，余校长还没进过实验小学的课堂。学校门卫室的电话，只能打进，不能打出，王主任又很少主动联系他。

余校长一开始很着急，慢慢地就找到办法了，他趁清晨或者傍晚学校没人时，用自己掌控的钥匙打开教室的门，将老师们写在黑板上的各类文字全部抄下来，回到门卫室后，再一点点地整理。两个月下来，余校长心里的想法就多了起来。

那天晚上，余校长整理五（5）班的语文课记录，对有些地方不满意。早上起来，他到各个楼层巡查，顺便打开教室的门，也是好久没上讲台的缘故，在独自嘟哝几句后，居然放开嗓门，对着空荡荡的教室，滔滔不绝地讲起来。一口气将心里的想法全讲完，再看表，刚好四十五分钟。巡查完毕回到门卫室，四周还是空无一人。

隔了一天，余校长又去教室试讲了一次。

余校长觉得这是一个好办法，用不着麻烦王主任。他每天早上起来，就去夜里认准的那间教室，对着桌子椅子，偶尔还有学生忘了带回家的书包，认真得就像真在上课。

余校长先前还嘀咕，一天到晚守在门卫室，哪儿也去不了。自从迷上"讲课"之后，他甚至忘了要到省教育学院去看看张英才。有天早上，余校长从教室里出来，刚好碰上汪校长。汪校长要去北京开会，将材料忘在办公室，一早过来取，喊了半天余校长没人答应，他就掏出钥匙自己开门进来了。虽然没有被发现，余校长还是停了一个星期。等汪校长开会回来，见真的没事，这才重新开始。

这学期的新课全部上完后的第一个周日早上，余校长将大门门锁仔细看了一遍，这才放心上楼，进到五年级的一间教室。因为课程已转入期末考试前的复习阶段，这堂课提问特别多，余校长不知道这个班上学生的名字，只好用自己熟悉的学生名字替代。

有一个问题，他对"余志"的回答不满意，就再次点名让"叶碧秋"来回答，然后批评"余志"的成绩时好时坏，很重要的原因是男生容易骄傲；他也提醒成绩相对稳定的"叶碧秋"，要预防女生一旦成绩下滑就会出现的自卑情绪。接下来的问题，余校长让"村长余实的儿子"站起来回答，结果错得有些离谱。余校长罚他到黑板下面站至下课。自己则慢慢地往"学生"中间走，一边走一边数落"村长余实的儿子"："你名叫壮远，谐音是状元，取名的人指望你将葫芦长得天样大，事到如今你这葫芦还是不开花。你要明白一个简单道理，进了这个门，谁也不是谁的儿子，谁也不是谁的老子。能在这间屋子里当老子的只有知识，想当儿子，就只有无知了。"

余校长在黑板上写上"苕"和"傻"两个字，激动地说："外面的人爱说界岭的男人是男苕，女人是女苕。因为数学老师挖苦班上女生活像拿着一年级课本，却永远读不完的女苕，你'叶碧秋'就不想读书了，如果你了解到苕字在汉语中微妙的意境，就不会有如此强烈的反应。说起来，这一方水土中最有性格的一句话恰恰就是：你是个女苕！你是个男苕！只要有人这样说你、你、你——余校长指了指'余志'、'李子'和'叶碧秋'——你们都会生气，是不是？如果有人只是说你们傻呢？肯定不会太生气。这样的答案，在十分的题目中，只能给你们五分。苕和傻，虽然同义，在使用时，前者要比后者夸张，意味也大不相同。当一个人对另一个人说你真傻时，含意里往往多为惋惜。当一个人形容另一个人是女苕或者男苕时，就不仅仅是惋惜了。而是这个人在表达自己的见识，张扬自己的个性，同时也在试图确立自身居高临下、对方必须听从指挥的态势。所以，当别人说这句话时，往往只是对方的主观炫耀，实在没必要太悲哀。还是以'叶碧秋'的母亲为例，女儿都十几岁了，她还成天拿着一年级的课本在那里学习。主观上觉得自己比她强的人，当然就说她是女苕。对于她自己来说却完全不是这样，而你们应该把这看成界岭人生生不息的精神象征。所以，苕是别人说你傻时，就要十分警觉了，因为傻是一种客观事实。又所以，你'余壮远'——"

余校长走到最后一排，转过身来才发现，在"村长余实的儿子"罚站的地方，站着汪校长。

余校长讲不下去了。

汪校长很客气地将他请到办公室。

时间不长，王主任也赶到了。

王主任说，所有这些都是他和汪校长一起策划过的。为了将这篇可能上省报头版头条的文章写好，他俩有意事先什么也不说，想看看余校长最本质的那一面。汪校长也感慨，自己当教师快四十年了，从没见过这样的老师。他俩猜想，为了所谓的自我师资培优，余校长可能会采取的种种方法，但到头来真实发生的一切还是出乎意料。王主任希望余校长不要生气，更不要误以为这是在做新闻。

余校长根本就没往这方面想，在他心里，除了感谢还是感谢。

汪校长同意在合适的时候让余校长正式上几堂课。

为此余校长紧张了好长时间，轮到他上课时，王主任和汪校长都在后排听。余校长费了很大力气，课堂效果还是没有独自讲课时的好。余校长一共上了两堂课，后一堂课的效果比前一堂课有明显改善。汪校长倒是同意多给余校长一些机会，却有学生家长打电话提意见。实验小学学生的家长，尽是省里的干部，动不动就是处长，还有当厅长和省长的。汪校长不敢再让他试讲了，但也不要他当门卫，而是允许他自由地到任何一个班级听课。

期末考试前一周，王主任写的大文章完稿了，还送给余校长过目。

王主任的手笔要大气许多，不像当初张英才的文章，尽是萝卜籽一样的小事。王主任不无得意地说，这是自己生平写得最好的文章之一，只上头版都是失败，一定能上头版头条。为此，王主任为这篇文章取了一个格外响亮的标题：《没有丰功伟绩的民族英雄》。他的导语是："十年动乱，百废待兴，国力绵薄，一时之计，只能无奈地优先考虑核心都市。在荒芜的乡村，如果没有一大批民办教师勉力支撑二十年，乡村之荒漠将更加不堪设想！"这些话，界岭小学最有头脑的孙四海老师，也不曾想到过。

余校长的脑海里一次次地出现"叹为观止"这个词。

期末考试一结束，余校长与实验小学的临时约定就废止了。

余校长就像一个从不旷课的学生，当门卫期间，从未离开校园一步。这时候，才决定去看看叶萌。在省城里，他真正牵挂的，不是张英才，更不是王主任，只有早早退学的叶萌才让他放心不下。余校长早将贺年卡上的地址记下来了。来接替他的门卫是省城的下岗工人，出门之前，余校长从他那里将要去的路线问得清清楚楚，上了大街，再也不用问别人了。

一路上很顺利，到了叶萌所在的建筑公司，正要打听，就见到叶萌从一间办公室里走了出来。叶萌吃惊地叫声："余校长！"然后不管三七二十一，就将他拉到一间大办公室，冲着一位其貌不扬的男人说："董事长，这就是余校长。"董事长反问了一句："什么校长？"叶萌连忙说："就是从一年级到五年级，一直教我的余校长。"董事长马上站起来让座，说了许多客套话。余校长才知道，叶萌已经是这家建筑公司的总出纳，一年下来，经他摸过的现金有几千万元。

在叶萌之前，公司的总出纳是董事长的妻子。为了选一个能替她的人，他们用各种方法测试过不少人，结果都不满意。叶萌刚来省城时，在一家酒店当清洁工。有一天董事长带着客户去打麻将，突然有警察来抓赌。情急当中，董事长将牌桌上所有的钱，用桌布包上，塞到正在窗外做清洁的叶萌怀里，让他赶紧拿走。警察破门而入，因为找不到赌资，只好放过他们。隔了一阵，董事长再去那家酒店，叶萌居然将那一万多元现金，尽数还给了他。董事长问了叶萌的身世，决定聘用他当公司的总出纳。

余校长很高兴，在叶萌那里吃了午饭才往回走。公共汽车上很挤，别的人都很烦，也有皱着眉头，小声骂人的。余校长却一直在笑，叶萌私下告诉他，他已经将初中课程自学过了，正准备自学高中课程，再过两年就能报名参加高考。如果只上过小学五年级的叶萌考上了大学，对余校长他们而言，是再好不过的正名。

叶萌对余校长说，在界岭时，总以为只要富起来，所有问题就不是问题了。想不到像董事长这样身家过亿的人也有解决不了的难题，大儿子不爱读书，十七八岁了，只好由他去少林寺学武功。小儿子也快十岁了，读书比哥哥还要差，在学校的时间和逃学的时间相差无几。请了十几个家教老师，大多数人来过一次后，连工资都不要，就不肯再来了。少数人勉强撑到一个月，也只是为了拿到事先谈好的那份工资。

这样一比较，余校长觉得余壮远还是很不错的。他打算晚上去看看叶碧秋，顺便与王主任告别，再将来省城之前让余壮远抄写的几篇作文交给王主任，如能在省报副刊上发表，对自己重新协调与村长余实的关系，会大有帮助。更重要的是，余壮远的学习积极性将大大提高。对村办小学来说，一村之长的孩子都教不好，负面效应之大不言自明。

回到实验小学，接替他的门卫拿出一封信，说是他走之后不久，一个姓张的年轻人送来的。

余校长马上想到是谁。

接过信一看，果然是张英才。

张英才替万站长送来一封信。他在留给余校长的纸条上写道，这两天，自己就要毕业回县里了，未来如何安排，他还不清楚。装在信封里面的信才是万站长的。

万站长开宗明义，头一句话就让人心惊肉跳。

"老余：算我求你了，收到信后务必即刻回来，否则，我将在先前的愧疚上，又要多出许多愧疚。"

再往下看，余校长才明白，两个月前，县里决定将部分担任基层小学负责人的民办教师转为公办教师，界岭小学和望天小学各分到一个名额。万站长在第一时间就写信通知了余校长，请他用一切可能的办法办好这件事，还明确表示，乡教育站采取一步到位的方法，在空白表格上先盖上大印，再将表格发下去，由两所小学自己做出决定后，自行交到县教育局。让他意想不到的是，转正手续批下来，才发现：界岭小学竟然是蓝飞，望天小学也不是胡校长，而是另外一位副校长。经过调查，万站长才弄清楚，界岭小学这边，蓝飞没有与任何人说，就将自己的资料填在登记表上，盖上学校大印后，亲自送到县教育局。望天小学那边，因为副校长当民办教师的时间比胡校长还长，所以他与胡校长闹得不可开交。最终决定采取抓阄的方法，两个人还赌咒发誓，在保证不反悔的字据上按了血指印。没想到胡校长手气不好，抓起来的是一只废阄。胡校长有一万个不服气，又无法反悔，便在私下联络人，准备在全乡教师集训时闹个天翻地覆。万站长不怕胡校长，就担心界岭小学这边，眼下邓有米和孙四海还只是听到传闻，完全没有想到蓝飞如此胆大包天，等到真相大白，谁也不敢预料他俩会翻成什么样子。万站长要余校长尽早回来，协助他处理这件亡羊补牢的事。

余校长的手在不停地颤抖，心里也在一阵阵抽筋。

余校长读完信，最严重时，曾觉得天旋地转头重脚轻。幸好屋子里有空调，余校长将头伸到风口上吹了一阵，才缓过劲来。他将自己的东西收拾好，就去找省报的王主任。

王主任的妻子还在休产假，见到余校长，第一句话就说，他教出来的学生真是太好了，既聪明能干，又善解人意。之前，闺密们总在抱怨，找个合适的小阿姨，比找个好老公还要难。几个月下来，叶碧秋的表现让她们羡慕死了，都说恨不得再生一个孩子，将叶碧秋请去，好好享受产妇的幸福生活。王主任的妻子对叶碧秋也不错，不让她看电视，而将自己上自修大学的书籍全给了她，要她抽空慢慢读。想不到叶碧秋家务事一点也没耽误，还看了许多书，打算这个月底就去参加第一门课的考试。

趁她到卧室打电话叫王主任回家时，余校长问叶碧秋是不是真要去考试。叶碧秋点点头说，难得遇上这么多好人，自己说什么也要争一口气。

余校长还没来得及高兴，叶碧秋又小声说，王主任写的那篇文章出了问题。先是实验小学的书记告状，说余校长的教学能力很糟糕，宣传这样的人，不仅是出实验小学的丑，也是丢教育界的脸。紧接着省报总编与社长又对着干了起来，总编说好，社长坚决说不好，还找来实验小学的书记，证明所谓自我师资培优是一场刻意安排的人为作秀。所以，王主任这几天总在家里骂人。

王主任回来时果然脸色铁青。他给了余校长一封信，说是压在一大堆群众来信中，刚刚发现的。

是万站长说的那封"第一时间"通知他转公办教师的信。

可惜因为王主任的失误，从过程到结局全都不同了。

王主任的妻子见余校长轻叹了一声，就问是不是有为难事。

余校长赶紧摆头表示，大概是想家了。王主任被这话逗笑了，说你连老婆都没有，这么大年纪想什么家。余校长笑着说，难道不能想儿子吗？王主任顺便问了一下余志的情况。余校长嘴里说余志，手上已经将村长余实儿子的几篇作文拿出来，递给王主任。

王主任翻了一遍，当即将写落雪时兔子蹿到屋顶上的那篇留下来。

接下来，王主任主动谈起他那篇文章，情况似乎不像叶碧秋形容的那样严重。王主任只说标题要改一下，用"民族英雄"来称呼民办教师会引起争议，改成"乡村英雄"，分量虽轻了，但更稳妥。王主任要余校长留意教师节那天的报纸。

余校长要赶夜行班车回县里。

王主任和妻子将他一路送到公共汽车站。第一次见面时，王主任的妻子挺着大肚子，脸上长满孕斑，看不出模样。生完孩子后再看，他才明白王主任为何忽发少年狂，将这个可以做他女儿的女子，亲手改造成少妇。

20

因为不是最后一趟夜行班车，回到县里时，天还没亮。余校长在充满各种异味的候车室里打瞌睡时，有人悄悄地捅他一下，让他当心那几个小偷模样的年轻男女。朦胧中，余校长差一点将其中一位认成了自己的学生，后来发现并非如此，才放下心来。外出四个月，除去一些小的开销，加上买了点作为礼物的东西，身上还有一千元钱。他不敢再睡，便将因目睹王主任的美满家庭，而断断续续想过的再婚问题，重新拿出来煎熬自己。除了蓝小梅，也没有其他人可以想。但他总觉得自己还可以想想别的人。只要有女人从眼前经过，他就要想，这人能不能成为自己的妻子，真的成了自己的妻子，又会如何一起生活。在经过种种论证之后，像结论一样重新出现的女人仍旧是蓝小梅。

开往乡里的班车终于有动静了。余校长拖着行李到车上找了个座位。别的人占了座位后，便下车去买吃的。坐了通宵车，余校长也有些饿，但他觉得这么早就吃东西，是没有道理的。

这时，从省城开来的最后一趟夜行班车到站了。在下车的人群中，余校长看见了张英才。他有些兴奋，正要叫喊，又突然改变主意，只在车窗后面静静地看着。张英才的行李不少，一共有三包，一包是行李，两包是书。下车的人都走了，他还站在那里，直到一个很有艺术气质的女孩推着自行车走过来，惶惑的面孔才灿烂起来。张英才和女孩隔着自行车搂抱了一下，再将三包东西绑在自行车上。

这时有人叫那女孩："燕子，大清早送什么客？"

女孩有些害羞地回答说："哪里，接一个同学。"

女孩与张英才并肩走出车站时，回乡里的班车也启动了。班车追上自行车后，余校长隔着玻璃，将张英才重重地看了一眼，发现他身上有许多溢于言表的幸福。

班车上人很少，司机开得飞快，为的是抢乡里早起到县城办事的乘客。在县内跑的车子，比到省城的车子破旧许多，加上公路也不行，余校长又坐了一夜车，自然有些头晕。下车后，余校长先到乡教育站，还没开口，李芳就冷冰冰地说，他不在！余校长扭头就走。这个动作并不是成心要做的，实在是正好赶上一阵眩晕。

一踏上回界岭的小路，他就不停地想万站长信中提到的那些事，经过细张家寨时，万一遇上蓝飞和蓝小梅，自己是否能沉住气，会不会将蓝飞痛骂一顿。好在那扇大门紧闭着，褪色春联的脱落部分，在微风中晃动，屋里却没有任何动静。余校长刚刚松了一口气，便又开始后悔。在他的行李中，藏着一双女式皮鞋。那是他在省实验小学旁边的商店里，看过许多次后，才下决心买下的。掏钱时，他心里想的是明爱芬。患病之前，明爱芬几次想买皮鞋，又都放弃了。皮鞋到手后，余校长决定送给孙四海，让他转给王小兰。他想，如果王小兰坚辞不要，那就送给成菊。余校长想，如果这时候遇上蓝小梅，说不定自己会将这双皮鞋送给她。

细张家寨像是关卡，过去了，往后的路就好走了。

在半山上，余校长意外碰上村长余实的妻子和儿子。隔着老远，余壮远便兴奋地叫起来。村长余实的妻子不像以往那样热情，连点点头都不肯。

余壮远不管这些，当场撒起娇来："余校长回来了！我不转学了，就在界岭小学读书。"

余校长装作不明白："为什么要转学？村长高就了吗？"

村长余实的妻子叹了一声："当村长的能高到哪里去！连当民办老师的蓝飞都敢欺侮我们！看上去斯斯文文，却不像老师，完全是杀牛的屠夫！"

余校长说："你是村长的夫人，遇事一定要冷静，过完暑假就是六年级，这时候转学对孩子的学习很不利。有什么问题，由我来解决。另外，有一个好消息。我在省里见到报社的王主任，将带去的十几篇学生作文给他看，他就选中了余壮远的一篇，答应在报纸上发表出来。"

余壮远一听，更高兴了："我喜欢余校长，我只要余校长当我的老师！"

村长余实的妻子愣了一会儿，终于松了口气："我带孩子到亲戚家玩两天，他爸也在乡里办事，转不转学，先问问他再说。"

余校长没走多远，余壮远又从背后追上来，将一只熟鸡蛋塞到他手里，说是上山路特别累人，余校长走了这么久，一定饿了。余校长趁机对他说，乡中心小学大多是公办教师，曾教学生比蓝飞还厉害。余壮远赶紧说，他妈妈觉得还是余校长好，同意不转学了。

越临近界岭，熟人越多。见到余校长，大家都很热情，也有开玩笑的，问他为什么不带个烫着卷发的老婆回来。余校长也笑着回应，说自己只喜欢扎辫子的女人。开玩笑的人要他跑步回去，有一位扎辫子的漂亮女人正心急火燎地等着他。

余校长按照自己的节奏，不紧不慢地走上学校后面的山脊。

扑面而来的凉风竟然如此熟悉。季节才到阳历七月，风与风的缝隙里，就挤满了各种植物对收获的向往。界岭的秋冬来得早，春天和夏天却总是迟到，山下的人都在准备收割早稻了，山上的中稻秧苗才刚刚封行。更有特别不着急的人家，还在满是浑水的秧田里插秧。人人嘴里说夏天来了，其实春天的痕迹还在附近。整个界岭被绿色席卷，瓜果开花只是衬映这天赐的生机，野草绽放也是为了让山野间多一些热闹。荒芜的山中之物，在远处就是风景。会叫的虫鸟牲畜，见不着它们模样就成了音乐。一股风从学校陈旧的瓦脊上吹过，落到山坡上，在草丛中打几个滚后，一头钻进树林里，就像相亲相爱的人钻进绣花绸被，树冠树梢也能心旌摇荡。

又一阵风还没吹到，余校长就暗暗叫声不好。

随风而来的果然是一缕缕悲怆的笛声。

这段不知有多熟悉的路，即便是落满了雪也可以放心大胆地走，这一次，余校长却走得小心翼翼。

余志发现后，抢着跑上前来，哽咽地叫了一声："爸！"

余校长心里也很痛，却笑着说："还好，只瘦了一点。"

四个月不见，余志的样子成熟不少，穿过操场时，他响亮地喊了一声："孙老师，蓝老师，我爸回来了！"

孙四海屋里的笛声稍稍停了一会儿，又重新响了起来。余校长以为孙四海会出来打招呼，没想到他根本没动静。余校长没来得及细想，就看到蓝小梅在蓝飞的屋子里闪了一下。不过也没有正式露面。

回到屋里，余校长情不自禁地往四下看了看。大约是春雨的缘故，屋顶上多出一些破瓦，地上也对应多了些滴水滴出来的坑坑洼洼，除此之外一切如故。再细看，又觉得比自己在家时干净了许多。

余志递上一杯茶水，说蓝小梅一直住在学校，帮忙整理被寄宿学生弄乱的屋子。余校长问他，不是说好由王小兰她们来帮忙吗。余志说，王小兰只来过两天，就被丈夫用棍子打破了鼻子，之后，只有每个月底乡初中放假，要接李子时，王小兰才能来。成菊又从别人那里借了一块地种花生，加上原有的一块田，自己都忙不过来，根本顾不上学校的事。所以，蓝飞就将蓝小梅叫来了。余校长心里想，难怪屋里多了些人气，原来有女人在操持，又想到，怪不得细张家寨那扇门上都长了蜘蛛网，原来蓝家的人都跑到界岭来了。嘴里却问余志，是不是将自己的事也赖给别人做了。

余志将脚上的新布鞋亮了一下："做鞋的事不该我做吧！"

说话时，余志的眼睛里，露出几丝这些年来少有的温情。

余校长稳住自己的内心说："无缘无故的怎么好收人家的东西！滴水之恩涌泉相报。人家送你布鞋，就得还人家皮鞋。回头将我带回来的一双皮鞋给蓝小梅送去。本来是打算送给李子她妈或者是成菊阿姨，被你打乱计划了。"

余志顿时显得很惊喜。

余校长装作没看见，继续问，为何除了笛声，学校里没有一点动静。

余志将声音压低说，学校一放暑假，蓝飞就回家去了。昨天傍晚他又同蓝小梅一起来到学校。因为明天老师们就要到乡里集训，他们这个时候上山，余志觉得很奇怪。从进屋开始，他们母子俩一直在低声争吵。余志向邓有米和孙四海报告，他俩都像木头人，一点反应也没有。天黑之后，余志去撵那只还在外面撒野的猪，听到蓝小梅在骂蓝飞，虽然没有用很脏的话，语气却是十分难听。蓝飞的火气也上来了，猛地推了蓝小梅一下，将蓝小梅推倒在地，半天爬不起来。蓝飞后来跪在蓝小梅面前也没用。蓝小梅在操场上站了半夜，下半夜才到女生宿舍睡下。余志听得很清楚，她根本没睡，一直在小声地哭。早饭后，李子来给孙四海送治感冒的草药，余志才听说，这几个人可能又在为转公办教师的事闹矛盾。

心里有数了，余校长将余志做的午饭三下两下扒进嘴里。

刚放下碗筷，蓝小梅就像押犯人一样，推着蓝飞进来了。

"你给余校长跪下认错吧！"

蓝小梅用柔柔的声音命令蓝飞。

余校长被吓住了，赶紧上前拦住蓝飞。

"小畜生，你要是不跪，妈就不要这张老脸，替你跪！"

说话时，蓝小梅真的要将身子倾倒下来。

"有事好说、好商量，真要行礼，就鞠躬吧！"

余校长哪见过这阵势，嘴里说着话，一只手拦着蓝飞，另一只手还要抱住蓝小梅，不让她双膝着地。余校长不敢太用力，又不能不用力。蓝小梅在他怀里颤抖得很厉害，一双手凉得像是冬天的萝卜，嘴唇上一点血色也没有。从明爱芬死后，余校长连女人的手都没有摸过。事实上，明爱芬死之前好几年，就不能称作女人了。蓝小梅软软的身子让余校长更加手忙脚乱，情急之下，只好让余志去叫孙四海。

一直朝天看着不肯吭声的蓝飞，回头吼了一声："你这样子才丢脸哩！"

蓝小梅一愣，连忙从余校长怀里挣脱出来，虽然站稳了，手脚却颤抖得更厉害，嘴里不停地骂着蓝飞。

余校长严肃地说："蓝老师这样说就不对了。男人膝下有黄金，可你想过母亲膝下有什么吗？未必当妈妈替儿子下跪是理所当然的？！"

蓝飞终于伸手去扶蓝小梅，却被她一巴掌推开。

余校长搬来一只凳子，让蓝小梅坐下说话。蓝小梅伤心地指着蓝飞，要他自己说。到这一步，蓝飞又将嘴闭得死死的。余校长心里有数，他劝蓝小梅，让蓝飞来界岭接受锻炼，就应该是各个方面，有艰苦的，还有不艰苦的，有没有利益的，还有有利益的。

蓝小梅说："无论如何，做人不能太无耻！"

余校长说："是呀！蓝老师刚来界岭小学，我就离开，在外人看来这样做确实不妥。可这也是蓝老师给我一个机会。教书的人也要有眼界才行，成天在山沟里待着，教出来的学生也会木头木脑的。不是蓝老师来，我们哪会想到当老师的也要培优！以往，外面人说界岭的人不是女苕就是男苕，觉得是受了侮辱。真的到外面去一看，才明白我们这种人早已跟不上潮流。所以，这一次，上面又给了界岭小学一个转正的名额。万站长反复征求我的意见，想来想去，还是觉得蓝飞比我们更是人才。所以，我就推荐了蓝老师！"

蓝小梅说："余校长，你这是在打我的老脸呀！"

余校长说："这是学校的事，你只是家属，不相干的。"

蓝小梅说："儿子是我养的，出了问题，当然有责任。"

余校长说："那是当然，所以，我正要对你说感谢哩！"

蓝小梅说："老余，你刚打我的脸，又往我心里捅刀子！"

余校长说："我哪里做错了，你就直说好了。"

蓝小梅说："也罢，小畜生不说，我替他说。他不该瞒天过海，将学校的转正指标，私自独吞了。"

余校长说："有些事你还不清楚，我想你是冤枉蓝老师了。"

余校长拿出万站长的第一封信，让她看信封上邮戳和信中内容。蓝小梅一个字一个字地看完，又从头到尾再看一遍，越看越不相信。

余校长在一旁说："万站长的字，你应该很熟悉，错不了。"

找不出破绽的蓝小梅格外伤心："老余，你没说真话。我生的孩子我清楚。你这样做，不是帮他，是要害死他！"

蓝飞也想看那封信。蓝小梅死死拦着，不让余校长给他看。

这时，孙四海来了，后面还跟着邓有米。

跟在他们后面的余志做了一个手势，表示是孙四海要邓有米也过来。邓有米开口就要大家去办公室，说在余校长的屋檐下站着，有些话说不出口。余校长开玩笑说，只怕办公室也不合适，还是在操场上比较好，想打群架，想一对一决斗，都能施展得开。孙四海也说要去办公室，公事就要公办，有些话让余志听到了也不好。余校长就严肃起来，说正好相反，不仅要让余志旁听，最好将李子也叫来，让他们切实感受一下父辈的为人。

虽然这样说，余校长还是带着他们去了办公室。

邓有米说："你说说，在界岭小学谁贡献最大？"

余校长说："大家都有贡献，应该说缺一不可。"

邓有米说："不管怎样，总得有个顺序吧！"

孙四海说："哪怕当面抓阄也行，决不能私下捣鬼！"

余校长说："让明爱芬填表转正的那一次，你们可不像现在这样蛮横。转正的事，想归想，如果将它当成身家性命来看待，就活得没味道了。"

邓有米说："明明是我们的东西，被偷走了！人家可不管酸甜苦辣！"

孙四海说："有命没命，不是挂在嘴上。没有那张登记表，不能转为公办教师，我们的命就要贬值。"

"难道界岭小学有两个我们吗？"余校长说，"索性摊开说，如果将我算到你俩心里的那个我们中，我现在就声明，那是你们的一厢情愿。"

后来，余校长才知道，蓝飞私下将转正名额据为己有，还是蓝小梅赶到学校来捅破的。蓝小梅说，如果不是万站长亲口告诉她，打死她也不会相信，自己的儿子会干出这种没有天良的事来。邓有米和孙四海同样不敢相信，小小年纪的蓝飞，就是借他一只狗胆，也还得有人给他一路开放绿灯才行。这时候的蓝小梅虽然在尽力挽回，还是得不到信任。邓有米他们宁可相信，后来的这些，只不过是周瑜打黄盖，愿打的用力打，愿挨的忍痛挨，都是将别人当成白脸曹操戏耍。别人来界岭小学只是当老师，蓝飞一来就当校长助理。紧接着余校长又去省城，这么大年纪了还要美其名曰培优。学校的大印，也很蹊跷地交到初来乍到的蓝飞手里。等到这些全部铺垫好了，才使出关键一招，只将相关通知告诉蓝飞。直到生米煮成熟饭，熟饭晒成米干，米干炒成米花，放进嘴里，连牙齿都不用就融化了，这才装腔作势，先由万站长表演雷霆震怒，再由蓝小梅表演大义灭亲，所有这些完全是精心设计的骗局。

好在余校长手里有万站长的第一封信。等邓有米和孙四海看过信，余校长才将先前对蓝小梅说过的话又说了一遍。话音刚落，孙四海就冷笑起来，一个个字都像刀子似的说，他不是在界岭土生土长的，虽然也是男苕，可心里还有一道缝。

屋子里空前沉默。余校长做了个手势，让蓝飞出去。

蓝飞刚站起来，就被孙四海按住，要他听听余校长还有什么话要说。

余校长突然变得虚弱无比，好久才说："当初我让你们照顾一下明爱芬，你们不是二话没说吗？"

邓有米说："明老师是将死之人。"

余校长说："将死之人都能让她好死，活着的人更应该让他好活。蓝老师的事虽然木已成舟，想要翻出那些脏东西，譬如造假证明，以权谋私等，抹黑他，也不是什么难事，甚至完全可以翻盘。可翻盘之后怎么办？蓝老师连恋爱都没谈过，就要背上这些脏东西，岂不是生不如死吗？"

霍地跳起来，像是要大发雷霆的孙四海，嘴已经张得老大了，一句什么话也像出膛的炮弹那样，眼看就要冲出喉咙，却突然卡壳了。

满头大汗的王小兰出现在窗口。顾不上有其他人，王小兰急匆匆地问孙四海出什么事了，昨天晚上笛声一直不停，将她的心都急破了。王小兰打着赤脚，裤腿卷过了膝盖，小腿以下还有没洗净的烂泥，一看就知道是刚从稻田里爬起来的。孙四海喃喃地告诉她，还是那个老问题。王小兰走上前来，用手指轻轻地擦了一下他的眼角。孙四海搂住王小兰，嘴里叫着蓝飞的名字，大声说，似这样将厚黑当学问，将权谋当事业，虽然可以满足一己欲望，却不会得到真爱！王小兰在他耳边说了些什么，大家都没听见，或许她什么也没说，只是吻了他的耳根，然后牵着他走出了办公室。

办公室里更静了。

邓有米慢慢地站起来，伸出手揪着余校长的领口。

余校长一点不紧张，只是问他要干什么。

邓有米更愤怒了，将两只手挪到余校长的脖子，一点点地用力掐。

余校长脸色通红，断断续续地说："老邓，你可以弄死我，但让我先说句话！"

邓有米松开双手，余校长在原地转了一个圈，好不容易找到门在哪里，这才迈步往外走。邓有米不让他走。余校长告诉他，自己并不是想逃命，用不了一分钟就会回来。

余校长回到家里，拿出从省城带回来的那双皮鞋，再回到办公室，交给邓有米。

余校长说："这是我在省里买的，送给你妻子的。"

邓有米怔怔地看着皮鞋，突然伸手将余校长抱住，伏在他的肩膀上狠狠地抽泣起来。余校长趁机向蓝飞和蓝小梅挥挥手。等他们走了，余校长也陪着邓有米流起了眼泪。

男人的眼泪不多，擦一次，再擦一次，就干了。

余校长让邓有米看看他买的皮鞋如何，成菊会不会喜欢。邓有米打开盒子，看了一眼，就叫起来。成菊要穿三十八码的鞋，余校长买的皮鞋只有三十六码，就是削足适履也不可能穿进去。余校长当兵回来时，给明爱芬买的鞋就是三十六码的，因为明爱芬告诉他，女人的脚差不多都是三十六码的。邓有米叹息不止，成菊刚嫁给他时，穿的鞋也是三十六码，这些年受苦受累，人老了，皮厚了，脚也变大了。

两人刚商量好，将皮鞋送给王小兰，孙四海的笛声就响了。王小兰出现时，余校长和邓有米赶紧叫住她。没想到王小兰也是大脚，她将皮鞋看了好几遍后，说，蓝小梅的脚是标准的三十六码，穿上一定合适。孙四海这时走了出来，从他脸上已看不到愤怒了。问清情况后，他说，这皮鞋本来就是给蓝小梅买的。

见大家轻松了，余校长也高兴地随他们说去。

不过，蓝小梅带着蓝飞下山时，大家都没有对她提皮鞋的事。

蓝飞还是一句话不说，任由蓝小梅合上双手冲着大家作了一个揖。

太阳离西边的老山界已经不远了。地面上的风也变凉了。三个人在操场上走来走去，最后都靠在那根旗杆上。天色又暗了一些。孙四海又在吹笛子，有时候有旋律，有时候没有旋律，乱吹一通，更让人揪心。

余志从屋里走出来，他刚刚在一本书上读到一个类似二桃杀三士的故事。

余校长马上教育他，别将乱七八糟的事与界岭小学混为一谈。

余志很忧伤地回屋后，余校长心里承认，儿子开始懂事了。

孙四海突然放下笛子："还是王小兰说得对，除非上面让我们三个人一起转正，否则谁也当不成公办教师。"

邓有米不停地摇头，觉得事不至此，这一次如果蓝飞没有违反道德，不是余校长，就是他，再不就是孙四海，总有一人能享受这份幸福。

余校长苦笑着说："难怪孙老师十几年痴心不改，王小兰真是太善解人意了。"

邓有米说："这要看她是善解哪个人的意了。"

余校长接着自己先前的话说："就说这次的转正指标吧，反正我是不会要的。如果我要了，对得起你们二位吗？邓老师，我想你也是如此。我不要，让给你，一想到还有孙老师和老余，你会心安理得地填这个表吗？"

刚开始邓有米还嘴硬，他才不管有几个指标，只要是到手的东西，就决不放过。余校长轻轻一笑他就软了下来，小声骂了一句粗话，抱怨老天爷为何要让自己遇上余校长和孙四海，而不是望天小学的胡校长。

余校长继续说："我就晓得你下不了这个手。我不要，你也不要，就剩下孙老师了。不信咱们就试一试，真的到了这一步，就算我俩磕头请求，孙老师也不会答应。若是答应了，他就不是王小兰所爱的孙四海！"

孙四海有苦难言，王小兰的确这样说过，最应该转正的人是余校长，其次是邓有米，假如孙四海想超越他俩，哪怕一下子成了大学教授，她也要蔑视孙四海，就算他将天上的玉笛取来，吹些天上的仙曲，她也不会再听了。

余校长最后说："在省里我就想清楚了。所以，我也懒得去争这些了。"

余校长将万站长的第二封信拿出来给大家看，并且没有一点编造地将这件事的来龙去脉说了个清清楚楚。

邓有米说，这么重要的事，应该开大会当众宣布，不能只通知某个人。所以，他还是怀疑万站长是故意露出破绽，让蓝飞有机可乘。

孙四海不想再说这些，将话题岔开："我注意到蓝小梅临走时的眼神，很是含情脉脉呀，只是没看清她在瞄着谁。"

邓有米只好苦中作乐地说："不是你，就是老余，总不会是我吧？"

余校长乐哈哈地说："那也不一定，你这个偏房想转为正房，不正演着一出好戏嘛！"

晚上，几个人索性在余校长家小聚。喝了点酒，大家心情复原，开始认认真真地谈论下学期的工作。按余校长的所见，省实验小学，最大的不同就是学生们几乎都在校外参加各种培优班学习，从一年级到六年级，莫不如此。这类培优班全是收费的，价格贵得惊人，界岭小学当然学不了。倒是叶萌的际遇对余校长很有启发，界岭这儿，山高皇帝远，人心所向，重在天伦。

大家说得好好的，孙四海又开始扯闲话，他说余校长不再是老狐狸了，而是狐狸精。老狐狸只会骗人，狐狸精却擅长迷人。孙四海一说，邓有米就笑起来。原来，他俩之前就商量好了，这一次无论如何不理余校长那一套，先往乡里闹，乡里解决不了，就去县里，再不然就去省里，总之不能被人骗去卖了，还帮着人家数钱。

余校长突然担心起别的事情来，他要孙四海千万别再拿蓝小梅开玩笑。孙四海立刻板起脸，说以后再也不了。邓有米却笑着说，人家儿子都那么大了，还在乎几句没油盐的话。

余校长想笑又笑不起来，直到睡着之后，做起梦来，才好好地笑了一场。

第二天一早，三个人一起下山去乡里集训。

神情忧郁的蓝飞在细张家寨等着他们。到了乡教育站，早早赶来的民办教师们正围着万站长诘问不已。万站长反复说，这次集训，特意多安排一个程序，让所有到会的老师，用无记名投票方式对自己的工作进行测评，如果满意度达不到百分之五十，他就辞职，回界岭小学教书。尽管这样，大家还是不满意。看见余校长来了，带头的胡校长更起劲了，非要余校长在同病相怜的民办教师面前讲几句。

余校长就将界岭小学民办教师转正情况对大家说了一遍。

听说他们一致同意将机会让给蓝飞，民办教师们突然安静下来。

余校长就将省报王主任写的那篇文章主要内容复述了一下。他特意说，王主任很想将民办教师形容成当代的民族英雄，因为怕犯忌讳，最后落笔时稍收了一点，但也是很了不起的民间英雄。大家听了余校长的话，眼圈都红了。到最后，余校长说："我就不相信那些制定政策的人，会对民办教师的贡献始终视而不见！"

危机四伏的教师集训，突然变得风平浪静。

虽然民办教师们不再为难万站长，计划中的民意测验还是照常进行。投完票后，大家推举胡校长上台监票，余校长唱票。最终结果是，万站长既不用辞职，也不用去界岭小学教书，大部分人都同意他继续当教育站站长。

集训结束后，蓝飞没有跟他们一起回界岭，而是一个人上了去县城的班车。

路过细张家寨，老远就看到蓝小梅在家门前站着。邓有米朝她招招手，她也不理。走出很远，再回头看，蓝小梅还在那里站着。

余校长认为蓝小梅在为蓝飞的事发呆。

孙四海却说："我听到她在骂余校长：不就是当了个谁也瞧不起的破民办教师嘛，干吗要做出一副伟大的样子！等娶了我这个资深美女做老婆，若是还将转正指标当成烂树叶，夜里不让你上床！"

余校长想不笑，却没有忍住，大概是笑得太厉害了，后来觉得有些头晕。

第三部

21

秋季开学之前落雨，而且是暴雨，这种情形非常罕见。

暴雨落了两天还不见停。暴雨肆虐的第一天，余校长他们见势头不对，就分头下去通知学生，明天不用来学校报到，后天准时到校上课就行。哪料到，第二天暴雨更甚，山上山下布满了大大小小的急流。他们只好又将远远近近的山村重新走一遍，告诉学生们开学时间再顺延一天。第三天下午，已经不能用暴雨来形容的暴雨疯狂到极点，正当所有风云、林木、山体一齐呐喊时，一道强烈的闪电击中后山的那座石峰。解体后的巨石顺着山坡滚下来，临近学校时，正好弹起来，穿过屋顶，将六年级教室的讲台，打桩一样砸进地里。然后就地打了一个滚，破墙而出，十分精确地安卧在旗杆下面。

界岭小学的房子是"文化大革命"后期修建的，原准备安排一批从省城来的知识青年。后来，叶碧秋的外公决定将这些闲着没用的房子改造成小学。他曾惋惜这批知识青年中途变卦，说好要来，却又不来，如果来了，界岭的文化面貌肯定会有天翻地覆的变化。叶碧秋的外公当村长时，正是越穷越有威信的时期。他往乡里跑一次，再往县里跑一次，就将知青点要来了。代价是，将工农兵大学生的推荐指标都给了别的村。叶碧秋的外公力排众议，让大家相信，被推荐成工农兵大学生的人，只能成为界岭的生产关系，无法产生生产力。知识青年一来，既扩大了生产关系，又增加了生产力，是一举两得的好事。

多少年之后，当大学生人数就像物产一样成了各地攀比的指标后，在各种报表上，工农兵大学生同样既是生产关系，也是生产力。虽然如此，也没有人说叶碧秋的外公在决策上犯了错误，却说是上级领导同知识青年一起欺骗了界岭人民。房子还是新的时，县里还记得打招呼，让村里代为管理。那一年，叶碧秋的外公擅自决定用知青点的房子，办一所自己的小学。村委会有人担心，建议还是请示一下县里。叶碧秋的外公说，空置的房子垮得快，用来办学校则是养房子。

当年，知青点的房子一定要盖成红色的。为此，界岭的男男女女都到乡里去挑红砖。那时候，这房子是这一带山里最漂亮的，有一阵，大家将它叫作红砖屋。二十多年了，别的公屋早已破烂不堪，学校的红砖屋，用村长余实信心满满的话说，再用十年也没问题。界岭的事有些是没道理的，譬如，老山界上的大庙，既得神灵护佑，尘俗之人也爱护有加，每隔三五年仍需整修一次。反而是一年到头总有小学生捣乱不已的红砖屋，这么多年，基本上没有大修过。所以，大家认为，读书的人养房子。

霹雳震响之前，余校长正在和余志说话。余志昨天就要去乡初中报到，被余校长拦住了。这会儿，他又要下山，余校长仍旧拦着，一定要等李子来邀他，才让走。霹雳一响，刚刚还说暴雨没什么可怕的余志，情不自禁地钻到余校长怀里。依偎了片刻，余校长便推开余志，拉开虚掩的大门，正好看到巨石在电光迸发中自天而降，又从教室里破墙而出，翻了几个跟头，挨着旗杆不动了。风雨中飘荡着一股强烈的硝烟气味。余校长抱着自己的头，不是害怕，而是头晕，等到蓝飞出现在门口，才在心里叫一声："惨了！"余志双手抱住余校长不让他冒雨出去，说这是近地雷，非常危险。

余校长正在犹豫，从后山传来隐隐约约的叫喊声。

余志也听见了，而且还分辨清楚了："是孙老师！"

余校长果断地推开余志，操起一把锄头，一头钻进暴雨中。余校长顾不上说什么，一挥手，示意让蓝飞跟上，一起往后山去。找到孙四海时，他正在自己的茯苓地附近拼命地挖排水沟。

霹雳震响之前，孙四海就上山了。雨太大，他担心再过两个月就要收获的茯苓被山水泡成汤。孙四海亲眼看到，一道惊人的闪电将山野照得通透，在接下来极为黑暗的瞬间里，他感到天地都麻木了，伴随着这感觉的是一道更加惊人的闪电。孙四海坚信没有听到巨响，因为自己就是这巨响的一部分。他只看到山顶上那座石峰，无声无息地塌下来，巨石顺着山坡往下滚，每一次腾空都有闪电映照。

余校长和蓝飞赶来时，孙四海的听力还没有恢复，只能指着倒在排水沟上的两棵大树，示意这些也是被雷电击倒的。情况紧急在于，半个山坡的来水，应该是顺着排水沟流到旁边的峡谷去。可是倒下来的两棵大树像两座拦水坝，将排水沟堵得死死的，浑浊的山水，改变流向，顺着树干涌到学校这边的山坡上，引来泥沙俱下，直接冲向学校的后沟。三个人忙到天黑，才将被大树堵塞的排水沟挖通。然而，学校后沟里的泥沙，已经堆积到窗台那么高了。

那一声霹雳大约用尽了老天爷的力气，暴雨终于减弱了。

这时候，邓有米也来了。邓有米想过那阵霹雳也许会弄出点事故来，却没料到它几乎毁了学校。旗杆下面的那块巨石更让他大惊失色。如果当时滚落的惯性再大些，石头越过操场，沿着山坡下去，正好是他家所在的村子。

最恐惧的人是蓝飞。从山上下来，说好大家一起将教室巡查一遍，蓝飞走到六年级教室，就站在那里不动了。六年级教室被那块大石头砸个正着，外墙倒了，大梁一端歪在地上，另一端搭在后墙上。讲台被砸到地下近半米深。蓝飞目不转睛地盯着这些，余校长叫了他几次，都没有动静。

等余校长他们转回来后，蓝飞才突然开口说："如果不是一再推迟开学，大石头滚下来时，我正好站在讲台上讲课。"

孙四海回敬说："一点没错，还有三十名学生陪着你哩！"

余校长则说，当务之急是要向村长余实汇报，还要找人帮忙挑后沟里的沙土，不然，剩下的两间教室，也很危险。

离开学校去找人救急的孙四海，一会儿就带回十几位学生家长。

向村里报告灾情的邓有米，却没有带回村长余实。村长余实淋了雨，感冒发烧，刚喝下一碗姜汤，正盖着棉被发汗。听了邓有米的话，村长余实直骂老天爷，为何单挑六年级教室砸。他说烧一退，就会赶到学校来。

大家顾不上吃晚饭，一口气忙到半夜，才挖出一道临时排水沟。余校长喘了一口气，发现雨已经停了，云缝里露出几颗星星。

临散去时，余校长与大家说好，明天一早接着干。

因为太累，余校长夜里睡得很沉。一觉醒来，听到外面有动静，原来是村长余实领着叶碧秋的父亲等六七个砌匠来了。天色还不太亮，余校长带着村长余实实地看了一遍。在没有倒塌的教室里，村长余实皱着眉头看了半天，指着后墙说："这墙歪了！"

大家眯着眼睛看去，墙壁果然歪了。

在村长余实的亲自督促下，叶碧秋的父亲领着几位砌匠，用新砍的几根树干，由内向外将墙壁撑住。至于后沟的沙土，不用村长余实安排，家长们早就排好班，三五个人一伙，轮流来学校，估计一个星期就能清除干净。

只是五、六年级教室的问题太大。椽子、桁条几乎全断了，陈年旧瓦本来就很脆，从高处摔落下来后，全成了瓦片，找不到一块完整的。最关键的还是横梁断了，不能再用。没有横梁，教室就无法修复。有位砌匠是王小兰婆家的亲戚，这位李家表哥记得王小兰的小叔子原来打算盖平房，备了一副横梁，后来盖了楼房，横梁没有用，一直闲在那里。村长余实听了，连声叫好，就是不提盖屋买横梁，一分一厘都不能赊欠的铁规矩。

见大家都不作声，村长余实就催余校长赶快去王小兰家，小叔子不在，她丈夫，一样可以说话算数。余校长老老实实地说，一副横梁要抵半间屋的价，学校出不起这个钱。村长余实非常顺畅地说，大家都说，余校长到省城赚了一个万元户回来，急事急用，可以先垫付一下。余校长被这话顶到墙根上，连个借口都找不出来，咬着牙说，他那点钱，刚够买一副横梁。村长余实很高兴，其余桁条和椽子，缺多少只管上山去砍，将账记在村委会的名下。

事情刚商量出个眉目，天地间忽然一亮，云层遮掩的山岭上，露出一道灿烂霞光。大家心头一喜，这场雨下得太足，接下来半个月肯定全是晴天。

在去王小兰家的路上，余校长不停地责怪自己，怎么就想不出拒绝的办法，将攒下来的这点钱留给余志呢？直到与王小兰的丈夫谈妥，钱都付了，他还在后悔。

王小兰不了解内情，还以为是村长余实额外开恩，禁不住长吁短叹，如果村干部们事事都能如此，界岭的事就好办多了。正在数钱的丈夫，突然冲着王小兰大骂："界岭的事与你有个屁相干！"

余校长转身出屋，见李子正在收拾行李，就问她，父母刚才是不是又吵架了。李子点点头，从上初中开始，每次回家他俩都要吵一架，离开家时，又要吵一架。今天早上妈妈在厨房里偷偷地为她炒油盐饭，他俩又吵起来了。余校长说，人病久了，越活越不容易，能吵架说明他身体还能挺得住。李子说，她觉得父亲其实烦的是她。还说，如果不是想妈妈，她真想长期住在学校里，不回家了。

听李子这一说，余校长就觉得自己不应再想那些钱了。

回到家里，余志将做好的早饭送到他面前。余校长看了一眼余志有些贫血的脸色，又心酸起来，明明很饿，却咽不下东西，勉强将碗里的饭吃完，就放下了筷子。余志懂事地问他是不是感冒了。余校长一边否认，一边往外走，正好碰上背着一只大包的李子。

余志抢着将碗筷洗干净，才将自己的东西拿出来，拼成一担，然后朝孙四海叫道："孙老师，我们上学去了！"孙四海走过来，说是试试他们的担子，然后就一直挑着送到学校后面的山脊上，才返回来。

这期间，各显神通找早饭吃的人陆续回来了。

余校长看到几个砌匠聚在一起议论什么，便有意提醒村长余实，他们一定是在讨论工钱的事。若是村长余实接了话，余校长就会说，接下来还要花不少钱，学校的几个老师，没有谁垫付得了，村委会何时才能拨款给他们？

村长余实却快步躲开，根本不接话。

余校长只好安排：趁着天晴，毕业班暂时挪到二年级教室上课，二年级的学生在操场上临时对付一阵。村长余实对这样的安排很满意，毕业班是教学工作的重中之重，凡事都要优先。还当场表态：今天下午就让余壮远来报到，校难当头，村长的儿子应该像个男子汉。

只要不提钱，村长余实对任何事都表现得很爽快，毁坏的教室得彻底大修，砌匠们，要趁着雨后天晴赶紧动工，不能拖到入冬，那时雨雪一多，不说没地方上课，施工时也多有不便。

村长余实考虑最多的是架横梁的事。他将叶碧秋的父亲和其他砌匠叫到一起，选了半天，只有第二天早上六点是最好的时辰。这下子可把大家急坏了，虽然只是在外墙的位置上砌一座砖垛，能将横梁架起来就行，可一应材料都没有。村长余实不管这一套，他要砌匠们自行解决，回头再一起算账。也是因为余校长自掏腰包做出了范例，砌匠们答应从各自家底中想些办法。

砌匠们不忙，余校长他们就得忙。砌匠们一忙，余校长他们就闲了下来。半夜里，点着火把加班赶工的砌匠们终于将架横梁的准备工作全做好了。

余校长正要进屋休息，叶碧秋的父亲走过来告诉他，早上砌匠们在一起议论的不是工钱，是有两个砌匠发现，李子和孙四海站在一起时，活像是父女俩。

听说这事是李家表哥发现的，余校长吓了一跳。

因为替孙四海担心，余校长夜里少睡了两个小时。

好在横梁起架前的一应祭祀，必须由砌匠亲自动手，不欢迎有太多人观看。余校长睡到六点差十分才起床，和孙四海、邓有米一起，放了一串响鞭，然后就在一旁看着砌匠们如何将横梁架到墙上。

横梁架起来后，剩下的事情就好办多了。余校长不敢再拖延开学时间，上午九点，学生们到齐后，就在操场上举行了新学期开学典礼。因为发生了自己所说的校难，村长余实破例亲自到场，同余校长一起拉动绳索，将收藏了一个暑假的国旗升得高高的。

一旁的邓有米，吹奏完国歌，假借甩笛子里的口水，将脸歪到孙四海耳边，小声说，儿子都上六年级了，当老子的才想起来重视教育。孙四海说，以村长余实的为人，别说他儿子成不了状元，就算是将他的儿子教成了状元，他依然是想什么时候变脸，就什么时候变脸。

升旗仪式结束后，四年级和六年级的学生回到教室。二年级的学生只能在操场上架起黑板上课。村长余实在旁边转来转去，忽然倒吸一口凉气。

正在同砌匠们说话的余校长连忙过来询问。

村长余实指着旗杆旁的石头说："将士出征，若是被风吹断帅旗，是为大不利。古书上都是这样写的。若是这石头再往前半尺，砸断旗杆，是你们学校的不吉，还是界岭村的不利，或者是更大范围里的不吉不利？"

余校长眨眨眼睛才回答："石头滚下来时，旗杆上没有旗，只是一根光杆，真的有预兆的话，也只能算警告吧！"

村长余实将眼睛瞪大了一圈："你这是答非所问！"

余校长不停地眨着眼睛："一所小学，有什么好警告的？"

村长余实说："我也是这样想的，界岭村是要闹出点大事才能引起外面的注意。可这么个小地方能出什么大事呢？"

村长余实沿着石头滚落的痕迹，走到刚刚搭起横梁的教室里，站在大石头砸出来的土坑边，问余校长，按照正常情况，石头落下来时，应当是谁站在这里上课。余校长说，是蓝飞。村长余实一连追问三遍。余校长坚持说，界岭小学是一个老师管一个班，正课和副课全部包干，蓝飞教六年级，别人就不会占他的讲台。村长余实终于点了点头。

这时，下课铃响了。

村长余实要余校长将蓝飞叫过来。

村长余实指着土坑对蓝飞说："界岭的石头好凶呀！"

蓝飞说："真凶，就不会被雷电劈成这个样子。"

村长余实说："你也别当事后英雄。没看到石头是冲你来的吗？若是按时开学，只怕正好砸在你的头上。"

蓝飞点点头说："我不否认这是一种可能。"

村长余实又补充说："应当是砸烂你的狗头。"

蓝飞苦笑一声，继续点头承认。

大家都明白，狗头之说，是从教室后墙上，那条隐约可见的"文革"标语沿用而来的。

村长余实进一步分析说："被雷电轰下来的石头，之所以冲着蓝助理而来，是因为蓝助理侵占了大多数人的根本利益。一个民办教师转正，就减少界岭村三分之一的教育支出。你侵占了界岭小学的转正名额，就是侵占了界岭人民的利益，在政治上是卑鄙的，在道德上是无耻的。"

村长余实故意将话说得轻飘飘的。

蓝飞到底还是蓝飞，在因转正风波忍耐三个月后，他不顾旁边还有许多的学生，突然像霹雳一样爆发，将一支粉笔猛地掷向村长余实。

"界岭的畜生都可以骂我，你——没有这个资格！"

"你敢骂人！到了老子的地盘还敢造老子的反！"

"谁骂你啦？我骂的是畜生，难道你是畜生吗？"

村长余实也没想到自己会左右开弓打了蓝飞两耳光。

叭叭两声脆响，比山顶巨石受到霹雳轰击，更让人震惊。

连村长余实本人都呆呆地看着蓝飞，等待进一步反应。

想不到蓝飞轻轻一笑，而且是那样由衷，见不到一丝苦味，就像暴雨之后从云层透出来的那缕霞光。开学的第一天是蓝飞值班，他弯腰捡起地上的粉笔，然后敲响那只挂在屋檐下的铁钟。第二遍钟声响过，蓝飞走进由二年级教室改成的六年级教室。

余壮远喊了一声："起立！"

全班同学齐声叫道："老师好！"

余壮远再喊一声："坐下！"

他自己刚刚坐下，蓝飞就点了他的名。

"请余壮远同学站起来！"

蓝飞的话音刚落，村长余实就闯了进来，左手揪住他的领口，右手对着他的鼻子就是一拳，嘴里还不停地吼叫。

"你要是敢叫我儿子罚站，我就叫你躺在教室里！"

蓝飞掏出手帕，擦了擦从鼻子里流出来的血，拿在手里仔细地看了看后，将手帕重新叠了一下，继续擦鼻子上的血。如此重复了五次，每一次的动作都很优雅。到最后，他才抬头问全班的学生，自己的鼻子上还有血吗？学生们用很小的声音一齐说："没有了！"蓝飞这才清了一下嗓子，问一直站在那里的余壮远。

"余壮远同学，请你回答上学期思想品德课中讲过的一个问题：青少年何时才能获得最基本的公民权？"

余壮远被吓坏了，怔怔地回答："男的二十二，女的二十。"

班上的学生全都抿着嘴。蓝飞说："那是法定结婚年龄，我问的是公民权。"

余壮远说："我爸说，结了婚才有公民权。"

蓝飞轻轻一笑："根据中华人民共和国宪法第三十四条规定，中华人民共和国年满十八周岁的公民，不分民族、种族、性别、职业、家庭出身、宗教信仰、教育程度、财产状况、居住期限，都有选举权和被选举权；但是依照法律被剥夺政治权利的人除外。"

蓝飞在用木头撑着墙壁的教室里转了一圈，然后在黑板上写下几行大字：请同学们以自己年满十八周岁，获得了最基本的公民权即选举权和被选举权之后，要不要将选票投给那些蔑视知识、蔑视人权的"村阀"为题，写一篇五百字的议论文！见村长余实还在讲台旁边虎视眈眈地盯着，蓝飞又说，今天的作文不用写在作文本上，写在心里就行。

教室很静，蓝飞在课桌之间的走道上来回走着。

村长余实终于待不下去了，他丢下一句狠话警告蓝飞：休想将界岭小学变成培养反对派的基地！

村长余实走后，学校里闹得更厉害了。

最生气的不是蓝飞，而是孙四海和邓有米。甚至请来整修校舍的砌匠们和那些在后沟挑沙土的家长，都比蓝飞反应强烈，都说要去乡里告状。蓝飞是真平静还是假平静，大家都看不准。不过，当他说了一番话之后，大家不免对他另眼相看了。

蓝飞说，在乡中心小学几年，年年都能听说村干部打老师的事。只不过大多数老师都是本地人，有各种各样的顾忌，才没有声张。就算闹将起来，也不会有结果，都是大事化小，小事化了。村干部打人，就像丈夫打老婆，是一件不太好管的事。村长余实这种人，不打他，就要找机会打别人。蓝飞现在是公办教师，挨了打，村长余实会心虚。如果是打民办教师，他真的会像打老婆一样没有顾忌。如果，村长余实从此对学校老师的公民权利有所尊重，自己挨上这几下，也是值得的。

那天晚上，蓝飞请三位老师到他屋里喝酒。他预备的酒菜很丰富，显然是有所准备。今天的事，只不过是偶然的契机。蓝飞表面上的不在乎，让大家心里更沉重。一瓶酒喝完，蓝飞对大家说，暑假时，他到县里活动了一下，有两个单位想要他去做文秘工作。他对自己这一生也有个不大不小的目标，不管发生什么事，界岭都是一处驿站。所以，他不仅不会恨村长余实，还会感谢他给了自己更大的动力。蓝飞在界岭待了整整一百五十天。在离开之前，他要做一些余校长他们不能做、不敢做的事。痛骂村长余实和在课堂上讲公民权，其实是蓄谋已久的。

在界岭小学，从未有过这天晚上的情形。

余校长、邓有米和孙四海一言不发，默默听着蓝飞的讲演。蓝飞说了很多，他以自己为例，之所以要放下教鞭，离开讲台，去到以其昏昏、使人昭昭的官场上谋发展，是因为自己从那些厚黑的书籍中悟出一个道理，用火治不了火，用水治不了水，教育拯救不了教育，民办教师也拯救不了民办教师，所以自己决定赴汤蹈火，去往官场一试身手。对界岭小学来说，靠学校是救不了学校的，也必须有人赴汤蹈火，将村长余实撵下台，取而代之。

蓝飞走后多日，这个话题又被余校长他们重新提起，大家都觉得不无道理。在孙四海看来，处理事情善于举一反三的邓有米最有村长相。邓有米则说，以余校长的德高望重，只要出马，比老将黄忠还靠得住。余校长中意的反而是孙四海，举止行为有几分浪漫的孙四海，才是最有希望的黑马。

三个人说来说去，并没有真将此话当回事。

他们面前的最大压力仍然是整修校舍。

蓝飞挨过村长余实的两耳光和一拳头后，第二天就请假下山去了，过了两个星期才回来。他随身带来一纸调函，上面写着于一个月之内到县人事局报到，另行分配工作。村长余实听到这个消息，颇为不屑地说，如果是组织部调蓝飞去，他还胆怯三分。其实蓝飞的工作单位已确定，是县团委少工部。

蓝飞背着行李离开界岭小学时，天上又落雨了。

22

秋雨淅淅沥沥地让人心烦，界岭小学还是破破烂烂的。

不是大家对天气估计错了，是校舍整修工期一拖再拖。

问题的关键还是钱。架横梁之前，村长余实表态说，界岭人虽然穷，骨头还是硬的，该给的钱，到时候就会给。村长余实每次来学校指指点点，一点推卸责任的迹象也没有。然而天下工匠都是人精，砌匠也不例外。从横梁架好后，他们就开始怠工，一天架不成两根桁条，两天钉不完四根椽子。余校长同他们说了许多好话，再不抓紧时间，万一提前入冬，雨雪天气一来，学生们连避风寒的地方都没有。几位砌匠最终还是没有冷血到底，总算将屋顶盖好了。叶碧秋的父亲说，董永和七仙女，还能唱寒窑虽破能避风雨，学生们如果在风雪中上课，老槐树都会开口骂人。李家表哥也爱听《天仙配》，但是这并不影响他变本加厉地讨要工钱。

余校长为这事去找村长余实，却被他推得干干净净，还振振有词地说，这房子当年是县知青办的，后来知青办撤并到教育局，所以这房子是教育局的，不归村里管。

余校长以为村长余实还在记恨蓝飞，就解释说，蓝飞从民办教师转成公办教师，急着想树立自己的形象，就犯下了小人得志的错误。村长余实却不领情，还叫余校长不要以己之心，度他人之腹，将公事私事混成一团。

有一次，余校长将正要出门的村长余实堵在办公室里。村长余实一恼火，就朝老会计喊，要他将昨天商量的办法告诉余校长。余校长以为真有办法了，就让村长余实走了。想不到老会计说，昨天他和村长余实到老山界有事，从那棵很大的红豆杉前面经过时，村长说，余校长再来要钱，就将这棵树送给他，反正他们以前盗砍过红豆杉，死猪不怕开水烫了。界岭本地，大的红豆杉只有十几棵。真能砍下一棵卖了，维修学校的钱当然不成问题。听了老会计的话，余校长生气了，他说，村长余实有种，就起草一个批准砍树的文件，别说砍一棵红豆杉，就是将界岭的红豆杉全砍了，他也不怕。

余校长不断地找村长余实，每磨一次口舌，村长余实的态度就更坚决一分，甚至说，余校长若是再去他家，他就会放狗出来。余校长就当没听到，该去仍然要去。那狗早就认识他，见到这个浑身粉笔味的人，汪汪叫两声，表示态度罢了。

有一次，村长余实的妻子说，客人来家越多，连狗都会跟他越来越亲热，做人总不能连狗都不如吧！听上去似乎是好话，等村长余实接上话了，才明白，村长余实接着说出来的话有多么难听。

"有些人就是连狗都不如，照顾得越好，后脑勺越是长反骨！"

见村长余实连这种话都说得出口，余校长明白任何解释都没有用了。

那天，还没到接李子回家的时间，王小兰突然来到学校，直接找余校长。

原来村长余实近来总是失眠，自己在家用茯苓蒸鸡蛋，吃过几次也没用，就让妻子来找她，想弄点夜交藤配在一起吃。聊起来，村长余实的妻子要王小兰捎话给余校长，村长余实在家常说，要将界岭小学撤了，从前村里没有小学时，想读书的孩子也没有少读书，无非是脚下辛苦一些，每天多跑二十里路而已。在妻子面前，村长余实大概没必要说假话。让他生气的是，蓝飞要学生们在获得公民权后，用手里的选票惩罚"村阀"时，居然人人鼓掌，连自己的儿子都不例外。村长余实倒不认为自己就是蓝飞所说的"村阀"，但起码是个村干部。学生们如此肆无忌惮，让他觉得心寒。妻子则反复相劝，蓝飞已经调走了，其他老师一向顾全大局，好不容易才让村长余实答应再观察一阵。

余校长这才感到，蓝飞临走时说的一席话不是没有道理。蓝飞要余校长他们注意，自己说的公民权问题，是否会引起村长余实对学校态度的根本改变。用厚黑的理论来分析，村长余实这样的人，一定会对威胁自己利益的事物提早做出反应。当然，余校长也想到另一面：村长余实这样说，有可能只是不让自己再去麻烦他，迫使他们自己想办法解决校舍维修问题。

说完正事，王小兰压低声音告诉余校长，外面有人盯着她。

倒塌的教室那边，先前忙得不亦乐乎的一大群砌匠，只剩下两位了，一位是李家表哥，另一位是叶碧秋的父亲。两个人没精打采地从被滚石砸碎的旧砖块中，选出一些还能够凑合着用的，堆到一起。

王小兰说，这一次，丈夫破天荒主动要她来学校报信，反而让她怀疑是不是有陷阱。

余校长也想试探一下。他将孙四海叫到办公室，摆出一副让他俩单独说说话的样子，自己去砌匠那里聊天。果然像王小兰分析的，李家表哥立即不安起来，几次想过去看看，都被余校长借口说事拉住了。

王小兰和孙四海一起只待了十分钟，离开办公室时，脸上泪痕还没擦干净。

余校长随后问孙四海，王小兰有没有说些更深入的事情。

孙四海盯着那位不时抬头瞟他一眼的李家表哥说，王小兰不担心村长余实，却担心丈夫的那些亲戚。这些时，他们连续去她家，表面上是商量讨要工钱的事，说起话来却是鬼鬼祟祟。王小兰听到他们说，宜将剩勇追穷寇，不可沽名学霸王。别的话声音都很小，唯独这一句，说得豪情万丈。

余校长也将李家表哥发现李子越长越像孙四海的事，直截了当地告诉了他。孙四海面无表情地回答，难怪那家伙越来越变态，天天都要折磨王小兰，将乳房都咬破了。

放学后，余校长将邓有米和孙四海叫到一起，商量下一步到底如何办。比较一致的看法是，虽然是村办小学，这么多年从未向乡教育站开口要钱，这一次太为难了，不妨试一试。

他们刚刚达成共识，万站长就来了。

万站长的样子有些狼狈，不像是下来检查工作。

余校长领着他从山下看到山上，又从山上看到山下，围着学校里里外外看遍了，想不到万站长说："这样好，要穷一起穷，要破烂一起破烂，省得望天小学的那几个家伙，总在我面前拿你们攀比。"回到屋里，余校长去厨房做饭。万站长往余校长床上一躺，便呼呼大睡起来。

天黑之前，是那些寄宿的学生最放松的时候。余校长提醒多次，要他们小声点别吵着万站长。只安静三分钟，那些孩子便又像小猫小狗一样撒起欢来。余校长随后发现这种担心是多余的，他将晚饭做好，叫万站长起来吃饭。叫了三次，万站长都是睁开眼睛看看，又倒头再睡，一口气睡到第二天中午，才懒洋洋地爬起来。听说自己睡了将近二十个小时，万站长勉强笑了笑说，都是那只母老虎闹的。蓝飞转正后，她闹了两个月，好不容易歇下来。前些时蓝飞来教育站办理调动工作的手续，被她看见后又发起疯来，三天一小闹，五天一大闹，并且一闹比一闹厉害。从人前天开始，三天三夜不让他合眼。没办法，只好溜到界岭，给自己放几天假。

这番话让余校长他们有些失望。

好在万站长没有甩手不管，当天下午就去找村长余实。

晚上回学校时，万站长脸色铁青，进门就将破了两个洞的牛仔裤撩给大家看，说是村长余实家的狗咬的。大家都很吃惊，好多年了，从未听说有老师被狗咬了的。万站长倒是想通了，当站长多年，身上的粉笔气味少了，界岭的狗就将他当成干部了。幸好邻居扔给他一根棍子，不然更惨。村长余实的妻子过了好一阵才出来，先说丈夫不在家，然后问他要不要进屋喝杯茶。不等万站长表态，她又说，村委会一分钱也没有，村长当得没意思，她丈夫打算辞职不干，到外面打工挣钱去。万站长不理这一套，闯进屋里，本想吼一通，看到余壮远正趴在桌子上写作业，便扭头回来了。

闹了半天，连个人影都没见到，万站长很生气。他要余校长明天上课时，将余壮远交给自己。没想到第二天上课之前，余壮远主动来找他。昨天傍晚，他父亲其实在家，但是，今天一早就下山了，是不是真的去南方打工去，他也不清楚。余壮远伤心地说，父亲临走时说了狠话，最多将上学期读完，下学期坚决要他转学。万站长感到是可忍孰不可忍，他要余壮远告诉父亲，趁早别打这样的歪主意，只要乡教育站站长还姓万，全乡没有第二所小学敢接收余实的儿子。

万站长在山上待了三天，老天爷似乎故意给他脸色看，居然下了两场小雨。

小雨一来，不起风还好，一旦起风，只有屋顶没有墙壁的教室里，同野外基本一样。无奈之下，余校长只好让叶碧秋的父亲用竹竿夹上茅草，围成一道墙壁模样，外面的风雨，能挡多少算多少。

说实在话，在万站长管辖的十几所村办小学中，界岭小学的情况还算好的，能将知青点的好房子改为校舍，已经是得天独厚。可惜，雷暴不长眼，偏偏要与界岭小学过不去。到这种地步，即便是万站长也想不出好办法，只能叮嘱叶碧秋的父亲，山上的茅草不要钱，多割些回来，尽量用竹竿夹得厚一些，到落雪时，也能挡一挡风寒。从万站长开始，大家心里显然在作最坏的打算。

因为不知道妻子的火气何时才能平息，万站长想待到教室的茅草墙弄好之后再走。那天清晨，窗纸刚刚泛白，叶碧秋的父亲就在外面小声叫余校长。

余校长从床上爬起来，和叶碧秋的父亲隔着窗纸说了几句话后，便转身来到万站长房间，用力拖起他，顾不上说话，硬生生地将他推出后门，让他沿小路绕到山脊那边，再走大路下山。

刚刚关好后门，就有人在前面叫门。

余校长装着有颈椎病，不能一下子坐起来，坐起来后，还得再等一会儿才能下地，他将万站长睡过的床铺整理好，又装着膝盖被凳子撞疼了，估计万站长已经钻进树林里，他才打开前门。

在学校做工的那些砌匠，在李家表哥的带领下，推开余校长，将每间屋翻了一遍，还到学生们寄宿的房间去找，问万站长去哪儿了。余校长告诉他们，昨天傍晚，万站长就摸黑下山了，乡里托人带信来，上午有个重要会议必须参加。

叶碧秋的父亲横着眉毛说：“我昨天忙到天黑才离开，没见到有人来送信。”

余校长有眉有眼地说：“你当时被孙四海的笛声迷住了，正在发呆。”

叶碧秋的父亲似乎记起来了，余校长领着学生举行降旗仪式时，自己正好想起女儿。叶碧秋读小学时，总说孙老师的笛声真好听。所以，一听到孙四海的笛声，自己就心酸，想女儿，满脑子都是眼泪，却流不出来。

那些砌匠七嘴八舌地说，村长余实撂挑子了，不算横梁，其余的工钱和材料钱，只能找万站长要。砌匠们谋划好了，将万站长扣下来，什么时候将工钱付清，再让万站长离开。否则，三年五载也不一定能拿到钱。

听他们这样说，余校长觉得很不好意思，再三表示，被人赖账的滋味，天天都在自己心里堵着，就算空口吃几只红辣椒，也压不下去。反正他和邓有米，还有孙四海是不会开溜的，只要有办法，首先就将欠他们的工钱付了。

没有逮住万站长，砌匠们只好失望地离开。

没走多远，他们又回来了。李家表哥闹着要找几把锁，将现存的两间教室锁起来。叶碧秋的父亲马上去村里借锁。没料到锁没借着，却被叶碧秋的小姨数落一通。回到学校后，叶碧秋的父亲去余校长屋里找出一把刀，到操场旁边的山坡上，砍了几棵柞刺，堆在教室门口。

余校长像是没有看到这些，一如既往地领着寄宿的学生，将国旗升到旗杆顶上。

升旗仪式结束后，学生们都去看教室门口的柞刺，然后高兴地四处乱叫："太好了，我们也可以在操场上课了！"

听到孩子们的叫声，砌匠们忽然觉得很没意思。

叶碧秋的父亲想了想说，这事与孩子没关系，不能不让他们读书。说着就搬开教室门口那堆由他自己堆上去的柞刺。

余校长忙着给自己和学生们准备早饭，没有注意到砌匠们是什么时候走的。等他做好早饭，走到门口喊孩子们吃饭时，操场上已见不到他们的影子了。有片刻时间，余校长脑子里一片空白，什么也想不起来了。

这时，身后响起呼噜呼噜的喝粥声，余校长以为是哪个调皮的孩子故意这样做，嘲讽他煮粥时舍不得放米。余校长猛一转身说："我要看看是哪个捣蛋鬼，没长牙齿，只会用嘴唇吃饭！"却看到万站长坐在那里。

余校长说："你怎么没走？他们要扣押你哩！"

万站长说："如果听你的，我早被他们抓住了。"

万站长将碗里粥喝完了，才接着解释。自己从后门上山时，多了个心眼，随后真的发现叶碧秋的父亲拿着木棍横在小路上，他觉得不对，便躲到孙四海为种下一季茯苓提前准备的香木堆里。等叶碧秋的父亲撤走了，他索性沿原路回到学校。

余校长夸奖他，到底是站长，比校长棋高一着。

万站长很严肃地提醒余校长，这件事看上去似乎有点来头。匠人们讨债从来都是斯斯文文的，如此极端手法，恐怕背后还有别的故事。余校长倒不紧张，他自信很快就能弄清来龙去脉，因为最早来报信的人，正是后来闹得最凶的叶碧秋的父亲。

到这一步，万站长更不想走，他要等叶碧秋的父亲上工后，当面问个究竟。

叶碧秋的父亲吃过早饭，再来学校时，看见万站长还在六年级的教室里听课，便想离开。万站长几步追上来，将他请到余校长的家里，好言好语地问了好久，也没问出个名堂。

叶碧秋的父亲说的都是实话，若是提前就了解砌匠们的计划，自己头天晚上就会向余校长通风报信。他也是一大早才从叫醒他的砌匠那里听到这个计划的。好在大家要他去小路上埋伏，他才有机会提前敲门报警。不过，叶碧秋的父亲还是感觉到，这事没完，下一步还有事情要发生。

如此一来，余校长更不让万站长在学校里待下去了。

余校长从屋里拿出那双皮鞋，要万站长在路过细张家寨时，顺便交给蓝小梅。

余校长说，皮鞋虽然是自己从省城买回来的，送给蓝小梅却是邓有米和孙四海的主意。按他的本意，首先是给成菊，然后才给王小兰，没想到她俩脚大，穿不了三十六码的鞋，蓝小梅才有资格当替补队员。

见万站长用一种奇怪的目光看着自己，余校长又改口说，如果李芳穿着合适，也可以送给她。女式皮鞋终归是给女人穿的，总不能穿在男人脚上。

万站长将手摆得像狗尾巴，他说，那个女人，除了她自己，这辈子不会再有人给她买鞋了。

万站长接过皮鞋，走了不远，便又站住，回头问余校长，王主任的那篇文章到底如何，教师节过去好久了，还没有动静，是不是真的能发表？

这些时，一天到晚都在操心校舍整修，余校长将这事忘干净了。

经万站长提醒，他也觉得不可思议。文章的事，当初都是王主任主动说的。每次说起来，口气都很肯定，而且旁边都有人在。王主任已经为界岭小学做了重大宣传，没有必要再在自己面前吹牛表功。所以，余校长相信，王主任说的话还是会兑现的，只不过要稍晚一点。

万站长觉得，将界岭小学当成整个世界的余校长，太轻信王主任了。屁大一点的界岭都如此复杂，一省之城只怕比一万个界岭相加还要复杂。万站长要余校长写封信，问候一下王主任，顺便提一下文章的事，看王主任如何回答。

余校长将笔提起又放下，反复斟酌后，才告诉王主任，自己从省城回来后一切都好，界岭小学也一切正常，只是王主任拍过照片的那根旗杆，差点被山上滚下来的大石头砸断了。

万站长开始不满意，看了两遍之后，才一拍大腿，指着余校长的鼻子说，难怪邓有米说你是狐狸精，以王主任对界岭小学的了解，肯定明白，这块险些砸断旗杆的大石头，必然要给学校带来巨大的损害。

送走万站长，余校长就去还在整修的教室里找叶碧秋的父亲。一开始说的都是整修房屋的事。按照叶碧秋父亲的判断，这三间教室是连在一起的，一间毁了，另外两间也会有问题，等到雨雪连绵的日子就能看出来。看看旁边没别人，叶碧秋的父亲说，早上的事，按他的看法，与村长余实没关系，有可能是王小兰的丈夫在起作用。不算他自己，六位砌匠，有三人是李家的亲戚。所以，他只能假装积极，凡事冲在前面。

余校长想不出这事如何才会牵连到孙四海。

放学之后，余校长见孙四海扛着锄头往后山上走，突然想起来，这几天，李家表哥有事没事去后山上转过好几次。也许那些人想扣留万站长只是幌子，背后瞄准的是孙四海精心培育三年，天气晴朗之后就能收获的茯苓。

老村长在世时，分给孙四海这块山地。种的第一窖茯苓跑了香，丢的多，找回来的少。第二窖茯苓提前卖了，借给学校做了维修费用，到现在也没还。现在是第三窖了，孙四海早就想好了，卖了这窖茯苓，给王小兰和李子添置一些衣物，其余的钱，全部存起来，留做李子读高中时的学费。

余校长越想越觉得不对，假如没有这季茯苓的收入，表面上是光棍一人的孙四海，也会相当不好办。王小兰的丈夫虽然躺在床上不能动，却将家里的任何收入死死捏在手里，他要是不认李子为自己的骨肉，王小兰母女俩的日子就会难上加难。

余校长装作去看明爱芬的墓地。本来只是借口，一到那里，便认真地扎了一只草把子，先将墓碑擦拭一遍，又将墓地里的牛粪用片石铲干净，还将余志的身体情况、学习情况、生活情况，连蓝小梅为他做了一双布鞋的事，全都对着墓碑说了一遍。他很想告诉明爱芬，自己送了一双皮鞋给蓝小梅，又怕她不高兴，夜里托梦骂他，话到嘴边，又收了回去。

接下来，余校长很自然地走到孙四海的茯苓地里。地面上光秃秃的，什么也没长，正在嬉戏的两只松鼠看到他，马上钻进旁边的树林里，大概觉得不是威胁，一会儿又钻出来，继续先前的快乐。临近收获，茯苓地里几乎没有事情可做，孙四海也只是过来看看。两个人有一句没一句地聊着。余校长瞅着时机提醒孙四海，是不是搭一座茅棚，请人帮忙守夜，这么好的茯苓，要是被人害了或者偷了，就太不划算了。

孙四海说："要守夜也只能是我自己来。"

余校长也说："反正到哪里你都是一个人睡觉。"

余校长说着就要动手搭茅棚，孙四海连忙说："你还当真了呀，这茯苓可不是好偷的，你就让我好好在家里睡觉吧！"

余校长提醒他："万一有人往茯苓地里泼甲胺磷呢？"

孙四海听出话里有话。过了好久，他才说："真有人想害我，别说往茯苓地里泼甲胺磷，就是往碗里放老鼠药，我也防不胜防！"

余校长说："既然想到了这一步，依我看，还不如找个茯苓贩子，将这些茯苓估个价卖出去。"

孙四海惨淡一笑："现钱不抓，不是行家。现钱一抓，全是行家！"

又说了一阵，二人就往回走。

天黑之后，孙四海一反常态，吹笛子时，不是在家里，而是绕着操场一圈圈地走。寄宿学生中年龄最小的几个，以为好玩，便跟在孙四海身后，同样一圈圈地绕着走。绕了几圈，觉得并不好玩，孩子们就回屋了。剩下孙四海，在徐缓的笛声中，一直走到附近村里的灯火都熄了，才停下来。

第二天早上，升旗仪式结束后，孙四海对余校长说，他的建议很对，反正是穷，也不在乎卖现货多赚几个钱，何况挖出来的现货，还有可能不如估算的多。

孙四海上午托人带信，下午，一个茯苓贩子就找上门来。孙四海领着他到地里看过之后，很快就达成口头协议，只待明天再来正式签订合同，交付现钱。临走之前，茯苓贩子从怀里取出一块红布系在旁边的树枝上。这是行规，说明这块地里的茯苓是他的了。即使有人想偷，也不敢下手。因为偷的茯苓，不经茯苓贩子的手，是变不出来钱的。

约定时间到了，茯苓贩子却没有来。孙四海并不在意，山里人，特别是这些走乡串户收山货的贩子，说不定在哪儿遇上艳事，醒来之后舍不得离开，将说好的事延后几天是很常见的。孙四海安心上课，直到下午临放学时才得知情况有变。茯苓贩子托人带来一张纸条，说昨天交给孙四海的五十元信用钱，由他留下买酒喝。委婉之词是说，孙四海的茯苓他不要了。

接下来的事情，既在意料之中，又在意料之外。

那天上午，学校的老师正在上课，讨债的砌匠又来了。有两位爬到后山上，各自拿着两瓶甲胺磷，大声叫喊，限余校长中午十二点之前，将所欠的工钱尽数付给他们，否则，就将学校的茯苓地毁了。

余校长和邓有米急了，一个在操场上安抚，一个跑到山上解释，说茯苓地是孙四海私人的，与学校无关。可他们根本不听，还蛮不讲理地说，前几年为了应付上面来检查，学校就是用这块地里的茯苓抵房屋维修费的。

孙四海一直在教室里上课，外面的人说什么他都不听。

直到放学时，孙四海才走出教室，将一张已经写好的合同交给李家表哥。所谓合同，其实就一句话：经甲乙双方友好协商，同意以孙四海自有地本季所产之茯苓，折算成界岭小学三间教室本次维修之全部款项。

不等余校长和邓有米插手，两个人当场签字画押了。

邓有米很生气地说，别看那块地里的茯苓长得好，今天晚上就会全部跑香。

李家表哥得意地回应说，跑得再远，也不会跑到学校的操场上。

余校长非常生气，却又没办法发脾气。

接下来，砌匠们用一个星期时间，将倒塌的教室整理得勉强可以使用。

做完这些，那些人才将茯苓贩子叫来收茯苓。

起窖时，在茯苓地正中心挖出一窝菜花蛇。

按规矩，这块地里的茯苓价格要翻一番。

更神奇的是，挖起来的茯苓，有三分之一是包裹着香木须根的，如此价格又要上调许多。茯苓贩子当场点数，这种被称为神苓的茯苓，无论大小，每一只另外再补五元钱。

心高气傲的孙四海，已懒得再计较这些了。

叶碧秋的父亲却跳出来打抱不平。李家表哥说，大家都是砌匠，你怎么吃里爬外？叶碧秋的父亲说，自古以来，匠人若是欺侮老师，在老天爷的眼里，都要罪加一等。李家表哥只好答应，作为补偿，将另两间教室的瓦翻盖一遍。叶碧秋的父亲还是不同意，非要他们将药材贩子另外付给的现金，如数补偿给孙四海。这一次轮到叶碧秋的父亲发狠，以其人之道还治其人之身，说若不答应，他也往茯苓地里泼甲胺磷。李家表哥没办法，却不肯对孙四海让步，说要退钱也只能退余校长买横梁的那部分。此外，还要叶碧秋的父亲自己去翻盖其他教室的瓦。

余校长拿到退回来的钱，想转手让给孙四海。

孙四海却不领情。别人以为他会看重这些钱，他偏偏愿意将其打水漂，大不了再等三年，下一次收茯苓时，看这些人还能弄出什么花招。余校长又想将这些钱用在另外两间教室的整修上，但不只是邓有米和孙四海反对，就连叶碧秋的父亲也反对。因为破碎的瓦太多，叶碧秋的父亲又弄不来新瓦，只能将完整的瓦集中铺在屋脊的正面，再割些茅草铺在屋脊的反面。余校长见学校变成这样，难过地不断地责怪自己无能，不能将学校越办越好，反而越办越差，让学生们在茅草棚里上课。大家说，学校破破烂烂，丑陋也好，难看也罢，与当老师的人毫不相干。就像老山界大庙，香火好不好，原因不在和尚、尼姑。和尚、尼姑再努力，菩萨不显灵，就没有人去磕头。小学、中学没办好，丢脸的是乡里和县里，大学没办好，丢脸的是国家。余校长只好苦笑地随着他们的话说，一个民办教师，的确犯不着将那些十丈长的竹竿都搭不着的责任揽到自己肩上。

那天，李家表哥得意扬扬地跑来转悠。

郁愤难忍的余校长便将他作为发泄对象。

"你们晓得孙老师为什么如此慷慨吗？"

李家表哥当然不清楚。

余校长郑重地说："因为爱！"

李家表哥那张得意扬扬的脸，转瞬之间变得煞白。

23

季节又在变化。

离界岭小学很远的山坡上，阔叶的乔木开始变艳丽了。那些为数不多的红豆杉，总是独立在山的不同寻常处，用常青的叶冠，将满树的红果衬托得格外成熟。

已经是十月了，在地势稍低的地方，庄稼仍在漫不经心地生长，一点收获的心情也没有。那些在墨绿丛林中生发出来的红叶，让张英才想起界岭小学那几张红得不太正常的脸庞。要不了多久，晚秋的霜花飘落下来，那时候，山中色彩就会变成像王小兰那样羞怯的少妇颜面。

张英才头一次前往界岭小学时，虽然有万站长陪同，这条路仍旧让他觉得神秘莫测。如今，再次走来，往日的神秘已被漫无边际的忧郁所替代。一路上，山沟里的阴凉，山脊上的清凉，都没有第二个人与他分享。张英才觉得奇怪，没有同行的人，有迎面而来的人也行，然而，从上山开始，这条路就归他一个人使用。这种情景，有些意味深长，似乎是对他一去不返的这几年的深刻回应。

不是万站长不肯陪他来，是李芳定了一条不近情理的家规。

看在张英才是丈夫亲外甥的面子上，李芳不再旧事重提。

这一次李芳的表弟又没有分到转正指标，她也不再追究。

关键的问题在于，李芳在万站长的皮包里发现了一双女式皮鞋。

那一天，被抽调到县教育局工作的张英才因公事回来，本来要见万站长，却只见到李芳。李芳用有史以来最难看的脸色对着他，哪怕他身上带着县教育局的公函也没用。张英才只好先回家。张英才关上门，将那份公函放到桌子上。父亲先看，看完之后连连说，真是天无绝人之路，做好人一定会有好报呀！母亲后看，看完之后抹着眼泪说，余校长他们总算有出头之日，我家英才也不用愧疚一辈子了。一直以来，家里的人总在提醒张英才要对余校长他们感恩。张英才这样做也是为了缓解父亲和母亲多年来内心的压力。张英才不让父亲和母亲往外说，毕竟这次回来只是将一些有疑问的情况核对一下，正式文件要等情况核实汇总之后再下达。张英才打听了两天，谁也不清楚万站长去了哪里。第三天上午，张英才正要再去乡教育站，母亲从外面回来，她也是听别人说，这几天李芳总在细张家寨躲躲闪闪，只怕是听到什么闲话，想找人家的麻烦。

张英才懂得母亲的意思，二话没说就往细张家寨赶。刚走进村子，就听到蓝小梅家里传来叫骂声。张英才冲进屋子，看到万站长伸出双手将蓝小梅护在身后，自己脸上却被李芳抓出几道血痕。"哪有你这样当外甥的，余校长让你捎皮鞋给蓝小梅，你却往我包里塞！这下子好了，舅舅是越说越黑，你来与舅妈说明白吧！"舅舅劈头盖脸一顿骂，张英才全听到心里去了。他走上前去，想将舅舅推开，却又害怕李芳那虽然白嫩，却锋利无比的十指，只好顺着万站长的话现编现说。

也许是太了解余校长了，张英才就说皮鞋是余校长在省城买的，本来想给王小兰，不料码子小了，王小兰不能穿，又想送给成菊，那个女人也是大脚穿不了。后来，余校长的儿子余志提醒说，蓝小梅曾给他做了一双布鞋。余校长才决定将这双送不出去的皮鞋送给蓝小梅。事后，张英才听说，自己凭空虚构的这些事，居然全是真的，也忍不住啧啧称奇。那天他进门之前，万站长已如此说过一遍，见张英才的说法相同，李芳的火气才消退下来。

其实，张英才特别害怕李芳追问，何时上山见到万站长的，那样就有可能出现破绽。

因为太愤怒，李芳的思绪全部集中在皮鞋上。皮鞋的来龙去脉弄清楚后，她急于规定，从即日起，以公路为界，不许万站长往北边去，北边的几所学校交给教育站的黄会计管，他自己只能管公路南边的几所学校。

后来有空说起这段有惊无险的事，万站长心有余悸地叹息，危难之时，还是血缘关系最靠得住。

与万站长见面后，张英才将核实后的情况带回县里。

等他再次回到乡教育站时，相关红头文件已经揣在怀里了。这些红头文件让万站长忘了近来所有的不快。

万站长很想亲自去界岭宣布这条喜讯，但是，一方面由于李芳立了家规，不好马上违反；另一方面，全乡十几所小学，他和黄会计全部跑一遍，最快也得两天。因此，万站长觉得，让张英才跑一趟界岭小学，是最理想的选择。

自从转为公办教师，张英才就没有回过界岭小学。万站长问过原因，张英才说，自己走得很不光彩，如果只是回去叙旧，无论对他自己，还是对余校长他们，都不是一件愉快的事。所以，他一直在等待机会。暑假期间县教育局抽调人员组成一个专门处理民办教师问题的办公室，万站长力荐刚从省教育学院读书回来的张英才，也是考虑到，唯有余校长他们转为公办教师，张英才心里的郁结才能最终化解。万站长觉得，对于张英才来说，再也没有比送红头文件上山去更好的机会了。

张英才当然没有异议。

一个人在山里走路，即便是刻意控制速度，也只能维持很短一段时间，稍不注意，步伐就自动加快了。想消磨时间，除非停下来，找个石头坐下，或者找块草地躺下。

一阵清风从头顶上吹过，隐隐约约地落下一些笛声。

张英才心里一动，紧走几步越过山脊，果然看到山腰上的界岭小学正在举行降旗仪式。因为开学不久，徐徐落下的国旗还是鲜艳的。让张英才意想不到的是，记忆中一切还是那样清晰，真实的学校已如此破败，屋顶上的黑瓦大部分不见了，取而代之的全是枯黄的茅草。

因为父亲的责骂，每年正月初二，如果没有落雪，张英才都要来界岭小学拜年。实际上是假装的，张英才从未越过这道山脊。每一次上山，他都十分犹豫，能走多远，或者说是走到哪里才转回来，则是随意而定。唯有今年的正月初二，他真的走上这山脊，看见了久违的界岭小学，还有正在水泥球台上打乒乓球的孙四海和余志。

那时候，他还觉得一切如初，想不到变化来得如此之快。虽然听万站长说过，界岭小学在雷中毁了一间教室，亲眼看到后，张英才才发现自己还是缺乏心理准备。越过山脊的那一步有些沉重，之后是下山路，走起来轻松多了。山路拐到界岭小学背后的山坡上，可以清楚地看到撑着教室山墙和后墙的每一根圆木。

路边的树林里出现一个女人，是蓝小梅在那里呆坐着。张英才情不自禁地叫了一声。

蓝小梅回过头来，见是张英才，就装出若无其事的样子，说自己走累了，想休息一会儿再下去。蓝小梅一定是被心里的话憋坏了，第二句话就说李芳上她家胡闹，弄得她天天做噩梦，眼睛一闭，就看见李芳穿着一双大皮靴，追赶着要踢人。睡不好，别说爬山，就是走平路也会累坏人。

蓝小梅说："余校长真是太奇怪了，无缘无故送皮鞋给我，惹出这么大的风波！"

张英才说："余校长只奇不怪，他要送皮鞋给你，肯定是有道理的。"

蓝小梅说："我是想当面把这皮鞋还给他。"

张英才说："还给他有什么用，他家里又没有能穿女式皮鞋的脚。"

蓝小梅说："你那个舅妈，也太霸道了。我和你舅舅年轻时的那点事，她也要倒回去管。若不是你救场，我这老脸往哪里搁呀？"

张英才说："莫说舅妈，当初舅舅让我到界岭，将蓝飞留在中心小学，我也吃过醋。"

蓝小梅说："你舅舅和舅妈，一个心肠比脑子好，一个脑子比心肠好，所以才会出现好心办坏事的情况。"

张英才说："会不会还有坏心办好事的情况呢？"

这话本无所指，却让蓝小梅脸红起来。她将头一低，站起来往界岭小学走去。张英才仔细一想，也觉得自己这话似乎在说，李芳上细张家寨胡闹，反而会成全蓝小梅。

蓝小梅神情紧张的样子，让近乡情怯的张英才平静许多。

蓝小梅不再说话，拎着一只小提包在前面走走停停，刚在操场上露面，几个在余校长家寄宿的学生便欢呼雀跃地跑过来。他们不认识张英才，拼命地往蓝小梅怀里钻。蓝小梅像挑西瓜那样，一边摸着他们的小脑袋，一边要他们报告余校长，有贵客来了。

学生们还没跑到门口，余校长就听到动静了，他快步走向张英才，还大声叫道："孙老师，快出来，看看谁来了！"孙四海拿着笛子在门口露面后，愣了一下。张英才主动走过去，他俩握手时，只是相互笑一笑，什么话也没说。

两个大孩子腼腆地走过来，很礼貌地叫了声："张老师！"

张英才冲着他俩脱口说道："王小强，几年不见，你怎么长得比李华高半个头了？"张英才很高兴，没料到自己还能一一叫出他们的名字。孩子们也很高兴，余校长当然更高兴，孙四海也笑了笑，并且说，张英才这样子，天生就应该当老师。张英才也笑着说，民办教师的最大特点是将学生当成自己的孩子来教，自己也算是民办教师出身，哪能记不住自己的孩子呢？

见他们老是站在操场上说话，蓝小梅在一旁小声提醒，要他们进屋去谈。

余校长这才想起还没同蓝小梅打招呼，就问："你怎么来了？"

蓝小梅有点娇嗔地小声回敬一句："都是你做的好事！"

余校长知道她话里有话，有点心虚地转向张英才。

张英才正在问孙四海，学校的房子怎么破成这种样子。

孙四海指着旗杆下的那块大石头，将经过说了一遍。

随着孙四海的话，大家一齐走到旗杆下。石头实在是太大了，有成人胸脯那么高。余校长说，大石头只在操场上打五个滚，若是再打第六个滚，山下村子里的人就遭殃了。张英才走到六年级的教室里，虽然重新摆成上了课桌，被石头砸出来的大坑也用沙土回填过，留下来的痕迹依然使人惊心动魄。

张英才还没作声，蓝小梅先惊呼起来，如果正赶上老师和学生全在教室里，可就太惨了。

孙四海告诉她，巨石滚下来时，首先砸中了教室的讲台，将一张三尺高的桌子砸进地里。孙四海说，余校长、邓有米、他自己、张英才、夏雪、骆雨，最后是蓝飞，这些老师都在这张讲台后面站过，别人都没有事，蓝飞一来就出这种怪事。

蓝小梅惊魂不定地嘟哝，这么大的事情，蓝飞回家后，竟然只字不提。

最让张英才难过的是用来挡风雨的那些茅草,这已经不是学校,而是看护山货的草房子了。余校长他们也叹气,一间教室被砸,别的教室跟着受到牵连,小雨小漏,大雨大漏,旧瓦全碎了,又没有钱换新瓦,只好盖上茅草暂时顶着。

这时候,闻讯赶来的邓有米在外面响亮地叫张英才。

几句客气话说过,邓有米就说,看张英才的样子像是有喜事,若是公事他就不猜了,若是私事,肯定是送喜帖,请他们去喝结婚喜酒。

张英才笑着回答:"我是带着私人感情来办公事。"

邓有米说:"千万别对我们说,你舅舅又给了一个转正指标。那样的话,又不晓得会便宜谁!我们三个是界岭的"刘、关、张",有福同享,有难同当,要么一起转正,要么一起不转正。你要是有办法就将我们三个一起转为公办教师,等你结婚时,我送你一台大彩电。"

张英才伸出手要与邓有米拉钩。

邓有米想也不想就将手指弯着迎了上去。

邓有米还说:"就算让你腐败一次,也心甘情愿。"

张英才狡黠地笑了一下,从手提包里取出一封信递给邓有米。邓有米打开一看,开头一句竟然是表达男女私情的话,便连忙还了回去。

邓有米说:"私人信件不能随便看。"

张英才开心地说:"让你看信,就等于告诉你,早点将大彩电准备好,免得到时候不是没有现钱,就是没有现货。"

张英才将信放回提包后，重新取出一只信封交给余校长。

余校长不肯接，还说自己是无妇之夫，开不起这样的玩笑。

邓有米伸手想接，张英才却说，这是公事，必须由余校长先看。

余校长将信将疑地接过信封，取出里面的红头文件。只看了一眼文件头，眼睛就放出异样的光彩来。余校长看了一遍后，什么也没说，双手捧着递给邓有米。邓有米与之相反，越看眼睛越细，直到眯成了条缝，将文件交给孙四海时，两只手还在发抖。孙四海看完了，却冷笑一声说，界岭的天上只会掉大石头，想让它掉馅饼，就算活十辈子也修炼不出那样的福气。

"真的像《红楼梦》所说，假作真时真亦假。我与万站长说过，界岭小学的情况格外不同，这么大的事让他来宣布才合适。万站长非让我来，是因为我与你们几位关系非同一般，即使是叫一声恩师也不为过。而且，如果你们几位不能转为公办教师，我这一生就会活得不踏实。"

听张英才这样说，蓝小梅从孙四海手里拿过文件，越看越惊喜。

"我说过嘛，将七十二行中的好人全都加在一起，也比不上第七十三行的民办教师。看起来政府也开始欣赏民办教师了，所以才下这样的文件，将全中国的民办教师全部转为公办教师。这不叫苍天开眼，是余校长你们终于感天动地了！"

孙四海要过文件，重新看了一遍，然后交给邓有米。

邓有米将文件重新看了一遍，又还给余校长。

余校长双手捧着红头文件，却怎么也看不清楚。

蓝小梅说："这么大的事情，怎么就在操场上决定了？"

说话时，她轻轻地拉了拉余校长的衣襟。余校长喉咙里被什么东西堵住了，有话说不出来，用手指了一下自己的家。余校长在前面走，其余的人都跟着他。走在最后的蓝小梅一只脚跨进门，又犹豫地退了回来，并顺手将门掩上。

黄昏时节，掩上门的屋子里已经很暗了。余校长站在堂屋正中，大家都不说话。一只松鼠不知从哪里钻进来，探头探脑地转了一圈后，居然蹿上桌子。余校长轻叹一声，惊得松鼠像离弦之箭一样顺原路逃得无影无踪。

"张老师，这是真的吗？"

"若有半点不实，就让那块大石头压死我！"

"我们可是被骗苦了。"

"只有比畜生都不如的人，才会再骗你们！"

话音未落，张英才再也控制不住自己的情绪，抽泣几声后，忽然对着空中大吼。余校长双手掩面，任凭积蓄二十多年的泪水沿着指缝间无声无息地倾泻出来。

也不知流了多少眼泪，忽然听到操场上有歌声。

余校长他们赶紧到后门外，将顺着竹涧流下来的泉水，浇了几把到自己的脸上，这才打开门。操场上，寄宿的学生在蓝小梅的指挥下，正在放声齐唱《我们的生活充满阳光》。

见到孙四海出来了，蓝小梅叫他给学生们伴奏。孙四海回屋拿出笛子，舔了舔笛膜，就吹了起来。蓝小梅又要余校长他们同学生们一起唱。余校长有些不好意思，但还是开口唱了。一曲还未唱罢，蓝小梅就叫起来，要他们在心里想着刚刚得到的喜讯，不要再将这首歌唱得无比忧伤。余校长他们试了几次，还是不行，唱不了两句，又习惯地回到从前那种唱法。蓝小梅无奈地笑了笑，说他们天生是苦命，该快乐的时候也快乐不起来。蓝小梅不勉强，让他们站在一旁欣赏学生们的歌唱。

他们发现，蓝小梅打拍子的样子很好看。一问，原来蓝小梅也当过民办教师。若不是后来蓝飞的父亲患癌症，她不得不回家照料，这次政府的好政策，她也有资格享受。

蓝小梅提议，这天晚上大家都在余校长家吃饭。

邓有米带头叫好，还将成菊叫来了。

大家在一起说说笑笑正在开心，孙四海又忧伤起来。

连蓝小梅都明白这是为什么，正要安慰他，门外响起一个熟悉的声音。

"这么热闹，是不是余校长有大喜了？！"

突然出现在门口的王小兰，让孙四海大吃一惊。原来是蓝小梅抽空去了叶碧秋的小姨家，让她找个借口，将王小兰叫来一起高兴。

孙四海高兴地开玩笑说："蓝小梅很像这个大家庭的嫂

子啊!"

成菊马上接过话头说:"对,我当二姐,王小兰就当三妹好了。"

余校长怕蓝小梅生气,连忙将话题岔开,他说,凡事总会有些预兆,昨天夜里梦见新来的学生们在教室弹凤凰琴。醒来后,怎么也想不明白,那只凤凰琴早就送给张英才老师了,后来的学生连见都没见过,怎么会弹哩!原来是应在张英才老师带来的给所有民办教师转正的政策。

王小兰说,昨天夜里自己也做了一个弹凤凰琴的梦,只不过弹凤凰琴的人是余校长。王小兰边说边朝成菊使眼色。成菊会心地说,昨天夜里她在梦中笑醒了。她还要邓有米作证。邓有米煞有介事地证明,妻子确实在梦里笑出声来。成菊又说,之所以笑,是因为看到余校长在一棵桃花树下弹着凤凰琴,每弹一下,树上的花瓣,就像落雪一样往下飘。

两个女人一起问蓝小梅,如何解这个梦。

蓝小梅心里有数,却故意说成是余校长在怀念爱妻。

王小兰一副恍然大悟的样子,拍着巴掌说,大嫂到底是大嫂,要么不开口,开口便是一语中的。琴就是情。凤凰琴,即是男女之情。看来,要不了多久,余校长就要请大家喝喜酒,庆祝老树新花,二度梅香。

蓝小梅乱了方寸,明知对方是在暗指自己,又不能不说话。她问:"余校长的新花是什么样子?"

王小兰说:"什么样子我不清楚,只晓得是三十六码的！"

大家笑得正开心，叶碧秋的小姨打着手电筒进来了。

王小兰一看时间，比原先约好的超出了半小时。

王小兰一走，大家也就散了。成菊问蓝小梅，要不要上她家去睡。蓝小梅说不用了。先前蓝飞在这里时，她都是同寄宿的女生一起睡，已经习惯了。至于张英才，余志没有回来，他可以睡余志的床。临走时，成菊贴着蓝小梅的耳朵说了一句什么，将蓝小梅弄得满脸通红。男人们显然明白那话里的内容，都将目光移到余校长身上。余校长不敢在屋里停留，赶紧到厨房里去给客人烧洗澡水。

洗澡水烧好了后，张英才先去用。

屋里只剩下余校长和蓝小梅。两个人隔着桌子相对而坐。蓝小梅感叹，现在想来，蓝飞来界岭工作一阵子，对孩子来说，真的是太好了。只可惜蓝飞悟性差，还没得到余校长他们的真传，就当了逃兵。其实，人一生，吃也吃不了多少，穿也穿不了多少，用也用不了多少。要说享福，也就是有事做，累不着；有饭吃，饿不着；有衣穿，羞不着。再想得到太多，就是作孽。蓝小梅说来说去，总也离不开蓝飞，她说，蓝飞至少是半个男茔，年纪轻轻的，急于转正，不择手段，如果能耐心等到这一次，那八辈子也还不清的良心债也就不用背了。

蓝小梅不停地说话，根本不让余校长开口。

余校长明白她的心思，只是默默地听着。

蓝小梅突然问他："好不容易盼到能转正了，往后你打算怎么办？"

余校长回过神来："在没看到细则之前，什么也不敢想。"

蓝小梅叹了一口气："你呀，悲观了二十年，听到再好的消息也不会笑。要是像你这样，我一个女人家的，还要养孩子，不如找个深水塘跳下去算了。"

余校长说："从最高一级制定政策的人，到最低一级的民办教师，中间隔得太远，只要哪一环脱节，问题就来了。"

蓝小梅说："这么大字的红头文件，哪能设局骗你这个老实人！你就好好想想往后的好日子如何过吧。真像你说的那样悲观，转不了正，我替你负责。"

余校长说："其实也没多少好想的，万一有这样好的运气，还是要待在界岭，继续教孩子们读书。"

张英才洗完澡，就轮到余校长了。

蓝小梅是女人，最后洗澡，这是界岭的规矩。

蓝小梅洗澡时，张英才本来已经上床了，又披着衣服出来，问余校长："蓝姨是来找你的吧？"

余校长从没问过，当然不清楚。

张英才说："依我看，蓝小梅已经爱上你了。"

余校长说："你可是上了三年大学的人，别学村长余实，只会蒙人。人家可能是来还皮鞋的。"

说着，余校长指了指蓝小梅随身带来的提包，鼓鼓囊囊的样子，很像塞着一双皮鞋。张英才诡笑一下，上前打开一看，果然是那双皮鞋。余校长难免有些失望。

张英才却说："蓝小梅若是真想不要这双皮鞋，完全可以托我带来，用不着跑这么远的路，再说，像她这样的女人，哪会当面将事情做绝哩！"

余校长也觉得这话有道理，便转移话题，说曾在县车站看到张英才被一个漂亮女孩子接走。张英才承认，那就是他的女朋友，也是在省里读书回来的，如今在县文化馆搞舞美设计。张英才告诉余校长，当初那句作为上联的"时时刻刻等你来敲门"，就是这个叫姚燕的女孩写给自己的。那时候，因为对刚刚萌芽的爱情没把握，内心才像疯了一样，渴望能去省城，天天与姚燕在一起。余校长感叹地说，张英才现在这样，能在县城里安家是最好的。

张英才要余校长想想自己的事："实在不好在蓝小梅面前开口，我可以帮你。"

余校长说："你敢帮这个忙，小心万站长打断你的腿。"

张英才说："爱情之事要两情相悦，一厢情愿是成不了的。那天李芳到细张家寨胡闹，我总算看清楚了，舅舅不过是蓝小梅稍微有点特殊的普通朋友。"

这时，蓝小梅在厨房里说话了："你们两个还在说话呀，早点睡吧！"

张英才应了一声，小声对余校长说："听到没有，这口气是女当家的吩咐男当家的。我去睡了，你就在这里等她吧！"

余校长说："为什么要我等，你不等？"

张英才笑起来："余校长多年不近女色，都忘了，女人在家洗完澡后，是不会再穿外套的。"

余校长慌了，连忙说："我也去睡。"

余校长钻到卧室里，却没有再往被窝里钻，坐在床边，听着外面的各种动静，他明白那是蓝小梅在收拾屋子。很多年前，明爱芬也是这样，洗过澡后，穿着短衫短裤，将屋子重新收拾一遍。那时的女人格外妩媚动人。余校长天天晚上都等不到明爱芬将家务事做完，就将她抱起来放到床上。有一次，欢爱之后才发现，明爱芬手上抹布还没有放下。两人你笑我，我笑你，嬉闹一阵，又冲动地搂在一起。事后，明爱芬一边叫头晕，一边又说这是他俩爱得最深的一次。果然没过多久，明爱芬就怀孕了。余校长觉得心里憋得慌，拼命地想，如果明爱芬还活着，遇上这么好的政策，夫妻俩都转为公办教师，过几年儿子余志又如愿考上大学，那样的美满生活才是真正的天伦之乐。想了一阵，忽然发现外屋灯还亮着，却没有动静。余校长走到门后，透过门缝，看到蓝小梅蹲在地，一只手伸到提包里，像是取什么东西，又犹豫不决。她果然是穿着贴身的短衫短裤，半截腰身同样裸露在外。

余校长悄然退后，不敢再看。

24

天还没亮，一向睡下去就没完没了的张英才，突然被一阵琴音惊醒，迷糊之中，似乎听到有人在问：这么好听的凤凰琴，是谁弹出来的？等到完全清醒了，才听到夜空中弥漫着一首往日的歌曲。张英才披上衣服，打开房门，朝着有灯光的屋子走去，原来是蓝小梅在轻轻哼唱。

见到张英才，蓝小梅说，本来已经睡下了，见孩子们的衣服破得实在看不下去，就爬起来帮忙补一补。蓝小梅感叹，人和人的区别其实就是一些小事，城里人也有穿破衣服的穷人，可他们懂得将破衣服补出花样来穿。界岭人呢，衣服破了就当成破衣服穿，弄得窟窿连窟窿，穿着不舒服，看着更不舒服。这大概也就是外面的人说界岭人的苕吧。

因为是女生宿舍，张英才在门口站一站，便又回去接着睡。

想不到一下子睡过了头，等到真真切切地听到笛声时，操场上升旗仪式已经开始了。张英才隔着窗户看过去，除了旗杆下多了一块大石头，此情此景与当年完全一致，连那笛声也没有因为有了民办教师转为公办教师的红头文件，而变出一丝一缕的欢快。

有人轻轻地敲了一下门："张老师起床了吗？"

听声音是蓝小梅，张英才连忙打开门。

蓝小梅有点不好意思地说:"我要下山了,麻烦你对余校长说一声,我放了一样东西在他屋里。人家在升国旗,很严肃的事,我就不打扰了。"

张英才本来要她自己去说,却又抵挡不住她那含情脉脉的眼神。蓝小梅刚从后门离去,张英才便去余校长屋里,果然发现蓝小梅将那双皮鞋放在床头的樟木箱子上。张英才忽发奇想,将皮鞋拿起来,换个地方放下,掩上门退出来时,忍不住捂着嘴笑。

升旗仪式结束后,张英才装着刚刚起床,抱怨余校长没有叫他起床参加升旗仪式。张英才刷过牙,见余校长一副若有所思的样子,就说,是不是因为要转成公办教师了,而觉得学生们也变得更可爱了。

余校长喃喃地说:"听学生们说,昨天夜里蓝小梅通宵没睡,将他们衣服的窟窿全补上了。"

张英才问:"蓝小梅人呢,她去哪里了?"

余校长也纳闷:"一大早她能去哪里呢?"

张英才心知肚明,却不作声。余校长招呼学生们整理寝室,自己也回屋整理床铺。张英才将几个手指撮在一起,等余校长发出一声惊叫时,顺势打了一个清脆的响指。

"这是谁的皮鞋?"

张英才心里笑了一下,进屋看了看说:"好像是你送给蓝小梅的!"

余校长的脸上堆满疑云:"干吗要放在我的被窝里?"

"这意思是说,她愿意帮你做脚哩!"

"你别将牛头不对马嘴的事扯到一起。"

"难道界岭的风俗变了,嫁姑娘时,不再在被子里包一双给新郎穿的新鞋?"

余校长咧了咧嘴,算是笑了:"这么说,蓝小梅已经走了?"

张英才点点头:"人家都掏心掏肺摆明了心事,下一步得看你了。"

余校长说:"张老师,你可不要开我的玩笑!"

张英才说:"余校长,像你这样当断不断,再多的好事也会被你耽误。"

余校长盯着他看了好久才说:"你要我怎么做?"

张英才说:"很简单,亲手将这皮鞋送给蓝小梅。"

余校长摇摇头说:"我恐怕做不到。难道要我当面对她说,这双鞋没人要,请你帮忙穿上它吧!"

张英才断然否定说:"皮鞋的事,提都不要提,那只是一个借口。你应该对她说,我爱你,我要娶你。"

余校长开心地笑起来:"张老师是不是想培养我当电影明星?"

二人站在那里说话,忘了灶上的事。猛地听到一阵咕咕声,沸腾的米汤已经顶开锅盖溢出灶台。见余校长手忙脚乱的样子,张英才又说,这种年纪,上上下下的事情太多,如能将蓝小梅娶回来,后半生就不用太着急了。

余校长叹息一声说，就算人家愿意下嫁，可自己能不能养活人家还是一个大问题。张英才这才明白，余校长是担心，民办转公办的红头文件只是一纸空文，是空头支票。张英才将昨天说过的话重新说一遍：这一次的确与过去杯水车薪的做法不同，是要普降甘露，救世济时。他在县教育局帮忙工作，每次开会他都在旁边负责记录，所有政策条文非常过硬，没有任何钻空子或者打折扣的漏洞。

余校长还是叹息，张英才有些不懂了，问他是不是还有放心不下的事情。

余校长犹豫再三，才将自己最担心的事情说了出来：王主任答应在省报头版头条上发表的那篇文章，迄今连个标点符号都没见到。报纸是社会情绪的晴雨表，王主任的文章能否发表，表明民办教师的社会地位。

张英才劝他，就当王主任没写这篇文章，或者写了这样的文章自己却不知道。这种事情很多，有些社会问题没人关心时，还能过得去，一旦有人关心起来，反而觉得晚一天解决都会活不下去。余校长说，不能因为没有晴雨表，就不知道天气冷热，也不能明明吃了一只苍蝇，却要装出若无其事的样子。

这些话，也就是说一说。吃完早饭该上课了。余校长便又恢复常态。孙四海与余校长的情形差不多。唯有邓有米，讲起课来声音特别洪亮。

张英才还要将文件送去给村委会的人看一看。他问过余壮远，村长余实前几天回来住了一夜，好像为了买摩托车，在家里吵了半夜，第二天一早又出去了。张英才将余壮远重重地盯了几眼，看他不像是在说谎，可他不明白，界岭这地方，要买摩托车干什么。

村委会里，果然只有老会计像和尚守庙一样，无所事事地守着。老会计还记得那次到学校喝酒，想占王小兰的便宜的事，见到张英才，有些不好意思。张英才不提旧事，只将文件给他看。

老会计做事很认真，他将文件的主要精神抄在本子上，还注明是国发第三十二号文件。老会计每抄一个字，就要惊叹好几声。等到抄完最下面那些抄送与抄报的领导姓名与领导机关名称之后，老会计忍不住彻底感叹道，当初老村长让他去学校教书，他却听了余实的话，选择当会计。老会计问，如果现在去学校教书，能不能赶上这次转正。张英才说，别处是否有人搞歪门邪道他不清楚，他负责的地方，谁都别想做伤天害理的事。老会计笑了笑，歪着嘴说，张英才到底涉世不深，就算是叶碧秋的母亲，只要有个当县长的舅舅，也能开后门转成公家人。说归说，老会计还是很高兴，余校长他们全都转为公办教师，对村委会来说，是最好的一种减负。

离开村委会时，张英才选择了另外一条小路。

小路先经过叶碧秋家。叶碧秋的母亲仍旧拿着一年级语文课本，像小学生那样面对天空背诵课文。叶碧秋的父亲正在整修家门前的台阶。

张英才做了一个手势，不让他打招呼，然后走到叶碧秋的母亲面前，大声问："你今天背了哪篇课文？"

"第十七课，张老师要检查吗？"

叶碧秋的父亲听了，指着张英才追问她十七课是什么。

叶碧秋的母亲说："张老师是来考我的！第十七课：这个办法真好。毛主席七岁的时候，有一回，和小伙伴们到山上去放牛。怎样又能放好牛，又能多砍些柴，还能捡些野果子呢？他和大家想出了一个好办法。他们分成三个组，一组放牛，一组砍柴，一组捡野果子。天快黑了，放牛组把牛喂得饱饱的，砍柴组砍到许多柴，捡果子组捡了满筐的野果。他们把柴和果子分成几份，每人一份。大家高兴地说：这个办法真好。毛主席把自己的一份让给了最穷的伙伴。"

叶碧秋的父亲大叫奇怪，张英才在界岭小学时，叶碧秋的母亲没见过他几次，离开三年多，这女苔居然一点不差地记得牢牢的。

张英才没有进屋去，就在稻场上站着。叶碧秋的父亲说，叶碧秋每次写信回来，都要问张老师是不是回到界岭小学了。她小姨给她回信，说像张老师这样的男人，应该去外面寻找更广阔的世界，界岭又不是什么战略要地，不需要重要人物来守护。叶碧秋总与小姨辩论，她说，不管张老师走多远，最终还是要回界岭小学的。她还与小姨打赌。张英才很好奇，他想看看叶碧秋的信里还写了些什么。叶碧秋的父亲说，叶碧秋的信都是写给小姨的，她小姨只将与父母有关的部分念给他们听，别的话，一个字也不肯多透露。

如此说话，也没什么重要的事，竟然说了半天，张英才忽然发现自己心里有种留恋，连忙站起来，很决绝地走开了。小路更小了，深秋在即，各种成熟的颜色，或浓墨重彩，或轻描淡写，涂满了所有植物与山岩，这样的路更加让人牵挂。小路变得最小时，老村长的墓地出现了。虽然是独自走来，张英才已经没有当初的害怕了。他在那块擦得干干净净的墓碑前面站了好久，才继续往前走。

时间不长，就到了王小兰家。稻场上没有人，只有一群鸡在觅食。一只大狗从竹林里钻出来，正要吠叫，忽然将两只前爪一伸伏在地上，身后的尾巴在地面上来来回回地摆个不停。很显然，它还记得张英才，还能从张英才身上嗅出粉笔气味来。张英才正在想这是谁家的狗，屋里有人喊王小兰，说是外面有人，让她出去看看。出现在家门口的王小兰，与在学校里的王小兰判若两人。

虽然昨晚已经见过张英才，王小兰还是有些惊喜。

王小兰大声说："张老师一去好几年，外面世界那样精彩，怎么舍得回来看看自己的发祥地？"

张英才也大声说："当初上山时，舅舅就提醒，要我当心别中了界岭小学的毒，想不到还是没逃过，没办法，只得回来找解药。"

王小兰说："只怕是中了哪个女孩的毒！"

话音刚落，王小兰的丈夫就在屋里破口大骂，说别的女人还懂得要卖笑就去外地，王小兰太不要脸了，丢丑丢在家门口。王小兰也是听惯了，扭头回应丈夫：从今往后，就算外面杀人放火了，也别想叫她出来看一眼。紧接着她用极低的声音，让张英才捎话给孙四海，下午她会照常去学校接李子。

转了一圈，回到界岭小学，张英才将王小兰的话转述给孙四海后，学校里马上响起让人心动的笛声。张英才又一次想起当年万站长冒着大雪带他下山时说过的那句话。自己现在的样子，不只是中了界岭小学这几个人的毒，而且还出现了不可救药的趋势，几年下来，还以为已经戒掉了这种"毒瘾"，没想到只是深藏不露。到头来也许真的会被万站长言中：那几个人，是会让你上瘾的！只要沾上了，这辈子都会被缠得死死的，脱不了身。

张英才本想中午离开，听说余志和李子要回来，又改了主意，决定多住一天。正常情况下，余志和李子吃过午饭动身上山，走得再快，也要四点半左右才能到。下午上课后，张英才到六年级教室听课，第一节课才上到一半，教室后面的山上，忽然响起一阵猛烈的轰鸣声。见学生们骚动起来，张英才说："这是摩托车的声音，不用害怕！"话一出口，他也有些惊讶，实行包产到户之后，通往界岭的机耕路无人整修，连手扶拖拉机都开不上来了，哪来的摩托车呢？

张英才出了教室，走到旗杆附近，才看到一辆摩托车，正沿着小路往学校驶来。后座上坐着的正是余志和李子。摩托车顺着小路驶到操场上，沿着操场高速转了两个圈后，才缓缓地停在旗杆下。余志和李子从后座上跳下来，高兴地叫了一声张老师，用更高兴的声音冲着骑摩托车的人叫道："都快颠死人了！"

张英才看着骑摩托车的人眼熟，但又无法确认。

这时候，下课铃响了。余壮远第一个跑出来，冲着骑摩托车的人大声叫："爸爸！我也要骑摩托车！"张英才想起来了，余壮远说过，村长余实要去买摩托车。余壮远冲着摩托车猛冲过去，半路上，突然停了下来。

骑摩托车的人取下头盔，竟然是万站长。

万站长像电影里的时尚青年那样，挥着金光闪耀的头盔叫道："余校长，今天是你们的好日子，老万专门来讨喜酒喝！"

余校长从讲台上下来，同邓有米、孙四海一起来见万站长。大家到一起，将那辆摩托车当成了中心。万站长笑得合不拢嘴，无论谁问他，从哪里弄到如此崭新的摩托车，他都要反过来让对方猜。

因为坐过摩托车，余志故意说些贬义的话："越新的摩托车，越是绣花枕头，若不是我和李子在后面拼命地推，将汽油烧干了，也爬不上界岭。"

万站长哈哈大笑："三十里路，只推了三五里，还是比走路划算得多吧！"

万站长将摩托车拍了两下，说这些年大家全都低估了机器的力量。只要有信心，界岭也是可以征服的，对机器来说，这是真理。万站长不肯透露摩托车是如何得到的，非要等吃晚饭时再揭开谜底。

万站长很高兴，要余校长提前放学，反正是周末，也不差那一堂课。余校长不同意，上课铃一响，便与学生们一起回到教室。万站长让李子回到摩托车后座上，轰轰隆隆地要送她回家。李子只让他载到操场边，就跳了下来。万站长没发现，顺着向下的小路，一直往前跑，直到碰上王小兰才停下来。万站长说，我将你女儿送回来了！一扭头，才发现后座上空无一人。再往学校方向看，李子还在操场边站着。万站长调转车头，载着王小兰开回学校。

王小兰问，这么漂亮的摩托车是不是公家配置的？

万站长不再卖关子，他告诉王小兰，上次因为皮鞋的事，李芳跟他闹得几乎要彻底反目了。想不到夫妻关系就此开始触底反弹，前几天，李芳去县医院看病，在县城住了两天，昨天下午回家时，竟然给他带了这么一件大礼，还说全乡的干部中，只有当教育站长的丈夫最辛苦。对他赔了许多不是不说，人也变温顺了，并且破天荒说了一句，我爱你！

这些话，是万站长将摩托车停在路边，给一头母牛和一头小牛让路时说出来的。小牛还在吃奶，叼着母牛的奶头，不肯松嘴。母牛只好站在路当中，耐心地喂着小牛。王小兰只听到这儿，便步行越过母牛和小牛，独自往前走。万站长冲着母牛和小牛吆喝了一声。王小兰立即回头，不让他这么做。万站长只得像母牛那样耐心地等下去，直到小牛吃饱了，一颠一颠地跑到母牛前面，万站长才能骑上摩托车追赶王小兰。

临近界岭小学的那段路有些陡，摩托车几乎熄火了。万站长叫王小兰跳车，王小兰不会跳，幸亏余志和李子跑过来一起用力推。张英才也迎上来，抓着摩托车的把手用力拖了一下，才将他们连人带车弄到操场上。王小兰与余志说了一阵何时返校的话，便领着李子回家。王小兰不停地催李子快走，说若是回去慢了，爱管闲事的亲戚就会找到学校来。张英才听得很清楚，王小兰这样说，是要自己转告孙四海，李家表哥又来了。

万站长再次说起自己与李芳的那点事，王小兰已经不在场，围在一起喝酒的全是男人。

这时候，余校长他们不仅举行完降旗仪式，还将那些寄宿学生挨个送回家了。万站长先将邮递员托他带来的一封信交给余校长。信是王主任写来的，里面附了一张《文学少年报》，上面登了余壮远的那篇作文。一个小学生，能有作品公开发表，在全乡教育界都是大事。王主任在信里说，他自己写的那篇最初将民办教师称为民族英雄，后来又称为乡村英雄，最后定位为民间英雄的文章，因故没有在省报上发出来，但他会将其收入即将出版的个人精华作品集中。重要的是，民办教师问题已经得到高层领导的高度重视，有关部门正在出台一系列相关政策，余校长的心结很快就要彻底解开，专心从事乡村教育事业了。王主任信中所说，与张英才送来的红头文件精神不谋而合，余校长这才真正安心下来，有滋有味地分享万站长专程带来的一只烧鸡、两斤卤肉，还有两瓶白酒。

万站长主动交代了摩托车的来历，万分感慨地坦白，结婚多年，但凡要肌肤相亲，妻子总是作为恩赐赏给他，唯独昨天晚上，四十几岁的女人竟然柔软得像一摊水，一汪汪地将他淹得连枕头都找不着。万站长再三感谢余校长，没有那双皮鞋，自己这辈子只怕也没机会享受疑为天人的老婆。

别人还没劝酒，万站长便自饮了几杯。

一会儿他就喝高了，拿着酒杯，拉上大家去操场上。

万站长将酒洒在旗杆上，余校长也像他那样，将酒轻轻一洒。邓有米、孙四海和张英才，却争相将酒往旗杆高处洒，一个比一个洒得高。万站长说，当年自己从中心小学来这里时，为了旗杆的位置曾与老村长过不去。他和明爱芬都希望仿照天安门广场，将旗杆竖在操场正中央。老村长却寸步不让，非要将旗杆立在操场边。现在看来，老村长是对的，如果按照他们的意思将旗杆立在操场中央，肯定被那块大石头拦腰砸断了。

凡是在界岭小学教过书的老师，后来都转为公办教师，这也是万站长最高兴的事情。万站长喝得够多了，还不肯放下酒杯，说有摩托车骑，就不怕路远，今后要常来，同大家一起将界岭小学办成乡村教育事业的"小延安"。邓有米真心实意地恭维说，真到了那一步，他就是界岭小学的毛主席。万站长一挥手，拒绝了邓有米的好意，他说，界岭小学已经出了余主席、邓主席和孙主席，他自己只能当一名"万克思"了。

万站长不厌其烦地对大家重复着这些话，还一遍遍地专门追问张英才："还记得上次下山时，我说过的话吗？界岭小学这三位，孙老师是迷魂药，邓老师是还魂汤，余校长则是用迷魂药加还魂汤炼成的九阴十阳膏，无论哪一种，只要沾上了就放不下。"

张英才心里塞满了问题和答案，却不知用哪一种来回答，实在是被问急了，才猛地冒出一句："在界岭小学待过的老师，只有你最特别，既是毒药，又是吃毒药的。"

万站长禁不住仰天狂笑："知我者，外甥也！"

这天晚上，除了余志，所有人都喝醉了。

一夜好梦之后，张英才醒得最早。已经是上午九点了，除了断断续续的鼾声，学校里没有任何动静。他爬起来在操场上转了几圈，从头到脚才算完全清醒。空气中弥漫着一股粥香，张英才想起来，昨夜酒喝得正酣时，余志问过余校长，明天的早饭是不是煮粥。

张英才正在想着，余志从后山上下来了。

见到张英才，余志将头一低，不住地用左脚踢右脚。

张英才心里一动，问他："你去明老师的墓地了？"

余志想了想，突然说："我爸是一个饱暖思淫欲的家伙!"

张英才吓了一跳:"你可不能乱说自己的父亲。"

余志咬着牙说:"那他为什么要爱别的女人?"

在张英才的再三询问之下,余志说,昨天夜里,余校长醉醺醺地倒在床上,刚开始还一声声地叫着明爱芬,告诉她自己终于转为公办教师了。后来却叫起了蓝小梅,还说,是小张老师要他大胆地向蓝小梅求爱,之后就开始不停地说我爱你。说一阵,笑一阵,闹到天快亮时才静下来。

张英才明白,余校长人生第二春的桃花就要开了。

"难道你不希望父亲身边有个可以信赖的女人?"

余志摇着头说:"我只是觉得妈妈太可怜了!"

张英才说:"其实你爸更可怜。"

"我晓得。每次做梦,妈妈都要跟我说这句话。"

"当儿子的,千万不要说父亲的坏话。"

余志狡辩:"这不是坏话,饱暖思淫欲说明身体好。"

这时,余校长也起床了。他在门口伸了一个很大的懒腰,然后双手不断地在额头上抚摸。

"这酒喝得让人头痛,是不是假酒呀?"

心里有牢骚,又怕父亲听到,余志的声音很小:"是你自己想的事太多了,还怪酒不好。"

张英才听清楚了,他笑得很开心,还没来得及说什么,孙四海露面了。只见他就地来了一串侧手翻,然后说,余校长是自己将字写歪了,怪黑板不好,胃里不能装酒,怪酒不好。

趁着老师们在一起说笑，余志回屋将早起做好的粥盛到碗里，喊大家吃饭。孙四海自然也在列，一碗热乎乎的粥喝下去，张英才感慨，余校长哪怕不为自己着想，也要替孩子找一个知冷知热的妈妈。孙四海也觉得应该如此，最好趁热打铁，和转正的事一起，作为双喜临门来办。余校长不好意思，他要大家留点口德，别在孩子面前信口开河。想不到余志张嘴说了一句四座皆惊的话。

"我家好久没有喜事了，别说双喜，就是百喜临门，家里也装得下。"

"儿子，你考上大学，才是百喜不如一喜呀！"

"我可不想等到自己找女朋友时，还要与你举行恋爱比赛。"

正在吃早饭的人被父子俩的话逗得笑个不停。好不容易停下来，孙四海又补上一句，喜事多了装不下，可以送到他家去寄存。他不要利息，只要大喜事怀孕后生下来的小喜事。听到这话，大家笑得更开心了。

屋里忽然响了一声喷嚏，是万站长醒了。

餐桌上立即安静下来。万站长揉着眼睛走出来说，怎么他一醒，大家就不笑了。听他这样说，大家更不笑了。万站长问余志，是不是有谁说了他的坏话。像在课堂上回答问题，余志站起来告诉万站长，没有人说他，大家都在关心余校长，要余校长赶紧谈恋爱。万站长说，大人们要注意说话方式，不要将余志这样的纯洁少年污染了。

大家还是不笑。万站长问余志，余校长的恋爱对象是谁。

余校长抢先否认所谓恋爱的事，说是因为自己怀疑昨晚喝的酒是假酒，被大家群起而攻之。万站长哪里会相信，他一定要余志说出来，余校长在同谁恋爱。余志每次嘴唇一动，就被余校长用一声咳嗽堵了回去。

万站长像是生气了，他盯着余校长咬牙问道："是不是蓝小梅？"

"是的。是蓝小梅。"

不容余校长否认，张英才在一旁替他做了回答，又将自己制造的，蓝小梅放皮鞋到余校长被窝的故事，绘声绘色地讲了一遍。

张英才的故事让万站长醋意大发，他脸色铁青地对余校长说："前次你让我带皮鞋给她，当时没细想，事后才觉得奇怪。想不到为了女人，你也跟我玩阴的。"

余校长的眼睛都快急红了，想解释又无从说起。

张英才对万站长说："余校长又不是学生，他这样子能谈恋爱，当领导的要坚决支持才对。"

万站长说："难道还要我代他向人家求婚吗？"

张英才说："有些话，你出面说，效果更好。"

万站长走到余校长面前，盯着他看了半天，愤愤不平地说，自己一直将余校长当成没有城府的男人，结果连亲外甥都被他争取过去了都不知道，还以为自己是大智若愚的天才。

余校长的样子像是被万站长吓唬住了。

好久没有说话的孙四海，这时候才开口，他不相信，蓝小梅会主动将皮鞋放进余校长的被窝。否则，作为界岭小学的一员，他会奉劝余校长，不要搭理这个女人。孙四海有点刻薄地当面指出，依据他的观察，这件事恐怕是张英才张老师画蛇添足，本来余校长与蓝小梅之间那种朦胧的感觉很美好，如此一来，倒像是风流寡妇弄点小伎俩勾引男人。

因为孙四海这么说，大家不再提这件事了。

万站长严肃地提醒大家，这一阵要同村长余实搞好关系，接下来就要办理民办教师转公办教师的相关手续，切不可节外生枝。他说这些话，字字句句都是针对民办教师转正这件事。然而，别人听起来，总觉得是在警告余校长，不要对蓝小梅有情感上的企图。余校长用最诚恳的语气向万站长解释，自己与蓝小梅的关系，还没有发展到那种地步。万站长也平静了些，他叹息着对余校长说，姓万的也是民办教师出身，虽然有点不满情绪，但断不会去做伤天害理的事。

25

在界岭，如果没有界岭小学，进入冬季后，就会格外沉寂。冬天的界岭，阳光明媚的日子和雨雪交加的时刻，在气氛上差别不大。相反，半山腰上这座破败的学校却很关键，只要哪一天没有读书声随风飘荡，只要哪一天没有背着书包的孩子在小路上蹦蹦跳跳，山上山下就会变得死气沉沉。

离张英才来了又走的日子有好久了。

学校又要放寒假了。

红头文件带来的喜悦，早已伴随着接二连三的冰雪深藏起来。这还不算，往年没有转正的指望，村委会理所当然要支付民办教师工资。民办教师将要全体转正的消息传开后，反而是村委会的人一见面就问何时摆宴请客。有一次，孙四海被问恼火了，提高声调说自己就等着村里发工资，有了路费到县里去上访呢，请什么客！村委会的人对"上访"二字很敏感，加上村长余实对学校的态度又变好了，这回县里拨下来的救灾款也比哪一年都多，过年之前，余校长他们终于从会计那里领回了一年的工资。

村长余实态度好转，不全是因为儿子的作文在报纸上发表，主要原因还是考虑村委会的工作。他刚听到消息时，也是愤愤不平地将丑话当成好话说，甚至有希望撤销相关红头文件的企图。时间长了，仍不见下文，他也跟着担心这事会不了了之，无法减去这些负担，村委会的人就难以增加收入。村长余实也买了一台摩托车，只要没有雨雪，就三天两头往山下跑，顺便带回从教育站打听到的消息。说是消息，其实是没有消息。

村长余实的摩托车样式和型号与万站长的一模一样，这让余校长他们听到摩托车响声的反应从激动变为审慎。要为建设乡村教育事业的"小延安"而常来界岭小学的万站长，并没有实际行动，甚至连敷衍一下都没有。

用邓有米的话说，万站长是醋意大发。

用孙四海的话说，万站长是色令智昏。

余校长倒想得开，他从没有将万站长说过的酒话当真。

对这种局面，最不能容忍的人不是王小兰，而是成菊。王小兰只说余校长没有一点男人气概，既不敢爱，也不敢恨。成菊却说，要是余校长与蓝小梅有了大家传说的那些事情，万站长还想横里插一杠子，便是天理不容了。

自从发现摩托车可以开到界岭，天气好的时候，那些马力大的机动三轮车也敢往界岭开了。

学校放假之后，邓有米曾邀余校长下山，到乡里县里去看看。毕竟有张英才在县教育局帮忙工作，还可以到县团委找蓝飞，总之不会再像以往那样，找不到落脚的地方。余校长不想去，还反过来劝他们，说以张英才对界岭小学的感情，如果有消息，自然会在第一时间告知，贸然跑去，完全没有必要。邓有米不听，他一早乘机动三轮车下山，一路赶时间，到县城里见了张英才和蓝飞，当天夜里，其实是第二天凌晨，又赶回界岭。情况果然如余校长所说，县里也在等上面出台民办教师转正的进一步精神，在制订好相关细则之前，不会有任何其他具体行动。

不过，邓有米带回蓝小梅的消息，让余校长心动了。邓有米看到蓝小梅了。蓝小梅当时在干什么，邓有米没有看清，只看见蓝小梅穿着棉衣，依然瘦得厉害。余校长嘴里没有作声，心里却有了主意。他问余志，放假回来时，路过蓝小梅家，有没有闻到煎中药的气味。余志断然地摇了摇头，他和李子舍不得花钱坐机动三轮车，还是走路回家，路过细张家寨时，李子还在门口叫了声蓝姨。蓝小梅出来与他们说话，一直笑得很好看。余校长还是不放心，回头又去王小兰家，将李子叫出来问了一阵。李子倒是看得仔细，她觉得蓝小梅这两个月老了很多。

余校长多了一重心事，但还是稳稳地待在学校里，不往山下去一步。

腊月二十四，是年底走亲戚串门的日子。那些在外面打工的学生家长，先前没时间的，都在这一天来看余校长他们。家长们多半会带些东西来，一小包瓜子或者花生，一小瓶新鲜的菜油或者家酿的土酒，等等。有孩子在余校长家寄宿的家长，又会额外多送一担劈柴。天气还算不错，来的人都愿意在学校多待一会儿，一边与余校长他们说说话，一边晒晒太阳。听说今年比去年容易赚钱一些，而且明年形势可能会更好，余校长就开玩笑，干脆不教书了，也去外面打工。家长们则说，当了这么多年的民办教师，身体缺少锻炼，不适合外出打工。

说到这里，家长们都恭喜余校长他们，好事虽然来得晚了，总比没有要好。更有人说，好事来得太早，就不是好事，真正的好事，总是来得比较晚，因为来得不容易，才能显出好事的重要性。大家一致认为，当老师的人就应该收入稳定，衣食不愁，假如这也缺钱，那也缺钱，人在教室教书，债主在操场上骂娘，弄得人心烦躁，弄不好就会告诉学生们，一加一等于三。好老师脸皮都薄，政府若不爱护他们，这么薄的脸皮哪能经得起几次丢，要不了几次，就会丢尽面子的。

这样的体己话，余校长听得很舒服。

该来的家长都来过了，想不到万站长也会赶来。

万站长骑着摩托车从后山上下来，在操场上画了半个圈，停在余校长面前。取下头盔的万站长，将余校长吓了一跳。万站长脸色苍白，眼睛又红又肿。余校长不由得上前一步，伸手扶住他。万站长声音低沉地吩咐他将邓有米和孙四海都叫来。

等待之际，万站长死死盯着余校长看，一个字也不说。

一会儿孙四海来了，万站长又目不转睛地盯着孙四海。

邓有米最后进来，刚进门就被万站长死死盯住，还以为自己哪里不对。

"都到齐了？"万站长明知故问，又像是自言自语。

见大家都不接话，万站长又说："你们身体都还好吧？"

孙四海忍不住回答："正常情况，再活三五年没问题。"

"我早就向上面反映过，民办教师是高危人群！"

万站长突然哽咽起来，红肿的眼睛里涌出一片泪水。

"望天小学的胡校长死了。"

这样的事太沉重了，万站长喘口气才能往下说。

"前天晚饭后，胡校长突发脑出血，乡卫生所没有条件抢救，只好拼死往县医院送，结果死在半路上。"

余校长他们相互看了看，眼睛都湿了。

过了好一阵，邓有米才率先叹息说："好不容易熬到转公办教师了，怎么就熬不住了呢？"

万站长说，自己正是有此担心，怕大家一高兴，过年时管不住嘴巴，喝酒喝出事来，才特地来提醒各位。孙四海却说，恰恰相反，现在应该让大家过年时多喝点酒，让大家相信红头文件不是空头文件。余校长也说，他与胡校长认识多年，年年暑假集训，胡校长虽然很会劝别人喝酒，自己却是滴酒不沾。所以，他认为胡校长突然去世，一定还有别的诱因。

万站长告诉他们，胡校长死之前的确喝了酒。从寒假的第一天起，胡校长就一直替别人挑木炭，挣钱贴补家用。那天是胡校长四十五岁生日，他盘算好要在家休息，可是听老板说，从这天起，工钱多给三分之一，又忍不住跑去上工。累了一天，回家后又被别人拉去练了一阵舞狮子，准备年后再去各地拜年。不知这期间有人说了些什么，回家后，胡校长闷闷不乐地将妻子烫好的二两酒一口喝下去，将酒杯往桌子上一拍，大声说，什么红头文件，又是将我们当峨眉山的猴子耍！说完这话就出事了。

余校长他们很难过，倒不全是因为惺惺相惜。用万站长的话说，这是久经沙场的英雄，倒在黎明前的黑暗中。但凡功败垂成，莫不是感天动地的悲剧。这一次，心情最坏的不是孙四海和邓有米，而是余校长。他记得，上次蓝飞他们转正时，胡校长自己抓阄没抓中，还想趁教师集训时闹出点动静。虽然最终还是顾全大局，但胡校长当时就发誓，往后如果余校长得到转正机会，别人却没有，休怪他走极端。

想到这些，余校长就觉得胡校长真是走了极端。

万站长千叮咛万嘱咐，要大家把持住，事已至此，就算有人想颠覆，那也是蚍蜉撼大树自不量力。人一生要活七八十年，就算还要再等一两年，之后还有几十年的好日子等着各位去享受。

临走时，万站长将余校长叫到一旁。

余校长以为还是说转正的事，没想到万站长会主动提起蓝小梅。

万站长抱歉地说，那天自己太不冷静，下山后还将蓝小梅胡乱骂了一顿，说了不少伤她的话。事后再想，才觉得那些话简直不是人说的。这些时总想和蓝小梅说声对不起，可她就是不给面子，连靠近一些的机会都不给他。

余校长很不高兴地问万站长，有没有骂蓝小梅是水性杨花。万站长没有正面回答，只说其实她非常坚贞守一。余校长又问是不是将蓝小梅骂为风流寡妇。万站长说其实她很玉洁冰清。余校长责备万站长说，以他的见识，应该十分了解女人，想不到竟然连自己都不如。万站长真的后悔了，他也说自己不如余校长，所以，想让余校长去同蓝小梅说说，自己是昏了头，并不是坏了良心要毁她的名声。

"然后呢？"

"你可以对她说，你要娶她为妻。"

"这不是你的心里话。"

"从前不是。现在是了。"

"难道她会喜欢一个又老又穷的民办教师？"

"她都对我说了，就是要嫁给你这个既穷又老的民办教师！"

"这话一定是你们吵架时说的话，算不得数。"

"你心里若是有她，她就会将你当成最大的数。"

万站长的最后一句话声音很大，他要余校长别再迟疑，蓝小梅徐娘半老，肯定不好意思再操办一场喜酒，话说到了，心意到了，两家并成一家就行了。像余校长这种年纪，有机会过好日子，就要早早抓住不放手，不要弄得像胡校长，甩手一走，什么也没用了，只有让亲朋好友悲哀、叹息、伤心、落泪。

骑着摩托车的万站长来去都像一阵风。

风声消失了，没有人来与余校长开玩笑。

胡校长的死，将大家过年的心情弄坏了。

这天夜里，余校长一直没有合眼。

天亮后，他忍不住问余志，万一自己步了胡校长的后尘，余志会如何走自己的路？余校长以为余志会说，自强不息，再苦再累也要努力向前。谁知余志脱口说道，真的到了那一步，他就去找蓝小梅。还说这不是现在才有的念头，余校长每次头晕，他就害怕发生万一。这些话他只与李子说过。李子也同意他的观点，真的到了那种地步，找软弱的王小兰是下策，投靠蓝小梅才是上策。

余校长想了一夜的话，被余志这么轻轻几句话噎得哑口无言。

不过，这也让余校长下了决心，他取出那双皮鞋交给余志，要他代表自己送给蓝小梅。余校长说，事情前因后果他都知道，怎么跟蓝小梅说由他自由发挥。

余志丝毫没有犹豫，放下寒假作业就去拦机动三轮车。

余校长也拿上砍刀到后山上砍柴，以掩盖内心的忐忑不安。与昨天相比，太阳温暖许多。余校长以为余志很快就会回来，一边砍柴，一边等他喊自己回去吃午饭。眼看肚子饿得撑不下去了，余校长只好收起砍刀回家，往灶里丢上几把柴火，将早上蒸熟的红薯热了一下。因为太饿，红薯还没热透，他就拿起来吃，一不小心就噎着了。

余校长艰难地捶着自己的背，好不容易顺气了，再吃又噎着了。等将肚子填满，已经是下午三点了。

又过了两个小时，余志终于回来了。

余校长装着漫不经心地问："情况如何？"

余志不紧不慢地回答："一切正常。"

余校长又问："皮鞋呢？"

余志回答说："她收下了。"

"你怎么对她说的？"

"我说，这双鞋是我爸送给你的定情之物。"

说着，余志笑了起来，因为他所说的与事实相去并不远。

余志去细张家寨时，蓝小梅正好在家。一切话题都是蓝小梅提起来的。就像初中语文老师教他们如何写作文，开头部分是问胡校长去世的消息，界岭小学的老师们是否知道；中间部分是介绍胡校长其人其事；结尾部分是问余校长他们对此事有何反应，以及为避免悲剧重演将会采取哪些措施。

初中一年级尖子生余志把一切转述得很清楚。蓝小梅娘家在望天，她自己在望天小学教过书。因为她嫁到外村，胡校长才顶缺当上民办教师的。胡校长身上综合了余校长的执着、邓有米的精明、孙四海的清高。这些相互矛盾的特点分散开来还好处理，集中在一个人身上，就让他活得很累。再加上民办教师总是吃力不讨好，压力重重，这些因素都成了胡校长不可避免的劫数。蓝小梅担心余校长他们对胡校长之死反应不当，所以，她希望余校长能够带头，越是看不到转正的希望时，越要看重眼前的日子，穿不好时尽量吃好，吃不好时尽量睡好，连睡都睡不好时，也要多对自己说些好听的话。

面如桃花的蓝小梅，大大方方地接过那双皮鞋，还让余志捎话给余校长，如果他有话要说，随时随地来细张家寨找她，不要再请二传手了。

连余志都听懂了这话的意思，他要余校长年底之前去一趟细张家寨，向蓝小梅求婚。那样，大年三十就能吃上像模像样的团圆饭了。余校长没答应余志。即便是蓝小梅真的愿意嫁给他，背后还有蓝飞。天要落雨，娘要嫁人。说起来轻巧，真的做起来，不说比登天还难，起码也像找村长余实讨要工资那么不容易。

26

余校长这一犹豫，就将时间错过了。

界岭一带突然盛传，不少家长要让孩子外出打工，趁容易赚钱时多赚几个钱。涉及的大多是还有半学期就要毕业的六年级学生。余校长带着邓有米和孙四海挨家挨户地找人，家长们却矢口否认。越是这样，余校长他们越是着急。私下里他们又找学生了解。学生当中倒没有像叶碧秋那样不肯上学的，余校长就给他们出主意，万一父母要他们外出打工，可以躲到学校来。正月初八，果然有学生背着书包躲到余校长家，任凭父母威胁利诱，就是不肯回去。

往后的日子，天天都有学生跑来，甚至李子也跑来了。李子的叔叔想带她出去，给自己的老板带孩子，还拿叶碧秋做榜样来劝她。孙四海一听就火了，马上要去王小兰家，将全部事情真相告诉她丈夫，被余校长和邓有米死死拉住。李子躲了一天一夜，一向软弱的王小兰，真到被逼得太急的时候也发起狠来，对李子的叔叔说，他可以带李子走，但必须连他哥哥一起带上，自己也可以落得清闲，不用再在这个家里待了。李子的叔叔只好作罢。来余校长家躲避的十几个孩子，最终都胜利地回到家里。

只苦了余校长他们，整个寒假，再也做不了别的事。

接下来这个学期，余校长他们格外忙碌。虽然上上下下都说不以分数论英雄，实际情况却是，英雄与狗熊的差别，往往是一分之差，有时候甚至是半分之差。开学以后，余壮远所在的毕业班，每个周一都要进行测验考试。后来界岭小学毕业考试成绩史无前例的好，总结起来，是与这种安排有关。别的学校都跟着乡中心小学，将测验考试安排在周五下午。学生们将试卷一交，心里就放假了。唯独界岭小学的测验考试是在周一，这个主意是余校长想出来的。他在省实验小学当门卫时发现，从一年级到六年级，都将各种考试定在周一。余校长一琢磨，觉得有道理。考试之前，学生们总会紧张起来，周六和周日，就会主动在家复习。对于那些贪玩的学生，周一考试更容易暴露他们学习上的问题，如此，也方便对他们进行有的放矢的补课。

暑假教师集训会之前，余校长他们就听说，界岭小学毕业考试成绩列全乡第二。而且，余壮远各科的总分，也出人意料地列全乡第三名。为此，万站长专门跑了一趟界岭，邀请村长余实在教师集训会上做典型发言。趁着没人时，余校长追问三次，万站长才说实话，村长余实的儿子毕业考试成绩确实不错，实事求是地讲是第三十三名，因为他的作文在省级报刊上发表，就额外加了些分，成了第三名。万站长也是经过深思熟虑才决定这样做的。以村长余实的心态，余壮远下学期升到乡初中读书后，他真有可能对界岭小学甩手不管。让村长余实上台介绍经验，是将一根政治软索套在他的脖子上，让他心里多一些忌惮，不敢对界岭小学轻举妄动。

本以为胡校长一死，群龙无首的民办教师会安分一些，却不料情况更糟。先前对胡校长言听计从的那些人，都想找机会继承胡校长的政治遗产，成为民办教师的事实领袖。由从前抱成一团，变成三个一群、五个一伙，让万站长无所适从。好在余校长出了个很好的主意，会议一开始，万站长就史无前例地提议为死去的胡校长默哀一分钟，让大家的心一下子贴近了。

临近会议结束时，张英才又从县里赶来，就民办教师转正问题，做了非正式通报。张英才也是听说，此事之所以久拖不决，是因为方方面面还没有就民办教师转为公办教师后的身份问题达成共识，最核心的问题又是相关资金由谁来负担。

对张英才的话，余校长和孙四海是相信的。邓有米虽然有点拿不准，两位同事波澜不惊的样子，也足以影响他。有界岭小学的民办教师安安静静做榜样，万站长又一次有惊无险地完成了一年一度的教师集训任务。

散会后，万站长要余校长他们留一下。

等到别的老师都走了，他才说要带余校长去细张家寨。

余校长心里有些不安，想一想又觉得既然大家一直在议论自己的事，也不妨正式与蓝小梅见一面，把话说清楚以后往来也方便些。见余校长答应了，邓有米和孙四海的兴趣空前高涨，连转正的事都不去想了，一声声地追问，是不是去相亲。

万站长说："是不是相亲，要看两位当事人的态度。"

一同去细张家寨的还有张英才。万站长骑着摩托车在前面走，其余四人上了一辆机动三轮车。在教育站门口，万站长停下来对李芳说，自己要带余校长他们去细张家寨，晚饭不在家里吃。李芳轻轻地一挥手，笑容可掬地说，随便他去哪里。这样的情景让坐在机动三轮车上的余校长他们全看呆了。张英才一定是见识过了，伸出双手在大家眼前晃了几下，说他们是少见多怪。离开教育站很远了，邓有米还在唠叨，万站长施展何种本领，让远近闻名的河东狮吼，变成了温顺的小女人。

机动三轮车跑得很快，一会儿就到细张家寨。

听到声响，蓝小梅从屋里出来，连连说欢迎贵客。

最后一个进屋的余校长，被蓝小梅深深地看了一眼。

他正在想其中含义，第一个进屋的邓有米已经叫起来："这么多好菜，像是丈母娘款待上门女婿！"孙四海正要起哄，被万站长拦住。万站长说，蓝小梅今天是正正规规地请大家吃饭，希望大家也能正正规规地做客。

听万站长如此说，邓有米和孙四海坐下后，故意像学生上课那样，将双手叠加平放在餐桌上。张英才也跟着学样，将腰杆挺得笔直。任凭万站长如何说，大家都不开口。蓝小梅见了，就说万站长真有办法，集训半天就将老师教育成小学生了。蓝小梅将余校长叫到厨房里帮忙，理由是，小学生毛手毛脚的，做起事来还是老师牢靠。余校长老老实实地站起来，跟着蓝小梅进了厨房。邓有米惊呼，蓝小梅如此机灵，只有当外交官才是人尽其才。

蓝小梅将一把火钳塞到余校长手里，小声埋怨："怎么带这么多人来，是不是嫌一个二传手不够用呀！"

"是万站长要他们来的。"余校长没有说，连自己都是万站长叫来的。

"谅你还没有长出一个人上门来的胆。"

余校长坐在灶后，见蓝小梅脚上穿着那双皮鞋，就说："这鞋合脚吗？"

"就像自己亲手做的，不仅合脚，还合心。"

"你瘦了好多，该不是为了穿这鞋而减肥吧？"

蓝小梅轻轻一笑："再减肥也减不到脚上去。我就是不想削足适履，才惹恼了你们的领导。认识他这么多年，从未见他如此凶恶。一般的狠话说一说，消消火气也罢，他居然威胁要将蓝飞弄得连民办教师都不是。不过，我的话也不好听，如果他真是这种人，我马上让蓝飞辞职回家当农民。他到底还是一个挺仗义的男人，糊涂一时，但不会糊涂一世。回过头来，他又来劝我，还不停地夸你，一会儿说你是界岭的孔圣人，一会儿又说你是界岭的蔡元培。慢慢地我就听烦了，对他说，那些开服装店的温州人，若是像他这样搞推销，一件衣服都卖不出去。因为他根本不了解，女人哪怕买一根线，也只相信亲手选中的，别人说得天花乱坠也起不了作用。"

余校长壮着胆问："你亲手选了没有？"

蓝小梅从柜顶上取下一双崭新的布鞋，扔到余校长怀里："你穿上吧，看我选的脚合不合适！"

余校长脱下脚上的旧鞋，新鞋还没穿好，就学蓝小梅说："就像自己亲手做的，不仅合脚，还合心。"

蓝小梅开心地蹲下来，用手摸了摸余校长脚上的新鞋。

余校长突然冲动地抓住她的手。蓝小梅像凝固了一样，乖乖地蹲在他身边。等了片刻见余校长没有进一步行动，蓝小梅试着将手抽动一下。余校长这才抬起手来，轻轻地搂住她的腰。

蓝小梅幸福地闭了一会儿眼睛。

好像是两个人早就商量过，蓝小梅说，让做娘的亲自同儿子说改嫁的事，实在是太难开口了。她要余校长与蓝飞开诚布公地谈一谈。谈得成和谈不成都不要紧，只要将这事挑明，她就好与儿子交流了。

余校长心里一阵狂喜，顾不上细想就满口答应。

情感上的突破，让回到餐桌旁的余校长变了一个人。

见蓝小梅满脸羞红，万站长心里醋醋的，他说："看你俩的样子，难道是瞒着我们喝了自己的喜酒？"

余校长还想掩饰。蓝小梅大方地说："教育站的领导没安好心，非要将我这个民办教师的老娘，降一级！"

张英才反应快，马上说："我举双手拥护这样的决定，欢迎蓝小梅降级，变成民办教师的妻子！"

餐桌上的人再也忍不住了，一起放声大笑。

等笑够了，蓝小梅才说起一件正事。

蓝飞到县团委工作后，一直有个心愿，想办法利用社会力量，为界岭建一所新的小学。这件事已经有点眉目了，等到有较大把握时，再与余校长他们具体说明。

万站长惊呼，如此重要的事情，蓝小梅事先竟一点风声不漏，非要作为大礼，完整地献给余校长。其他人也一边祝贺，一边与余校长开玩笑，界岭小学真的不只是双喜临门，而是像余志说的百喜临门了。也有人用孙四海的话取笑，问他到时候想要哪件大喜事生的小喜事。

孙四海很少如此开心，他说："只怕我想要的小喜事，有人舍不得给。"

大家都明白这话的意思，欢笑之声更加强烈了。

从那天晚上离开细张家寨，整个夏天，与蓝飞谈话的事总在余校长心里盘旋。好几次，他夜里突然醒来，睁大眼睛盯着窗外的星星，不免有些胆怯。他实在想不出来，如何开口对蓝飞说，自己想娶他的母亲。余校长曾经问过孙四海，将来他如何公开与王小兰的关系。孙四海说，到了那一天，他会找个人多的地方，深深地吻着王小兰。这种方式显然不是余校长想要的。

向来遇事沉得住气的余校长，经常独自发呆。

余志当然理解。有一天，他拦住一辆三轮车，大声叫余校长快上车。

余校长真的听了他的，等到三轮车快到细张家寨时，他才想起来，哪能无缘无故地来找蓝小梅呢？余校长不敢在蓝小梅的家门口下车，他不想让轰轰隆隆的声音惊动四邻的人。直到三轮车驶出细张家寨，他才叫停，再回头走向蓝小梅家。

余校长的出现让蓝小梅又惊又喜，她让余校长无声无息地拥抱了好久，才开口问话。余校长不好意思回答，自己想了又想，还是想不出，真的见到蓝飞后，如何将心里的话说给他听。蓝小梅只是笑，她觉得，这些都是余校长为来看自己而编造的借口。

这之后，余校长差不多每半个月就要到细张家寨坐一坐，与蓝小梅说说话，心里就舒坦了。

暑假过完，新学期开始后的第一个周末。余校长将寄宿的学生一一送回家，返回来时，老远就看到家里的灯被人点亮了。余校长很奇怪。余志同李子一道去乡初中报到时，要用的东西准备得很齐全。余志还说，万一有事他会就近去找蓝小梅。既然不是余志，难道会是蓝小梅吗？余校长这么一想，心里就激动起来。他气喘吁吁地推开虚掩着的门，正在屋里忙碌的人真的是蓝小梅。

余校长上前想拉她的手，蓝小梅却递上一杯茶。再看桌上，除了鸡鸭鱼肉六个菜两道汤，还摆着四双筷子和四只酒杯。

蓝小梅跟着他的目光说："我替你叫了两个客人。"

余校长猜是邓有米和孙四海，时间不长他俩就真的来了。

他俩一看就问，这种架势，应该是洞房花烛夜了。

蓝小梅满脸羞红地说："当老师的，逼婚也逼得巧妙。"

余校长也脸红了，却是急的："我什么也没说呀，就是去看看你！"

蓝小梅说："是你的宝贝儿子余志，当着邻居的面，直着嗓子叫妈妈。还有李子，也跟着一声声地叫干妈！真叫我为难呀。那么可爱的两个小家伙，能对他说，我不是你妈妈吗？没办法，我也只好下决心，就给余志当妈妈啦！"

蓝小梅说话时，孙四海在旁边偷偷地笑。

余校长忽然想起，余志临离开家时，被李子叫到孙四海屋里去了一阵。他明白，这一定是孙四海出的主意。

邓有米说："那余志爸爸的妻子由谁来当呢？"

蓝小梅看了余校长一眼："这话你得去问当事人。"

"我早就想好了！"余校长已经喜不胜喜，脱口说了一个雅致的句子，"姹紫嫣红，独钟一缕，至沧桑不改。"

想不到蓝小梅很快回应了一句："我也只好——天理人伦，琴瑟共鸣，伴日月轮回。"

邓有米和孙四海拍手叫了一阵好。

酒足饭饱之后，二人站起来说，他们的任务已经完成，剩下的事，只能靠余校长和蓝小梅自己了。说完便像做了坏事一样夺门而逃。

只剩下两个人了，蓝小梅牵上余校长的手，到操场上走了一阵。在那间被石头砸塌的教室外，蓝小梅轻声告诉余校长，整整一年，她总在想，那块石头其实是很懂人性的，一般山上的滚石只会笔直地往下冲，那块石头却拐了个弯，砸在本应该是蓝飞站的位置上。她觉得儿子不懂事，做娘的不能不懂事。一开始，她只想来界岭小学，当个义务照顾寄宿学生的生活老师。没料到这种年纪了，还会心猿意马，非要将自己嫁过来才安心。

余校长紧紧抓着蓝小梅的手，一句话也不敢说，害怕惊动了什么。

走了几圈，回到屋里时，余校长习惯地将门掩上。蓝小梅站在离门不远的地方不走了。余校长会意，他闩好门，走到她身边，蓝小梅突然伸出双手紧紧抱住他，用滚烫的嘴唇贴着他的脸。

"想吃荷包蛋吗？"

经过一夜激情，余校长早上醒来，痴痴地望着躺在身边的蓝小梅，似乎还能听到昨晚临睡时她说的那句百媚千娇的话。不知为什么，余校长忽然想起王主任和他的娇妻。再对比眼前蓝小梅有些苍老的身子，和自己更显苍老的样子，不由得笑了一声。蓝小梅被惊醒了，迷迷糊糊地问，是不是笑她的身子长得像红豆杉的树皮。余校长像捡到宝贝那样紧紧地搂住她说，红豆杉的树皮是天下最珍贵的东西。

蓝小梅在余校长家里住到星期天下午才走。要不是有些咳嗽，也许还要多住些时日。蓝小梅独自睡了十几年，身边突然有了男人，夜里总是情不自禁地享受肌肤之亲，山上又比山下凉许多，不知不觉地受了凉。实际上，还有另一层原因，蓝小梅在心里将自己当成了新媳妇，这一天该回门了。那天午睡醒来，余校长发现蓝小梅躺在身边发呆，以为她是舍不得离开，便安慰她说，等与蓝飞沟通过，就去将结婚证领了，然后天天在一起过日子。蓝小梅不断地摇头，等到摇够了，才问余校长，假如往后听到什么消息，他会不会变心。余校长觉得奇怪，两个人的灵肉都已融为一体了，怎么还说这种话。蓝小梅怜爱地数落他，看样子像是什么都经历了的历史志书，可心里还像小学一年级的课本那样单纯。余校长从未听到如此譬喻人的，对蓝小梅的了解一下子又加深了不少。余校长要蓝小梅尽管放心，就像李玉和在《红灯记》中唱过的，有这两夜垫底，什么样的黑暗都能对付。

两个人躺在那里说着甜滋滋的话，慢慢地就激动起来。一阵亲密之后，余校长忍不住长出了一口气。蓝小梅毕竟是女人，偎在余校长怀里打个盹儿，就有精力了。蓝小梅要余校长记住自己是有些年纪的人了，凡事不要犹豫不决，推三推四，自己还没安顿好，就不要去关心别人。余校长也是痛苦经历太多，幸福突然降临，脑子不会转弯。他说自己再也不会当男苕了，就算万站长要当他的情敌，他也决不退让。蓝小梅想听的就是这句话，高风亮节不是爱情，争风吃醋才是爱情。

穿戴整齐的蓝小梅，临走时将一封信交给余校长。

载着蓝小梅的三轮车还没完全消失，余校长就迫不及待地打开了信。

在这封上山之前就写好的信里，蓝小梅将余校长称为"我后半生最爱的爱人"。在一段亲密的话之后，蓝小梅问余校长有没有听说万站长家里的事。余校长只知道李芳突然变了个人，对万站长要多好有多好。

蓝小梅自问自答地写道，不仅是余校长，就连万站长都还蒙在鼓里。自己之所以急着来见余校长，是因为李芳得了血癌。

几天前，李芳悄悄地来到她家，未曾开口，两行眼泪先流了出来，一边哭一边说自己遭报应了。李芳的话将蓝小梅吓了一跳，她掏出来的那份诊断报告更是吓人。其实在县医院就确诊了，李芳不相信，又去市医院和省城医院，所到之处都是如此诊断，她才死了侥幸之心。李芳哭得像个泪人，泪水冲掉脸上的浓妆，露出本来的脸色，果然是很不健康。从县医院最初的诊断开始，李芳就从万站长那里开始后悔，一直后悔到蓝小梅身上。李芳打算在自己有生之年尽可能对万站长好一些，这之后就只能在天上为他祝福了。

蓝小梅因此写了两封信。

第一封写给万站长，蓝小梅觉得，李芳不将最大的隐秘告诉丈夫，于情于理都是说不过去的。她劝万站长不要再身在曹营心在汉，要好好尽丈夫之责。癌症也不是完全不可战胜的，天下之大，总会有奇迹出现。蓝小梅感谢万站长，本来以为这辈子就一个人终老了，想不到他帮自己找到了老伴余校长。

第二封写给余校长。蓝小梅对李芳亲自登门告知病情的本意不太明白。有时候以为她是在交代后事，托付万站长的将来。有时候又觉得李芳并没有彻底绝望，她是要蓝小梅做点事，使万站长不再有婚姻之外的幻想，也让她下定决心嫁给余校长。

如果不是蓝小梅亲笔所写，余校长绝对不会相信。不是不相信李芳得了癌症，而是李芳将自己得了癌症的事亲口告诉蓝小梅，竟然还瞒着万站长。余校长感到一种莫名的心疼。

见蓝小梅走了，两天两夜没过来串门的孙四海踱了过来。

不等他开口说笑，余校长就说了李芳给万站长买摩托车的原因。

孙四海吃惊地说：“老天爷到底是老天爷，只要一出手，就能击中人的要害。”

后来，邓有米也知道了这件事。大家在一起商量了几次，都觉得，李芳毕竟是万站长的妻子，等有机会向万站长证实她的病情之后，再去探望一下。

余校长以为万站长收到蓝小梅的信，就会来界岭小学，找自己说点什么。等了近一个星期还没动静，余校长觉得事情有些不妙。

那天下午，余校长终于听到一阵熟悉的摩托车响声，连忙跑出来。摩托车是万站长的，骑摩托车的人却是黄会计。黄会计将工资数给他们，说希望从下个月开始，大家都能拿到公办教师的工资，这可怜兮兮的三十五元，他都不好意思发了。黄会计告诉他们，万站长送李芳到省城最好的医院治病去了。当会计的三句话不离本行，说虽然乡计划生育管理站比教育站有钱，可也应付不了一个癌症病人，万站长将家里这些年存的钱全部取了出来，还怕不够，又找他借了一些，才敢带着李芳出门。

余校长有些担心蓝小梅，黄会计刚走，他便拦了一辆三轮车去细张家寨。

果然，蓝小梅也是刚听到李芳的消息。

余校长一进门，她就直往他怀里钻，开始还咬着牙不哭出声来，后来实在忍不住了，索性放开嗓门大哭，泪水很快就将余校长胸前的衣服湿透了。蓝小梅哭的是，最后关头，万站长还是显出男人的品质。换了别的人，说不定会将积蓄藏得紧紧的，反正是要死的人，不愿意多花冤枉钱。余校长明白，蓝小梅对万站长还是有一种复杂的感情。

那天晚上，蓝小梅不让余校长返回界岭小学。

小别胜新婚，余校长也不想急着走。

因为夜里贪欢，早上醒来，外面稻场上已有人在忙碌。

余校长怕蓝小梅难堪,打算从后门离开。蓝小梅却要他明明白白地从大门出去,让他走后门自己才会难堪。还拿出一包香烟,要他出去后见人给两支。

送余校长走时,蓝小梅特意站在门口大声说:"星期六一定要回来呀!"

蓝小梅将这句话说得百转千回柔情万种,一如新婚妻子在叮嘱离家丈夫。好多年没有女人这样对他说话了,余校长听得心里热乎乎的,也不管有多少人在看,连忙回答:"学校一放假我就回来。"

早起的人也就十来个,一包香烟散发完,余校长正好走到细张家寨村边。收下香烟的人开玩笑说:"余校长,你也太小气了吧,喜糖也没见到一颗,仅仅两支烟就将大名鼎鼎的半老徐娘弄到手了!"

余校长索性放开胆子回答:"礼轻情意重嘛!"

说归说,周末余校长再来细张家寨时,特地带了几斤水果糖,每家送了一包。两个回合下来,细张家寨的人就认可他是蓝小梅的再婚丈夫了。

月底那个周末,余志要回家,余校长就没有去细张家寨。这也是他与蓝小梅商量好的。一般这个时候蓝飞也会回家看看,毕竟还没同他说清楚,蓝小梅也怕蓝飞会给他们难堪。

因为蓝小梅说过,等蓝飞离开后,她会到界岭小学来。从周日下午余志和李子回校,余校长就在盼望,只要听到机动三轮车的响声,就要到门口看一眼。

自从机动三轮车开上界岭后，坐车的人越来越多。从前，为了给孩子买几样必需的文具都会愁破头的人，不知从哪儿弄到钱，也能站在路边招手拦车了。这大概就是火车一响，黄金万两的道理了。

尽管机动三轮车过了五趟，车上却没有蓝小梅。

星期一又等了一天，蓝小梅仍然没来。

星期二一大早，余校长就被一阵机器声响吵醒。

余校长起床后，自己先洗漱了，再去将寄宿的学生叫醒。有几个新入学的一年级学生，才五岁多一点。界岭小学仍然是两年招一次新生，这些出生年份不巧的孩子，要么延后一年，要么就得提前一年入学。五岁多的孩子还不会穿衣服，不会洗脸和刷牙。

余校长正在手把手地教他们，蓝小梅突然进来了。

跟在她身后的是蓝飞，还有一对中年夫妇。

蓝小梅上前替下余校长，让他去招呼客人。因为时间太早，还没来得及烧开水，余校长想去厨房，却被蓝飞拦住，要他以往干什么，现在还干什么。别的事等忙完了再说。

余校长给孩子们穿戴好，就将他们带到操场上，举行升旗仪式。十几个寄宿学生排好队，邓有米和孙四海也将笛子准备好了。听到余校长号令，一会儿就将国旗升上半空。

升旗仪式结束后，那对中年夫妇也不用人带路，自己绕着学校转了一圈，然后就站到最早是万站长，接下来是张英才、夏雪、骆雨，最后是蓝飞住过的屋子门口。那扇门上挂着一把假锁，见他俩想进去，余校长伸手一扯，锁就开了。屋子里很干净，连霉味都没有。余校长说，说不定哪天教育站就会送新老师来，所以，每个星期都会将这个屋子打扫一次。

中年夫妇站在桌子前，盯着玻璃板下面的诗抄。

余校长就向他们介绍说，这首诗是支教生夏雪压在那里的。

整个早上，中年夫妇什么也没说。

蓝小梅将早饭做好，请他们上座时，也只听到那女的轻轻地说了声谢谢。

蓝飞也说不出对方的姓名，只告诉余校长，两位客人昨天下午到县团委，今天一大早就乘专车赶到乡里，再换乘机动三轮车来到界岭小学。余校长也不着急问他们有何贵干，时间一到，他就去三、四年级教室上课。这一届一、二年级由孙四海负责，五、六年级由邓有米负责。

第一节课下来，邓有米对余校长说，那对中年夫妇一直在他的课堂上听课，莫不是上面派来抽查教学质量的？余校长也怀疑，后来见他们一直在邓有米的课堂上坐着，就放心说，若是检查教学工作，肯定要了解各个班级的情况，不会只去邓有米的班。上午最后一节课，中年夫妇不再听邓有米的课了，二人又去那间一直是给外来老师住的屋子，默默地坐到下课铃响。

要吃午饭了，蓝飞才去看他们。

中年夫妇冲着蓝飞点点头说:"就这样定了。"

蓝飞很激动,转过身来叫大家都去办公室。

当着中年夫妇的面,蓝飞对大家说,这二位好心人,是从省城来的,代表自己的孩子捐款十万元,建一所新的界岭小学。中年夫妇一如既往,坚决不肯吐露姓名,他们唯一的要求是,建新学校时,一定要将这间专门给外来教师住的屋子保护好。

余校长想起蓝小梅说过,蓝飞想用社会力量给界岭建一所新的小学。他将中年夫妇打量半天,无论从哪个角度看,都觉得他们不像有钱人。

余校长从未碰上这种事,完全不知所措。

蓝飞却内行多了。他问中年夫妇要不要像其他学校那样,用捐款者的名字给学校命名。中年夫妇不同意,就连在界岭小学中间加上"希望"二字的提议都没答应。他们只管将钱汇到县团委的专门账户上,再由县团委按相关规定转给界岭小学。

事情商量好了,中年夫妇就要告辞。

蓝飞跟着他们跳上那辆机动三轮车时,蓝小梅说:"我不走了。我要在老余这儿住一阵子!"

蓝飞不敢相信地盯着蓝小梅。

蓝小梅平静地说:"你要愿意,可以将老余叫爸爸。当然,叫叔叔也可以。"

蓝飞大叫一声:"妈妈,你都快五十岁了呀!"

蓝小梅说:"就因为快老了,我才急着将自己嫁出去。"

余校长觉得自己不能不说话了,上前说:"我和你妈妈是经过深思熟虑的,不过我们也会尊重你的意见。"

蓝飞差点要说丑话,嘴都张得老大了,见那对中年夫妇在盯着自己,便闭了嘴。再张嘴时,那句话已经变了样,他用拳头在余校长的胸脯上不轻不重地捶了一下。

"没想到你胃口超大,还要我送上一位压寨夫人!"

机动三轮车开走了,余校长才察觉,因为太紧张了,两边太阳穴有些胀痛。

27

有一阵,中年夫妇的来历成了界岭小学的热门话题。

从他们一进那间屋子就不肯出来的情况分析,大家一致认定,二位要么是夏雪父母,要么是骆雨父母。需要进一步认定时,孙四海和余校长他们的分歧就变得明显了。孙四海、王小兰和李子认为是夏雪的父母,余校长、蓝小梅和余志则认为是骆雨的父母。邓有米和成菊,则无定论。这种争议很快蔓延到学生当中,进而扩散到整个界岭。

直到张英才的出现,话题才有所转移。

张英才带来三份招收全民所有制合同工表格,这是民办教师转为公办教师最正式的手续,只要按照要求填写,再一级级地交上去，最后盖上县人事局的大印，余校长他们的历史就要重写了。

在一片喜气中，蓝小梅注意到张英才的脸上挂着一丝忧郁。

蓝小梅看见，张英才至少冲着旗杆顶上的国旗长吁短叹了五次。余校长判断，张英才的忧郁是爱情问题造成的。蓝小梅戳了余校长一指头，说他像个小青年，自己害单相思，就将麻雀看作吉祥鸟。余校长不服气，就去问张英才。张英才迟疑了一下，承认和女朋友的情感确实有些问题。蓝小梅对余校长的得意不以为然，谈恋爱不顺利的人很多，谁也不会冲着国旗叹气。余校长于是做了个朝天叹息的样子，说，成语中的仰天长叹难道不是如此吗？

张英才拿到填好的三份表格就下山去了。

余校长留张英才在山上住一晚，尝尝蓝小梅做菜的手艺，他没有答应。张英才要余校长将自己先前住过的屋子留着，不要做别的用，说不定哪一天，要回界岭小学教书。余校长告诉他，那间屋子里一切照旧，就是玻璃板下多了一首爱情诗抄。

别的人都将这话当成玩笑，唯独蓝小梅认为这不是信口开河。

隔了两个星期，万站长带着李芳从省城回来了。

第二天一早，他就陪同县团委方书记一行人来到界岭小学。

余校长安排邓有米去请村长余实，蓝飞也跟着去了。

村长余实果然还记得蓝飞说过的话，邓有米一说建学校的事，他就问，将来还要在学校门口挂上"自由民主基地"的牌子吗？他推七推八地不想来，说又不是发救济款，建小学的事由万站长和余校长决定就行。蓝飞不轻不重地说了一句，方书记很快就要当副县长了。村长余实愣了愣，只好跟着他们走了。

大家现场办公，将校舍建设方案确定下来。总体原则是旧房子先不动，新教学楼建在旧教室旁边。教学楼的图纸是统一设计的，但凡是捐建的学校，必须照此修建，这也是为了让县团委所做的工作更加一目了然。按规定，人家捐十万元，村里也要相应出资十万元。二十万元建一所小学是不成文的标准。考虑到界岭地处偏远，人口不多，学校不需要建那么大，加上界岭之穷早已名声在外，县团委同意当地不用出钱，多做配合就行了。不过既然村里不出钱，各种建筑事务，也不许村里插手。这样做也是想防备村里将捐款暗中挪作他用。

至于基建任务的负责人，理所当然是界岭小学的一把手余校长。

正事谈完了，蓝飞才向方书记介绍，余校长是自己的新爸爸。

方书记很惊讶，蓝飞的母亲愿意改嫁到界岭，又表扬蓝飞在长辈的婚姻问题上表现很得体。方书记事先听过介绍，又惋惜地夸余校长，说余校长若是年轻十岁，一定要将他树立成团委系统的先进典型。

余校长连忙说："孙老师比我小一些，应当可以。"

万站长说："界岭小学的老师都是一个样，说落后都落后，说先进都先进。"

方书记想听听孙四海的事迹。余校长刚说孙四海当年是个失学的流浪少年，是老村长慧眼识人，将他带回界岭，做了民办教师。孙四海就打断他的话说，自己这辈子也当不了先进。方书记问他为什么。

孙四海说："我犯了一个巨大的三角恋爱错误！"

方书记大笑起来："这是一种美妙的错误。现在的年轻人，谁没谈过三角恋爱。没有魔鬼三角体验，就看不到爱情的伟大。"

孙四海说："如果对方是有夫之妇呢？"

方书记不笑了："那就另当别论。"

蓝飞岔开话题："孙老师应当向万站长学习如何成人之美。"

方书记不懂这话的意思。蓝飞就将万站长、余校长和蓝小梅之间的故事说了一遍。方书记开心地笑了起来，在场的人只有蓝飞陪着他笑，其余的人都板着脸。连村长余实都觉得，蓝飞这样说话，有牺牲长辈的尊严取悦上司的嫌疑。

于是，大家就不约而同地问候万站长，说好久不见，他瘦了很多。万站长苦笑着说，这些时在省城医院得到的最大收获是，妻子的癌症，丈夫也有一半。至于妻子的情况，万站长表示，还不那么悲观，但是，往后每个月都得去省城医院做放疗，最终还要考虑换骨髓，虽然他俩有些积蓄，这次去省城治病已花得差不多了，如果真的要换骨髓，那可是要花大钱的事。

这时，蓝小梅做好了饭。

大家坐下后，村长余实说，本来应该由村里出面招待方书记，一方面是方书记没有提前打招呼，另一方面村里的经济情况实在太差。蓝飞也不想让方书记觉得招待不周，顺着村长余实的意思说，这是自己在界岭，吃过的最为奢侈的一顿饭。

方书记倒是宽厚："母亲做的饭菜，当然是人生中最奢侈的。"

听到这话，蓝飞赶紧端起酒杯，冲着蓝小梅和余校长说："幸亏方书记的教诲。我就借方书记的吉言，敬妈妈和余爸爸一杯酒，祝二老幸福安康，吉祥如意！"

蓝飞一口气喝了三杯，而只让余校长喝一杯。

方书记带头鼓掌，忽然又问界岭小学有没有民办教师。得知余校长他们都是民办教师，方书记说，这些时，县委几次开会研究解决民办教师问题。那几位坐火箭上来的家伙，不了解实际情况还情有可原，最要命的是对民办教师没有感情，硬是将民办教师说成是对中国教育事业的侮辱。方书记说，自己当场站起来，从县委书记开始数，会场上的二十多人，有一半以上受过民办教师的启蒙，这才将几位无知无畏的父母官镇住了。

听到这话，余校长举起酒杯，说了些感谢的话。方书记告诉他们，虽然自己说了重话，最终确定的政策还是美中不足，民办转公办时，他们自己还得掏些钱买回从前的工龄。邓有米很紧张，问大概要付多少钱。方书记说，具体算法由人事局操作，应当在民办教师所能承受的范围内。余校长他们这才略微放心。

方书记和蓝飞他们一走，村长余实就提出让李家表哥他们来盖教学楼，也是肥水不流外人田。万站长不同意，这样的工程，必须交给建筑公司或者专业工程队。村长余实不死心，又想用村里的名义让这些人成立一个工程队。万站长说，教育部有规定，校舍建设，必须是正规的建筑公司才可以。村长余实生气了，一甩手走开，不冷不热地说，不要以为有了钱真的就是老大了。

万站长不管这些，商量到最后，大家一致同意，就找乡里的工程队，将一应事情全部承包出去。

要谈的事情都谈到了，万站长也要下山了。

余校长赶紧说，蓝小梅有事找他。万站长迟疑了一下，说自己也忘了祝福他俩。说话时，蓝小梅已经过来了。蓝小梅将一只红包交给万站长，让他给李芳买点营养品补补身子。

万站长接过去时，眼圈红红的。

蓝小梅从口袋里掏出手帕递了过去。

万站长没有接受，他将自己的手帕掏出来，擦干泪水，说从今往后，别说眼泪，就是唾面也只有自干了，再用蓝小梅的手帕擦眼泪，就不是男子汉，也对不起余校长。万站长还说，任何其他祝福，对余校长和蓝小梅都是画蛇添足。过去，余校长每次都将转为公办教师的机会让给了别人，现在好人得到好报了。过去他不相信这些，现在他相信了。再不相信，就没办法解释，自己像烈火一样苦苦烤了蓝小梅多少年，却不及余校长平平淡淡地送双皮鞋。过去，他抢了明爱芬的机会，也害苦了明爱芬，从不去想什么恶人会有恶报。现在他也相信了。再不相信，也就没办法解释，自己与李芳又吵又闹地过了半生，刚刚有所好转，李芳却患上血癌。

说完这些自责的话，万站长骑上摩托车，轰轰烈烈地冲向山下。

看着万站长走远了，蓝小梅将自己的手塞到余校长的手里，由他牵着，慢慢地在操场上走了一圈。她说，万站长就是这样，别看他头脑一热，将摩托车开得像火箭，一会儿，风一吹，就没事了。说不定他还会转回来，做个样子，让我们放心。蓝小梅话音刚落，万站长真的骑着摩托车返回来，冲着余校长和蓝小梅说，刚才的话有些赌气，现在说的才是真心话。万站长没有再说祝福的话，而是要蓝小梅好好照顾余校长。于公，是照顾他的下级与同事；于私，是照顾他的朋友与兄弟。

万站长这一走，好多天没有再来。

周末，余校长和蓝小梅去细张家寨搬东西，特地到教育站去看望李芳。正要进门，忽然听到万站长正在屋里教李芳朗诵一首爱情诗：

> 当你老了，头发白了，暮思昏沉
> 偎着炉火打盹，请取下这页诗笺
> 回望你眼中的昨晚温柔，慢慢读
> 慢慢读，回想那昔日浓浓的阴影
> 多少人爱你青春欢畅的时辰
> 爱慕你的美丽，假意或者真心
> 只有一个人爱着你的灵魂
> 还有衰老的脸上痛苦的皱纹！

蓝小梅拉着余校长赶紧往回走，走到小街外边，才停下来问余校长，这是谁的诗。蓝小梅觉得奇怪，前两年，有一次，万站长从界岭小学回来，在她家歇口气时，突然朗诵起这首诗，差一点将自己彻底感动。蓝飞第一次从界岭小学回家时，也冲着她朗诵这首诗，后来自己去界岭小学看蓝飞时，才发现压在玻璃板下面的这首诗抄。余校长老老实实地说，自己本不清楚这诗是谁写的，是夏雪和骆雨告诉他，这首诗的作者是爱尔兰诗人叶芝。两位支教生，都喜欢在黄昏时靠着旗杆朗诵这首诗，所以学校的老师全知道了。

因为这首诗，蓝小梅对万站长的担心消失了。她将常用的衣物找出来，连同自己的日常生活用品，一起搬到余校长家里。

有蓝小梅在，成菊有事没事都会到学校来，帮忙照料住在余校长家里的学生。两个女人在一起，免不了要说些悄悄话，首先就是议论王小兰。王小兰除了月底到学校来等着接李子回家，平时来得越来越少，原因是丈夫闹得越来越凶，连要掐死她和李子的话都说出来了，王小兰只好整天待在家里不敢走远。蓝小梅和成菊都觉得，女人一辈子穷也不怕，丑也不怕，就怕嫁个蛮不讲理的丈夫。像王小兰，即便是来接李子，丈夫也只准她待在学校下面的村里，回家后，还要检查内衣。王小兰只好每次都将叶碧秋的小姨一起拖到学校来。

王小兰去幽会时，叶碧秋的小姨就坐在余校长家。

说起叶碧秋的情况，大家莫不惊讶。

叶碧秋一边在王主任家当小阿姨，一边考成人自修大学，已经拿到三门课程的合格证了。王主任一家非常支持，她白天带孩子，晚上去学校上课。照这个速度，再有一年就能拿到大学毕业文凭。余校长他们也挺高兴，没有完成中学学业的叶碧秋都能拿到大学文凭，对界岭及界岭小学的名声将会大有好处。

从蓝小梅嫁给余校长，到叶碧秋考上成人自修大学，加上民办教师转正和有人捐款修建新学校，界岭小学真的是四喜临门了。大家心里高兴，就要邓有米和孙四海用笛子吹些好听的乐曲。所谓好听的，也就是欢乐喜庆的。邓有米说吹就吹，还要成菊随着笛声歌唱。孙四海却难，明明脸上挂着笑容，笛子一响，又会忧郁起来。女人们倒是不受影响，她们认为孙四海的精神世界是悲剧组成的，等到王小兰光明正大地嫁给他，他就不会这样了。

天气越来越冷，眼看就要落雪了。

教育站的黄会计突然来到界岭小学。

黄会计喜形于色地通知，转正手续全部办好了，只要再交一笔钱，余校长他们就是公办教师了。

明明是喜事情，大家却笑不起来。

黄会计秉承主管部门的意思向他们解释说，这次转公办教师，不是干部指标，而是省里给的全民合同制用工指标。他们交的钱，会转给社保局，用于购买转正之前这些年的工龄。邓有米问，是否可以放弃从前的工龄，只从现在算起。黄会计摇摇头，这个办法别的民办教师也想到了，但政策不允许。必须有足够的工龄才可以转正，从前的工龄没有了，就不符合转正条件，就要回去当农民。黄会计将一张纸条交给他们，上面写着每个人应交的款额。黄会计不能代收，也不能代交，必须由本人到县教育局亲自交付。

黄会计还要去别的学校，说完就匆匆走了。

那张纸条在余校长、邓有米和孙四海手上来回传了许多遍。

余校长资格最老，要交一万一千元左右。

工龄稍短的孙四海也要交七八千元。

处在他俩之间的邓有米，一直在默默算账。好不容易算清楚，他将脚一跺，骂了一句粗话，说将自己这些年当民办教师的全部所得加起来，还不够交这笔钱。好在邓有米省吃俭用，当民办教师的工资和补助从未花过一分，妻子成菊种地和搞多种经济赚的小钱，也基本上存了起来，再找亲戚借一点，能凑足一万之数。

邓有米将自己的账反反复复地算了三天，仍然没有去县教育局。

第四天早上，余校长对孙四海和邓有米说："虽然过去两次的转正机会，我们三个像三国演义中的刘、关、张那样共进退。这一次情况不同，政策摆在那里，人人都有份。去教育局交钱，用不着三个人一起去。应该像发展党员那样，成熟一个发展一个。"

孙四海也说："既然邓老师筹到钱了，放在家里反而不安全，干脆先去县里将钱交了，顺便给我们探探路。"

邓有米想了想，觉得有道理。便将自己的课托给余校长和孙四海，将一包钱捆在腰间，拉上成菊做保镖，搭机动三轮车下山去了。

因为怕余校长他们惦记，成菊想在县城看一看，邓有米不同意，交完钱，拿到收据，就往回赶。天刚黑他们就回到界岭小学，将县教育局的盛况，向余校长和孙四海讲了一遍。

邓有米从未见过这么多的同行，一个县有这么多民办教师，全中国的民办教师数量就可想而知了。来的人虽多，交钱的只有一半左右；另一半人，说是来做政策咨询，也有请愿的意思。说起来大家都是一样的，当民办教师的时间越长，越是交不起工龄钱，大家都觉得应当按实际收入的一定比例付工龄钱才合理。最早的时候，每个月只有四元钱工资，而且一直拿了将近十年，现在算工龄钱，一个月就要交几十元，连教育局的人都说不合理。二十几年了，他们的工资才涨到七十元左右，还是由村委会和教育站各发一半。可问题是民办教师转正后，必须进社会保险这个"笼子"，而进"笼子"的规矩，就是任何人也没法改变。

邓有米在教育局见到了张英才。张英才虽然忙得不可开交，还是抽空对他说，这件事不可能再有转折了。张英才的意思是叫余校长他们排除万难也要将这笔钱交上，交了钱，往后的事情就好办了。张英才还说，已经有人在虎视眈眈地盯着这块肥肉了，有几个民办教师交不起这笔钱，就有可能便宜几个乌龟王八蛋！

这番话让大家想起，张英才上次回界岭小学时的表情。或许那时候张英才就知道这鬼政策了，才在心里替他们难受。谈到下一步该如何办，余校长和孙四海都不作声，但让人觉得他俩已心中有数了。

说起来真快，才一个月，黄会计来送工资时，就将邓有米和万站长一起，列在公办教师的工资单上。邓有米签字领钱时，双手情不自禁地抖动。黄会计笑着说，他发了几天工资，没见到一个民办教师不激动。难得受宠，针鼻大小的一点好事，就激动得要患心脏病了。黄会计又提醒余校长和孙四海快点到县里去交钱，若不交钱，名字上不了工资表不说，一过期限，有可能连收条都不让写了。

余校长不同他说这些，只问万站长在不在家。听说万站长又带李芳去省城医院做放疗去了，余校长轻轻地啊了一声。黄会计敏感地告诉他，万站长的本钱被李芳的病掏空了，如今是寅吃卯粮，就连李芳送给他的那辆摩托车也折价卖了。真想借钱，最好到没有民办教师的城里去找亲戚熟人。乡下有钱的人本来就少，突然间这么多民办教师要转正，有点闲钱的人家，早被捷足先登的人借空了。黄会计还说，全乡的民办教师中，除了界岭小学的三位，其余的人都找他借过钱，弄得他夜里都不敢开灯，一听到有人敲门，就心生烦躁。余校长说，自己只是问问，好久没看到万站长，有些想念。

因为余校长和孙四海还没办好手续，邓有米不好太高兴。但他一定要让成菊好好享受一下，便趁着周末再次去县城，用领到的第一笔公办教师工资，给成菊买了一枚金戒指。

天气很冷，但阳光很好。戴上金戒指的成菊，执意要到大大小小的村子里走一走。成菊的手粗糙得像是红豆杉的皮，食指上的金戒指在晴空中一闪一闪十分夺目。看到的人没有不羡慕的，都说她跟着邓有米过了二十多年苦日子，一夜之间就彻底翻身了。当然，也有人不高兴。最不高兴的是村长余实的妻子。因为成菊的金戒指，与她那戴了几年的金戒指一模一样。

正像俗话所说，成菊真的是睡着后笑醒了。

邓有米都领第二个月的工资了，成菊还是有事没事就在那里痴笑。下来巡医的乡卫生所所长看过后，怀疑她患了癔症。吃了一瓶谷维素片也不见效，邓有米急了，害怕乐极生悲，就想学万站长，送成菊到省城医院去诊治。蓝小梅拦住他，说是自己有个办法可以试试。

那天，蓝小梅借故请成菊吃饭。

见成菊又在无缘无故地痴笑，蓝小梅上前去贴着她的耳朵大声呵斥她：如果再得意忘形，就将邓有米的公办教师资格作废！成菊吓得全身发抖，将一大杯酒当成白开水倒进嘴里，不省人事地躺了一天一夜，醒来后便恢复到往日的样子。

从表面上看，最着急的人是万站长。

从省城回来后，万站长不顾自己累得也像得了癌症，三天两头往界岭小学跑，见面就问筹款进度。实际上，只要一看课程安排就明白，按兵不动的余校长和孙四海，除了上课哪儿也没去。说起来，他俩的想法基本相同，就算有人答应借钱，以界岭的情况，能拿出二三十元和四五十元就相当不错了，相对需要交付的款项，无异于杯水车薪。

万站长每次来，都要单独同蓝小梅商量一阵。那天，蓝小梅突然不辞而别。再回来时，就望着余校长伤心落泪。原来蓝小梅去县里，要蓝飞想办法筹点钱。蓝飞也没办法，县团委的同事都很年轻，几乎没有积蓄，自己又刚有女朋友，每月开销大得不得了，接下来就要筹钱买房子准备结婚。蓝飞建议，将家里的房子抵押给银行，换些贷款，或者干脆将房子卖了。真的做起来，才发现蓝飞的方法根本行不通。蓝家的房屋太旧了，银行不愿抵押，也没有人肯出价购买。

那一天，像要落雪了。

突然出现的万站长，带来乡法律事务所的谢律师。

万站长说了来意，将余校长吓了一跳。因为成了公办教师，邓有米的胆子比先前大了许多，虽然有些担心，还是同意万站长的做法。于是，万站长就带着律师去找村长余实，将这些年余校长他们垫付学校校舍维修费的明细账摊在桌上，希望村委会如数偿还，否则就向法院起诉。

村长余实哈哈大笑，钱是村委会欠的，又不是他个人欠的，他希望万站长去告状，更希望这事闹到报纸和电视上去。村长余实一向称呼万站长，这一次却叫他老万，提醒他不要将个人感情带到工作上，要以平常心来分析这件事。在界岭小学的问题上，村委会尽了力，那些民办教师才能坚持下来。至于垫付的维修费，谁知道是用在教室上，还是用在老师的住房上。说句不好听的话，在村里搞工作，又没有财政拨款，很多事情是分不清公与私的。像望天小学，至今还在破庙里上课，也没有谁说过要维修。界岭小学的房子虽然破点，四壁都是砖做的，上面盖的也是瓦，就是不维修也冻不死人。有人要将界岭小学当典型，给管事的人脸上贴金。村委会又没有财政拨款，一分一厘的收入，都是从老百姓手指缝里抠来的。实在抠不出来，也不能将人家的手指剁掉。说到动情处，他还表示，自己越来越觉得，这个村长当得太不要脸了。叶泰安大张旗鼓搞竞选，好不容易当上村长，屁股还没坐热，就辞职不干。不懂内情的人说是受排挤，其实是因为他没当过村长，觉得自己的脸皮很重要。他不同，当了多年村长，已经没脸了，无所谓要脸不要脸。真要告状，不用法官判，他就认输，将老会计的账本交出来，让有本事的人去欠账的人家收钱就是。到了那一步，只怕全世界都会笑话，吃香喝辣的，盖高楼大厦，坐高级轿车的政府，居然状告穷得叮当响的农民。

村长余实当即让老会计拿出账本给万站长看，又拿出村委会会议记录，上面记得很清楚，近几次会上，村长余实每次都在强调教育优先，只要有一分钱，也要将学校的问题考虑进来。万站长明白，老会计的账是真的，会议记录是假的。各个村都在这样做，将事先编好的会议记录，按各行各业各整一套，哪一行来检查，就用哪一本来对付。各自心知肚明，又顾及了各自的面子。

说到最后，村长余实使出撒手锏，要万站长帮忙，请有关部门批准砍一棵红豆杉，卖出钱来，什么问题都解决了。他还举了几个例子，说别的村就是如此应付实在过不去的难关。万站长没有料到村长余实会使出这个招，一时间，十八般武艺都失去用途。

讨债的事情没办好不说，倒过来还欠村长余实一个人情。

临走时，村长余实旧话重提，要万站长无论如何将捐建的教学楼交由村里来做，村里赚了钱，就可以投资到学校里。还说，村里这就去给砌匠们办手续，也成立一支建筑队，到时候该签合同就签合同，法律责任和经济责任，该承担的全都承担，只希望万站长到时候在县团委方书记面前多多美言。

回到界岭小学，见余校长他们还是一副波澜不惊的样子，万站长忍不住警告他们，盼了半辈子，想了半辈子，好不容易等到最后的转正机会，千万别让几个臭钱打倒了爬不起来。余校长和孙四海有苦难言，不是自己不想办法，实在没有办法可想，乡里就一家农业银行，大家都跑去贷款，弄得人家见到民办教师就像老鼠见到猫一样躲进窝里，用香油拌芝麻也引诱不出来。他俩很想说，早知今日，当初也学邓有米，一件衣服穿十年，省下钱来买个公办教师。可这话却说不出口，因为他们做不到。孙四海不能不照顾王小兰和李子，余校长除了妻儿之外，还有住在他家的那些学生，每次领到工资，或多或少总要买点肉，给学生们改善一下伙食。

万站长天黑之前必须赶回家，刚刚做完放疗的李芳需要他的照料。万站长没有摩托车骑了，他将摩托车卖给了教育站的黄会计。别人只肯给五折的价钱，黄会计却同意六点五折接手。卖摩托车的钱，也只能够支付下一次放疗的费用。

听到远处有轰隆隆的机器声，邓有米就陪万站长和谢律师到路口拦三轮车。

刚站定，村长余实就和李家表哥结伴过来了，说是到乡里去咨询如何成立建筑队。见万站长一副不想同他说话的样子，村长余实就同谢律师搭腔。他很诚恳地问，听说建筑行业里，每项工程都有一定的回扣。谢律师办过这方面的案子，自然清楚，这一行里的潜规则，回扣最少也有百分之五，最多可达百分之二十，只要手脚干净，基本上还是被认可的。村长余实追问，为什么建筑业可以如此特别。谢律师说，建筑业是特殊行业，乡下动土盖间新屋，都要请远亲近邻喝喜酒，工程越大这种特殊性就越明显。

邓有米听了这番话后，悄悄地看了万站长几眼。

万站长像是不在意，其实也在静静地听着。

28

元旦之前，县团委正式通知，为界岭小学新建教学楼的捐款已到账，可以按计划动工了。万站长将余校长和邓有米叫到教育站，然后和专门下来落实此事的蓝飞一起拍板决定，将新建教学楼的事，改交邓有米负责。这也符合惯例，基建的事总是由副手管，而且邓有米又是公办教师，对纪律的约束性更为敏感。另外，余校长娶了蓝小梅，作为儿子的蓝飞，不能与继父发生经济上的直接往来。直系亲属回避，也是一种惯例。邓有米刚成为项目负责人，万站长就要他拿出主意，此项工程是交给乡建筑公司，还是交给刚成立的界岭村建筑队。邓有米想看万站长的眼色，万站长却不让他看，低着头，一心一意地看那些摆在桌上的文件。

邓有米没办法，只好咬牙说："还是交给界岭村建筑队比较方便。"

"错了。"万站长站起来，在屋里转着圈，"余实赶紧成立建筑队，明摆着是冲着这项工程来的。你也不想想，他们白手起家，连只吊葫芦都没有，就等着用盖楼房的钱去添置设备。这些人从未搞过大工程，一个人就是一处穷窟窿，得花多少钱才能让他们吃个半饱。"

邓有米喃喃地说："我还以为熟人好说话。"

"你要是这样想就大错特错了。"这一次是蓝飞站起来表示反对，"像余实这样的老油条，为什么会冒界岭之大不韪，长年累月对你们几个不冷不热，甚至对我大打出手？根本原因是老村长去世时流传的所谓政治遗嘱。其中说，叶泰安之后，让孙四海当村长。要是你们三位不团结，余实早就会对孙四海单独下手了。因为你们很团结，所以他就和学校对着干了。"

邓有米被这番话说得寒毛都竖了起来。

好在他明白，蓝飞是在记恨村长余实当初的那记耳光。

万站长和余校长也不同意蓝飞的说法。村长余实虽然有防范之心，以孙四海的清高孤傲，帮助叶泰安修改竞选的演讲稿已经是极限了，这一点想必村长余实比谁都清楚。

大家一边讨论，一边说些看似无关的闲话，然后一致同意，教学楼工程交由乡建筑公司承担。具体合同，由邓有米负责签订。余校长觉得奇怪，如此大事万站长和蓝飞应当出现在现场才是，让这辈子只签过工资表的邓有米独自面对，万一出了事该如何是好。见余校长担心，万站长和蓝飞一下子变得轻松起来，安慰他说，这种事其实很简单，将房子盖好，可以使用就行。房子这东西不能掺假，十来岁的孩子也能看出优劣。如果不行，就不付钱。

万站长和蓝飞不仅自己不肯陪邓有米，也不让余校长去。

邓有米突然显得有胆有识，独自同乡建筑公司的人接触几次，就将合同签了下来。

冬天的界岭气温太低，一直等到春天来了，外面不再结冰后教学楼才正式奠基。

这期间全乡的民办教师已经有四分之三以上交了工龄钱，成了公办教师。万站长已经习惯蓝小梅嫁给余校长的事实了，又像从前那样，有事没事都要到界岭小学看看。

过年之前，张英才也来过两次，他在为余校长和孙四海着急。虽然离交工龄钱的最后期限还很远，可他知道，实在交不出这笔钱的人，就是再给十年时间，也还是没有办法。张英才不像万站长沉得住气，头一次来，他什么也没说。下次再来，他就忍不住问蓝小梅，余校长心里到底作何盘算。蓝小梅倒过来问他，难道上面真的是如此铁板一块，一点人情味也没有，就因为这该死的买回自己工龄的钱，将教了半辈子书的老师撵出校门？张英才让她想想界岭村的余实，一个小小的村长都能如此无情无义，别的人就可想而知了。

能看出来张英才在替自己着急，孙四海倒过来劝他。

要说着急，孙四海比谁都着急，所以才会内火攻心，硬是烧得嘴里满是燎泡，还有一个接一个的溃疡。熬到年关，那些从外面打工回来的人，到学校来看孩子时，都说现在的老板越来越卑鄙，辛辛苦苦干一年，能拿到一半工钱就算不错，年后去复工，能不能再发另一半，还是未知数。这样说话，意思很明白，就是防止别人开口借钱。幸亏孙四海没有找人借钱的念头，不然嘴里会生出更多的溃疡与燎泡。当老师的向学生家长借钱，不用说失去尊严，仅仅是债主与欠债人这样的关系，就让他们没办法好好教书了。当孙四海明白，自己三五年内绝对无望凑齐八千元钱后，心里反而坦然了。

万站长每次来界岭小学，都会面对正在修建的教学楼意味深长地说：静观其变。

正式动工才三个月，两层高的教学楼就封顶了。主体结构完成后，蓝飞来看过一次，顺便带来合同规定的第二张转账支票。蓝飞还带来县团委方书记的指示，暑假期间除了要将内部粉刷装修弄好，外部环境也要改造一下，九月初开学时，方书记要亲自陪同捐款人来界岭，主持教学楼启用仪式。邓有米在满口承诺的同时，再三提醒蓝飞，第三张转账支票，也就是最后一张转账支票，一定要在完工的同时交给乡建筑公司。

蓝飞说起话来已经非常像领导干部了，他将邓有米的肩膀拍了三下。

"你们的事也是我的事。你们着急，我会更着急。"

八月中旬蓝飞再来时，教学楼里里外外都弄好了。他很满意地将最后一张转账支票交给邓有米。邓有米没有当场交给乡建筑公司的负责人，而是装进自己的口袋里。

那一天大家都很高兴，最高兴的是邓有米。按照习惯，甲方要请乙方主要人员喝竣工酒。因为邓有米拿着公办教师的工资，便主动将相关人请到家里，同时也算是自己转为公办教师后的一种答谢。万站长当然不会缺席，村长余实明明在家闲着却不肯来。由于学校没有与村里专门成立的建筑队合作，这口恶气只怕要在村长余实心里憋成一块生铁。

几杯酒下去，邓有米难得地说了几句豪言壮语，其中最让人惊讶的是，他预言再过两三个月，界岭小学就会彻底摆脱"村阀"禁锢，界岭小学的全体老师也将彻底与"村阀"分道扬镳。由孙四海和叶泰安在界岭村上次村长竞选时发明的"村阀"一词，尽管没有在正式演讲中说出来，私下里已有人在用这个词形容村长余实。余校长从一开始就反对这个词，邓有米也不说这个词，甚至在孙四海说起"村阀"时，他会小心翼翼地东张西望。此时此刻，"村阀"这个词的出现，让蓝飞格外高兴。他说邓有米在这一点上的觉悟，其重要性远远大于这座花十万元修建的教学楼。

他俩正高兴，冷不防万站长将酒杯重重一放。

"老邓，你不要忘了古训：言多必失！"

此言一出，邓有米立即冷静下来。加上怀里还揣着一张转账支票，要趁乡里的农业银行关门之前进账，邓有米不再劝酒，热热闹闹的酒席很快就收场了。

万站长他们走时，邓有米也跟着走了。

大家都以为邓有米是去建筑公司结账。

邓有米当天没有回来。第二天上午，才听成菊说，邓有米去县里办一件十分重要、能让界岭小学的同事们皆大欢喜的事情了。邓有米在县城住了一个晚上就回来了。余校长问他去县城干什么，邓有米只是简简单单地说，他要找的人请了假，到部队探亲去了，开学之前才能回来。

成菊听见后连忙追问："好好的，干吗要找一个军婚的女人？"

邓有米笑着当众拉起成菊的手："你是老邓家的福星，别说军婚，就是拿美国总统的女儿来换，我也舍不得！"

在所有笑声中，孙四海笑得最冷静。

"邓老师转正后，各方面的水平都上了新档次，前天才发现村长没什么了不起，到今天连美国总统的女儿都觉得不般配了。"

"只要不说我是小人得志就行。"对这样的挖苦邓有米毫不在乎，"要不了多久，孙老师也会和我一样。"

这天晚上，余校长和蓝小梅在操场上乘凉。

界岭虽然山高，年年夏天总会有几天比较热。

余校长并不是怕热，而是因为他心里有事。

　　两个人坐在月光下，听孙四海吹笛子。蓝小梅心细，听了一会儿就发现，孙四海的笛声比从前平静了许多。余校长也奇怪，整个暑假，王小兰都没有来过学校，若在以往，孙四海的笛声会像刀子一样，要割别人的心尖肉。蓝小梅觉得这样好，男人心性平稳反而更加可靠。

　　听到这话，余校长轻轻地拍了拍蓝小梅的手。

　　余校长终于明白了，原来自己是在为邓有米担心。他将前天在邓有米家喝竣工酒时，发现万站长、蓝飞和邓有米三个人，几次互相递眼神，仿佛有什么心照不宣的事情，细细说给蓝小梅听。余校长说得越仔细，蓝小梅越是听不明白，几个大男人，就算眉来眼去，也不会生出什么事情来。余校长急了，干脆直说，他担心他们几个是不是联手为他和孙四海的转正问题策划什么行动。蓝小梅说，真的如此，也是好事，界岭小学的"刘、关、张"，应当有难同当，有福同享。到这一步，余校长也完全想清楚了，他最最担心的是蓝飞、万站长和邓有米三人联手，在别人的捐款上做手脚。不等他说完，蓝小梅就用手捂住他的嘴，她很了解万站长和蓝飞，他们是有些世俗，遇事会先考虑自己，正因为这样，他俩才不会冒这个险。余校长也觉得，邓有米当年虽然做过盗伐红豆杉的事，那也是一时糊涂偶尔为之，归根结底，他还不是那种胆大妄为之徒。

　　夜里，余校长久久不能入睡。万籁俱寂，几乎能听到流星划过窗前的声音。直到远远近近的公鸡轮番叫了几遍，他才有了困意，刚刚合上眼睛，忽然感到什么地方咔嚓地震动了一下。

余校长猛地跳下床，刚走到门后，就听到蓝小梅的声音。蓝小梅以为他在起夜，要他顺便看看余志睡得怎么样。余校长到隔壁屋里一看，余志竟然趴在桌子上睡着了，面前摊着没做完的作业。余校长将余志弄到床上后，竟然忘了自己要干什么，回到蓝小梅身边躺下，也不知什么时候就睡着了。

一觉醒来，已经是上午九点。

余校长刚将自己打理好，孙四海就过来问他，夜里有没有听到什么东西的开裂声。余校长这才想起夜里听到咔嚓声，便拿了钥匙，打开教学楼的铁门，立即发现一楼教室的天花板上有一道新开裂的缝。建筑公司的人先前说过，因为赶工期，水泥没有干透，有可能在预制板之间出现裂缝，但不会影响工程质量。余校长和孙四海检查完一楼，再检查二楼，除了原先的那条裂缝，没有发现别的异常。

第二天夜里，余校长一直很留意，却什么也没听到。他刚放下心来睡了两夜安稳觉，便又听到这种声音了。不过这一次孙四海没有听到。余校长到教学楼上检查，也没发现新的异常。再过几天，孙四海又听到这种声音。

余校长觉得这事有蹊跷，就将邓有米和孙四海叫到一起讨论。

说是三个人，其实蓝小梅也在旁边听着。邓有米对此另有见解，因为与建筑公司的人打了半年交道，那些人早就提醒过他，盖楼房和盖平房一样，有些规矩是不能少的。建筑公司的人悄悄地做祭祀，只是针对一般的对象，其他特殊对象，只能由甲方自行掌握。邓有米说，如此大事应该向老村长和明爱芬二位先行者报告一下，也算是感谢他们对界岭小学的关心。

蓝小梅插话说，她早就提醒过余校长，自己与他一起过日子的事，也应该去同明爱芬说一说。余校长有些不高兴地告诉她，这是开校务会，家属别插嘴。蓝小梅说，还是闲聊吧，界岭小学的三巨头聚在一起讨论如何祭神，万一被传出去，还不知会闹出什么风波。孙四海支持蓝小梅的意见，建筑公司的人做祭祀时，也要避人耳目，堂堂皇皇的学校，更应该如此了。

余校长只好听大家的。商量妥当后，大家先去后山上明爱芬的墓前，由余校长将学校的变化说了一遍，然后让蓝小梅说点体己话。蓝小梅提起当年自己在望天小学当民办教师时，明爱芬曾去听过课，她还记得明爱芬临走时，在教室的意见簿上写了一句话：向蓝老师学习，用普通话讲课。后来才听说，那时候，全乡的老师，只有自己和明爱芬是用普通话讲课。叙了旧，蓝小梅又要明爱芬放心，自己会尽力照顾好余校长和余志。

转过身来，再到老村长的墓地，则由孙四海主讲。孙四海开口就说，学校建新教学楼，可村长余实从头到尾都不来看一眼，老村长如果真的能够显灵，就好好想个办法惩罚他。

大家都笑孙四海，到底是老村长心中的红人，什么时候说话都肆无忌惮。

孙四海还在那里发泄不满，身后忽然传来一阵怪怪的笑声。蓝小梅没有经历过，情不自禁地靠到余校长的怀里。余校长告诉她，是老村长的大女儿、叶碧秋的母亲来了。果然，随着笑声，叶碧秋的母亲出现了。"你们来看我爸呀？我来背书给我爸听。"说着话，叶碧秋的母亲便旁若无人地朝着老村长的墓碑，背起课文来。蓝小梅从未见过这种情形，眼圈马上红了。事隔多时，只要想起这事，她还会伤心落泪。

说来很奇妙，自从去明爱芬和老村长的墓地走了一趟，先前那些奇怪的咔嚓声全没了。那天李家表哥来学校转悠，余校长灵机一动，就请他到教学楼里看看。他人在楼内，心却在楼外，胡乱应付余校长的提问，眼睛一直盯着孙四海的屋子。李家表哥走后，余校长干脆将叶碧秋的父亲请来，楼上楼下、里里外外看了一下午。叶碧秋的父亲只做过普通的平房，对于楼房，他只能看看外表，垂直线很直，水平线很平，觉得非常不错。

离秋季开学时间越来越近。万站长和蓝飞再次结伴前来。

因为方书记和捐款者要来参加特别开学典礼，相关事情需要提前安排。趁此机会，余校长问万站长，喝竣工酒那天，邓有米悄悄去县城，是不是他的安排。万站长满脸错愕，不像是装出来的，他很坚决地表示自己对此一无所知。蓝飞那里，余校长也让蓝小梅问过。蓝飞不清楚邓有米是不是真的去过县城，喝竣工酒那天，自己回细张家寨家中取东西，再到乡里搭车，邓有米已经不知去向了。

余校长这才放下心来。天还没黑，就不停地朝蓝小梅做些亲昵动作。蓝小梅也会意地笑，趁着余志在操场上和孙四海打乒乓球，煎了两个荷包蛋让余校长吃过，就上床亲热起来。之后，蓝小梅怜爱地数落他，心里有点事就放不下，连老婆都顾不上爱了。余校长心满意足地搂着她，什么也不说，密密麻麻地吻了她身上所有能吻的地方。

余校长以为自己真的放心了。

不料当天夜里就做了一个噩梦。

余校长觉得这是前些时太过多虑的反应，就没有告诉蓝小梅。想不到第二天夜里，噩梦又出现了。他咬牙坚持到第三天夜里，那群被压在一堆瓦砾下，不是没有手，就是没有脚的小学生，又在梦中一声声哭喊着：余校长救命！余校长救命！余校长惊醒之后，伸手去搂蓝小梅，将蓝小梅也惊醒了。蓝小梅觉得余校长的双手冰凉，就像死人的手。余校长也不再隐瞒了，将三天来的噩梦告诉了蓝小梅。

蓝小梅觉得奇怪，趁着开学前的空闲，带余校长和余志回细张家寨住两天。虽然换了环境，噩梦还是如期而至。早饭后，正好有巡诊的医生路过，蓝小梅连忙将医生叫到屋里，对医生说，余校长这一阵梦特别多，总是睡不好觉。医生给他量了血压，试了脉搏，看了舌苔，一切都还正常，就问他是不是受了惊吓。余校长笑着说，活到这个年纪，哪怕真的走路遇到鬼，也会当成伴，没什么好怕的。医生也笑，并说，那就只有一个原因，人到中年，新娘子再迷人，夜里也要悠着点。医生走后，余校长才说，饱汉哪知饿汉饥，都错过十几年了，好不容易遇上缘分，等变成老太爷和老太婆了，再悠着点吧。说着就将医生开的补肾药方扔到灶里烧了。

余校长在细张家寨住了两天，夜里还是做噩梦。

第三天早上，他对蓝小梅说，凡事能够再三，不能够再四。既然相同的噩梦出现五次了，无论如何他都要做一次验证。余校长到乡文化站图书阅览室，在一大堆破破烂烂的书中翻了半天，才找到一本工程建筑方面的书。他如获至宝地拿回细张家寨，然后同蓝小梅和余志一起回到界岭小学。

那天夜里，余校长通宵没睡，一直趴在桌子上读这本书。天刚亮，就听到孙四海在外面叫门。余校长打开门，见孙四海惊慌的样子，还以为他与王小兰的地下爱情东窗事发了。想不到孙四海是来说自己夜里做了一个噩梦。余校长又以为是自己夜里没睡，冥冥之中的灵通转到孙四海那里去了。听他说完才明白，孙四海不过是梦到自己被学校开除了，不仅不能转为公办教师，连民办教师都不让当。余校长觉得，这个梦是长期存在的危机感造成的。不过，当老师的要有危机感，没有危机感就教不好书。

自从余校长找到这本书后，噩梦就消失了。

因为从未接触这方面的知识，余校长费了不少精力才弄明白他想弄明白的那些原理。等到余校长想出彻底破解噩梦的办法时，为界岭小学捐建教学楼的中年夫妇已经二上界岭了。

这一天是九月二号。界岭小学的学生已经在九月一号报到了。

想着明天就要举行界岭小学有史以来最隆重的开学典礼，余校长不免觉得自己太笨，不过，这样也好，那些相关的主要人物都在场，验证起来更有说服力。余校长一早就将叶碧秋的父亲叫来，两个人在后山上忙得连午饭都没空吃，蓝小梅只好用碗盛着送上山。别人不明白他俩为何要用十几根竹子连接起来搭成竹涧，蓝小梅心里有数，等他们吃完饭后收起碗筷就离开。

一会儿，蓝小梅又来叫余校长，说是来了贵客。余校长不愿下山，就要她全权代表，先将客人招呼好，回头自己再下去道歉。

蓝小梅所说的贵客，就是那对声明永远不会透露真实身份的中年夫妇。两口子有事搁在心里，等不及县团委安排，自己先来了。既然九月三号就要正式开学，但教学楼还上着铁锁，桌椅板凳等等一应上课必需的东西，还摆在破旧的教室里。这让他俩很不理解。问过邓有米和孙四海，都说是余校长发了话，开学典礼之前，任何人都不得进入教学楼。

这时候，十几根连接好的竹涧，已经顺着山坡架起来，通到教学楼二楼的窗口上。余校长从山上下来，向中年夫妇说了声对不起，这才打开教学楼上的铁锁，将他俩请进去，看了一楼，再看二楼。中年夫妇越看越满意。余校长却不时摇着头，临下楼时，他故意拉着叶碧秋的父亲在二楼教室中间一起猛跺一脚，发出的一种不太实在的震荡声，让中年夫妇心里掠过一丝不安。余校长将中年夫妇请出去后，将自己和叶碧秋的父亲反锁在楼内，不知忙些什么。

中年夫妇随后见到负责基建的邓有米，说起从二楼教室里发出来的那种不太实在的震荡声。邓有米连忙解释，这项工程是请当地最好的建筑公司修建的，质量绝对有保证。

中年夫妇没有再说什么了。那件在心里搁了很久的更重要的事情，在悄悄地催促他们。中年夫妇就让蓝小梅领着，去了他们要求长久保存的那间屋子。夫妇俩在屋子里坐下不到一分钟，便亮出一封给余校长的信，说是孩子当初亲笔所写，要余校长在学校建成后再拆开看。

邓有米一见，便去叫余校长，说客人有要紧的事等他。

余校长按部就班地将自己想做的事情做完，这才过来，接过信，轻轻地撕开封口，一边看，一边念。信是写给余校长并邓老师和孙老师的，正文很短，从怀念界岭的大雪、界岭的笛声和界岭的国旗开始，中间没有过渡，便一下子提到自己此生最重要，也是最后的要求，希望在自己回报给界岭的新学校落成时，能尝一口由王小兰亲手炒的油盐饭。离开界岭小学多时，李子说起妈妈亲手炒的油盐饭时，那种无法用语言形容的快乐与幸福，仍然让自己馋得流口水。虽然自己无法亲临现场，只要将一碗热乎乎的油盐饭放在压着那张诗抄的玻璃板上，自己就会尝到。

一直很平静的中年夫妇，依然保持着平静。

到这一步，大家不用猜也明白，写信的人，只能是夏雪。

还不知道夏雪到底怎么了，余校长就伤感起来。他怕别人去请，王小兰的丈夫会不给面子，便亲自去王小兰家，请她来炒这碗油盐饭。余校长也明白，以王小兰丈夫现在的心态，自己去都不一定能成。进了王小兰的家门，那个在床上躺了多年的男人在里屋恶狠狠地问了一声谁，余校长找不到别的借口，只能将这件事的来龙去脉如实相告。余校长穿着圆领汗衫站在床前，王小兰的丈夫盖着厚棉絮躺在床上，沉默地将一对深陷的眼睛盯着房顶，好半天才问，余校长是不是也要转正了。余校长摇摇头说，现在什么事情都要按经济规律办事，他交不了钱，就转不了正。王小兰的丈夫又问，是不是这次转正之后，民办教师就取消了。余校长点点头说，上面的政策是这样规定的。王小兰的丈夫长出了一口气，将脸一侧，冲着王小兰扬了扬下巴，那意思是叫她去。

出门不远，王小兰就说，丈夫最怕孙四海转正，要不是听说余校长和孙四海遇上经济难题，他肯定不会放自己出门。

余校长一回到学校，就看到万站长很不高兴地在站在门口，不等走近，就指责他，人越老越爱装神弄鬼。

"这么漂亮的教学楼，不让大家先睹为快，难道还想囤积居奇，转手卖个好价钱？"

余校长说："你怎么忘了，界岭小学最囤积居奇的货物是民办教师!"

万站长问:"说好明天早上赶到就行,为什么要余志带信,非要我今天赶到?"

余校长要他别着急,先看看王小兰如何炒油盐饭。

炒油盐饭是当地人人都会的手艺,由王小兰来炒,除了那身姿体态与别人不同,其余全是一样。王小兰从孙四海的橱柜里取出一碗剩饭,然后将灶里的柴火点燃。待锅烧得微热时,用水瓢舀了点水,将热气腾腾的铁锅刷干净,再洒半勺油在锅底,稍等一会儿就将剩饭倒进锅里。王小兰一边用锅铲在锅里反复炒着剩饭,一边用勺子撮了些盐放进碗里,加点水搅几下,直到锅里的饭快炒好,才将化开的盐水,沿着锅边倒进去。这时候,孙四海将灶里的柴火拨弄了一下,使其烧到最旺。一阵浓香扑鼻,油盐饭炒好了。

炒好的油盐饭放在玻璃板上,冒着香喷喷的热气。

中年夫妇沉默了一会儿,丈夫缓缓地拿起一只小勺子,轻轻地撮了一些饭粒,送到妻子的嘴唇边。妻子几乎是一粒粒地将一勺子油盐饭吃下去后,从丈夫手里拿过小勺子,撮起一些油盐饭,送到丈夫的嘴边。与妻子不同,丈夫将一勺饭全部含在嘴里,嚼了几下,突然泪水横流。妻子也放声大哭起来,嘴里还一声声喊着:"雪儿!我的乖雪儿!界岭这么苦,你都挺住了,为什么要走那一步呀!"

中年夫妇难过的样子,让大家不知道说什么好。

还是蓝小梅善解人意,她对中年夫妇说,夏雪留下来的这首诗，第一个受益的是万站长和他的妻子李芳。蓝小梅将万站长和李芳的故事讲完，中年夫妇也平静了，然后告诉大家，他们就是夏雪的父母。别的话却没有再说。

这时候，有人在外面大声地问："界岭小学的人呢？"

蓝小梅听出是蓝飞的声音。她往外走，余校长他们也都跟着出来了。

见到余校长，蓝飞说的话与万站长差不多，先前商定蓝飞和方书记上午十点以前赶到界岭就行。余校长却要余志到乡邮电所打电话给蓝飞，要他今天下午无论如何也要赶到界岭小学。

虽然是继父，余校长还是对蓝飞说了声对不起，之后才说明自己这样做的内情。余校长本来只想将万站长和蓝飞叫来做见证人，没想到夏雪的父母也提前来了。他觉得这样更好，人家是真正的甲方，从县团委到乡教育站再到界岭小学，只不过是这笔捐款的执行人。

余校长将夏雪的父母请到学校办公室，从那天夜里和孙四海一起听到教学楼内传出咔嚓声开始，一步步地说起自己做的噩梦，最后说到几个小时前，夏雪的父母上楼时，自己故意跺出来的那种不实在的震荡声。说完自己的担心，余校长又拿出那本建筑方面的书，并告诉大家，根据书上的专业建议，他让叶碧秋的父亲在二楼教室里砌了一个临时蓄水池，只要将水池放满水，经过十二小时左右的压力测试，没有问题的话，就说明这座建筑物是安全的。

余校长说完之后，大家都将目光投向邓有米。邓有米有些心神不定，看看万站长，又看看蓝飞。见二人什么也不肯说，邓有米只好表示，虽然鬼怪一类的事情不可信，自己还是觉得余校长这样想、这样做是对的。建楼房自己也是外行，技术上的事情都是听建筑公司的，只要建筑公司说没问题，他就相信。其实心里也怕，万一报纸上说的那些劣质校舍倒塌压死学生的事在界岭小学重演，自己岂不是死有余辜。

余校长和邓有米的话，让夏雪的父母很感动，他们说，难怪夏雪如此留恋界岭小学。

见大家都没有意见，余校长就叫叶碧秋的父亲将后山上的水引到竹涧里。

天黑之后，教学楼内的流水声消失了。余校长拿着手电筒上去看了看，二楼教室中间的那座水池果然被竹涧引来的泉水灌满了。吃过晚饭，大家都在操场上坐着说话，说到后来，变成孙四海吹笛子，所有人都在倾听。

也不知是什么时候，山里的风变凉了。

余校长身上起了鸡皮疙瘩，他伸手摸了摸，蓝小梅手臂上也是疙疙瘩瘩的。月亮很亮，看得见夏雪的父母也彼此依偎着。万站长触景生情，轻轻地叹了一声。

突然间，地上微微一抖。

紧接着一声闷响，眼前的教学楼应声塌了下来！

29

外面又在落雪了。

就像明爱芬生病的那年冬天，就像张英才下山去省城读书的那年冬天，就像蓝飞调到县团委工作的那年冬天——不用说成菊、王小兰和蓝小梅这样与学校关系密切的女人，就连村长余实这样致力于界岭政治的男人，也发现这个规律，只要余校长他们错过几乎到手的转正机会，界岭的雪就会特别多。

村长余实再精于计算，也没料到张英才到省城读了几年书，又在县城里干上很有前途的工作，却比叶碧秋的母亲还弱智，坚决要求回界岭小学教书。对张英才来说，并非全是主动，其中最为关键的是万站长一番话。

那时候，在大多数人眼里，邓有米已逃离界岭，不知去向。

有一阵，万站长也失踪了。县检察院的人开了一辆车，趁教育站里没有其他人，悄悄地将万站长带到县政府招待所，开了一间客房，再派四个人一天到晚陪着他。好在李芳事先替他想到了，因为计生站站长就遇上过这种事。李芳一再叮嘱他，万一真有检察院的人来找麻烦，不要发脾气，也不要服软，不然就会上当。计生站站长就吃了这种亏，没事生出一堆事来。李芳还教他，到时候尽量与检察院的人谈如何用放疗治血癌，还要将自己患血癌的教训说给那些人听。虽然自己做完放疗，还得再做化疗，但是一定要告诉那些人，她的病基本治愈了。万站长一直牢牢记着这些话，反过来非常耐心地规劝四位形影不离的检察官，要他们将检举这事的村长余实关起来，用一千瓦的电灯泡照上三天三夜。

万站长回忆起来，邓有米之所以向乡建筑公司要两万元公关费，就是因为听了村长余实的教唆。若不是余实对他说，建筑行业按总造价的百分之五至二十收取公关费是不犯法的，从未涉足这行的邓有米，哪会突然长出这副脑子。作为村长的余实，是想一石三鸟。因为余实的妻子在别的村里当过两年民办教师，嫁给余实之后，觉得当民办教师没地位，就丢下粉笔，全心全意当村长太太。这一次，得知民办教师要全部转为公办教师，就打歪主意，想将界岭小学的某个老师挤下来，而将自己的妻子顶上去。

万站长要检察院的人马上去他家，打开电冰箱，里面有一大包用塑料包得严严实实的红豆杉树皮，拿去检验，肯定可以从树皮上找到余实的指纹。那是邓有米被开除公职的当天夜里，由余实亲手放进冰箱的。余实美其名曰来看望患血癌的李芳，并说，用红豆杉树皮煎水，再放点冰糖调味，当饮料喝，再凶险的癌细胞，都能杀死百分之九十几。而他真正的目的，是随后说出来的那些无耻的想法。所以，万站长才悟出，界岭小学的无妄之灾，根源就在于余实的高度无耻。

毫发无损的万站长脱离控制后，第一时间找到张英才。

万站长说："你中的界岭小学的毒是不是要发作了？"

张英才说："我已经发作了，办公室有人想将余校长和孙老师从民办教师中除名，被我顶住了。"

万站长说："那你更应该要求回去教书。这样你还可以提点条件。"

张英才真的按照万站长的说法去做，教育局的人假惺惺地挽留几句，就答应了。临走之前，张英才在教育局里留下一颗定时炸弹。他要求相关负责人将余校长和孙四海转为公办教师的资格，保留到民办教师转正的最后期限，宁可作废，也不得给予他人。如此他才不会将那些有特权的人，趁民办教师转正之机所做的见不得人的事公之于众。在得到负责人的保证后，张英才将揣在口袋里的录音机取出来，一起试听了刚刚录制的谈话内容。负责人气得翻白眼，张英才还在说，等余校长和孙四海转为公办教师后，再毁掉这份录音也不迟。

张英才回界岭小学报到时，余校长刚从精神重创之中恢复过来。这一次若不是蓝小梅时刻陪伴，仅仅是严重发作的陈年咳嗽，就会要了他的命。尽管如此，他还是苍老了许多。蓝小梅说，如果再老一点，就可以让余志喊他爷爷了。

教学楼倒塌对余校长的打击实在太大。那一阵，山上山下到处传说，界岭小学的民办教师，为了支付转正时必须上交的工龄钱，竟然合伙贪污别人捐赠的建校款。事实上，教学楼倒塌后，人们就在废墟中发现，所谓的"钢筋混凝土"中基本上见不到钢筋，偌大的水泥块，一只手就能捏碎。别人还没追问，邓有米便大叫一声，喷出一口鲜血来。造成事故的原因一目了然，夏雪的父母离开时坚持认为，即便邓有米私下要了两万元公关费，余下八万元，只要施工单位不是太没良心，仍然能够修建好这种规模的教学楼。

邓有米不顾满身鲜血，从口袋里掏出一张存款单，上面的日期表明，他没有说假话：如果县教育局的女会计没有请假到部队去探亲，那一天，邓有米就替余校长和孙四海交清了他俩不可能筹集到的工龄钱。邓有米还说，上次蓝飞转正，上上次张英才转正，让他们三个认识到，只要还有谁没转正，先转正的人就会日日夜夜地咒骂自己。为了解脱，更是为了帮天下最好的民办教师一把，自己才听信村长余实的话，在与乡建筑公司签合同时，要他们在工程完工后，支付这两万元的公关费。

夏雪的父母没有收回这张两万元的存款单，他们觉得，也许夏雪会同意邓有米这样做的，仅有好校舍，没有好老师，学校就不是学校了。实际上，最让夏雪父母伤心的是，虽然一再以捐款人的名义要求用别的方法善后，而不要为了政治形象伤害好人，随后赶到的方书记根本不听，还同村长余实一唱一和，无论如何也要将邓有米绳之以法。

更让夏雪父母觉得不可思议的是，邓有米将两万元存款单还给教育站后，被检察院作为赃款扣留了。夏雪的父母很清楚，一旦被认定为赃款，名义上是要上缴国库，实际上只在账面上划转一下，又回到收缴单位，变成他们的工作经费。

夏雪的父母说，早知会这样，还不如用邓有米省下来的这笔钱，帮余校长和孙四海交了那笔工龄钱，早点让他们转为公办教师，一了半辈子心愿。

夏雪的父母伤心时，才让大家想起来，夏雪已经死了。

因为百感交集，夏雪父母的心里也乱套了，他们悲愤地说，这些钱是他俩一分一厘地攒起来的，本想留作女儿出嫁时用。女儿生前恨死了那些手也脏、钱也脏的人，想不到女儿死后还被拖进不明不白的官司中。夏雪的父母这样说过之后，谁也不忍心去问夏雪是如何死的。那是白发斑斑的父母送走秀发飘飘的女儿后，所留下的最后伤悲、最深情感和最难最苦的苦难。

张英才后来得知这些事，也和大家一样惊讶。

邓有米曾经向夏雪的父母发誓，他不敢说多长时间，但一定会在二位有生之年，在界岭这里，还给夏雪一座教学楼。邓有米还说，未来的合同中一定要写上，教学楼的竣工酒席要摆在一楼教室里，请建筑公司老板喝酒时，头顶上的二楼教室要堆上一百只装满沙土的麻袋。这个主意是夏雪的父母替他想到的。夏雪的父母说，当年金门岛上的守军验收碉堡时，就是让承包人待在里面，外面用大炮轰。所以，当解放军万炮齐轰时，那些碉堡居然没炸毁。

村长余实讥笑邓有米，差不多三十年省吃俭用，才凑到一万元工龄钱，想凑齐十万元捐款，未必还想再活三百年？邓有米义正词严地告诉他，说不定不用等到界岭小学再建新楼，余实的村长就当不下去了。邓有米一副豁出去的样子，让村长余实很愤怒，脸上的几块肌肉抽搐了几次，不敢有进一步动作。在骂了一堆脏话后，村长余实转过身去，在方书记面前显出一副忍辱负重的样子。

对于方书记前后判若两人的变化，张英才一点也不惊讶。

方书记一回到自己的办公室，就让蓝飞起草一份给有关部门的情况简报，建议开除邓有米的公职，然后亲自打电话给检察院检察长，让他接待前来举报的村长余实。有在县教育局帮助工作的经历，张英才深深地明白，但凡有领导干部在没有割袍断义的必要时主动要求处罚某个人，最能表明这位领导渴望升迁的程度。

第一场雪落下之前，成菊来到学校，要余校长写个证明，并且盖上学校公章，她要去县教育局要回邓有米交的那一万元工龄钱。余校长按她的要求写了证明。成菊刚下山，界岭就开始落雪，很快就将下山的路封死了。按照检察院的要求，余校长他们有责任将成菊的动向及时上报。放学之后，余校长才将成菊的去向告诉村长余实。村长余实很生气。他不仅又要骂人，还萌发了将谁痛打一顿的念头。等到道路通了，村长余实向检察院报告时，即便是成菊脸上有个明显疤痕，也没有人清楚她去了哪里。

村长余实想将成菊喂养的鸡和猪抓走。叶碧秋的小姨却不答应。他们两家一向如此，哪怕忘了交代，只要一家屋里没人，另一家就会帮忙照料。毕竟是老村长的女儿，村长余实在她面前还不敢为所欲为。

时间不长，第二场雪又落下来。

这时候，大多数人开始同情邓有米，辛辛苦苦多少年，花一分钱都觉得心疼，好不容易攒了些钱，本以为买到了后半辈子的幸福，到头来只是买了一个能够被开除公职的资格。

积雪刚开始融化，成菊就回来了。

成菊逢人就说，她惦记着自己养的鸡和猪。还说县教育局的人连村长余实都不如，没办法，她只好去省里上访。一向怕事的成菊，突然胆壮了，根本不把村长余实放在眼里。成菊此去见到了教育厅副厅长，副厅长亲自打电话，让县里退钱，还说，如果邓有米真的以一己之力，将界岭小学大楼重新盖起来，他要亲自来剪彩，然后另案解决邓有米的所有问题。

村长余实不相信，教育厅岂是成菊这种女人想进就能进去的地方。成菊说，只有当官的才怕当官的，自己什么都不是，也就什么人都不怕。成菊出门时，就将邓有米当成宝贝的那张发黄的报纸带在身上。那上面有张英才几年前写的那篇文章和王主任拍的照片。成菊说，教育厅的看门人一见到这张报纸，就将她领到副厅长那儿。村长余实还是不相信，他要成菊将退回的钱给大家看看。成菊居然学会了冷笑：想看别人的钱，最好到银行门口站着。村长余实更生气了，他觉得成菊正在得到某位高手的指点。

教育局退钱给成菊的事，余校长后来也问过，成菊却是笑而不答。

余校长有某种预感，当即慌了，连连说："邓校长不在，你可不要乱来。"

成菊说："我没有乱来，是老邓要我这样做的。"

至于邓有米要她做什么，成菊不肯多说一个字。

一旁的孙四海像是比余校长还明白，他深深地看了成菊一眼后，便将话岔开："你家老邓还好吗？"

成菊说："哪有不好的，从教一个班，变成只教一个人，胖得都快像教授了。"

孙四海又说："那么调皮的家伙，老邓能镇住？"

成菊自豪地说："老邓只讲了一个故事，再出一道数学题，就将那孩子征服了。"

孙四海轻轻一笑，心想那道数学题一定是夏雪出过的"将 123456789 等数字，不重复地填在 $\square\square\square\square \times \square = \square\square\square\square$ 中"。追问之下，果真是如此。那孩子算了两天，也没算出结果。邓有米告诉他，结果是 $1963 \times 4 = 7852$，还说界岭小学的学生解这道题，没有超过十分钟的。邓有米将那孩子刺激了一下，回头又讲了一个与学语文有关的笑话安抚他。

成菊不会讲普通话，她将邓有米讲过的笑话悄悄说给蓝小梅，再让蓝小梅用普通话讲给大家听。蓝小梅听后，捧着肚子自己先笑够了，才讲给大家听。

"一名骑兵在作战中不幸被俘。敌军首领对他说，由于你在作战中表现英勇，在杀你之前，可以满足你三个要求。骑兵想也没想就说，我想对我的马说句话。首领答应了，于是骑兵走过去，对他的马耳语了一句。马听后，疾驰而去，黄昏时，背了一个漂亮女郎回来。当天晚上，骑兵便与女郎共度良宵。第二天，敌军首领又让骑兵提出第二个要求。骑兵再次要求和马说句话。首领答应后，骑兵再次跟马耳语了一句。马又呼啸而去，黄昏时，又背了一个更为漂亮性感的女郎回来，让骑兵又度过了快乐的一夜。敌军首领大为叹服：虽然你的马令人大开眼界，不过明天我就要杀你，现在，请你提出最后一个要求吧。骑兵想了一下，还是要求同他的马单独谈谈。敌军首领觉得很奇怪，不过还是点头应允。帐篷里只剩下骑兵和他的宝马。骑兵死死地盯着他的马，突然揪住它的双耳，气冲冲地说："我再说一遍，带一个旅的人来，不是带一个女的人来！"

张英才觉得，编这个笑话来说明学习汉语拼音及普通话的重要性的人，也是一个高手。

村长余实所担心的高手，其实就是他们三个，如果加上蓝小梅就是"四人帮"了。张英才一回界岭小学，余校长就将邓有米的去向告诉了他。如果检察院的人真正了解民办教师，很容易就能抓到邓有米。在几间破教室里待了二三十年，到了这种地步，唯有找学生帮忙。邓有米决定到外面避风头时，余校长和孙四海就要他去找叶萌，如果叶萌的老板还需要人做家教，教自己的小儿子，那可是最好不过的去处。邓有米一走就是几个月，日思夜想的成菊要去看望，"四人帮"们在一起商量几次，最后还是觉得蓝小梅想的办法最好。本来说好，去县教育局要钱只是外出的借口，没想成菊真的这样做了，也真的将钱要了回来，至于成菊将钱弄到哪里去，她虽不说，大家心里都有数。

更加不可思议的是，成菊跑去上访也是真的，见到教育厅副厅长也是真的。只是过程有些造假。成菊只对余校长说了真话，她去教育厅时，那里正在盖一栋仰头看不到顶的高楼。成菊说，夏雪父母捐建的那么一点小的教学楼都要花十万，教育厅的楼盖得像界岭小学后山那样庞大，要花多少钱？只要节省一只墙角，全省的民办教师就不用交钱买自己的工龄了。上班的人临时挤在旁边的旧楼里。进进出出的人很多，偶尔有人肯搭理她，也是说，民办教师已经全部转为公办教师了，怎么还有民办教师问题？成菊手里的旧报纸，也没有引起大家的兴趣，甚至还有人说破旧校舍前举行的升旗仪式是无聊的政治秀。情急之下，成菊抓住一位将"无聊"升级为"无耻"的年轻官员，说既然你们这么恶毒，那就别怪我更恶毒，说完张嘴咬了那人一口。门口的保安赶来踢了她一脚，头发也被揪掉了好几撮。不过成菊的苦肉计也成功了。省报一位记者正好路过，见成菊倒在地上，还护着那张报纸。那位记者是王主任的同事，对界岭小学的来龙去脉很了解，就给在外地采访的王主任打电话。王主任又给副厅长打电话。这才有后面的那些突如其来的变化。

这些事，万站长后来才知道，他心酸地说，界岭小学之毒扩散得很快呀！

大雪一场接一场，界岭之地本来多雪，这么大的雪却是多年未见。

好不容易等来机动三轮车可以通行的日子。这天，万站长突然带着黄会计来到界岭小学。黄会计是来送工资的，万站长却是来祝贺的。黄会计一下子送来两位公办教师的工资，一位是张英才，另一位是余校长。万站长向余校长表示祝贺时，又夸奖蓝小梅是理财高手，不声不响地就将余校长的工龄钱交上了。余校长很尴尬也很惊讶，他对万站长说，这笔钱不是他们的。万站长不相信，要不然怎么能转正呢？

蓝小梅默不作声地走到下面村里，将成菊叫来。

成菊承认，教育局退钱时，她当场就将余校长的工龄钱代交了。

余校长无可奈何地说："那孙老师哩，我怎么能去卜他不管呢？"

成菊说："我和孙老师说过，他要我瞒着你。"

万站长说："老余，这笔钱是要还的，你就写个借款字据给成菊。"

眼看木已成舟，余校长只好提笔写了一张字据。

"老余复老余，何德又何能；同志加同事，关照更关心；民办转公办，苦人加苦命；小钱算大钱，教龄换工龄；阳谋似阴谋，认钱不认人；千元和万元，欠债又欠情；债由我来还，每厘还十文；情有儿孙谢，干爸叫一生。"

写罢搁笔，大家都说余校长写得好。

成菊也说这样最好："回头给邓有米写信，让余志叫声干爸，给他热热身。"

放寒假之前，打工回来的人到学校来看孩子时，都要到教学楼的废墟看看。当中有很多在建筑工地打工的，见所谓的混凝土像豆腐渣一样，没有不痛骂建筑公司黑心的。听说邓有米立了誓言，大家都找余校长，真的再修教学楼时，他们都愿回来帮忙监工。

过年之前，余校长收到夏雪父母的一封信。信中说，那碗油盐饭，让夏雪尝到了世上最美的美食和亲情。夏雪的父母还让余校长转达对邓有米的问候，千万不要为那场事故背包袱，那是社会原因造成的，与界岭小学的人没有任何关系。所以，他俩最近做了一个决定，将自己工资的一半存起来，估计四五年就能积攒到十万元，那时候，他们再来完成夏雪的心愿。

过年时，成菊流了一场相思泪，但因为夏雪父母的这封信，大家心情还算过得去。有了蓝小梅，学校的老师和家属相处得更加融洽。从正月初一开始，大家便邀约好，各家拜年。不仅下山去了张英才家和万站长家，还去了王小兰家。当然，是装作顺路，进屋去的只是女人。蓝小梅让男人别进屋，余志也像模像样地站在外面。蓝飞推了他一把，说他现在还不算男人。蓝飞是腊月三十上午才来界岭小学的，正月初二下山去万站长家拜年后，就没有返回。蓝小梅笑着对大家宣布，蓝飞已经正式谈恋爱了。

一说到爱情，张英才就忍不住拿出凤凰琴，一边弹奏，一边朗诵压在玻璃板下面的诗抄。

30

一过正月十五，乡政府就派人来界岭，宣布村委会要改选了，而且强调说，与往年不同，这次改选上面会派巡视员坐镇。一开始大家没当回事，以为又是乡里来几个人，上午在会场上板着脸坐到散会，然后由新当选的村长陪着吃一餐丰盛午饭，下午再将新选出来的村委会成员叫到一起说些套话，太阳还有老高时就拍屁股走人。如今有了载客的机动三轮车，也许会吃了晚饭再走。过了几天，巡视员真的来了，一看不是乡政府的人，而是从县团委抽调出来的蓝飞，界岭人的兴趣突然浓了起来。

村长余实却不高兴。虽然有意见，但没法改变，因为蓝飞不只是界岭的巡视员，他的观察对象是全乡所有的村。后来又听说，选举的时候，可能还有比蓝飞级别更高的巡视员到场，村长余实这才放下心来。

往年的选举活动，界岭小学的三位民办教师是雷打不动必须参加的，从选民登记，到唱票计票，都是他们的事。今年的情况有所不同，张英才是公办教师，余校长也成了公办教师，村里已无权支使。剩下一个孙四海，老会计去通知时，他却说自己最近特别忙，这种事情只能让别人做。老会计正在失望，余校长说，自己和张英才可以在课余时间帮忙。有一天，村长余实专门来到界岭小学，对孙四海说，是不是觉得自己是最后的民办教师，要成重点保护的文物了，反而比公办教师的架子还大。孙四海也没好话回应，他要村长余实收敛一点，不然，自己这一票就得不到了。村长余实大笑不止，临走时高声放话，没有孙四海这一票，也能稳操胜券。

村长余实这样说话是有道理的，从正式公布改选那天起，除了他，再也没有第二个人登记参选村长。上次改选中击败余实、后来又辞职不干的叶泰安，过完年一直在家里待着，大家都以为他会再次参加竞选，可就是不见行动。临近截止时间时，叶泰安终于放话，说自己玩不过余实，不再同他玩这个游戏了。

眼看着自己就要在没有竞争对手的情况下自然当选，村长余实格外高兴，走到哪里都会欣然接受别人的赞扬。那天下午，村长余实信步走到界岭小学。因为是这个月最后一个周末，王小兰又到学校来接李子。村长余实正好看见她从孙四海屋里出来。一向落落大方的王小兰，看到村长余实时忽然脸红了。孙四海觉得奇怪。王小兰自己也解释不清，只是觉得，村长余实的眼睛里藏着一种让她害怕的东西。

这时候，村长余实还没有其他意思。他来学校，也像王小兰一样，是为了接在乡初中读书的儿子。在操场有太阳的地方，蓝小梅用两条长凳架着一只宽大的晒箕，将拆开后浆洗过的被里、被面与棉絮，用一枚粗大的缝衣针重新缝到一起。考虑到蓝飞的关系，村长余实上前去同蓝小梅打了个招呼，然后不断地变着花样恭维蓝小梅，说她既是余校长的福星，也是界岭小学的福星，这一次只怕还要成为他本人的福星。

说着话时，一辆机动三轮车停在操场边的路口上，从车上下来的全是在乡初中读书的学生。村长余实没找到儿子，就问余志和李子。余志说："我们请村长的儿子坐专车去了。"一会儿，又来了一辆机动三轮车。余壮远果然孤零零地坐在上面。见到村长余实，余壮远委屈地说："余志带头排挤我。"学生们被余壮远的模样逗笑了，李子的笑声显得格外响亮。余壮远不知是从哪里冒出来的火气，眼睛一转就找上了李子，冲着她叫骂："大婊子，细婊子，还有一个假老子！"

听到这话，孙四海一时不敢相信自己的耳朵。

操场上安静得只剩下李子扑在王小兰怀里的抽泣声。

孙四海伸手摸了摸李子的头发，然后走向村长余实和他的儿子。余壮远明白事情不妙，胆怯地躲到村长余实的身后。孙四海招招手，让余校长和张英才都过来。看热闹的学生及家长也都跟着过来了。孙四海在村长余实面前站了一会儿，然后和颜悦色地问他，是否记得那句古语，养不教父之过。村长余实说，这话，又不是孩子自己想出来的，好多人都在这么说，孩子不过是将皇帝新衣的真相告诉大家。孙四海一挥手从左往右给了村长余实一记耳光，再挥手又从右向左给了村长余实一记耳光，接下来冲着村长余实的面门给了一拳头。

"我要你记住，第一耳光是替李子打你，第二耳光是替王小兰打你，第三拳头是替那个躺在床上起不来的人打你。我不会占你的便宜，你儿子骂了三个人，我只打你三下。"孙四海说完，又想起什么，"不对，还有一个人。我们学校的蓝飞老师，你还欠他一耳光。"

孙四海没来得及再挥手，余校长已经挤到中间将二人分开。

蓝小梅在人群外面急得跳脚，连连说，蓝飞的事不用别人管。

村长余实何曾挨过这样的打，蒙了好一阵才清醒过来，他隔着余校长叫阵，要孙四海等着瞧，不将他整到趴在地上吃屎，这么多年的村长就是白当的。

孙四海彻底平静下来了，他一字一字地告诉村长余实，明天上午自己就去登记参加村长竞选，冲着他将儿子宠成这种样子，也要将他拉下马来。

村长余实还没反应，旁边的孩子们已欢呼起来。

村长余实气急败坏地走了，王小兰和其他人也都走了。学校的几个人自然地聚到余校长家里。

余校长说："孙老师，你要想好，村长可不是好当的。"

孙四海说："余实能当村长，我为什么不能当！"

余校长说："你这样做，非要将自己逼上梁山不可。"

孙四海说："我也想继续当老师，是他们在逼良为娼。"

张英才这时插嘴说："学生是家长的应声虫，刚才反响那么热烈，孙老师可以试一试。"

蓝小梅觉得，孙四海一直在学校教书，从未在村里当过干部，还是稳妥点，先听听今晚的动静，不行的话，还是继续教书。余校长同意蓝小梅的话。一村之长的余实挨了民办教师孙四海的一顿揍，若是没有得到界岭人的喝彩，就不要去凑竞选村长的热闹。

从余校长得到邓有米和成菊的帮助转为公办教师后，孙四海和张英才就将他家的厨房当成了公共食堂。当然，这也是蓝小梅多次邀请的结果。吃过晚饭，大家还在餐桌旁边说话，忽然听到附近村里有鞭炮声，这是村民们对村长余实挨打的反应。时间不长，全村大大小小二十几处村落，大部分都放了鞭炮。蓝小梅说，既如此，孙四海若不取而代之，就是有负众望。

接下来大家替孙四海想了几个竞选口号：最后一个住楼房，最后一个骑摩托车，过年时最后一个吃肉。蓝小梅还希望他在这些口号之后，再加上一句：决不最后一个娶老婆。大家觉得这样虽然很幽默，也容易让对手抓住孙四海和王小兰的感情问题做文章。

正说得热闹时，余校长突然嘘了一声。

过了一会儿，余校长才告诉大家他好像听见狼叫。

大家安静下来，侧耳听了一阵，除了狗叫，什么也没听见。张英才于是旧话重提，说他不相信界岭有狼，如果真的有狼，这次孙四海参加竞选，还可以用来攻击现在的村长余实。有狼的地方，自然生态一定是很不错的。这是自然规律，谁也推翻不了。然而，在这么好的自然生态环境下，界岭的社会面貌迟迟得不到改善，很显然是地方主导者的工作缺失。张英才的想法没有得到孙四海的采纳。孙四海说，自己之所以跳出来叫阵，是因为讨厌村长余实的一系列恶劣行径。如果自己也像村长余实那样去做，哪怕是以毒攻毒，也会陷入丑陋的政治恶斗，那样的话，他就要投自己的反对票。

夜里孙四海睡得不好，脑子里的事情太多，好不容易睡着，又被敲门声惊醒，睁开眼睛一看，太阳已经照在窗口了。

打开门，见是村里的老会计，孙四海就明白，他是来当说客的。昨天夜里的鞭炮声，让村长余实感到很紧张。天还没亮，就将老会计叫到家里，要老会计出面规劝孙四海，不要登记竞选。老会计还拿出一张由村长余实手写的字条，给孙四海看，上面写着，只要孙四海放弃竞选，他有办法让王小兰离婚，嫁给孙四海，还可以用村委会的名义帮他借一笔贷款，用来交付民办教师转正的工龄钱。在此之前，孙四海可以继续当民办教师，工资待遇则比照村长的标准执行。他自己也绝不会因为昨天下午的事，对孙四海有任何的打击报复。

孙四海还没答复，蓝飞就从门外闯了进来。

"孙老师，你已经是中国最牛的民办教师了！敢打村长不说，还打得他没脾气。"

"谁说村长没脾气了，他正派说客来，不让我参加竞选哩！"

听孙四海一说，蓝飞立即警告老会计，再有此类举动，自己就要以巡视员的名义上报，取消余实的竞选资格。老会计不敢多说一个字，连忙低头走了。蓝飞是听说孙四海的事后，专程赶来的。蓝飞很高兴地说，孙四海的出位，显然是自己在界岭小学传播思想火种的结果。为了不让村长余实再生出花样，蓝飞陪孙四海到乡政府找主管领导说明情况后，才转回界岭正式登记，成为村长余实的唯一竞争对手。

从村委会出来，孙四海特意绕道从王小兰家门前经过。

王小兰正在门口一把把地撒着谷子喂鸡。孙四海握着拳头做了一个他自己也不知道是什么意思的手势。王小兰却明白了，脸上的笑容现出从未有过的灿烂。

孙四海满怀喜悦地回到学校。他做梦也没想到这是自己与王小兰最后一次见面。那天夜里，孙四海刚睡下，就有人在往屋里扔石头。他爬起来，打算开门出去看个究竟，门闩都抽开了，忽然多了个心眼。他将自己的外衣用一根棍子撑着，一边开门，一边伸出去。只见门口黑影一闪外衣被重物击落在地。孙四海叫一声："谁？"人已跳到门外。他分不清有几条黑影，双手抓起门口那块用来练习臂力的条石，举过头顶后又放回地上。接着再举，再放回地上。如此重复到第三次后，孙四海将石条举起后，不再放下，他平静地说，男人的力气，并非总是用来揍谁。这时，余校长和张英才的屋里先后有了动静。等他们出来，几条黑影已经跑得不见了。

不用分析，大家都明白，这几个人要干什么。

接下来的日子，不管是白天还是黑夜，孙四海都格外小心。

那天早上升完国旗，孙四海正在想竞选的事，叶碧秋的父亲跑来，老远就在喊："快去救王小兰！"

孙四海慌了，什么也来不及问，便往王小兰家里跑。

余校长和张英才，随后赶到现场，只见孙四海抱着王小兰的尸体泣不成声。与王小兰同时死去的还有瘫在床上的丈夫。整个情况都被王小兰的丈夫写在遗书里。他说，王小兰是被自己掐死的，他一恨王小兰与别人私通这么多年，二恨王小兰竟然将野种放在家里养这么多年，三恨王小兰这么多年一直用从不反抗来表达蔑视，四恨王小兰爱唱自己最讨厌的那首歌，五恨王小兰竟然公开在他面前说，要选孙四海当村长。所以，他不想再放过王小兰，同时也不想放过自己。

在弄死王小兰后，这个叫李志武的男人也服毒自杀了。

一墙之隔的邻居后来对孙四海说，昨天傍晚，村长余实到过王小兰家。他一走，王小兰的丈夫就破口大骂起来，都是从未有过的脏话和狠话。听那意思，似乎是知道李子不是自己女儿。王小兰一直没有作声，半夜里，她很奇怪地唱起歌来，是孙四海总喜欢用笛子吹的那首《我们的生活充满阳光》。刚开始声音很大，慢慢地就弱了，并且越来越弱，再后来就听不见了。邻居还以为王小兰睡着了，没料到那是王小兰的脖子被人用手一点点地收，一点点地紧，直到一点点歌声都唱不出来。

王小兰的死让孙四海沉默了三天三夜。

第四天，蓝小梅将回来与妈妈做最后告别的李子送回了学校。她对孙四海说，李子写了一首纪念王小兰的小诗，丝毫不亚于压在玻璃板下的诗抄。李子下次回来时，会亲手交给孙四海。孙四海在心里叫了一声好女儿，再看到那些因为王小兰的死，而对自己不再友善的人，感情上也平静了许多。

又到周末，蓝小梅再次下山，将李子接回来交给孙四海。

屋子里就剩下他们俩时，李子默默地递上一张纸，正是她写的那首怀念母亲的诗。诗很短，却让孙四海将三天三夜积蓄起来的眼泪全部倾泻出来。孙四海流泪，李子也跟着流泪，两个人哭到一起。李子紧紧抱着孙四海的一只胳膊，仿佛怕他也走了。

孙四海有一肚子话要说，直到李子趴在自己怀里睡着了，也没能说出一个字。

夜里，这个冬天最后一场雪悄无声息地落了下来。

李子习惯起来早读，开门后见外面白茫茫一片，脱口叫了一声："爸爸！快起来看雪，好大的雪呀！"孙四海早醒了，正躺在床上想事情。李子的叫声让他眼窝一热，顾不上披件棉衣，飞一样来到门口。他没有看雪，而是很轻很轻地将李子搂在怀里，李子也将自己的脸轻轻地贴在孙四海的脸上。吃过早饭，李子拉上孙四海，要他陪自己去踏雪。孙四海跟着她走到下面村里。

雪有些大，到屋外活动的人仍然不少。

李子牵着孙四海的手见到人就说："这是我爸！我是他的女儿！"

父女俩踏着雪，走遍了界岭各个山村。

倒春寒带来的雪融得很快。

第二天上午，界岭小学的操场上空前热闹。

老会计见叶碧秋的母亲又拿着一年级语文课本来了，就上前去逗她。问她是来读一年级还是读二年级。叶碧秋的母亲瞪了他一眼，憨憨地说：我来选村长。周围的人哄地笑起来。老会计说，选村长要会读书才行。叶碧秋的苕妈马上将课本交出来，要背诵课文给他听。叶碧秋的父亲过来了，他早已习惯大家的取笑，只对老会计说，小心百年之后，老村长在那边不让他当会计了。

这时，一辆机动三轮车停在学校旁边的路口上。从车上跳下一位身姿绰约的女孩，看上去有些面熟，大家又不敢相认。就连叶碧秋的父亲也只小声地嘟哝，好像我家碧秋呀！话音未落，女孩就冲着他响亮地叫着："爸爸！"这一声叫，将操场上的人全惊动了。女人们更是蜂拥而上，转眼之间就将叶碧秋围得水泄不通。

与叶碧秋一起回来的还有叶萌，他俩到老会计那里登记时，特别说明自己是专程回来投票的。老会计一查户口本，叶碧秋和叶萌都满十八岁了。忙完这些事，叶碧秋才与父亲、母亲打招呼。她特别爱怜地埋怨母亲，这种场合不要来，让人家看笑话。

母亲倔强地说："是我爸要我来的，他不想让他不喜欢的人当村长。"

老会计问她："你打算选谁当村长？"

叶碧秋的母亲想也不想，说："孙四海！"

听到的人笑翻了天。

老会计赶紧抽身走开。

叶碧秋也将父亲和母亲暂时丢在一边，跑到前排，叫了一声余校长，又叫了一声孙老师，随后看了张英才一眼，嘴唇动了几下，红着脸，什么话都没说，便跑到李子那边去了。李子还没有选举权，她举着一块牌子，在人群中走来走去，上面写着：我爸爸叫孙四海，我是他的乖女儿，我和妈妈永远爱他！村长余实看着很不顺眼，那几个明显支持他的砌匠，更认为这是变相替孙四海拉票。

从上级机关派来巡视的人，分乘两辆机动三轮车赶到了。除了乡政府的干部和蓝飞，还有一个先前没来过的人。等走近了，才看出竟然是曾经在界岭小学当过支教生的骆雨。骆雨说，支教生经历结束后，去了省民政厅工作，他自己也没料到，会有机会重回界岭。余校长将叶碧秋拉过来，介绍给骆雨。骆雨还记得那次他发病的情形，将叶碧秋称为救命恩人。大家又问起他的哮喘病。听他说回到省城后又发作过两次，余校长他们觉得不好意思，认为还是当初没有照顾好骆雨。

这时候，受村长余实鼓动的几个人来投诉，要求禁止李子在会场上举牌子。蓝飞和骆雨都认识李子，却不明白李子怎么变成孙四海的女儿了。余校长将这几天发生的事对他俩说过后，蓝飞猛地拍了一下桌子，将一直盯着这边看的那些人吓得不轻。不过，他很快镇静下来，小声与骆雨商量一阵后，告诉那几个投诉的人，任何时候，孩子都有权利表达对父亲的爱。

骆雨和蓝飞夹在一排干部中间，坐在临时摆成一排的课桌后面。选举大会开始，蓝飞是干部当中最后一个讲话的。本来他以为骆雨也会发表讲话，没想到他坚决不肯开口，坚持说自己是下来学习的。之后就轮到两位候选人了。孙四海抽到二号签，等村长余实说过，他才上去。想好的话都写在纸上，可他一句也说不出来。愣了一会儿，他才开口说："我想将李子写的一首诗念给大家听听。"会场上一阵骚动。连蓝飞都用不高不低的声音说了一句："这里不是课堂。"

孙四海明白自己走神了，失言了。但他还要说下去。

"大家说得对，这里不是课堂，是选举大会。难道为了选出一个人当村长，就可以放弃人活在世上一天也不能缺少的感情吗？"

孙四海接着说，与一号候选人只想赢得选举不同，自己很想在这里对着大家痛哭一场，然后输个精光，这样自己就有理由不管别的事，回家去陪伴李子。让她不再伤心，不再流泪，连做梦都笑个不停。但是，既然自己报名竞选，总得将心里话说出来才行。从老村长去世后，界岭的许多事情就变得冷冰冰的没有一点人情味。当县长的可能只要将大家当成公民，公事公办。当公办教师也可以只要将学生当成可造之才，因势利导地搞教育。但是，当村长和当县长不一样，当村长是要将村里人当成自己的家人。这就像当民办教师和当公办教师不一样，民办教师是要将学生当成自己的孩子来教的。

孙四海说完，主持人宣布开始投票。时间不长，余校长开始唱票了。选举大会到这一步才开始紧张起来。与村长余实的坐立不安相反，孙四海一直静静地看着。唱票了，李子跑过来紧紧地依偎着他，让他感到无比的踏实。随着最后一个正字的最后三笔全部画到孙四海的名下，人们都将目光转向叶碧秋和叶萌，还有叶碧秋的母亲，仿佛余校长唱出来的最后三票是他们投下的。事实正是如此，当计票的张英才在黑板上写下两组数字后，乡政府的人和蓝飞一起站起来，郑重宣布，孙四海以三票之优当选为界岭村新一任村长。

万站长赶到界岭小学时，余校长他们还在清扫操场上的垃圾。孙四海被请到村委会开会去了。万站长是余校长托人请来的。他想借这个好日子，当东道主答谢所有人。

那天晚上，蓝飞没有送骆雨他们下山。骆雨本来不想走，但又怕哮喘病复发，还是走了。在余校长家吃饭的人正好坐满一桌。为了不破坏气氛，大家都很默契，小心翼翼地不提王小兰。叶碧秋和叶萌到底是年轻，又都和李子是同学，稍不注意，就放松了警惕。再加上他俩离开界岭的时间长了，对什么都好奇，终于在一个不经意的时刻，追问李子什么时候学会写诗了。李子说，是夏雪老师教的。叶碧秋和叶萌就要李子将那首诗念给大家听听。

李子谁也不看，低着头轻轻地朗诵起来。

> 前天，我放学回家
> 锅里有一碗油盐饭。
>
> 昨天，我放学回家
> 锅里没有一碗油盐饭。
>
> 今天，我放学回家
> 炒了一碗油盐饭
> 放在妈妈的坟前！

朗诵完后，李子将头垂得更低了。

李子一哭，蓝小梅和成菊也跟着哭起来。叶碧秋更是哭得快要喘不过气来。

还是万站长老练，他将眼泪一抹，大声说，李子能写出这样的诗，三年后，大学的门肯定要开到她家来。张英才和蓝飞马上附和，有了这首诗，看谁还敢说界岭尽是男苕和女苕。所以，选一个老师当村长，正好对应了界岭的迫切需要，将来李子考上大学了，更是堂堂皇皇的正名。余校长说，其实叶碧秋已经在省城考上自修大学，已经是大学生了。叶碧秋连忙说，当初自己也是这样想的，读的书越多，就越不想这些了，上不上大学并不重要，重要的是能够像她妈妈那样，坚持将一年级课本读上二三十年，表面上水平低，实际素质反而更高。

余校长拿着酒杯站起来，再次给大家敬酒。

万站长率先一饮而尽，随后大发感慨，想当初张英才和蓝飞同时当上民办教师时，自己很犹豫，不知该派谁来界岭小学。那时候，真的是将一个头想成两个大。谁来谁不来，都有道理，最后还是用丢硬币的方法确定的。

成菊总算找到说笑话的机会，她问万站长，当初在蓝小梅和李芳之间作选择时，是不是也丢过硬币。万站长正色回答，看上去丢硬币是没有道理，其实是比道理更大的天理。看看张英才和蓝飞，现在不是各得其所吗？叶碧秋插嘴说，夏雪老师在这里时，也很喜欢丢硬币。她离开的那天，叶碧秋看到她丢了三次硬币，才决定将自己最喜欢的婚纱送给李子。

大家一齐笑起来，都说叶碧秋一定后悔极了，怎么那枚硬币就不了解她的心思，没有让夏雪老师将那么漂亮的婚纱送给最想得到的女孩。叶碧秋却说，她不后悔，她已经用在王主任家带孩子的工钱，给自己买了一件婚纱。叶碧秋的话，让大家笑得更欢。

"其实丢硬币还算是个好办法。"

蓝飞也开口说了自己的事。他到县团委后，遇上一个很可爱的女孩，女孩子也对他有意思，可惜已经有男朋友。犹豫了好久，蓝飞用丢硬币来帮自己做决定，那女孩子果然很快了结前缘，成了自己的女朋友。

蓝小梅笑得像个小姑娘。她要蓝飞将女朋友的照片给大家看看。蓝飞不好意思地答应了。那张女孩子搂着蓝飞脖子的照片，从万站长开始，转了一圈后，交到张英才手里。

张英才很仔细地看过后，夸奖蓝飞眼光独到。他正要将照片还给蓝飞，蓝小梅伸手接过去，又转交给余校长。余校长看了一眼照片，又看了一眼张英才。张英才问蓝飞，女孩子叫什么名字，在哪里工作。蓝飞爽快地说，女孩子叫姚燕，在县文化馆搞舞美设计。余校长点点头，眼睛却盯着张英才。

屋里越来越热闹，趁人不注意，张英才出门，沿着操场走到还在旗杆下面矗立着的那块大石头旁边。

春寒料峭，星月如冰。

张英才摸索着将带在身边的一张照片轻轻地撕开，再撕开，一直撕到不能再撕。

也不知什么时候，身后有很轻的脚步声，张英才一动不动地说："不要告诉蓝姨。"

"我晓得。"张英才一听声音不对，转身看时，才发现走近他的不是余校长，而是叶碧秋，"我见过你和她牵手的样子。"

"她是不是很漂亮，也很有艺术气质？"

叶碧秋答非所问："你为什么不丢一下硬币呢？"

张英才说："我中了界岭小学的毒。余校长、邓老师、孙老师，还有你爸、你妈和你外公，全都不丢硬币。所以，我也不丢硬币了。"

"要是不丢硬币，怎么晓得别人还爱不爱你？"

叶碧秋告诉张英才，那次见到他和姚燕牵着手后，自己也丢过硬币，丢了几次，正反两面平分秋色，决定性的最后一次，那枚硬币掉进路边的水沟里。张英才开心地笑起来。等到笑完了才说，他现在有点想丢硬币了。说着就要叶碧秋将手摊开。张英才做出往空中抛了一下的样子，然后将自己的手覆在叶碧秋的手心上。

叶碧秋觉得手心里多了一样东西，抬起手来一看，真是一枚硬币。

"你想猜正面，还是猜反面？"

张英才摇摇头，他不想说这枚硬币的来历。

"凡事一到界岭小学，就变得既是正面，也是反面。你怎么猜？"

"其实，只要男人主动点，根本不用猜。"

叶碧秋用很小的声音问张英才，想不想看她给自己买的婚纱。叶碧秋下了车，就赶着投票，到现在还没回家，行李都在李子那里。界岭的春夜，让张英才轻易地产生各种回想。他问叶碧秋还记不记得，自己初来时，她父亲说过的话。叶碧秋没有害羞，反而理直气壮地说，自己已经满十八岁了，可以做父亲说的那些事了。

身后的屋子里，传出蓝飞找张英才喝酒的声音。

张英才回到自己屋里，打开尘封很久的凤凰琴，弹起几乎可以成为界岭小学校歌的那首乐曲。叶碧秋没有跟过去。她从孙四海专门为李子腾出来的那间小房里，取出自己的行李，再往张英才的屋子走去时，心里怦怦地跳得很厉害。余校长他们都在张英才的窗外站着，像旗杆下面的那块大石头那样，默默地听着凤凰琴声。

叶碧秋鼓起勇气走进去，问张英才能不能将自己的行李放在他屋里。她想说的其实是另一种意思，但到底是青春少女，因为羞涩，迅速补上了一句掩饰的话，她说，这间屋子本来就是给外面来的老师住的，等她拿到大学文凭，再回来当老师时，也应该算是半个外来者。听说叶碧秋想当老师，张英才点点头。至于是因为觉得她很适合当界岭小学的老师，还是同意她将行李放在自己屋里，他自己也不清楚。叶碧秋却懂了，脸庞变得绯红，嘴唇更是因为太饱满了而红得晶莹剔透。

　　这时，屋后曾遭雷暴轰击的石峰上，传来一声长长的嚎叫。

　　张英才也听到了，他放下凤凰琴，走到窗边，看到许多人站在那里，就问他们听到狼叫没有。孙四海反问他，是不是确信界岭有狼在活动。张英才轻轻一笑，信手在凤凰琴上从低音到高音，按了一遍音阶；然后，又从高音到低音，按了一遍。

　　　　　　　二〇〇九年四月二十二日定稿于东湖梨园
　　　　　　　二〇一二年九月二十九日校订于斯泰园

后记：生命之上，诗意漫天

在我不算太长的写作生涯中，与《天行者》相关的文学元素总是如影相随。从一九九二到二〇〇九，十七年的伴随，成了我的情怀与情结。感谢稍纵即逝的时光，如此宽宏大量，让我奢侈地享受着十七年的沉静。感谢牵挂不舍的读者，在日新月异的时尚风潮下，始终如一地关切卑微地生活在乡野里的知识分子。感谢本届评奖的组织者和评委们，用公开公正的方式，将当代中国文学的莫大荣誉授予我和我的《天行者》。

所有这些让我心存感动的因素证明了，我们这个时代的作家，需要对本土文学特质的坚守和坚持。文学不是自生自灭的野火，而是世代相传的薪火。在写作中，遵守天赋原则无疑是正确的，然而，我们还要记住，在有限的天赋之上，还有无限的天职。当天职被忽略和遗忘时，最终的受害者将是我们自己。

今天是老父亲八十六岁生日。二十天前，我回到离古城黄州只有二十公里,名叫张家寨的小地方,在爷爷长眠的小秦岭上,为年迈的父亲寻找最后的安身之地。在爷爷的坟头前我长跪不起,并用乳名自称,以让老人家认识这个最爱听他讲故事的长孙。那时候,我不曾丝毫记起文学。等到我一步一步地离开茅草与水稻,十里百里地朝着城市远去,才发现缭绕在身前身后的全是文学情愫。一个人的生命之根,既是仁爱慈善的依据,也是其文学情怀的本源。天下的读书人都有其永远摆脱不了的情结,于我而言,这情结的名字就叫田野。无论田野是辉煌还是寂寞,也有她永远摆脱不了的情结,这情结的名字就叫诗意。

此时此刻,让我铭记——生命之上,诗意漫天!

谢谢!

二〇一一年九月十九日晚北京国家大剧院

本文为第八届茅盾文学奖获奖感言